HEYNE BÜCHER

BIBLIOTHEK DER SCIENCE FICTION LITERATUR

Herausgegeben von Wolfgang Jeschke

Von Edgar Pangborn erschienen in der Reihe
HEYNE SCIENCE FICTION & FANTASY:

Der Beobachter · 06/3588
Davy · 06/3593
Die Prüfung · 06/3637
Ein glorreicher Haufen · 06/4166
Tigermann · (in Vorb.)

EDGAR PANGBORN

DAVY

Roman

Sonderausgabe

WILHELM HEYNE VERLAG
MÜNCHEN

HEYNE-BUCH Nr. 06/42
im Wilhelm Heyne Verlag, München

Titel der amerikanischen Originalausgabe
DAVY
Deutsche Übersetzung von René Mahlow
Das Umschlagbild schuf Robert C. Rore
Die Innenillustrationen sind von Ursula Olga Rinne

Sonderausgabe des
HEYNE-BUCHS Nr. 06/3593

Redaktion: Wolfgang Jeschke

Printed in Germany 1985
Umschlaggestaltung: Atelier Ingrid Schütz, München
Satz: Schaber, Wels
Druck und Bindung: Presse-Druck GmbH, Augsburg

ISBN 3-435-31091-8

Uns Allen
gewidmet,
einschließlich
JUDY

Anmerkung: Die Personen dieses Romans
sind in eingeschränkter Weise fiktiv –
das heißt, sie werden erst in einigen
Jahrhunderten geboren werden.

1

Ich bin Davy, und ich war einmal König. König der Narren, und dazu muß man weise sein.

Es geschah im Jahre 323, in Nuin, das im Osten an das große Meer grenzt, welches in der Alten Zeit Atlantik hieß – das Meer, auf dem nun dieses Schiff durch graue oder goldene Tage segelt, und durch die uferlosen Räume der Nacht. Ein Junge war ich, als ich in Moha, meinem Heimatland, mein goldenes Horn erwarb und darauf zu spielen lernte. Dann folgten meine Jahre bei Rumleys Vaganten, unsere Reisen nach Katskil, Levannon, Bershar, Vairmant, Conicut und den Niederen Landen – Jahre des Wachsens, mit leckeren Mädchen, guten Freunden und Arbeit in Fülle. Und als ich, nicht länger bei den Vaganten, nach Nuin kam, muß ich fast schon ein Mann gewesen sein, sonst hätte die Frau, die ich dort traf, meine braunäugige Nickie mit den spitzen Elfenöhrchen, mich nicht begehrt.

Das Alphabet lernte ich, oder was man dort so lernen nannte, auf der Schule in Skoar; tatsächlich hatte ich aber vom Lesen und Schreiben bis zu meiner Zeit bei den Vaganten keine Ahnung, als Mam Laura Shaw die Geduld mit meiner Ignoranz verlor und das Licht in mir entzündete. Jetzt, achtundzwanzig Jahre alt, weit fortgeschritten in Häresie und vertraut mit den Literaturfragmenten der Alten Zeit, sage ich: zum Teufel mit den Gesetzen, die die meisten Bücher aus der Alten Zeit verbieten oder sie den Priestern vorbehalten!

Ich bin so dreist, ein Buch für euch schreiben zu wollen; den Gedanken an euch habe ich mir aus den Fingern gesogen, wie es ja nicht anders geht, angesichts des Meeres zwischen uns und der Jahrhunderte, in denen euch, wenn ihr überhaupt existiert, keine Kunde aus unserem Teil der runden Erde erreicht hat. Rund ist sie, davon bin ich überzeugt.

Zum Schreiben muß ich, wie mir dünkt, den Stil der Alten Zeit benutzen, nicht den unserer Gegenwart. Die wenigen Bücher, die heutzutage erscheinen, primitiv auf miserables Papier gedruckt – besseres haben sie auch nicht verdient –, sind ein Produkt der Kirche und von einer Trostlosigkeit, die aller Beschreibung spottet: Predigten, Sprichwörter, lehrhafte Geschichten. Zwar hat die Alltagssprache einigen Pfeffer, aber sie ist auf eine Einfachheit beschränkt, die sie, im ganzen gesehen, entsetzlich langweilig macht – benützt einmal einer, der kein Priester ist, ein Wort, das nicht jeder sabbernde Schafskopf gleich versteht, schon gibt es argwöhnische Blicke, und Hände greifen nach dem Stein, schon immer des Tölpels liebstes Mittel, sich dem Weisen gleichzustellen. Und schließlich ist Englisch im Stil der Alten Zeit die einzige Sprache, die ich mit euch, die ihr vielleicht existiert und eines Tages dies lest, gemein haben könnte.

Wir sind freie Männer und Frauen an Bord dieses Schiffes und tragen keine Last gehätschelter Unwissenheit mit uns herum. Das Land, das uns vertrieb, bildet sich etwas auf die Freiheit der Religion ein, die es gewährt; in der Praxis bedeutete dies aber nur, wie anscheinend auch in der Alten Zeit, die Freiheit für geringfügige Modifikationen innerhalb der Religion der Mehrheit – wirkliche Abtrünnige wurden nicht geduldet, obwohl sie im letzten Jahrhundert der Alten nicht verfolgt wurden, wie sie es heute werden; die herrschende Religion jener Zeit war da schon zu einem schwächlichen Abbild ihrer einstigen Höllenfeuerherrlichkeit verblaßt. Die Heilige Murkanische Kirche und die Quacksalbersekten, die sie duldet, waren gewiß ansatzweise in der Alten Zeit vorhanden; doch soweit man aus dieser Entfernung urteilen kann, konnte das Christentum im Amerika des damals sogenannten 20. Jahrhunderts kaum noch Kinder einschüchtern. Auf diesem Schoner herrscht Freiheit von der Religion, und während ich dieses Buch für euch schreibe, werde ich von dieser Freiheit Gebrauch machen; wenn euch der Gedanke beleidigt, seid an dieser Stelle gewarnt und lest ein anderes Buch.

Unser Schiff, unsere *Morgenstern,* ist nach Plänen aus der

Alten Zeit gebaut und ähnelt keinem Fahrzeug von heute, außer ihrem versuchsweise gebauten Vorgänger, der *Falke*, die vor vier Jahren an ihrem Liegeplatz abbrannte; das war im Krieg des Jahres 327 gegen die Piraten von den Cod-Inseln. Als die *Falke* gebaut wurde, sahen die Leute zu, wie die Spanten aufgezogen wurden, wie die großen Fichtenmasten aus Hampsher, Nuins nördlicher Provinz, ankamen, und sie sagten, sie würde schon beim Stapellauf absaufen. Monatelang segelte sie tapfer, bis Feuer sie vor Provintown Island zerstörte. Etwas in uns denkt an die *Falke*, wie ihr geschwärztes Skelett im Dunkel liegt, ein Zuschlupf für Kraken und die großen Seeschlangen. Und dieselbe Prophezeiung hörten wir für die *Morgenstern*. Sie sahen ihren Stapellauf, ihre ragenden Masten, sahen wie die Segel den Himmel empfingen; sie machte ihre Jungfernfahrt in der Bucht von Plimoth, wie eine Dame über den Rasen spaziert – die Leute sagten, sie würde im ersten Sturm kentern. Nun, wir haben mehr als einen Sturm überstanden, seitdem wir unsere Reise gen Sonnenaufgang begannen.

Die Erde ist rund. Ich glaube nicht, daß ihr kopfüber herumlauft und den Kopf unter der Schulter tragt. Falls doch, so verschwende ich meine Zeit; denn um das Buch zu verstehen, das ich schreiben will, muß man seinen Kopf schon oben auf dem Halse haben und muß ihn ab und zu benutzen.

Auch unser Kapitän Sir Andrew Barr wäre verdammt überrascht, euch kopfüber herumlaufend zu finden, und ebenso meine beiden Bestgeliebten: Nickie, meine Frau, und Dion Morgan Morganson, bis vor kurzem Regent von Nium – die übrigens teilweise für dies Buch verantwortlich sind: Sie drängten mich zum Schreiben und schauen jetzt zu, wie ich schwitze. Kapitän Barr merkt noch an, daß jemand, der ernsthaft diesen Kopfüber-Firlefanz verträte, mit allerhöchster Wahrscheinlichkeit gegen den Wind pissen würde. Geographische Karten und andere Bruchstücke wissenschaftlicher Information aus der geheimen Bibliothek der Häretiker in der Alten Stadt von Nuin gaben uns eine ziemlich deutliche Vorstellung davon, wie die Welt vor ungefähr vierhundert Jahren aussah und wie sie jetzt sein muß. Der Anstieg des Meeresspiegels, der sich mit katastrophaler Schnelligkeit in der Periode vollzogen haben muß, in der die Zivilisation der Alten Zeit futschging, straft die Karten der Alten Zeit im Hinblick auf den Küstenverlauf Lügen. Die Wut der Weltenwasser muß auch viele Veränderungen im Binnenland verursacht haben – Erdbeben, Erdrutsch, Erosion von Bodenerhebungen durch die langanhaltenden Wolkenbrüche, die John Barth in seinem (verbotenen) Journal beschreibt.

Nun, natürlich ist es die Wahrheit, die vielgestaltige Wahrheit in den alten Büchern, die die Kirche veranlaßt, die meisten von ihnen zu verbieten und das ganze Wissen der Alten Zeit als ›primitive Legenden‹ zu bezeichnen. Ein Bild von dieser Erde, das sich so kraß unterscheidet von dem, das die Heilige Murkanische Kirche uns verschreibt, darf nicht sein – nicht einmal in einer Gesellschaft, wo kaum einer von zwei Dutzend gebildet genug ist, seinen geschriebenen Namen zu erkennen. Zuviel Wahrheit und zuviel Pfeffer für die Furchtsamen oder die Frommen oder die wackeren Kerle, die ein gutes Auskommen haben, indem sie der Kirche bei den Regierungsgeschäften zur Hand gehen.

Die Erde ist eine Kugel im Raum; während der Mond und der Mitternachtsstern sie umkreisen, kreist sie um die Sonne. Auch die Sonne bewegt sich auf einer festen Bahn – das entnehme ich den Büchern der Alten Zeit, und ich glaube es – , und die Sterne sind weitentfernte Sonnen, die der unseren ähneln, und die hellen Körper, deren Bewegung wir am nächtlichen Himmel sehen, sind Planeten gleich der Erde – mit Ausnahme des Mitternachtssterns. Dieser rasch den Himmel überquerende Funke ist, glaube ich, einer der Satelliten, die in der Alten Zeit in den Weltraum geschossen wurden; und das finde ich wunderbarer als die Heilige Murkanische Legende, die daraus einen Stern macht, der als Warnung an die Menschheit vom Himmel gefallen sein soll, als Abraham am Rade starb. Und ich glaube, daß Erde, Mond, Planeten, Sonne und alle Sterne ihren Bahnen geraume Zeit oder in alle Ewigkeit folgen, aber nicht, das wage ich zu behaupten, mit irgendeiner Erwägung für unser

Wohlergehen – wir können, wenn wir wollen, Gott erfinden und dann seinen Willen für die Führung des Menschengeschlechts verkünden, aber ich laß das lieber.

Bis ich damit begann, hätte ich mir die Mühe nicht träumen lassen, die es kostet ein Buch zu schreiben. (»Schreib einfach drauflos«, sagt Dion, um sich an meiner Mühsal zu laben – er weiß, wie es ist; Nickie ist hilfreicher: Wenn ich die Rhetorik satt habe, kann ich ihren goldbraunen Körper greifen und mich in seine wunderbare Wärme graben.) Ich versuche, stets daran zu denken, wieviel ihr nicht wißt, wie die Menschen oft über die Hügel und Felder ihrer Heimat nicht hinausblicken können, und ebensowenig über die Lügen und Wahrheiten, die sie im Heranwachsen lernten; und wie sie befangen sind in den Augenblicken des Schmerzes oder Entzückens, die aus einer Lüge, einer Vision einer Einbildung eine Wahrheit zu machen scheinen oder aus einer Wahrheit einen Irrtum, der so unerschütterlich ist wie ein Granitberg.

Immer, wenn mich eine Idee sticht, muß ich weiterkratzen, solange es juckt. Meine Erziehung war, wie ich schon andeutete, eine sehr verzögerte. Mit achtundzwanzig glaube ich, daß meine Unwissenheit sich in vielversprechender Weise ausdehnt; habt aber ein Nachsehen, wenn ich euch manchmal weniger erzähle, als ich könnte, oder mehr, als euch lieb ist. Mit vierzehn war ich so bar jeglichen Wissens wie eine Sumpfhenne, wenn auch um ein geringes weniger häßlich; ich war rothaarig, klein, aber geschmeidig, sah von Geburt an dusselig aus und war ein zähes Kerlchen.

Die Republik Moha, wo ich in einem Bordell geboren wurde, das nicht zu den besten gehörte, ist eine Nation kleiner, einsamer Bauernhöfe und eingezäunter Dörfer im Seen-, Wald- und Wiesenland nördlich der Katskil-Berge und des rauhen Landes, das nach den Bergen benannt ist. Eines Tages wird Katskil wohl ganz Moha vereinnahmen. Ich wurde in einer der drei Städte von Moha geboren, in Skoar. Skoar liegt in einem Tal, fast genau auf der Linie, auf der damals die Grenze von Katskil verlief.

In Skoar folgt das Leben dem Rhythmus der Jahreszeiten und

des Maishandels. Die Wildnis wogt in grüner Flut bis dicht an die ziemlich armselige Palisade heran, außer an den Stellen, wo das Unterholz gelichtet wurde, um die Westliche und die Nordöstliche Straße etwas sicherer für den zweifachen Strom von Menschen, Eselkarren, Soldaten, Pilgern, Schaustellern, Kesselflikkern und Wanderern zu machen.

Eine rohe Herrlichkeit besitzen diese Straßen, es sei denn, Kriegszeiten machen den Menschen mehr als sonst Angst vor dem Reisen und vor ungeschützten Orten. In friedlichen Zeiten liegen über den Straßen die Ausdünstungen von Pferden, Ochsengespannen, Menschen, vom Durchzug angeketteter Bären und Wölfe, die in die Städte gebracht und an die Zwinger verkauft werden. Im Sonnenschein und bei lauen Winden muß einen der Gestank nicht belästigen. Am Tage kann man unterwegs alles mögliche sehen. Vielleicht einen bedeutenden Mann, sogar einen Gouverneur, der alleine des Weges reitet, oder einen heiligen Strolch auf Pilgerschaft – man erkennt den Pilger, der höchstwahrscheinlich zum Marktplatz in Nuber reist, wo Abraham am Rad gestorben sein soll, daran, daß er bis auf die Dornenkrone auf dem Kopf und das silberne Rad, das an seinem Halse hängt, splitterfasernackt ist. Er schaut nicht rechts noch links, wenn sich die Leute an ihn herandrängen, um scheu seinen Kopf, seine Hände oder Hoden zu berühren, auf daß von seiner Heiligkeit etwas auf sie überspringe und sie von ihren privaten Kümmernissen heile. Oder man begegnet vielleicht einer Schar von Straßensängern und Akrobaten mit weißgesichtigen Affen, die auf ihren Schultern kauern, und Papageien, die in ihren Käfigen geile Redensarten schnattern.

Ab und zu wird man auch einmal die fröhlichen, mit Zeltleinwand bedeckten Leiterwagen einer Vagantentruppe sehen, mit Sex-Bildern und verrückten Mustern an den Seiten, und man weiß: Wo sie auch halten, da wird es alsbald Musik geben, tolle Späße, feine eier-jucklige Darbietungen im ›Hintergrund‹, Wahrsagereien, guten ehrlichen Schwindel und Nachrichten aus fernen Städten und Ländern, auf die man sich verlassen kann. Gerüchte kommen und gehen, und ein Vagant hält es für seine Pflicht, dich in einem Pferdehandel oder ähnlichem gerissener übers Ohr zu hauen als irgendein Ziggo, aber die Vaganten setzen ihren Stolz auch darein, nichts als wahre Geschichten aus den fernen Landen zu berichten; die Leute wissen es und schätzen sie darob so hoch ein, daß kaum eine Regierung es wagt, gegen ihre Frechheit, ihre offen zur Schau gestellte Sinnlichkeit, ihr freies Leben einzuschreiten. Ich weiß; niemals werde ich vergessen, daß ich die besten Jahre meines Lebens bei Rumleys Vaganten zugebracht habe, bevor ich Nickie fand.

Auch einer vornehmen Sänfte könnte man auf der Straße begegnen, deren Träger, alle gleichgroß, sich tunlichst eines kunstvoll gebrochenen Gleichschritts befleißigen, damit das teure Weibszeug drinnen – könnte sogar eines Gouverneurs persönliche Metze sein – nicht ihren Kopf herausstreckt und die Träger als verdammt ungeschickte, faule Hundesöhne beschimpft. Oder einem Trupp von Sklaven, die aneinander gekettet zum Verkauf auf den Markt von Skoar marschieren; oder einer Rinderherde unterwegs zum Schlachthaus, die die ganze Straße mit ihrer lauten Blödheit und Eigensinnigkeit ablenkt – diese Ochsen wollen nicht voran, nirgendwohin, aber die Straße stößt sie vorwärts durch ihr langes Gedärm, ein geistloser Erdwurm, der schluckt und schluckt, aus seinem After alles wieder von sich gibt und nach mehr verlangt.

Nachts sind die Straßen ruhig. Brauner Tiger und schwarzer Wolf benutzen sie dann vielleicht – wer kann's schon sagen? Höchstens ein von der Nacht überfallener Reisender, der fürderhin nichts mehr sagen wird.

Die Landwirtschaft ist in Moha, wie überall, herzbrechende Mühsal. Das Vieh gebiert so viele Möhs wie überall; den Raubtieren fällt ein ziemlich großer Teil des Viehs zum Opfer, die Arbeit besteht aus Schweiß und Enttäuschung, die einen Mann früh zermürben und ihn mit vierzig alt machen; wenige Bauern können sich je einen Sklaven leisten. Doch die Menschen leben – wie ich sie schon in schlimmeren Gegenden habe leben sehen. Das Klima ist nicht so heiß und malariaträchtig wie in Penn. Handel wird mit Holz und Reitpferden betrieben; auch

Manufaktur gibt es, obgleich sie sich nicht mit der Industrie von Katskil oder Nuin messen kann. Eine Faßfabrik brachte als ein Nebenprodukt Särge heraus und gedieh damit – typischen Yankee-Einfallsreichtum nannte man das. Sie schlägt sich so durch, die schmuddelige alte Rasse Mensch, alle durcheinander, aber vorwärts, wie sie es immer getan hat und vielleicht immer tun wird, bis die Sonne Eiszapfen schwitzt, und das wird nicht nächsten Mittwoch sein.

Nur vielleicht. Jetzt, da ich die Bücher kenne, kann ich nicht vergessen, wie diese selbe Rasse Mensch die Jahre der Verwirrung überlebt hat: um Haaresbreite davongekommen; durch bloßen Zufall.

Die zwei anderen großen Zentren meines Heimatlandes sind Moha City und Kanhar, ummauerte Städte im Nordwesten am Moha-Wasser, einem schmalen Meeresarm. Achtzehn Fuß hohe Mauern aus Erdaufschüttungen – das ist genug, Brauntiger am Sprung zu hindern; dahinter macht Skoar mit seiner windigen Zwölf-Fuß-Holzpalisade nur einen kümmerlichen Dritten. An den großen Kais von Kanhar können Ausleger bis zu dreißig Tonnen anlegen – die großen Schiffe, zumeist aus Levannon, die mit allen Häfen Handel treiben. Moha City ist die Hauptstadt mit dem Präsidentenpalast, und Kanhar die größte – zwanzigtausend Einwohner, ungerechnet der Sklaven, mit denen es gut und gerne fünfundzwanzigtausend sein könnten. Die Gesetze Mohas folgen der Logik, daß man, wenn man sie als menschliche Wesen zählen würde, sie schließlich womöglich auch so behandeln müßte und damit eine große Demokratie in Revolution und Untergang treiben würde.

Wo ich gerade dran denke: Jedes Land, das ich kenne, mit Ausnahme von Nuber, ist eine große Demokratie. Die Ausnahme, Nuber die Heilige Stadt, ist sowieso keine wirkliche Nation, sondern nur ein paar Quadratmeilen heiliggesprochener Erde am Hudson-See, die auf den anderen drei Seiten von den Bergen Katskils eingefaßt wird. Es ist die spirituelle Hauptstadt der Welt, in anderen Worten: der Ort der irdischen Vergegenwärtigung jenes himmlischen Einfalls, der Heiligen Murkanischen Kirche.

Niemand lebt dort außer wichtigen Würdenträgern der Kirche, die zumeist Quartier in der machtvollen Kathedrale von Nuber bezogen haben, und ungefähr tausend Menschen aus dem gemeinen Volk, die sich um ihre weltlichen Bedürfnisse kümmern, von Sandalenriemen und Toilettenlumpen bis zu leidlichen Weinen und Allerweltsnutten. Aus Katskil kommen weder gute Weine noch hochqualifizierte Bett-Artistinnen – sie müssen eingeführt werden, häufig aus Penn.

Katskil selbst ist ein Königreich. Nuin ist ein Commonwealth mit einer erblichen Präsidentschaft von absoluter Macht. Levannon ist ein Königreich, wird aber von einer Handelskammer regiert. Lomeda und die anderen Niederen Lande sind ekklesiastische Staaten, der große Bonze heißt hier Prinz-Kardinal. Rhode, Vairmant und Penn sind Republiken; Coniut ist ein Königreich; und Bershar ein Schlamassel. Aber alle sind sie große Demokratien, und ich hoffe, daß euch das eines Tages einleuchtet, wenn das Meer weniger feucht ist. O ja, und weit im Südwesten von Penn gibt es ein Land namens Misipa, ein Kaiserreich, das aber keine Besucher einläßt.* Dort leben sie hinter einem Erdwall, der angeblich Hunderte von Meilen durch tropischen Dschungel verläuft, und zerstören alle Schiffe aus dem Norden, die vor ihrer Küste auftauchen – wozu sie nichts Geringeres als Feuerpulver verwenden, das sie mittels klug ersonnener Schleudervorrichtungen den Schiffen aufs Deck schmeißen. Da die Herstellung von Feuerpulver von der Heili-

---

* Keine Besucher aus dem Norden, will Davy sagen. Misipa treibt Handel mit der Region, die in der Alten Zeit Südamerika hieß. Im Jahre 296 erreichte eine Handvoll Flüchtlinge, die irgendeinem politischen Gewitter in Misipa entronnen waren, Penn auf dem Landweg; von ihnen kamen diese und andere Informationen, bevor sie an Malaria, infizierten Wunden und Ruhr starben. Sie sprachen ein so barbarisches Englisch, daß seitdem darüber gestritten wird, was sie eigentlich sagen wollten. Ich erfuhr diese Dinge, als ich als kleiner Junge einmal eine halbformelle Unterredung zwischen meinem Großvater, Präsident Dion II., und dem Botschafter Penns, Wilam Skoonmaker, mitanhörte. Mein guter armer Onkel, später Morgan III., hielt mich auf seinem Schoß, während er Aufzeichnungen von Skoonmakers schwungvollen Reden machte und ich seine bestickten Hosen bewunderte.

Dion Morgan Morganson von Nuin

gen Murkanischen Kirche aufs strengste verboten ist, als ein Teil nämlich der Ursprünglichen Sünde des Menschen, sind diese Misipaner offenkundige Heiden: niemand reist dorthin, es sei denn, ein Unglück habe ihn dorthin verschlagen; niemand weiß, ob dieses Reich auch eine Demokratie ist, und nach meinem besten Wissen gibt dafür auch niemand einen Furz.

Fünfzig Meilen südlich von Kanhar liegt Skoar. Dort wurde ich geboren, in einem Etablissement, das nicht vornehm war, aber auch kein bloßer Stall. Ich habe es später gesehen, als ich alt genug war, Beobachtungen zu machen. Ich erinnere mich an die rote Tür, die roten Vorhänge, die phallusförmigen Lampen aus Messing, das Zeichen V über dem Portal, welches besagte, daß das Haus von der Stadtverwaltung genehmigt war: genehmigt im Einklang mit der berühmten kirchlichen Doktrin von den Notwendigen Übeln. Daß es kein vornehmes Haus war, sah man daran, daß die Mädchen mit gespreizten Schenkeln oder aus den Blusen hervorquellenden Brüsten auf den Stufen vor dem Eingang herumlungerten oder in den Fenstern strippten und dabei Einladungen riefen. Ein vornehmes Haus hat im allgemeinen nur das V-Zeichen und die rote Tür und zeichnet sich ansonsten durch ein ungewöhnliches Maß von äußerer Ruhe aus – so wünschen es die gutbetuchten Kunden. Ich selbst bin da nicht übermäßig anspruchsvoll – meinetwegen kann Sex ein wüstes Treiben sein oder romantisch und zart: Solange es Sex ist und niemand dabei verletzt wird, mach ich's.

In solchen Häusern, ob vornehm oder nicht, ist kein Platz für Kinder. Doch Kinder sind rar in dieser Welt, und daher sind sie hochgeschätzt. Ich war wohlgeformt, nichts war an mir, das an einen Möh hätte denken lassen, aber als Sproß eines Bordells stand ich unter Vormundschaft des Staates und kam für private Adoption nicht in Frage. Die Poliezer nahmen mich meiner Mutter weg, wer auch immer sie war, und steckten mich in das Waisenhaus von Skoar. Sie hat dafür wahrscheinlich die Bezahlung bekommen, die in solchen Fällen üblich ist, und mußte dann ihren Namen ändern und in eine andere Stadt ziehen; der Staat will nicht, daß Mündel meiner Art irgend etwas von ihrem

Ursprung wissen – von meinem erfuhr ich nur durch Zufall, als ich einem redseligen Priester im Waisenhaus lauschte, der dachte, ich schliefe schon.

Ich lebte im Waisenhaus, bis ich neun war; das ist das Alter, in dem man gewöhnlich ausgelöst wird. Als Pfand-Diener gehörte ich weiterhin dem Staat; der zieht Dreiviertel des Lohns der Pfand-Diener ein, bis sie achtzehn sind. Dann hält sich der Staat, wenn alles gut gelaufen ist, für entschädigt, und aus Pfand-Dienern werden Freibürger. Das war das Wohlfahrtssystem.

Im Waisenhaus wurde fast alles mit geduldigen Seufzern oder Schweigen erledigt. Es war nicht voll. Die Nonnen und Priester duldeten keinen Lärm, aber wenn wir still waren, gab es wenig Strafen. Man beschäftigte uns mit leichten Arbeiten wie Fegen, Abstauben, Wäschewaschen, Bodenschrubben, dem Hacken und Herbeitragen von Brennholz, dem Spülen des Geschirrs und der Kochtöpfe, dem Umgraben des Gemüsegartens, dem Unkrautjäten und Abernten und der Bedienung bei Tisch; letzteres bedeutete, daß wir zusehen mußten, wie sich während der Gebete von Pater Milsom Haut auf der Suppe bildete; und schließlich mußten wir auch die priesterlichen Nachttöpfe leeren.

Trotz beträchtlicher Hege und Huld waren uns in diesen Jahren Krankheit und Tod gute Bekannte. Ich erinnerte mich an ein Jahr, als wir nur fünf Jungen und acht Mädchen waren und die Arbeit hart wurde – durchschnittlich bewohnten ungefähr zwanzig Kinder das Haus. Unsere Betreuer litten mit uns, beteten Überstunden, zündeten die besonders großen Sparkerzen an, die Andacht mit Ausräucherung kombinieren, ließen uns zur Ader und gaben uns die sogenannte Vitaminsuppe, eine Brennesselbrühe mit zerriebenen Eierschalen drin, die die Knochen härten sollten.

Im Waisenhaus gab es keinen Unterricht, der der Erwähnung wert wäre. Schulunterricht war in Moha den Jahren zwischen dem neunten und zwölften Geburtstag vorbehalten; nur die Söhne des Adels und die Kandidaten für die Priesterschaft mußten gründlicher schwitzen. Selbst Sklavenkinder mußten ein wenig Schule über sich ergehen lassen: Moha war in dieser Beziehung progressiv. Nur allzugut erinnere ich mich an die Distriktschule in der Cayuga-Straße, an die Trostlosigkeit einer Anstrengung, die nie ein richtiges Ziel fand, und an das gelegentliche Gefühl von etwas Bedeutsamem außerhalb unserer Reichweite. Und doch, und doch war unsere Schule sehr fortschrittlich. Wir hatten Projekte. Ich bastelte ein Vogelhäuschen.

Das ähnelte denen nicht sehr, die ich zum Spaß gemacht hatte, draußen in den Wäldern, ganz allein, aus Rinden, den Stengeln von Kletterpflanzen und zugeschnitzten Stöcken. Die Vögel selber waren ungebildet genug, diese Häuschen zu mögen. Dasjenige, das ich in der Schule mit wirklichen Bronzewerkzeugen gebaut hatte, war viel schöner. Natürlich hätte man es nicht in einen Baum hängen wollen – so etwas macht man einfach nicht mit einem Projekt.

Mein Pfand-Diener-Lohn wurde wegen der Schulstunden nicht gekürzt; ein gütiges Gesetz regelte das. Trotzdem, die allgemeine und fortschrittliche Schulpflicht ist kein Spaß, wenn sie einem so viel Zeit nimmt, in der man etwas hätte lernen können.

Ich erinnere mich nur an ein Kind, mit dem ich während der Jahre im Heim befreundet war: Caron, die neun war, als ich sieben war. Sie war nicht mit mir aufgewachsen, sondern wurde ins Waisenhaus geschickt, nachdem ihre Eltern in einer Messerstecherei einander den Garaus gemacht hatten. Nur wenige Monate war sie im Heim, dann wurde sie ausgelöst, aber in dieser kurzen Zeit liebte sie mich. Mit allen anderen stritt sie sich, war ständig in Schwierigkeiten. Spät am Abend, wenn der Aufseher neben seiner Kerze eingenickt war, huschte es munter zwischen den Schlafräumen der Jungen und Mädchen hin und her, obwohl die Strafe für Sexspiele aus zwanzig Peitschenhieben und einem Tag Arrest im Keller bestand. Auf diese nächtliche Weise kam Caron zu mir, warm und mager unter meine Decke schlüpfend. Wir spielten unsere Fummelspiele – nicht gerade sehr gut; besser erinnere ich mich an ihre Reden, in einer winzigen Stimme, die man zehn Fuß weiter nicht hören konnte. Wahre Geschichten von der Welt draußen, Phantasiegeschichten, und häufig (das beängstigte mich) malte sie sich aus, was sie allen im Heim außer mir antun wollte – das Haus niederbrennen, Pater Milsoms Eier schnitzen, so er welche hätte, und so weiter. Ich glaube, ihre Auslösung führte von Skoar weg. Als ich selbst ausgelöst wurde, nach zwei Jahren immer noch voll Sehnsucht nach ihr, fand ich keine Spur von ihr. Ich lernte nur, daß im Leben die Verschwundenen nicht oft wieder auftauchen, wie sie es in den netten kleinen Romanzen tun, die wir für ein paar Pfennige von den Geschichtenerzählern an der Straßenecke hören können.

Wenn sie noch lebt, dann ist Caron jetzt dreißig. Manchmal, sogar wenn ich mit meiner Nickie im Bett bin, erinnere ich mich an unser Gezappel unter der Decke, an die wilden Flüge der kindlichen Gedanken, und bilde mir ein, daß ich sie erkennen würde, wenn ich ihr jetzt begegnete.

Noch jemand anders fällt mir ein, Schwester Carnation, die nach grober Seife und Schweiß roch, mich bemutterte und mir Lieder sang, als ich sehr klein war. Sie war unförmig wie ein Berg, mit tief eingesunkenen, lustigen Augen und einer hellen, ungekünstelten Stimme. Vier war ich, als Pater Milsom meiner quengeligen Wißbegier ein Ende machte, indem er sagte, Schwester Carnation sei mit Abraham gegangen. So war ich krankhaft eifersüchtig auf Abraham, bis mir jemand erklärte, das wäre nur eine fromme Umschreibung dafür, daß sie gestorben war.

Ich wurde als Stalljunge für den Gasthof Stier-und-Eisen in der Kurinstraße ausgelöst; dort arbeitete ich bis einen Monat nach meinem vierzehnten Geburtstag, wo meine Geschichte beginnen soll. Kost und Logis zum halben Preis; nachdem das und die Dreiviertel für den Staat vom Lohn abgezogen waren, blieben mir zwei Dollar die Woche; und die Verpflegung hab' ich mir heimlich noch ergänzt – Haferbrot, Eintopf und alles, was die Suppe fettmacht wie Pa Rumley von Rumleys Vaganten zu sagen pflegte –, davon kann man gedeihen. Und der Eintopf im Stier-und-Eisen war dicker und besser als alles, was es je im Waisenhaus gab – mehr Fleisch und weniger Religion.

2

An einem Tag mitten im März, einen Monat nach meinem vierzehnten Geburtstag, schlich ich mich beim ersten Licht des Morgens aus dem Stier-und-Eisen; ich wollte blaumachen. Es war ein strenger Winter gewesen – Pocken, Grippe, alles außer der Beulenpest. Schnee fiel im Januar, drei Fingerbreit hoch; selten habe ich soviel Schnee gesehen. Jetzt, da der Winter vorbei war, trieb mich die Unruhe des Frühlings, und ich war voller Tagträume. Die nächtlichen Träume fürchtete ich und wünschte sie doch zugleich: phantastische Umarmungen, vor deren Vollendung ich mit spritzendem Samen aufwachte. Tausend hochfliegende Pläne hatte ich, die an meiner Trägheit starben; verdrossen, weil ich nichts zu tun hatte, während alles erst noch getan werden wollte – die meisten Kinder nennen das Langeweile, und ich nannte es auch so, obwohl die Kindheit von mir fiel, und zwar nicht langsam. Ich erlebte, wie die unduldsamen Stunden vorüberflogen, jeder Tag betrogen durch ein neues ›vielleicht morgen‹, und nichts Großartiges lief mir über den Weg.

An meinem Geburtstag im Febrer* hatte es gefroren; das war, wie die Leute sagten, ein Seltenheit. Ich erinnere mich noch, wie ich an jenem Geburtstagsmorgen von meinem Dachbodenfenster aus einen Eiszapfen sah, der vom Schild über dem Eingang des Gasthofes hing – ein reisender Künstler hatte dieses schöne Schild für Jon Robson gemalt und dafür wahrscheinlich Bett und Mahlzeit erhalten, samt einem guten Schwall von den Armut-, Not- und Geldmangel-Reden, die Old Jon bei solchen Anlässen

* Davy hat Dion und mich gebeten, die Rechtschreibung hier und dort erträglicher zu machen, doch kann niemand behaupten, daß in diesem Fall keine Verbesserung vorläge. *Miranda Nicolette de Moha*

hervorrülpste. (Nur Jon Robsons Tochter Emmia hatte übrigens daran gedacht, daß ich Geburtstag hatte; sie drückte mir einen glänzenden Silberdollar in die Hand und warf mir einen süßen Blick zu, für den ich jeden Dollar in meinem Besitz gegeben hätte; doch für so einen Gedanken an die Tochter eines Freibürgers hätte man mich, einen bloßen Pfand-Diener, schon in den Stock sperren könne.) Das Schild präsentierte einen roten Stier mit ungeheuren Hörnern und Eiern wie Kirchenglocken; für das Eisen im Namen des Gasthofes stand ein Pfeil, wie ihn die Stierkämpfer benutzten; der ragte aus seinem Hals, und den Stier kümmerte es nicht. Wahrscheinlich Mam Robsons Idee. Für eine harmlose alte Schachtel hatte sie überraschend großen Spaß am Bärenzwinger, am Stierkampf, an den Verbrennungen der Atheisten und den öffentlichen Hinrichtungen am Galgen. Sie sagte, derlei Vergnügungen seien moralisch, da sie einem zeigten, wie das Gute am Ende immer siegt.

Die Wölfe wagten sich in jenem Winter weit vor. Ein Rudel überfiel und tötete eine Bauernfamilie bei Wilton Village, in der Nähe von Skoar, eine der Familien, die es riskierten, außerhalb der Ortseinpfählungen zu leben. Der alte Jon erzählte jedem neuen Gast die Einzelheiten des Massakers: ein gutes Tischgespräch und eine Erinnerung für seine Kunden, wie wohl sie getan hätten, einen anständigen Gasthof hinter städtischen Palisaden aufzusuchen – der ja auch vernünftige Preise hatte, nicht wahr? Gut möglich, daß er immer noch die Geschichte erzählt, und vielleicht erwähnt er dann und wann auch einen rothaarigen Stallburschen, den er mal hatte, der sich als rechte Natter an seinem Busen entpuppte und nicht würdig war, einem Bären Futter zu bringen. Der alte Jon hatte Beziehungen mit Wilton Village und kannte die Familie, die die Wölfe umgebracht hatten. Sowieso hielt er seinen Mund nie länger als für ein paar Minuten, es sei denn, Aristokratie war anwesend; dann war er, selbst ein Mister, die unterste Stufe des Adels, still, und seine feuchten, blauen Augen erforschten ihre Gesichter auf seiner lebenslangen Suche nach den besten Ärschen, in die er kriechen könnte.

Im Schlaf hielt er den Mund nicht. Er und die Mam hatten ihr Schlafzimmer auf der anderen Seite des Hofes, gegenüber von meinem Dachboden. Selbst mitten im Winter, wenn die Fenster gegen Zugteufel abgedichtet waren, konnte ich ihn schnarchen hören wie ein ungeschmiertes Wagenrad. Manchmal, in großen Abständen, hörte ich die Mam während seiner Bettarbeit kurz aufheulen. Zu Recht fragte man sich, wie sie das machten, er ein Zwei-Zentner-Schmalzfaß und sie ein dürres kleines Brettchen.

Im Zwielicht jenes Märzmorgens fütterte ich die Pferde und Maultiere und sagte mir, daß jemand anders seinen Charakter am Ausmisten des Stalls bilden könne. Dem Haus gehörten ein paar Sklaven, die die Arbeit auf dem Hof machten. Ich reinigte die Ställe überhaupt nur deshalb, weil ich wollte, daß solche Arbeiten richtig erledigt wurden; aber an jenem Morgen war mir alles schnuppe. Es war sowieso ein Freitag, und alle Arbeit sündhaft, es sei denn, ihr wollt behaupten, das Ausmisten sei eine fromme Verrichtung, und das solltet ihr euch lieber zweimal überlegen.

Ich schlich in die Hauptküche, ich kannte mich ja überall aus. Obwohl ich Stalljunge war, übte ich die Gewohnheit des Waschens, sooft ich konnte; daher ließ mich Old Jon bei der Bedienung der Gäste helfen, das Feuer in der Schankstube beaufsichtigen, Getränke holen. Ich war an jenem Morgen sicher; denn vor dem Kirchgang würden alle fasten, gemütlich in ihren Betten. Der Sklave Judd, Herr der Küche war noch nicht auf, also waren auch seine Helfer für die Welt noch tot. Hätte Judd mich entdeckt, hätte er mich schlimmstenfalls ein oder zwei Schritte weit auf seinem lahmen Bein verfolgt und den Herrn gepriesen, daß er keine Chance hatte, mich zu erwischen.

Ich fand einen Pfirsichkuchen. Fasten und Kirchgang hatte ich schon vor langer Zeit seingelassen – was nicht so schwierig war, denn wer achtet schon auf einen Stalljungen – und der Blitz hatte mich dafür noch nicht getroffen, obwohl mir von Kindesbeinen an eingeschärft worden war, daß gerade auf den niedrigsten Kreaturen der Blick des Herrn mit besonderer Aufmerksamkeit ruhe. Aus dem Vorratsraum ließ ich ein Haferbrot und

ein saftiges Stück Schinken mitgehen und überlegte: Warum nicht für immer weglaufen? Wen würde es kümmern?

Den alten Jon Robson vielleicht: Mein Pfand zurückzuzahlen, das würde im Geldbeutel weh tun. Aber schließlich hatte ich nie darum gebeten, mein Leben als ein Handelsgut zu betrachten.

Emmia wäre vielleicht betroffen. Daran kaute ich, als ich durch die Morgenleere der Kurinstraße schlich; es war fast eine halbe Stunde vor dem tatsächlichen Sonnenaufgang. Ich kaute schwer daran; bedenkt, ich war vierzehn, und vielleicht empfänglicher für zarte Gefühle als die meisten Grünschnäbel in diesem Alter. In meiner Phantasie ließ ich mich von schwarzen Wölfen töten, aus denen ich dann Banditen machte, denn die Wölfe würden nicht genug Knochen zurücklassen. Die Knochen waren mir wichtig. Jemand fände sie und würde sie Emmia zeigen. »Das ist alles, was von dem armen Davy übriggeblieben ist, außer seinem Katskil-Messer. Er wollte, daß du es bekommst, wenn ihm etwas zustoßen sollte.« Doch habe ich das nie wirklich jemandem gesagt, und außerdem würden die Banditen ein gutes Messer sowieso nicht liegenlassen, hol sie der Teufel.

Emmia war sechzehn, groß und weich wie ihr Pa, nur daß es bei ihr gut aussah. Sie war eine blauäugige, mollige Honigschnucke und an allem ein paar Pfund reicher als die meisten Mädchen, außer an Verstand. Ein Jahr lang waren meine Nächte dadurch erhitzt worden, daß ich sie in meiner Phantasie entkleidete. Die wirkliche Emmia mußte sich gelegentlich mit wichtigen Gästen betten, um den guten Ruf des Gasthofs aufrechtzuerhalten, aber die Tatsache wollte ich mir nicht so recht eingestehen. Gewiß hatte ich jahrelang die geilen alten Geschichten und Witze über die Töchter von Wirtsleuten gehört, aber mit Ausnahme Carons, die ich als Kind verloren hatte, war Emmia meine erste Liebe. Irgendwie schaffte ich es, zu ignorieren, daß das Täubchen im Bedarfsfall Hure sein mußte.

Ich schluckte, als ich die Grünanlagen der Stadt passierte. Pranger, Schandpfahl und Stock waren schemenhaft im grauen Licht sichtbar und erinnerten daran, was einem Pfand-Diener bevorstand – sofern man ihn erwischte –, dessen Hand Emmias Kleid berührte, geschweige denn, was darunter war. Als ich mich der Stelle näherte, wo ich über die Palisade klettern wollte, war all der Mumpitz von wegen Knochen wie aus dem Kopf geblasen. Ich dachte jetzt ernstlich daran, wegzulaufen.

Würde ich gefunden und zurückgebracht, konnte ich zum Sklaven erklärt und vom Staat zu zehnjähriger Zwangsarbeit verkauft werden. Aber an jenem Morgen sagte ich ihnen im Geiste, was sie mit diesen Gesetzen tun könnten. Ich hatte den Schinken und das Brot, mein Feuerzeug und meinen Talisman; alles war verstaut in meinem Schultersack, der mein rechtmäßiges Eigentum war. Mein Messer, ebenfalls ehrlich durch Kauf erworben, hing in seiner Scheide an einem Gürtel unter meinem Hemd, und das Geld, das ich im Winter gespart hatte, zehn Dollar, war in meinen Lendenschurz verknotet – die glänzende Münze, die Emmia mir gegeben hatte, gesondert eingewickelt; nie wollte ich die weggeben, wenn ich es vermeiden konnte. Droben in den Wäldern des Nordberges, wo ich im Jahr zuvor während meiner einsamen Wanderungen eine Höhle gefunden hatte, hatte ich noch weitere Dinge gelagert – einen selbstgemachten Bogen aus Eschenholz, Pfeile mit Messingspitzen, Angelzeug, zwei Angelhaken aus echtem Stahl und noch zehn vergrabene Dollar. Die Pfeilspitzen und Angelschnüre waren billig gewesen; aber es hatte mehrere Wochen gebraucht, genug Geld für die guten Angelhaken zusammenzusparen; Stahl ist heutzutage rar und kostbar.

Ich kletterte über die Pfähle der Palisade, während die schläfrige Wache außer Sicht auf ihrem Rundgang war, und machte mich von dannen, den Abhang des Berges hinauf. Die Emmia, die in meinem Herzen redete, hörte auf, über Knochen zu jammern. Ich dachte an das tatsächliche Mädchen mit den weichen Lippen, das sicher wollte, daß ich zurückkehrte und meine Dienerzeit durchstünde, obwohl ich im Fleische nichts Heißeres getan hatte, als sie mir bei jenen ziemlich traurigen privaten Spielen neben mich in mein Bett zu denken.

Während ich den steilen Hang hinaufklomm, weg von der

Stadt, beschloß ich, nur einen oder zwei Tage wegzubleiben, wie ich es schon manches Mal getan hatte. Gewöhnlich war das an meinem regulären freien Tag gewesen. Nicht immer: Ich hatte schon früher Ärger riskiert und war mit allerhand Schmus davongekommen. Diesmal würde ich so lange bleiben, wie der Schinken vorhielt, und mir eine tolle Schnurre für meine Rückkehr ausdenken, um die Wirkung von Jons Lederriemen auf meinem Buckel zu mildern – nicht, daß er mir jemals sehr weh tat, dazu fehlten ihm sowohl die Muskeln als auch aktive Grausamkeit. Die Entscheidung machte mich ruhiger. Als ich tief im Schutz der hohen Wälder war, stieg ich auf einen Ahorn, um mir den Sonnenaufgang zu betrachten.

Von dort oben war die Sicht auf die Straßen, die aus Skoar herausführten, noch durch die Wälder verstellt. Skoar war substanzlos, eine Phantomstadt, gefangen und gehangen in einem Schleier frühen Lichts. Ich glaube, ich war mir gleichzeitig auch seiner prosaischen Realität bewußt: ein Knäuel von zehntausend Menschenwesen, die sich für einen weiteren Tag rüsteten, an dem sie arbeiten, schwindeln, faulenzen und einander ins Gesicht treten würden; hie und da vielleicht einer, der versuchen würde, es nicht zu tun.

Bevor ich meinen Ahorn erreicht hatte, hatte ich den perlenden Ruf der ersten Vögel gehört. Nun würde bald das Feuer der Sonne über den Rand steigen; die Sänger waren hellwach, ihre Musik plätscherte hin und her über die Welt. Ich vernahm einen weißkehligen Sperling, der nicht viel weiter nach Norden ziehen würde. Rotkehlchen und Specht – konnte ein Morgen ohne sie beginnen? Ein Kardinal schoß vorbei, brennend vor Farben. Ein Paar weißer Papageien erhob sich von einer Platane, um über die Bäume zu streichen, ich hörte eine Waldtaube, und ein Zaunkönig ließ in einer Kaskade regenbogenfarbener Töne sein kleines Herz bersten. Ich beobachtete ein Paar weißgesichtiger Affen in einem Süßgummibaum nahebei; meine Gegenwart störte sie nicht. Das Männchen duckte den Kopf, damit sein Weibchen ihm den Nacken kraulen konnte. Als sie dessen müde war, packte er sie beim Gesäß und verschaffte sich ein bißchen Liebe, eine Gegenleistung, die er mit seinem Lieblingswerkzeug ausführte. Dann hockten sie zusammen, die Arme umeinander gelegt, die langen schwarzen Schwänze herunterhängend, und er gähnte mich an: »Iii-uuu!« Als ich den Blick von ihnen abwandte, stand der Osten in Flammen.

Plötzlich wollte ich wissen: Woher kommt sie, die Sonne? Wie wird sie für den Tag angezündet?

Bedenkt, in jenen Tagen hatte ich nicht den Fetzen einer anständigen Bildung. In der Schule hatte ich mich durch zwei Bücher hindurchgeschuftet, das Buchstabierbuch und das Buch der Gebete. Bei einem Fest der Vaganten hatte ich, als ich dreizehn war, ein Sexpamphlet aufgelesen, weil ich dachte, es hätte Bilder, und hätte fast ein Buch über Träume gekauft, wenn es nicht einen Dollar gekostet hätte. Ich hatte vom Buche Abrahams gehört, das man die eine Quelle der wahren Religion hieß, und ich wußte, daß gewöhnliche Menschen es nicht lesen durften, auf daß sie es nicht mißverständen. Bücher, so sagen die Priester, sind alle mehr oder weniger gefährlich und hatten großen Anteil an der Sünde des Menschen in der Alten Zeit; sie bringen die Menschen in die Versuchung, unabhängig zu denken, was in sich selbst schon eine Abwendung von Gottes liebevoller Führung bedeutet. Was andere Arten des Wissens anbelangt – nun, ich hielt Old Jon für beachtlich weise, weil er die Rechnungen der Gäste mit der Rechentafel in der Schankstube addieren konnte.

Ich glaubte, wie man es mich gelehrt hatte, daß die Welt aus einer Landfläche von dreitausend Quadratmeilen bestand und daß sie ein Garten gewesen war, in dem Gott und die Engel frei unter den Menschen einherwandelten und Wunder vollbrachten, bis vor ungefähr vierhundert Jahren die Menschen sündhafter Weise nach verbotenem Wissen lüsteten und alles verdarben. Jetzt müssen wir die Strafe abbüßen, bis Abraham, der Sprecher Gottes, Werbetrommler der Erlösung, dessen Erscheinen von dem alten Propheten Jesus Christus, manchmal Pate genannt, geweissagt war, Abraham, von der Jungfrau Cara in den Jahren der Verwirrung in der Wildnis geboren, für unsere

Sünden gerädert in Nuber im siebenunddreißigsten Jahr seines Lebens, bis eben dieser Abraham zur Erde zurückkehrt und alle Seelen richtet, die wenigen errettend und die vielen ins immerwährende Feuer verstoßend.

Ich wußte, daß man das Jahr 317 zählte, von Abrahams Geburt an gerechnet, und daß alle Nationen sich in dieser Zeitrechnung einig waren. Ich glaubte willig, daß auf jeder Seite jenes dreitausend Quadratmeilen großen Erdhaufens das große Meer sich ausdehnte, hinaus bis an den Rand der Welt. Aber – was hatte es mit diesem Rand auf sich? Das Buch Abrahams, so sagten die Priester, enthüllt nicht, wie weit draußen der Rand ist – Gott will nicht, daß die Menschen es wissen, deshalb. Als ich das in der Schule hörte, hielt ich natürlich den Mund, aber es gab mir zu denken.

Meine Zweifel waren allesamt jung und tastend: neues Gras, das sich durch den Morast des Winters hochkämpft. Beachtlich erschien es mir in der Tat, daß der Blitz nie auf mich niederfuhr, ganz gleich, wie sehr ich sündigte. Zum Ende meines letzten Schuljahres wurde eine ganze Woche dem Thema der Sünde gewidmet; Pater Clance, der Schulleiter, kümmerte sich persönlich darum. Die Rote Hure gab uns Rätsel auf: wir wußten, daß Huren ihre Gesichter bemalten, aber es klang so, als sei diese am ganzen Leibe rot – ich kam nicht mit. Wir wußten, was der gute Pater im Sinn hatte, wenn er von der Sünde der Selbstberührung sprach, obwohl wir es Wichsen nannten; einige der grüneren Jungs verstörte es zu hören, daß einem dabei die Organe blau werden und alsbald abfallen würden; zwei wurden ohnmächtig, und einer rannte hinaus, um zu kotzen. Mädchen und Jungen hatten in jener Woche getrennten Unterricht, also weiß ich nicht, was für eine hochheilige Information den Miezen eingetrichtert wurde. Ich sah ein, daß ich für Gott allzu unbedeutend war, als daß er hätte nach mir sehen können, denn ich hatte die Technik schon mindestens vier Jahre zuvor im Waisenhaus gelernt, war nicht einmal hellblau und hatte noch alles. Pater Clance war groß und blaß; er sah so aus, als täte ihm der Magen weh und jemand anders sei schuld. Man hatte das Gefühl, Gott hätte doch, bevor er drauflospfuschte und die Menschenwesen als Mann und Frau erschuf, so gut sein können, zuerst Pater Clance zu konsultieren.

Die Kirche ließ keinen Zweifel daran, daß alles Sexuelle sündhaft, verabscheuungswürdig, schmutzig war – selbst vom Verkehr zu träumen war eine ›Verunreinigung‹ – und gleichzeitig die äußerste Ehrfurcht heischte. Es gab andere Ungereimtheiten; unvermeidlich, nehme ich an. Die Kirche und die von ihr beherrschten weltlichen Regierungen wünschen natürlich eine Zunahme der Bevölkerung; bei so vielen sterilen Ehen und Möh-Geburten – etwa eine von fünf – ist die Welt ziemlich leer. Doch ebenso ist die Kirche dem Glauben verpflichtet – sein Ursprung ist mir schleierhaft –, daß jeglicher Genuß verdächtig ist und nur die Freudlosen tugendhaft sein können. Daher geben sich die Machthaber alle Mühe, die Fortpflanzung zu ermutigen und mit feierlichem Ernst wegzugucken. Ein bißchen wie das kleine Spektakel, das wir vorführten, als ich bei Rumleys Vaganten war: vier Paare futtern an einem vornehmen Mahl, Sklaven buckeln den Braten herein, und diese Aristokraten unterhalten sich gewichtig über das Wetter, die Mode, die Angelegenheiten der Kirche und verlieren kein Lächeln – aber die Zuschauer können unter den Tisch schauen, wo ein Gefummel und Gerangel von Fingern und entblößten Schenkeln und geöffneten Schambeuteln gar wundersam zu sehen ist.

Pater Clances Geist konnte diese Art von Widersprüchlichkeit ohne Schmerzen verkraften; der meine nicht. Religion erfordert eine besonders kultivierte Taubheit gegen Widersprüche; ich bin zu sündig, die zu erlernen.

Natürlich begriff ich mit vierzehn, daß man mit den Lehren der Kirche nach außen besser laut und deutlich übereinstimmte – denn sonst! Ich sah meine erste Atheistenverbrennung, nachdem ich meinen Dienst im Stier-und-Eisen angetreten hatte. Die Attraktion war ein Mann, der seinem Sohn erklärt haben sollte, niemand sei je von einer Jungfrau geboren worden. Mir ist nicht klar, wie ihn das zum Atheisten machte, aber ich hütete mich zu fragen. In Moha waren die Verbrennungen immer Teil des Frühlingsfestes – für Kinder unter neun war die Anwesenheit nicht Pflicht.

Von meinem Ahorn aus verfolgte ich die Geburt und das Wachsen des Tages. Unerwartet kam mir der Gedanke: wie denn, wenn jemand hinaussegelte bis zum Rand?

Es war zuviel. Ich scheute vor dem Gedanken zurück. Ich glitt von meinem Baum herunter und kletterte weiter durch tiefen Wald, wo die Hitze des Tages stets mäßig ist. Ich bewegte mich langsam, um nicht ins Schwitzen zu geraten, denn der Geruch dringt weit und könnte das Interesse von braunem Tiger oder schwarzem Wolf erwecken. Gegen schwarzen Wolf hatte ich mein Messer – er haßt Stahl. Tiger schert sich nicht um Messer – ein Schlenker mit der Pranke genügt –, aber gewöhnlich meidet er bergiges Land, um den Weidetieren zu folgen. Es heißt, er habe einen gewissen Respekt vor Pfeilen und vor Wurfspeeren und Feuer, obwohl ich gehört habe, daß er einen Feuerkreis übersprang, um sich einen Mann zu holen.

An jenem Morgen war ich über diese uralten Feinde nicht allzu besorgt. Mein gefährlicher Gedanke zeugte weitere: angenommen, *ich* führe zum Rand und sähe, wie die Sonne Feuer fing ...?

In dichten Wäldern herrscht zu jeder Tageszeit die Ungewißheit des Zwielichts. Gegenstände scheinen mehr und auch weniger als real zu sein, wenn das Licht durch die Blätter auf sie herabfällt. Ein Stück Nacht verweilt. Die Frage, was hinter dir ist, kann etwas anderes als Furcht beinhalten. Statt einer Gefahr folgt dir vielleicht ein gutes oder erwünschtes Wesen, wer kann's wissen?

Meine Höhle auf dem Nordberg war ein Spalt in einem Felsen, der sich im Innern zu einem Raum von vier Fuß Breite und zwanzig Fuß Tiefe weitete. Der Spalt verlief nach oben ins Dunkle, doch mußte er das Freie erreichen, da ein Zug wie der eines Kamins die Luft frisch hielt. Schwarzer Wolf könnte hereinkommen, Tiger auch, obwohl der wenig Platz zum Manövrieren fände. Ich hatte Mokassinschlangen verscheucht, als ich die Höhle entdeckte, und mußte vor ihrer Rückkehr auf der Hut sein; mit einem Zweig über den Boden zu fegen und nach Skorpionen zu fahnden, war eine weitere Haushaltsroutine. Der Zugang zur Höhle führte über ein schmales Felssims, das sich vor der Höhle verbreiterte und genug Erde für ein wenig Gras hatte, um dann steiler zum anderen Ende des Felsens weiterzuführen. Die Höhle war auf der Ostseite des Berges, auf Skoar im Süden verstellte er den Blick. Nachts konnte ich kleine Feuer machen und die Glut nach Visionen unentdeckter Orte, entlegener Zeiten und anderer Ichs durchforschen.

An jenem Morgen schaute ich zuerst nach meinem Bogen und der anderen Ausrüstung. Alles da, aber ich hatte ein merkwürdiges Gefühl. Ich feuchtete meine Nase an, um die Geruchswahrnehmung zu verschärfen; nichts. Als ich die Ursache entdeckte, an der Rückwand, über die mein Blick unbewußt gegangen sein mußte, war ich nicht viel klüger. Ein Bild war mit der Spitze eines roten Steins auf die Wand gezeichnet worden. Das mußte nach meinem letzten Besuch im November geschehen sein. Die Zeichnung stellte zwei gesichterlose Strichfiguren mit männlichen Geschlechtsteilen dar. Ich hatte von den Nachrichtenzeichen der Jäger gehört, aber dies hier sah nicht danach aus. Die beiden Figuren standen bloß so da. Die eine hatte gute menschliche Proportionen, Ellbogen und Knie waren angewinkelt, die Finger und Zehen sorgfältig angedeutet. Die andere war genauso groß, aber ihre Arme waren zu lang und die Beine zu kurz und ohne Knie-Krümmung. Ich fand keine Spuren, nichts war in der Höhle zurückgelassen worden und auch nichts gestohlen.

Ich gab's auf. In der Zeit seit November war jemand hier vorbeigekommen und hatte meine Ausrüstung nicht angerührt; es war nicht anzunehmen, daß er Übles gegen mich im Schilde führte. Ich vergewisserte mich, daß ein Hufeisen, welches ich unter einem Felsen vor der Höhle versteckt hatte, noch an seinem Platz war; allerdings hatte ich nie gehört, daß Hexen oder andere übernatürliche Wesen Bilder hinterließen. Ich sammelte frische Zweige für mein Schlaflager und einen Stoß Brennholz, und legte mich hinaus in die Sonne, um meinen Tagträumen nachzuhängen; bis auf meinen Messergürtel war ich nackt. Wie fänden wir je – ohne solchen Müßiggang ab und zu – neue Methoden, den Mond vor den Grashüpfern zu beschützen? Das Bild vergaß ich nicht, aber ich nahm an, der Besucher war schon lange weg. Meine Gedanken segelten hinaus über die Grenzen des Tages.

Ich dachte an Reisen.

Der Hudson-See, Moha-Wasser, die Lorente- und Ontara-Seen – ich wußte, das waren alles Arme des großen Meeres, das die bekannte Welt in Inseln unterteilte. Ich wußte, daß der Hudson-See an vielen Stellen kaum eine Meile breit ist, leicht befahrbar für kleine Boote. Und ich wußte, daß Dreißig-Tonnen-Ausleger aus Levannon durch Moha-Wasser in den Ontara-See segelten und von da nach Seal Harbor am Lorenta-See, wo der größte Teil unseres Lampenöls herkommt. Seal Harbor ist noch auf Levanneser Boden, die äußerste Spitze jenes langen, schlangenförmigen Landes und die Hauptquelle seines Reichtums, der nördlichste Außenposten der Zivilisation, wenn man ein Höllenloch wie Seal Harbor zivilisiert nennen kann. (Ich war bei Rumleys Vaganten und fünfzehn Jahre alt, als ich dort war. Shag Donovans Robbenschläger wollten über eines unserer Mädchen herfallen, was nirgendwo sonst in der Welt bei Vaganten versucht werden würde. Als sie weiterzogen, waren drei seiner Leute tot und der Rest sehr nachdenklich.) Jenseits von Seal Harbor fahren die Schiffe weiter den Lorenta-See hinauf zum großen Meer, und dann südwärts an einsamen Küsten entlang, um mit den Stadtstaaten von Main und dann den berühmten Häfen von Nuin – Newbury, Old City, Hannis, Land's End – Handel zu treiben. Jene nördliche Passage ist, so sagten die Reisenden im Stier-und-Eisen, lang und gefährlich. Nebel verhüllt oft beide Küsten, und das sind Küsten, an denen sich roter Bär und brauner Tiger tummelten und die Menschen nichts verloren haben. Nichtsdestoweniger galt diese Route als sicherer als die südliche durch den Hudson-See und an der Küste von Conicut vorbei; und auch Schiffe aus Levannon, beladen mit den Industriewaren aus Nuin, kehrten gewöhnlich über den nördlichen Weg zurück, lieber gegen widrige Winde und Ströme ankämpfend als einen Zusammenstoß mit den Piraten von den Cod-Inseln riskierend. Mit den Piraten haben wir jetzt aufgeräumt, aber zu jener Zeit setzten ihre Kampfkanus und Schnellboote den Nationen übel zu.

Auf meinem Felsvorsprung faulenzend, dachte ich an jenem Morgen: Wenn die Dreißig-Tonner aus Levannon des Handels wegen so weit nach Norden fahren, warum segeln sie aus Neugier nicht noch viel weiter? Sicher, ich war ein Ignoramus. Nicht einmal den Hudson-See hatte ich gesehen. Ich wußte nicht, daß Neugier nicht weitverbreitet, sondern in trauriger Weise rar ist, und wie konnte ich mir ohne Erfahrung die Einsamkeit des offenen Meeres vorstellen, wo das Land nur noch eine Erinnerung ist und es keine Orientierungspunkte gibt, nach denen man steuern kann, es sei denn, jemand an Bord kennt das Geheimnis, wie man nach den Sternen die Position bestimmt? So fragte ich den Morgenhimmel: Wenn niemand es wagt, außer Sichtweite des Landes zu segeln, und wenn das Buch Abrahams nicht erklärt, wie weit der Rand und was jenseits ist, wie können die Priester behaupten, es zu wissen?

Warum können nicht auch noch andere Länder diesseits des Randes sein? Wie wissen sie überhaupt, daß es einen Rand *gibt?* Vielleicht war das dem Buche Abrahams zu entnehmen, wenn man es lesen durfte, aber wie stand es mit der Seite jenseits des Randes? Es mußte eine geben. Und etwas noch jenseits der anderen Seite. Wie also, wenn *ich* segeln würde – gen Osten – immer weiter ...

Nicht doch, dachte ich – nicht doch, Faselhans! Aber mal angenommen, ich würde nach Levannon reisen – das war nicht weit –, wo ein junger Mann auf einem Dreißig-Tonner anheuern konnte?

Mal angenommen, ich würde gleich jetzt aufbrechen oder wenigstens morgen?

3

Ich dachte an Emmia.

Einmal hatte ich sie, von der Straße aus, nackt an ihrem Fenster gesehen; sie machte sich fertig fürs Bett. Dickes, altes Efeugeränk kletterte zum zweiten Stock des Gasthofes hinauf, wo ihr Zimmer war. Hinter den Blättern sah ich sie, wie sie ihr rotbraunes Haar aufband und über die Schultern herabfallen ließ; sie kämmte es und sah sich dabei im Spiegel zu, dann stand sie am Fenster und blickte eine Weile in die Nacht hinaus. Das nächste Gebäude hatte eine Brandmauer, an der ich stand. Kein Mondlicht, sonst hätte sie mich gesehen. Irgendein Impuls veranlaßte sie, ihre linke Brust in ihre zur Tasse geformte Hand zu legen, ihre blauen Augen gesenkt, und ich war entzückt, den breiten, tiefen Bogen ihres Beckens und das dunkle Dreieck, das gerade noch über dem Fensterbrett erkennbar war.

Nackte Frauen waren nichts Neues für mich, obwohl ich nie einer nahegekommen war. Im Skoar gab es Nackttänze und obszöne Darbietungen, einschließlich solcher, wo man für ein paar Pfennige durch ein Guckloch einen Blick auf eine nackte Frau werfen konnte.* Das hatte ich mir leisten können. Aber jenes rosige Wunder im Fenster war *Emmia*, nicht bloß ein Bild oder eine Puppe oder eine von den verbrauchten Nackttän-

* Mit der widerwilligen Genehmigung der Kirche dürfen sie existieren; ein ganzer Paragraph in der gefeierten Kirchlichen Doktrin der Notwendigen Übel ist ihnen gewidmet. Dieses Monument schlauer Frömmigkeit soll vom Jünger Simon bei der vermutlichen Gründung der Kirche im Jahre 44 entworfen worden sein. Das Dokument, das sie als das Original ausgeben, ist allerdings auf einer Art von Pergament, das in Nuin, nicht in Katskil, erst vor ungefähr fünfzig Jahren entwickelt wurde. Ich habe es selbst bei einem Besuch in Nuber untersucht. Keiner der Gelehrten kann mit Bestimmtheit sagen, wann die Heilige Murkanische Geschichte in Erscheinung getreten ist, aber sie kann kaum seit mehr als zweihundert Jahre eine funktionierende Institution sein. *Dion M. M.*

zerinnen mit dem idiotischen dreieckigen Tuchfleck und dem Gesicht eines schmuddligen Wäschesacks, nein, sondern Emmia, die ich täglich in ihrem Kittel oder ihren Hosen bei Arbeiten in der Taverne sah – wie sie nähte, Staub wischte und die Sklaven beaufsichtigte, Kerzen machte, an den Tischen bediente und in mein Territorium hinauskam, um Eier einzusammeln, das Vieh füttern zu helfen oder die Ziegen zu melken. Emmia achtete auf ihren Rock, die Emmia, die ich kannte – einmal, als der alte Sklave Judd sie gedankenlos bat, doch so gütig zu sein und auf die Leiter zu steigen und ihm etwas hinunterzureichen, um sein lahmes Bein zu schonen, berichtete sie es ihrer Mutter und ließ ihn wegen unzüchtiger Absichten auspeitschen. Das war Emmia, und in mir tobte, wie stürmische Musik, das Verlangen.

Liebe? Ach, so nannte ich's. Ich war ein Junge.

Sie ging weg vom Fenster, und das Kerzenlicht erlosch. Ich weiß noch, wie ich in jener Nacht erschöpft in den Schlaf fiel, nachdem die Phantasie-Emmia auf meinem Strohlager ihre Schenkel geöffnet hatte. Aus dem Lager wurde ein Himmelbett: Ich erbte den Gasthof und Jons Vermögen als Belohnung dafür, daß ich Emmia vor einem tollwütigen Hund, einem durchgegangenen Pferd oder sonstwas gerettet hatte. Jons Worte des Segens für unsere Ehe, auf seinem Totenbett gesprochen, hätten ein Stinktier zur Religion bekehrt.

Ich hatte Emmia nicht noch einmal nackt gesehen, aber das Bild von ihr am Fenster blieb heiß in mir – (und ist es immer noch). Es war bei mir an jenem Morgen auf meinem Felsensims, während die Zeit auf den Mittag zuglitt …

Ohren und Nase warnten mich zuerst. Meine Hand schoß zum Messer, bevor meine Augen den unerhörten Besucher auf der Steigung des Felsenpfades entdeckten.

Er lächelte oder versuchte es.

Sein Mund – in einem breiten, flachen, haarlosen Gesicht – war jämmerlich klein. Schmutzig, maßlos fett, stinkend. An seinen ungeheuren langen Armen und seinen Stummelbeinen sah ich, daß er der Gegenstand jener Zeichnung sein mußte. Er hatte Knie, aber schlaff herabhängende Fettsäcke verbargen sie; seine Unterschenkel waren beinahe so dick wie seine häßlichen, kurzen Oberschenkel. Fast kein Haar war an ihm, und er trug keine Kleidung; ein Mann war er, aber was an ihm war, es zu beweisen, sah bei all dem Fett nicht größer aus, als was an kleinen Jungen hängt. Trotz der kurzen Beine war er so groß wie ich. Seine Gesichtszüge – platte Nase, winziger Mund, kleine dunkle Augen in aufgedunsenen Fettaschen – waren lediglich häßlich, nicht unmenschlich. Mit gurgelnder Stimme sagte er: »Ich gehen?«

Ich konnte nicht reden. Was immer mein Gesicht ausdrückte, es machte ihn nicht ängstlicher, als er schon war. Er stand einfach da und wartete, ein Elend in der Sonne. Ein Möh.

Überall sagt das Gesetz von Kirche und Staat einfach und eindeutig: *Ein Möh, geboren vom Weibe oder Tier, darf nicht leben.*

Man hört allerhand Geschichten. Eine Frau, selbst ein Vater bestechen manchmal einen Priester, um eine Möh-Geburt zu verheimlichen, in der Hoffnung, der Möh werde seiner Mißgestaltung entwachsen. Darauf steht der Tod, aber es kommt vor.

Conicut ist das einzige Land, dessen Gesetze auch den Tod der Mutter eines Möhs verlangen. Die Kirche ist bereit, im Zweifelsfall zu ihren Gunsten zu entscheiden. Die Tradition sagt, daß Dämonen, die den Möh-Samen pflanzen wollen, eine Frau unbemerkt während ihres Schlafs begatten können oder durch Zauber sie unnatürlich schläfrig machen; in solchen Fällen gelten Frauen nicht als schuldig, wenn nicht Zeugen beweisen, daß sie wissentlich mit dem Dämon kopulierte. Ein weibliches Tier, das einen Möh zur Welt bringt, wird gewöhnlich in schmerzloser Weise getötet, der Kadaver exorziert und verbrannt. Das Gesetz erinnert uns in seiner Toleranz auch daran, daß Dämonen bei hellem Tage die Gestalt von Männern annehmen können, und zwar mit solch verdammungswürdigem Geschick, daß nur Priester die Täuschung entdecken können ... Im Stier-und-Eisen schwirrte es nur so von Geschichten über heimlich geborene Möhs – einäugige geschwänzte, rothäutige, beinlose, zweiköpfige, hermaphroditische, pelzhäutige – die im Verborgenen heranwachsen und die Wildnis verunsichern.

Überall ist es die Pflicht eines Bürgers, einen Möh zu töten, wenn er ihn sieht, aber dabei behutsam vorzugehen, denn der dämonische Vater des Ungeheuers lauert vielleicht in der Nähe.

Er fragte noch einmal: »Ich gehen?« Seine Arme, riesig und wohlgeformt auf seinem schwammigen Körper, hätten einen Stier zerreißen können.

»Nein.« Das war meine Stimme. Nichts als Angst – wenn ich ihn gehen ließ, könnte er wütend werden.

»Junge-Mann-schön.«

Er meinte mich, verdammt noch mal. Aus Höflichkeit sagte ich: »Das Bild gefällt mir.« Er war verwirrt. »Striche«, sagte ich und deutete in die Höhle. »Gut.«

Er verstand – lächelte wenigstens, sabbernd, den Speichel über seine Brust wischend. »Komm mir. Zeigen Sachen.«

Ich sollte mit ihm gehen und vielleicht seinen Vater treffen?

Mir fiel ein, daß ich vor kurzem von einem Hexentreffen in Chengo gehört hatte, einer Stadt ziemlich weit im Westen von Skoar. Kinder hatten Dämonen gesehen, behaupteten sie. Ein zehnjähriges Mädchen sagte, sie sei von einer schlechten Frau in die Wälder gelockt und dort versteckt worden, wo sie zusehen mußte, wie jene Frau und andere aus der Stadt umhertollten und stoß-stoß mit Teufeln in Männergestalt spielten, die Tierköpfe hatten. Gerade wollte man sie aus dem Versteck zerren und dem Hexensabbat vorführen, als ein Hahn krähte und das Treiben endete. Das Mädchen wollte nicht schwören, daß die Dämonen in die Wolken aufgeflogen waren, und damit verärgerte sie die Leute; denn jedermann weiß, daß Dämonen das nun mal tun. Aber die Frau nannte sie bei Namen, so daß man diese verbrennen konnte.

Ich schlüpfte in meine Kleider und sagte: »Warte!« Ich ging in meine Höhle und bedeutete dem Möh, er solle draußen bleiben. Ich zitterte; er auch, draußen in der Sonne. Ich dachte, er würde vielleicht weglaufen, aber er blieb, ängstlich vor seinem eigenen Mut wie ein Mensch – und sobald dieser Gedanke einmal meinen Kopf betreten hatte, wollte er nicht wieder gehen. Was war denn wirklich so ungewöhnlich an ihm, abgesehen von seinen abscheulichen kurzen Beinen? Fettleibigkeit – aber das machte noch keinen Möh. Auch nicht das häßliche, verknautschte Gesicht, nicht einmal die Haarlosigkeit. Im öffentlichen Badehaus von Skoar hatte ich einen dunkelhäutigen Mann gesehen, der fast kein Schamhaar hatte und nur eine Spur von Flaum in den Achselhöhlen – niemand machte Aufhebens davon. Ich dachte mir: was, wenn einige dieser Möh-Geschichten erlogen sind? Mußte ein Wesen, das so menschlich war wie dieses, als Ungeheuer in den Wäldern leben, nur weil seine Beine so kurz waren? Und hatte ich nicht tausend Redereien über andere Dinge im Stier-und-Eisen gehört, von denen ich *wußte*, daß sie Ammenmärchen waren, deren Erzähler keinen Glauben erwarteten?

Ich schnitt mein Haferbrot entzwei. Ich hatte die vage Vorstellung, ihn wie ein wildes Tier durch Fütterung zu zähmen. Ich wollte meinen Talisman haben. Die Schnur war gerissen, und ich bewahrte ihn in meinem Sack, bis ich eine neue fand. Ich hob den Sack auf – wollte ich denn um Abrahams willen irgendwo *hingehen?* –, und der harte Klumpen des Talismans, den ich durch das Tuch spürte, beruhigte mich.

Solches Zeug schnitzen sie für Touristen in Penn, wie ich später auf meinen Reisen herausfand. Meine Mutter – oder jedenfalls jemand in dem Haus, in dem ich geboren wurde – muß mir dies Amulett gegeben haben, denn man hatte mir erzählt, es sei an meinem Hals gehangen, als ich im Waisenhaus eintraf; man ließ es mir. Wahrscheinlich habe ich mir daran die ersten Zähne ausgebissen. Es stellt einen Körper mit zwei Vorderseiten dar, einer männlichen und einer weiblichen; aus dem zweigesichtigen Kopf steht ein Messinghaken hervor, durch den man eine Schnur ziehen kann. Die Arme und Genitalien sind flach und unwirklich hineingeritzt. Keine Beine: Die Schenkel laufen in einem Klumpen zusammen, der unten abgeflacht ist, so daß man das Amulett auch aufrecht hinstellen kann. Wie die kleinen Götter ohne Hinterteil auskommen, weiß ich nicht – vielleicht erkennt man daran, daß sie Götter sind. Caron war von dem Ding fasziniert. Sie nahm es mit zu uns unter die Decke und sagte, es würde machen, daß wir immer zusammenblieben.

Ich brachte dem Möh das halbe Brot. Er griff nicht danach. Seine platten Nasenflügel bebten; sein Blick folgte, wie der eines Hundes, meinen Fingern, während ich ein Stück abbrach und es selber aß. Dann akzeptierte er den Rest und nagte daran, vor Gier lief ihm der Geifer heraus, obwohl er bei seinem Fett kaum unter Hunger gelitten haben konnte; bald war das Brot aufgezehrt. Er sagte: »Komm mir?« Er ging den Pfad hinein und schaute sich um. Wie ein kluger Hund.

Ich folgte ihm.

Diese Stummelbeine griffen ganz schön aus. Auf ebener Strecke watschelte er; auf ansteigenden Hängen drückte er die Hände auf den Boden, und das ergab einen schnellen Vierbeinerschritt. Bergabwärts war für ihn lästig; wo es ging, folgte er einer langen Linie schräg über den Hang. Er bewegte sich leise, wie ich es mir in den Wäldern auch angewöhnt hatte, er kannte das Land und mußte sich von ihm ernährt haben. Sicherlich hatte er keinen Namen.

Als Mündel des Staates hatte ich keinen Familiennamen. Nur Davy. Bildet euch nicht ein, die Sache mit dem Brot sei wirklicher, reifer Gutherzigkeit entsprungen. Alles, was im Alter von vierzehn an Gutheit in mir war, wuchs im dunklen, verdeckt von schäbigen und bösartigen Wirrnissen, die in meinem Innern ebenso waren wie in der Welt, in der ich lebte: Unwissenheit und und Furcht; Verachtung der anderen für meine Klasse, die ich auf die Sklavenklasse unter mir weiterleiten sollte, während alle Beteiligten von demokratischer Gleichheit schwadronierten; die Schwindeleien und ihre stillschweigende Duldung, die ich täglich bei den Menschen sah, und ihre Entschuldigungen dafür – ei, ei, so schlimm kann's nicht sein, denn seht nur, selbst die Adeligen sind Speichellecker, Zuhälter, Schwindler, Diebe, wißt ihr's nicht? Das ist, glaube ich, uralt, dieses Spiel, sich selbst reinzuwaschen, indem man auf den Schmutz am Stecken des anderen zeigt. Nein, ich war nicht gut, nicht barmherzig.

Da die Menschen ihre Ziele selbst wählen und bestimmen, kann das Gute ein Zweck in sich selbst sein, ohne daß übernatürliche Erfindungen herhalten müssen. Aber diese Idee hatte nie für mich Worte angenommen, bis ich die Worte aus Nickies Mund hörte. Doch glaube ich, mit vierzehn verstand ich in verschwommener Weise, daß, wenn man ein gutes Menschenwesen sein will, daran arbeiten muß.

Da war in meinem Geist dieser frühe Protest, die Anerkennung der Menschlichkeit des Möhs. Aber als ich ihm durch den Wald folgte, war ich vor allem von Furcht und einem schmutzigen Pläneschmieden beherrscht. In Schule und Taverne hatte ich gehört, daß Möhs anders waren als Hexen oder Gespenster. Als Abkömmlinge von Dämonen konnten sie nicht in die Luft verschwinden, durch Mauern dringen und Verwünschungen oder den bösen Blick benützen. Man darf sich Gott, so sagten die Autoritäten, nicht so vorstellen, als ob er einem elenden Möh solche Fähigkeiten zubilligte. Ein Möh starb, wenn man ein Messer in ihn hineinsteckte, und das Messer brauchte keine Silberspitze zu haben.

Wenn, sagte das Gesetz; nicht *falls*. Du mußtest, wenn du konntest; wenn nicht, dann hattest du dein Leben zu retten und die Nachricht weiterzugeben, damit der Möh von Professionellen mit priesterlicher Unterstützung gejagt und niedergestreckt werden konnte.

Das Leder meiner Messerscheide streifte meine Haut bei jedem Schritt. Ich fing an, den Möh widerwärtig zu finden, und stellte mir seinen höllischen Vater hinter jedem Baum vor. So baute ich das Ressentiment auf wie ein Narr, der nach Gründen für einen Streit sucht.

Wir erreichten einen der seitlichen Kämme des Berges, wo alte Bäume mächtig aufragten, tiefen Schatten unter ihrem ineinandergreifenden Geäst verbreitend. Zumeist waren es Fichten, die im Laufe der Jahre einen Teppich des Schweigens gewoben hatten. Dem Möh behagte diese Gegend nicht – auf ebenem und freiem Boden konnte ihn alles und jedes einholen. Mit besorgten Blicken zur Seite watschelte er weiter, nichts an ihm deutete darauf, daß er sich unter Dämonenschutz fühlte.

Es hieß nicht, daß immer ein *Dämon* bei einem Möh war …

Ich beschloß, ihn auf flachem Boden zu töten, und richtete meine Augen auf einen Fleck unter seiner letzten Rippe auf der linken Seite. Nach dem Stich könnte ich sofort aus der Reichweite seiner langen Arme springen, während er sein Blut verlöre. Ich zog mein Messer und hielt die Hand im Sack verborgen, aus Angst, er könnte sich umdrehen, bevor ich soweit war. Er räusperte seine Kehle, und das machte mich wütend – welches Recht hatte er, sich wie ein Mensch zu benehmen? Ich hatte jedoch das Gefühl, daß keine Eile wäre. Dieses flache Gelände erstreckte sich noch weit vor uns; ich wollte lieber warten, bis ich ruhiger war.

In der Taverne würde ich nicht angeben. Ich würde ein edles Stillschweigen bewahren: der Stalljunge, der einen Möh getötet hatte!

Man würde mich mit Begleitung wieder hier herausschicken, um die Überbleibsel zu finden und die Geschichte zu prüfen. Das Skelett würde reichen, in Anbetracht der Beinknochen, und mehr würden wir auch nicht finden; denn bis die Mission sich geeinigt hatte und aufbrach, hätten die Aaskäfer, Krähen, Geier und die kleinen wilden Aashunde ihre Stubenreinigung der Wildnis schon erledigt. Vielleicht würde ich etwas nahe beim Leichnam zurücklassen. Mein Amulett – das würde alle zum Schweigen bringen, die etwas ungläubig und hinter vorgehaltener Hand kichernd mir gefolgt wären.

Als mir der üble Geruch des Möhs in die Nase drang, überkam es mich, daß dies kein Tagtraum war. Ich würde vom Bürgermeister, vielleicht sogar vom Bischof von Skoar, ausgefragt werden. Die Familie Kurin, die vornehmste in der Aristokratie von Skoar, würde davon hören. Sie konnte mich reich machen, aus dem Dienerdasein befreien. Holla, ich würde auf einem stolzen Rotschimmel, den kein anderer anzufassen wagte, nach Levannon reiten, mit zwei Dienern dazu – nun, mit dreien; einer müßte vorauseilen und ein Zimmer für mich in der nächsten

Herberge reservieren, wo eine Magd mich auszöge und badete, mir auch im Bett zu Diensten wäre, wenn ich es wünschte. In Levannon würde ich einen Dreißig-Tonnen-Ausleger *kaufen,* und seht nur den grünen Hut mit einer Falkenfeder und auch das Hemd, ein Wunderwerk aus Penneser Seide, grün oder vielleicht golden! Als adoptierter Sohn des Adels konnte ich einen Lendenschurz in Farben meiner Wahl tragen, aber ich wäre bescheiden, ich würde beim Weiß des Freibürgers bleiben, solange es Seide war. Die Hosen mit dem Schambeutel, die gerade in Mode kamen, wollte ich nicht. Die ich gesehen hatte, schauten umständlich aus, und der Beutel war überflüssige Prahlerei. Mokassins aus Elchenleder würde ich haben, verziert mit Messing-Ornamenten. Ich könnte anfangen zu rauchen und hätte als reicher Mann eine Vorliebe für gut gekühlten Marawan und die besten hellen Tabake aus Conicut oder Lomeda.

Ich stellte mir vor, wie der alte Jon sich all seiner Unfreundlichkeit schämte und begierig wäre, sich eine Scheibe vom Ruhm abzuschneiden. Ich würde es zulassen. Sabbeldisapp, hat er nicht die ganze Zeit gewußt, daß der Junge es in sich hatte?

Mam Robson würde versuchen, mich mit ein paar ansehnlichen Vorfahren auszustatten. Schon einige Male hatte sie, wenn ich ihre Huld verdient hatte, gesagt, daß ich einem ihrer Verwandten ähnelte, der sich bis zum Hauptmann im Zweiten Kanhar-Regiment hinaufgedient und eine Baronstochter geheiratet hatte – was bewies, sagte sie, daß Menschen mit eckigem Kinn und großen Ohrläppchen in der Welt vorankamen –, das war für den alten Jon gesagt, der mehrere Kinne hatte, von denen aber keines besonders deutlich mit seinem Kieferknochen verbunden schien.

Wer kann sagen, was für ein Mann das Haus besuchte, in dem ich geboren wurde?

Ich interessiere mich für die Vielfalt der Zeit: Das ist ein Grund, warum ich hier hinter den Sternchen einschreite. Ihr solltet euch lieber an den Gedanken gewöhnen, daß mein Hirnkratzen – Abschweifung ist das Wort, das einige Leute vorziehen würden – nicht eine Unterbrechung der Handlung bedeutet, sondern eine andere Art von Handlung auf einer anderen Zeitebene. Euer viel mißbrauchter, liebenswürdiger Geist, ganz meschugge vor lauter Sorgen um Weib, Kind und Steuern und vor einem gewissen, fast überflüssigen Kopfzerbrechen eurerseits, ob ihr denn existiert, euer Geist also mag sich vielleicht nicht leicht mit der Vorstellung anfreunden, daß mehr als eine Zeitebene zulässig sei, aber versucht es mal damit. Inzwischen könnt ihr mich, auf der, na, sagen wir Sternchen-Zeitebene, kaum aufhalten, wenn ich behaupten will, daß Pappi ein großer Herr war, irgendein vornehmer Bonze, der inkognito durch Skoar reiste und mich in einem müßigen Moment zeugte, als er einen schnellen Steifen an sich bemerkte und gerade ein bißchen Kleingeld hatte – warum nicht? Nun, später werde ich auch erklären, warum nicht oder warum wahrscheinlich nicht. Hetzt mich nicht.

In meinen Kindheitsjahren habe ich meinen Vater gehaßt. Ich war sechs, als ich zufällig ein Gespräch bezüglich meiner Herkunft mitanhörte und Pater Milsom mich aufklärte, was Eltern sind; er sagte, mein Vater sei zweifelsohne nichts als ein ordinärer Puffkunde gewesen, und fügte eine Erklärung des Wortes ›Hure‹ hinzu, die, so unglückselig wie möglich für einen Sechsjährigen verbrämt, die Konfusion vollständig machte. Ja, ich verabscheute meinen namenlosen Vater; und doch, als Caron das erste Mal zu mir ins Bett kam, erklärte ich ihr, der Präsident von Moha habe verkleidet Skoar besucht und sei im Haus an der Mill Street abgestiegen, um ein Kind zu machen – mich. Danach war mir in bezug auf die ganze Sache wohler. Wem würde das nicht so gehen, mit einem Präsidenten in der Familie? Caron – meinen Segen auf sie – machte schnellverständig bei dem Spiel mit und entwarf großzügige Pläne voll Arsen und Blutvergießen für die Durchsetzung meiner Geburtsrechte.

Einige Nächte danach erfuhr ich, daß ihre Mutter neun Monate vor Carons Geburt eine leidenschaftliche Affäre mit dem Erzbischof von Moha hatte, der ebenfalls zufällig vorbeikam, ihre außerordentliche Schönheit bemerkte und seine

Sänftenträger zu ihr schickte, so daß sie ihn heimlich besuchen konnte. Kay, so hatten wir also auch Pläne für Caron, waren aber gewitzt genug, diese Vorhaben alle unter der Decke zu halten, wo wir uns manchmal Präsident und Präsidentin nannten und fürchterliche Eide schworen, niemals am Tag davon zu reden.

Wenn ihr diese Anekdote lustig findet, zur Hölle mit euch.

Während ich hinter dem Möh herlief, hörte meine überhitzte Phantasie auch Emmia Robson: »Davy, Schatz, und wenn *du* verletzt worden wärst?« Vielleicht auch nicht ›Schatz‹, sondern sogar ›Schnuck‹, der Kosename, den die Mädchen in Moha nicht benutzen, wenn sie nicht wirklich meinen, komm, versuch's mal. »Nein, Schnuck«, sage ich, »es war nichts dabei, und mußte ich das Biest nicht deinetwegen beseitigen?«

Ich verlegte die Konversation in ihr Schlafzimmer. Sie hatte ihr Haar heruntergelassen, um ihre Vorderseite zu bedecken, und so teilten meine Hände – sanft waren sie, aber eben doch die Hände, die die Welt von einem Monstrum befreit hatten – den weichen Vorhang und fanden die rosigen Knospen. Und hier und jetzt, im Wald hinter ihm hergehend, brauchte ich nur zuzu ...

Der Möh blieb stehen und sah mich an. Vielleicht wollte er mich über den Weg beruhigen oder mir eine Botschaft übermitteln, die die Kraft seiner Sprache überstieg. Ich nahm meine Hand aus dem Sack, ohne das Messer. Ich würde es nicht fertigbringen, das wußte ich, wenn er mich ansah. Er sagte »Gehen nicht ... nicht ...«

»Nicht weit?«

»Ist Wort.« Er war voller Bewunderung – was für ein Wunder, so viele Worte zu kennen wie ich! »Schlecht Ding kommen, ich hier, ich hier.« Er zeigte seine gewichtigen Arme. »Du ... ich ... du ... ich ...«

»Wir kommen schon zurecht«, sagte ich.

»Wir. Wir.« Er hatte das Wort selbst benützt, aber es schien ihn zu verstören oder ihm ein Rätsel aufzugeben.

»Wir bedeutet: du und ich.«

Er nickte in seinem Fleck blättergesprenkelten Sonnenlichts. Verwirrt und nachdenklich. Menschlich. Er grunzte, lächelte beinahe, schüttelte den Kopf und ging weiter. Ich steckte mein Messer in die Scheide und zog es an jenem Tag nicht mehr.

4

Die Region der großen Bäume endete. Als glitten wir in dunkles Wasser, so betraten wir einen Ort, wo wilder Wein vorherrschte; hier würde der Tag immer eine Art Abend sein. Die schleichende Gewalttätigkeit des Weins hatte einen Ahorn- und Eichenwald besiegt. Viele dieser Bäume waren tot und stützten nur noch ihre Mörder, andere lebten und verschafften sich genug Sonnenlicht, um eine sklavische Existenz fortzuführen.

Nichtsdestoweniger fand ich eine Unendlichkeit der Farben und Abwechslungen. Einige der leuchtenden Punkte in der Verschwommenheit über mir waren Orchideen. Ich erspähte einen rot und blau gefärbten Papagei und einen Tanager, der zuerst ein bewegungsloser Punkt war und dann eine Sternschnuppe. Ich hörte eine Waldtaube klagen – nach Klage klingt es, obwohl das, glaube ich, ihr Liebeswerben ist.

Der Möh blickte in das Geflecht hinauf und dann an meinen Armen und Beinen herunter. »Du nicht«, sagte er und zeigte, was er meinte, indem er eine Ranke ergriff und sich flugs hinaufzog, bis er dreißig Fuß über dem Boden war. Er bugsierte sich über einen Spalt und griff nach einer anderen Ranke und dann wieder nach einer. Nachdem er so eine große Strecke zurückgelegt hatte, wechselte er den Griff behende und kam zurück. Er hatte recht, das war nichts für mich. Ich bin auch ganz geschickt in den Bäumen und habe ein oder zwei Male in ihnen geschlafen, bevor ich meine Höhle fand, aber meine Arme sind nur menschlich. Er rief: »Du gehen Boden?«

Ich ging am Boden. Das Gehen wurde garstig. Er ging voraus, über einem bösartigen Dickicht aus abgefallenen Ästen, Splitterholz, Brombeersträuchern, Giftefeu, verfaulten Stämmen, aus denen im Bruchteil einer Sekunde Feuerameisen herausschießen konnten. Schlangen und Skorpione konnten hier lauern. Die schwarzgoldenen Kugelspinnen mit ihren aufgeblähten Körpern, so groß wie mein großer Zeh, hatten viele Netze ausgelegt; ihr Biß wird dich nicht umbringen, läßt dich aber wünschen, er hätte es getan.

Der Möh hielt sein Tempo niedrig, um sich mir anzupassen. Eine Viertelmeile solchen Kampfes brachte mich zu einem Gestrüpp von wilden Rosen, und ich kam nicht mehr weiter: zehn Fuß hohe, biegsame Stämme in einem wahnsinnigen Geflecht, zäh wie Elchflechsen und grausam scharf wie Wieselzähne. Dahinter sah ich einen Baum, der womöglich der größte in Moha war, ein Tulpenbaum mit mindestens zwölf Fuß im Durchmesser am Boden. Der Wein hatte ihn vor langer Zeit gefunden und war wild und toll an ihm hinauf ins Sonnenlicht gewuchert, würde aber vielleicht noch einmal hundert Jahre brauchen, den Riesen zu töten. Mein Möh war da oben und zeigte auf eine Ranke, die auf meiner Seite des Dornbuschgeflechts herabhing und mit den Schlingen, die den Baum umgaben, verbunden war. Ich kletterte hinauf und arbeitete mich hinüber; er griff nach meinem Fuß und setzte ihn behutsam auf einen Zweig.

Sobald er sich vergewissert hatte, daß ich in Sicherheit war, kletterte er aufwärts, und ich folgte ihm, ungefähr sechzig Fuß. Es ging so leicht wie auf einer Leiter. Die Äste des Baumes waren kleiner geworden, die Weinblätter – bei zunehmendem Sonnenlicht – dicker, als wir zu einer Masse kreuzweise geschichteten Holzes und verwobener Ranken kamen. Kein Adlernest, wie ich törichterweise zuerst dachte – kein Vogel konnte Hölzer dieser Größe aufheben –, aber doch ein Nest, sechs Fuß im Durchmesser, auf eine doppelte Astgabelung aufgesetzt, so kundig geflochten wie nur igendein Weidenkorb auf dem Kornmarkt, und mit Moos ausgepolstert. Der Möh schlüpfte hinein und machte mir Platz.

Er redete mit mir.

Mir war keineswegs wie im Traum zumute. Habt ihr als Kinder je, wie ich ab und zu mit Caron, das Spiel gespielt, in dem man sich Phantasieländer vorstellt? Man hat vielleicht beschlossen,

daß man, sobald man durch die Öffnung in einem gegabelten Baumstamm schreitet, eine andere Welt betritt. Wenn man dann tatsächlich den Schritt gemacht hat, fand man, daß man sich weiter auf seine Einbildungskraft verlassen und so tun mußte als ob. Und ich weiß, wie schmerzlich das war. Angenommen, ihr hättet wirklich und wahrhaftig auf der anderen Seite des Baumes einen Drachen getroffen, eine blaue Schimäre, einen Cadillac*, ein Elfenmädchen ganz in grün ...?

»Ich sehen vorher«, sagte der Möh. Also hatte er mich bei meinen anderen Ausflügen zum Nordberg beobachtet; ich mit meinen scharfen Augen und Ohren, von einem Monster beobachtet und ahnungslos! Allerdings hatte er wohl nicht nach Menschenart über die Vergnügungen eines Jungen geurteilt, der sich alleine wähnte; dieser tröstende Gedanke kam mir nach einer Weile.

Er berichtete mir von seinem Leben. Nur Bruchstücke der Sprache halfen ihm dabei, verkommen in all den Jahren, in denen er nur mit sich selbst hatte reden können – von der tatsächlichen Unterhaltung will ich hier nicht viel aufzeichnen. Er deutete in nordöstliche Richtung, wo die Welt, von unserer Höhe aus betrachtet, ein grünes Meer im goldenen Schimmer des Nachmittags war – irgendwo in der Richtung war er geboren worden, wenn ich ihn recht verstand. Er erwähnte eine Reise von ›zehnmal schlafen‹, aber ich kann nicht sagen, was für eine Entfernung er in einer Tagesreise zurückgelegt haben mochte. Seine Mutter, offenbar eine Bauersfrau, hatte ihn in den Wäldern aufgezogen. Geburt war für ihn eine Vagheit – »Anfangen dort«, sagte er und versuchte ungeschickt zu wiederholen, was seine Mutter ihm von der Geburt erzählt hatte; er ließ es sein, sobald ich zu erkennen gab, daß ich verstand. Vom Tod hatte er eine Vorstellung als von einem Ende. »Mutter Mann aufhören

---

* Jeder kann, nachdem er eine Kerze gestiftet, ein Gebet gesprochen und einen Dollar bezahlt hat, das Murkanische Museum im Keller der Kathedrale von Old City besuchen und die Fragmente alter Automobile besichtigen. Mit anderen Worten, Davy weiß sehr wohl, daß diese Mechanismen nicht legendär sind; er muß aber hier seinen Spaß treiben. *Dion M. M.*

leben« – bevor er geboren wurde, meinte er, glaube ich. Alles, was er sagen konnte, als er seine Mutter beschreiben wollte, war ›groß, gut‹. Ich nehme an, sie war eine kräftige Bäuerin, der es gelang, ihre Schwangerschaft in den ersten Monaten zu verbergen; vielleicht machte der Tod ihres Mannes die Sache einfacher.

Nach dem Gesetz muß jede Schwangerschaft umgehend den kirchlichen und zivilen Behörden gemeldet werden. Keine schwangere Frau darf nach dem fünften Monat alleingelassen werden, und bei jeder Geburt muß ein Priester anwesend sein, um zu entscheiden, ob das Kind normal ist, und es zur Seite zu schaffen, wenn er es für einen Möh hält. Das Gesetz hat einige wenige Lücken – die Vaganten zum Beispiel, immer unterwegs, können es viel öfter umgehen, als sie es tatsächlich tun – aber es ist da, schwer befrachtet mit religiöser und weltlicher Autorität. Die Mutter dieses Möhs hatte, während sie ihn bis zu einem Alter von acht oder zehn Jahren durchbrachte, keine andere Hilfe als die eines großen Hundes. Sicherlich einer der großen Wolfshunde, die eine Bauernfamilie braucht, wenn sie es riskiert, außerhalb der Palisaden zu leben. Der Hund bewachte das Baby, wenn die Mutter nicht bei ihm sein konnte, und wurde alt, während das Kind heranwuchs.

An Bord der *Morgenstern* haben wir zwei Wolfshunde, Dions Roland und Roma. Jetzt sind sie wieder freundlich, aber solange Dions Stimmung niedergedrückt war vom finsteren Kummer über die Ereignisse in Nuin – unsere Niederlage im Krieg, die erzwungene Flucht, die sichere Zerstörung fast aller Reformen, die eingeleitet worden waren, während er Regent und Nickie und ich seine inoffiziellen Berater waren –, traute sich niemand an sie heran außer Dion selbst; nicht einmal Nickie oder Dions Bettgenossinnen Nora Severn und Greta Shawn. Den Hunden mißfällt die Bewegung des Schiffes – Roland war zwei Tage lang seekrank –, aber sie halten sich mit geräuchertem Fleisch und Zwieback, den ihnen niemand mißgönnt, am Leben.

Gestern abend stand Nickie bei Sonnenuntergang an der

Reling, dieses eine Mal zurückblickend: dorthin, wo Nuin und die anderen Länder hinter dem Horizont liegen; Roland kam heran und lehnte sich sentimental an ihre Hüfte. Sie berührte seinen Kopf; abseits von ihnen sah ich zu, wie der Westwind sein graues Fell und Nickies leuchtendes, braunes Haar zerraufte. Es ist kurz geschnitten wie bei einem Mann, aber sie ist dieser Tage ganz Frau, in wenige schlichte Stücke gekleidet, die sie sich selbst aus dem Tuchvorrat des Schiffes geschneidert hat – notgedrungen, denn wir kamen alle nur mit dem an Bord, was wir an jenem häßlichen Tag gerade am Leibe trugen. Gestern trug sie in dem rotgoldenen Licht eine Bluse und einen Rock aus schlichtestem, braunem Nuineser Halbleinen – ganz Frau, aber in Rühr-mich-nicht-an-Stimmung, wie mir vorkam*; also ging ich nicht zu ihr, trotz eines Verlangens meinerseits, ihre kleine Taille zu umfassen und ihren braunen Hals und die Schultern zu küssen. Roland trollte sich, nachdem er die flüchtige Aufmerksamkeit ihrer Hand errungen hatte, zur Seite und legte sich aufs Deck, nicht allzu nahe, sie anbetend, aber es für sich bewahrend, darauf wartend, daß sie wieder zu ihm sähe. Es war ihm wohl bewußt, wie es mir bewußt ist, daß Frauen, trotz aller Zwänge männlicher und weiblicher Eitelkeit und männlich-weiblicher Torheit, doch immer noch Menschen sind.

Seine Mutter hatte dem Möh das Sprechen beigebracht, das jetzt durch die Jahre mangelnder Gelegenheit verkümmert war. Sie brachte ihm bei, sich in der Wildnis am Leben zu erhalten – durch Jagen, Fallenstellen, Fischen mit den bloßen Händen, durch das Auffinden eßbarer Pflanzen; wie man sich anschleicht, und, am wichtigsten, wie man sich versteckt. Sie lehrte ihn, alle Menschen zu meiden: Die würden ihn sofort umbringen. Ich habe keine Ahnung, was für eine Existenz sie sich für seine Zukunft ausmalte; vielleicht gelang es ihr, nicht daran zu denken. Auch weiß ich nicht, was ihn sein Leben ris-

---

* Wenn du's genau wissen willst, mein Lieber, ich habe mich nur gefragt, ob das Abendessen unten bleiben würde. *Miranda Nic etc.*

kieren ließ, als er sich mir näherte; vielleicht war es ein überwältigender Hunger nach irgendeinem Kontakt mit denen, die, wie er wußte, von seiner Art waren.

Zu einem gewissen Zeitpunkt zwischen seinem achten und zehnten Lebensjahr – »sie kommen nicht mehr«. Er wartete lange. Der Hund wurde von einem Waldbüffel getötet – kleine Teufelskerle sind das, nur halb so groß wie zahme Rinder, aber fürchterlich stark und intelligent; wir verloren einen Mann durch sie, als ich bei Rumleys Vaganten war. Der Möh erzählte mir den größten Teil dieser Geschichte in Zeichensprache, er weinte hemmungslos, als er vom Tod des Hundes sprach, und urinierte beiläufig durch den Boden des Nestes.

Als er das Gefühl hatte, daß seine Mutter ebenfalls gestorben sein mußte, machte er seine Reise von ›zehnmal schlafen‹. Ich fragte nach Jahren; er verstand mich nicht. Er verfügte nicht über die Mittel, mir zu sagen, wie oft die Welt sich in den Winterregenfällen abgekühlt hatte. Er mochte etwa fünfundzwanzig Jahre alt sein, als ich ihn traf. Im Verlauf jener Reise hatte ein Jäger ihn gesichtet und einen Pfeil in ihn hineingeschossen. »Kommt mich spitz-Holz Mann-schön.« Seine Hände würgten einen erinnerten Hals, er schrie und spie und gab ein feuchtes Heulen von sich, sein Mund stand offen wie eine kleine Wunde. Dann musterte er mich ruhig, um zu sehen, ob ich verstanden hatte, und ein Angstschauer fuhr mir den Rücken hinunter.

»Jetzt zeigen«, sagte er und erhob sich unvermittelt, um den Baum hinunterzuklettern, bis runter zum Boden. Im Inneren des Gestrüpps von Dornbüschen umgab ein Boden aus Felsbrocken den Baum; die Fläche war ein Kreis, dessen Radius sechs Fuß betrug. Er hatte sich da eine Festung geschaffen; nur eine Schlange konnte das Dornengestrüpp durchdringen. Die Steine fügten sich so genau aneinander, daß die wilden Rosen nicht auf die befestigte Fläche vordringen konnten; viele Lagen mußten sorgfältig aufgetragen worden sein – ja, und unter Mühen und Schmerzen ausgesucht und über das Dickicht herangeschleppt. Er hatte hier einen steinernen Hammer, einen Stein, der zu einem Hackbeil geformt war, ein paar andere Werkzeuge. Diese zeigte er mir, keineswegs sehr zutraulich, und bedeutete mir, stehen zu bleiben, wo ich war, während er etwas hinter dem Baumstamm holen ging.

Ich hörte, wie Steine sorgsam bewegt wurden. Seine Hände erschienen jenseits des Baumstammes und legten eine rosenfarbige Steintafel nieder; ich wußte, daß das der Markierungsstein eines Verstecks war. Er kehrte zu mir zurück und brachte ein Ding mit, desgleichen ich nirgendwo sonst gesehen habe.

Zuerst dachte ich, es handelte sich um eine merkwürdig geformte Trompete, wie Jäger und die Kavallerie sie benutzen, oder ein Kornett, das ich bei den Vaganten gesehen hatte, wenn sie Skoar besuchten und ihre Zelte im Park aufschlugen. Doch dieses goldene Horn ähnelte jenen Dingen nur so wie ein Rennpferd einem Ackergaul - beides ehrenwerte Kreaturen, aber eines davon ist Teufel und Engel zugleich und trägt den Regenbogen auf seinen Schultern.

Das weite, glockenförmig ausgestellte Ende, die zwei runden Windungen und die geraden Abschnitte des Gebläses zwischen der Glocke und dem Mundstück - oh, selbst wenn wir heutzutage solches Metall gießen könnten, wir könnten es doch nimmer so vollkommen formen. Ich wußte sofort, daß das Instrument aus der Alten Zeit war - in unserer hätte es nicht fabriziert werden können - und ich fürchtete mich.

Alte Münzen, Messer, Löffel und Küchengeräte, die nicht rosten - solche Gegenstände der untergegangenen Welt findet man oft beim Pflügen oder am Rande von Ruinen, die die Wildnis noch nicht ganz zugedeckt hat, wie jenen an der Mohanischen Küste des Hudson-Sees nahe dem Dorf Albany, die ins Wasser führen wie eine von den Göttern zurückgelassene Treppe. Wenn das Ding aus Alter Zeit eine eindeutige und harmlose Funktion hat, so darf der Finder es behalten, vorausgesetzt er kann einen Priester bezahlen, der die bösen Geister exorziert und das heilige Rad auf den Gegenstand stempelt. Mam Robson besaß eine Bratpfanne aus grauem Metall, die nie rostete; ihr Großvater hatte sie beim Umpflügen eines Maisfeldes gefunden und sie ihr bei ihrer Hochzeit vermacht. Sie benützte sie nie, zeigte sie aber gerne den Gästen für ein Oh! und Ah! und erzählte, wie ihre Mutter damit gekocht hatte, ohne Schaden zu leiden. Dann pflegte Old Jon schnaufend mit der Geschichte ihrer Entdeckung einzufallen, als wäre er dabei gewesen; und Mams trauriges Gesicht, das nicht Emmias rundem, hübschem ähnelte, sondern eher dem eines Maultiers aus Vairmant, brachte dann zum Ausdruck, daß *er* nicht der Kerl sei, *ihr* je so etwas zu finden, er nicht, es sei ja schon ein Wunder, wenn er einmal seinen Arsch lang genug hochkriege, um sich zu kratzen ... Wenn der alte Gegenstand zu seltsam oder unheimlich ist, vergräbt der Priester ihn, wo er keinen Schaden anrichten kann.*

In der Hand des Möhs war das Horn ein goldener Glanz. Ich habe seither wirkliches Gold gesehen; es ist viel schwerer und fühlt sich anders an. Aber ich nenne es ein goldenes Horn, denn lange hielt ich es dafür, und der Name steht immer noch für eine Art Wahrheit. Wenn ihr sicher seid, daß es nur *eine* Art von Wahrheit gibt, nur zu, schert euch weg, lest ein anderes Buch, geht mir aus dem Pelz.

Der Möh ließ es mich in die Hand nehmen, wobei ihm unbehaglich war. »Mutter Mann Ding sie sagen.« Mir war wohler, als ich das Radzeichen fand – irgendwann hatte irgendein Priester den Spuk hinweggebetet. Das Horn sammelte aus diesem schat-

---

* Oder, wenn er schlau ist, drückt er das Radzeichen drauf und schickt ihn einem der Geschäfte in den großen Städten, die sich auf Krimskrams für die Kultivierten spezialisieren – also für die Spinner. Eins in Old City ist dafür berühmt, daß es nichts verkauft, dessen vollkommene Nutzlosigkeit der Inhaber nicht garantieren könnte – Carries Antikengeschäft, ich erinnere mich gut daran. Da vom Regenten eine Ermutigung des Handels erwartet wird, kaufte ich so ein Ding aus der Alten Zeit, einen kleinen Zylinder aus mattem, grauem Metall mit spitz zulaufendem Ende. In dem Ende ist ein winziges Loch, aus dem ein ebenso winziges, metallenes Etwas herausspringt, wenn man am anderen Ende drückt; drückt man wieder, so springt das Ding zurück. Einer meiner philosophischen Ratgeber meint, es könnte in dem Phalluskult benutzt worden sein, von dem wir annehmen, er wurde privat neben dem öffentlichen Busen-Bauch-Schenkelkult des alten Amerika praktiziert: Ich finde das nicht sehr überzeugend. Ich glaube, man könnte mit dem Ding einen Esel aufscheuchen, aber warum sollte dazu irgendein gottverdammter spitzer Stock nicht genügen? Wir brauchen mehr Forschung. *Dion M. M.*

tigen Ort das Licht, war selbst eine Sonne. »Sie bringen, sagen, ich halten ... du blasen?« So wußte er also wenigstens, daß man damit Musik machte.

Ich blies meine Backen auf und versuchte es – Atemgeräusch und ein Röcheln. Der Möh lachte und nahm es hastig zurück. »Ich zeigen.« Sein kümmerlicher Mund verschwand fast im Mundstück, seine Backen spannten sich, anstatt sich aufzublasen. Dann hörte ich es sprechen.

Ich frage mich, ob ihr diese Stimme in eurem Teil der Welt kennt. Ich werde nicht versuchen, sie zu beschreiben – wie ich auch nicht versuchen würde, einen Eiszapfen zu beschreiben, der das Sonnenlicht in farbigen Zauber bricht, oder ein Bild des Windes zu zeichnen. Ich kenne nur einen Ort, wo Musik und Worte zusammengehören, und das ist das Lied.

Der Möh drückte auf eine der Klappen und blies einen anderen Ton, dann wieder einen anderen. Mit jedem Atemstoß blies er einen einzigen Ton und dachte nicht daran, die Töne zu verbinden – er hatte keine Ahnung von Rhythmus oder Melodie. Mir, ah, mir war schon beim ersten Ton der Kopf übergeflossen von Liedern, die ich in der Taverne, auf den Straßen, bei den Vaganten und in jener fernen Zeit, als die dicke Schwester Carnation für mich sang, gehört hatte. Für den armen Möh aber bestand Musik nur aus einzelnen, unverbundenen Tönen, endlos hintereinandergesetzt. Er hätte den ganzen Tag so blasen können und doch nichts dabei gelernt.

Ich versuchte, ihn zu fragen, woher er es hatte; er schüttelte den Kopf. »War es versteckt?« Wieder Kopfschütteln – wie sollte er mich auch verstehen? Das waren Fragen aus einer Welt, die nicht die seine war, die ihm kein Geschenk als das grausame der Geburt gewährt hatte. »Hast du damit deine Mutter gerufen?« Seine Augen blickten leer, als ob es da irgendeine solche Erinnerung geben könnte, die mich aber nichts anging, und ohne zu antworten trug er das Horn in das Versteck zurück.

Wieder sah ich seine Hände auf jenem rötlichen Stein und hörte, wie der Stein an seinen vorherigen Platz zurückgesetzt wurde; und ich wußte, ich würde die Stelle in zehn Sekunden finden, und wußte, das goldene Horn mußte mein sein.

Es mußte mein sein.

Mit einem Lächeln kam er zurück, entspannt nun, da sein Schatz in Sicherheit war … ja, auf eine Ehre erhebe ich Anspruch: Ich habe nicht noch einmal geplant, ihn zu töten, habe gar nicht mehr daran gedacht, außer in ein oder zwei flüchtigen Momenten. Das ist mein Stückchen Tugend.

Das Laternenlicht in unserer Kabine flackert, und meine Finger sind verkrampft. Ich brauche eine neue Feder – wir haben reichlich Bronzefedern dabei, aber mein Verbrauch darf nicht extravagant werden. Und ich würde oben gern etwas Luft schnappen. Vielleicht werde ich Kapitän Barr oder Dion besuchen oder Nickie daran erinnern, daß wir es noch nicht im Ausguck versucht haben. Die Nacht ist unruhig; die nordwestlichen Böen sind warm, kommen aber mit einiger Macht. Der Morgen kam in einer Explosion von Rot, und den ganzen Tag lang drückte meine Ohren das Vorgefühl eines Sturms. Die anderen Kolonisten – seit kurzem nennen wir uns so – sind entsprechend gereizt. Beim Mittagessen fing Adna-Lee Jason plötzlich ohne ersichtlichen Grund an zu weinen; zur Erklärung murmelte sie etwas über Heimweh und sagte dann, nein, nein, das habe sie nicht gemeint. Vielleicht werde ich mir nur etwas am Bug die Füße vertreten, das Wetter nach meiner Weise abschmecken und entscheiden, ob ich mit diesem Buch weitermachen will …

Ich mach' weiter, wenigstens sagt das Nickie. (Es war nicht schlecht im Ausguck. Ihr wurde schwindlig, und sie biß mir fester in die Schultern, als sie es beabsichtigt hatte, aber schon wenige Minuten später forderte sie mich heraus, es da oben noch mal zu versuchen, bei richtigem Windgang. Ach ja, kochen kann sie auch.) Ich mache weiter mit dem Buch, aber mir graut vor den nächsten paar Seiten.

Ich könnte über das, was mit dem Möh und mir passierte, lügen. Wir alle lügen über uns selbst und versuchen, die Welt mit einem Bild von uns zu täuschen, von dem die häßlichen Warzen abgerieben sind. Aber wäre es nicht ein fataler Trick, mit einer wahren Geschichte zu beginnen und dann beim ersten kritischen Punkt in Weißwascher-Lügen auszuweichen? Indem ich überhaupt mit dem Schreiben angefangen habe, habe ich die Warzen zu eurem Problem gemacht – natürlich ist das nicht ganz fair, da ich von euch oder eurer Tante Kassandra mit dem gelben Knickohr-Kater nie sehr viel wissen werde. Aber: heho, oder, wie meine Nickie bei anderer Gelegenheit gesagt hat: »Laß den Firlefanz, mein Schatz, mein Äffchen, mein Rübchen, mein Ein und Alles, mein Dies und Jenes, mein blauäugiger, trostreicher Bettwärmer mit dem langen Griff, laß den Firlefanz, dann werden wir immer reichlich davon haben.«

Die Idee kam mir, als der Möh und ich den Baum wieder hinaufkletterten, den steinernen Kreis unter uns lassend, und ich den Schmutz auf seinem Rücken sah. Ich fragte ihn: »Wo ist Wasser?«

Er wies in den Dschungel. »Ich zeigen trinken.«

»Waschen auch.«

»Waschen?« Es war seine Spezialität nicht. Vielleicht hatte er das Wort als Kind gekannt. Ihr erkennt meine List – einmal ihn richtig zum Waschen bringen, und er wäre lange weg von seinem Heim.

»Wasser nimmt weg Schmutz«, sagte ich.

»Schmutz?«

Ich rieb mir etwas Schmutz vom Handgelenk und wies auf seine persönliche Schmutzschicht. »Wasser-nimmt-weg , das heißt Waschen. Waschen gut, du gut aussehen.«

Die große Idee zündete wie eine Lampe voll Seehundöl – *eine* große Idee, nicht ganz die meine. »Waschen, sein wie du!«

Ich schwang mich an der Ranke hinaus, übel war mir, nicht nur vor Angst, er würde mich in seiner Entzückung küssen. Er folgte, Worte herausgurgelnd, die ich nicht verstand, und er glaubte, ich könnte ihn durch Wasserzauber mann-schön machen. Ich hatte nie beabsichtigt, konnte gar nicht beabsichtigt haben, ihm diesen Gedanken einzugeben.

Wir wanderten bergab, aus dem ekelhaften Dickicht heraus, und kamen auf freieren Boden. Ich merkte mir den Weg. Als wir das Ufer eines Baches erreichten, machte ich ihm klar, daß wir einen Teich brauchten; durch Erlen führte er mich zu der wunderbaren Stille eines Teiches im Sonnenlicht. Ich warf die Kleider ab und glitt hinein. Der Möh sah fassungslos zu – wie konnte jemand so etwas tun?

Mir war übel, weil ich wußte, was ich zu tun im Begriff war; ich ermunterte den Möh mit Grinsen und simplen Worten und gab eine Waschvorstellung, um ihm zu zeigen, wie man es machte. Endlich traute er sich hinein; für die Schönheit des Teiches hatte ich keinen Blick. Ich winkte ihn zu mir, das große Baby. Nirgendwo war das Wasser tiefer als drei Fuß, aber ich wagte nicht zu schwimmen; er hätte mich vielleicht nachgeahmt und wäre womöglich ertrunken. Mir war jetzt die Vorstellung entsetzlich, daß er durch mich zu Schaden gelangen könnte, zu irgendeinem anderen als dem Verlust, der, wie ich mir wieder und wieder einredete, ihm nichts ausmachen konnte – was konnte er denn mit einem goldenen Horn schon anfangen? Ich half ihm, zeigte ihm, wie er sich im Wasser bewegen müsse, um sein Gleichgewicht zu bewahren. Ich fing sogar selbst mit der Schrubbarbeit an ihm an.

Furchtsam, aber guten Willens machte er sich an die Arbeit, schnaubend und spritzend, und bald bekam er ein Gefühl dafür. Und schon lenkte ich seinen Blick auf mich, wie ich überrascht zur Sonne sah, um ihm zu bedeuten, daß ich an die Zeit und das Nahen der Dunkelheit denken mußte. Ich sagte: »Ich muß zurück. Wasch weiter, bis fertig.« Ich stieg aus dem Wasser und zog mich an, scheuchte ihn winkend ins Wasser zurück, indem ich auf den Dreck wies, der noch an ihm war. »Wasch weiter, nicht fertig. Ich geh' jetzt, komm aber wieder.«

»Fertig, ich sein ...«

»Wasch weiter!« sagte ich und haute ab. Er beobachtete mich wahrscheinlich, bis ich außer Sicht war. Als die Büsche mich verbargen, fing ich zu laufen an, und meine Übelkeit lief mit mir. Über den leichten Hang, hinein in die Schattenwelt des wilden

Weins und geradewegs zu seinem Baum, die Ranke hinauf, und wieder hinunter hinter dem Dornengebüsch. Ich fand den roten Stein sofort und hob ihn zur Seite. Das Horn war in graugrünes Moos gebettet. Das nahm ich mit, als Polsterung für das Horn in meinem Sack. Dann hinüber über die Dornensträucher, und weg war ich.

Ohne daß mir Gefahr vom Möh drohte, wenn sie das überhaupt je getan hatte, rannte ich so schnell wie zuvor, aber nun wie ein gehetztes Tier. Ein schwarzer Wolf hätte sich mühelos an mich heranmachen können.

Einige Male habe ich seitdem gewünscht, einer hätte mich erwischt – bevor ich Dion und die anderen Freunde kennenlernte, die ich heute habe, und unter ihnen die Beste, die auch die Weiseste ist, meine Frau, meine braunäugige Nickie mit den zarten Händen.

5

Vor drei Nächten – ich hatte keinen Wachdienst – brach eine Hölle von einem Sturm aus Nordwesten über uns herein, und auf stoben diese Seiten wie eine Schar aufgescheuchter Kobolde. Nickie griff diejenigen, die zum Bullauge flattern wollten, und ich griff Nickie. Dann kippte die Kabine und stand steil wie ein Scheunendach, die Laterne rauchte bösartig und ging aus, und wir fanden uns neben das Bett geworfen und hörten, wie das Meer zum Wahnsinn gepeitscht wurde. Doch unsere *Morgenstern* unterwarf sich die aufgewühlten Fluten; sie richtete sich auf und eilte mit arroganter Stetigkeit fort in die Dunkelheit.

Kapitän Barr hatte die Gefahr gerochen und, bereit wie ein Rennpferd, die Segel gerade im richtigen Maß reffen lassen; er befahl nicht einmal Wachverstärkung.

Ich sehe diesen vierschrötigen dunklen Felsblock von einem Mann noch vor mir, auf der Insel von Provinton im Jahre 327; denn ich war dabei, als die *Falke* an ihrem Liegeplatz abbrannte. Wir waren an Land gegangen, um die Kapitulation der Piraten anzunehmen und im Namen Nuins formell von allen Cod-Inseln Besitz zu ergreifen. Vielleicht wurde das Feuer durch einen Funken aus dem Kombüsenherd ausgelöst. In Sir Andrews Gesicht regte sich kaum ein Muskel, als das rote Entsetzen sich da draußen erhob und über die Decks wütete. Innerlich sterbend, wandte er sich zu uns und sagte: »Ich glaube, meine Herren, wir täten gut daran, unsere Schwierigkeiten nicht zu übertreiben.« Wenn Sir Andrews Barr zum letzten Mal stirbt, wird das mit einem ähnlichen stattlichen Kommentar geschehen, den er so gestochen ausspricht, daß man jedes Satzzeichen an der richtigen Stelle einklicken hört. Falls der Piratenboß, der alte Bally-John Doon, mit dem Gedanken gespielt haben sollte, das Feuer zu seinem Vorteil auszunutzen, muß er bei diesen Worten zerstoben sein; nachdem die Überlebenden der *Falke* an Land geschwommen und betreut worden waren, ging die Zeremonie weiter wie geplant.

Im Jahre 322, dem ersten der Regentschaft, träumte Barr schon von einem starken Schiff mit großer Takelage. Der Traum war einer Zeichnung in einem herrlichen Buch aus der Untergrundbibliothek der Häretiker entsprungen – einem Lexikon aus Alter Zeit. Wir haben es an Bord. Der Vorderdeckel und einige der einleitenden Seiten fehlen; an den Rändern sind Spuren von Feuer, und auf der brüchigen Seite, mit der das Buch nun beginnt, ist ein brauner Fleck. Ich glaube, jemand hat Blut verloren, nachdem er es aus einem heiligen Freudenfeuer rettete. Denkt euch eure eigene Geschichte aus. Von der Zeichnung angeregt, suchte sich Barr weitere Informationen über den Schiffsbau der Alten Zeit zusammen – soviel er kriegen konnte –, bis er durch Vermittlung der Häretiker mit Dion in Berührung kam und seine Konzeption mit dem Bau der *Falke*, und später der *Morgenstern*, verwirklichen konnte.

Als es in den letzten Tagen von General Salters Rebellion deutlich wurde, daß wir die entscheidende Schlacht um Old City wahrscheinlich verlieren würden, teilten wir die Bücher mit der Handvoll tapferer Häretiker, die bleiben wollten. Und in der Tat verloren wir die Schlacht und flohen auf der *Morgenstern* – die Vorstädte in Flammen, in allen Straßen der Pesthauch von Haß und Terror – eine schwere Entscheidung, für Dion schwerer als für uns übrige, nehme ich an. Das Lexikon war fast notwendig für uns; ich kann mir kein einzelnes Buch vorstellen, das uns mehr geben könnte.

Jene Häretiker, die zurückblieben, waren nicht allesamt nur ältere Leute. Auch eine stattliche Zahl der jungen blieb, aus Liebe und Hoffnung für Nuin, trotz allem. Sie nahmen das größere Risiko auf sich. Wir wagen uns lediglich ins Unerforschte; sie wagten es, in einem Land zu bleiben, das wieder unter die Herrschaft derer geriet, die sich im Besitze absoluter Wahrheit wähnen.

Kapitän Barr vertraut unseren tüchtigen Segeln, wie keine

Landratte das könnte, und er kennt das Meer in der Art, wie ich als Junge die Wildnis kannte. Als unnachgiebiger Perfektionist nennt er die *Morgenstern* das Experiment eines Anfängers. Das verbirgt aber nicht seine Liebe zu dem Schiff, die, glaube ich, jede Liebe übertrifft, die er je für eine Frau empfunden haben mag. Er heiratete nie und läßt kein Mädchen in sein Bett, das eine stetige Beziehung fordern könnte.

An jenem Abend, als der Sturm losbrach, hatten Nickie und ich nicht erwartet, daß sich das Universum auf den Kopf stellen würde, und so erwischte es uns in nacktärschiger Unschuld. Ich glaube nicht, daß es ihr was ausgemacht hat, nachdem sie einmal meine Ellbogen von ihren Knien losgemacht hatte.* Jetzt, wo sie dazu übergegangen ist, mit ihrem vollen Namen und Adelstitel zu unterschreiben, sehe ich natürlich aufregende Zeiten kommen. (Dma. Steht für »Domina«, die Anrede für eine Dame der Nuineser Aristokratie, ob ledig oder verheiratet.) Inzwischen habe ich schon gelernt, daß ich, wenn ich nach irgendeiner Unterbrechung zu diesem Manuskript zurückkehre, es am besten erst einmal untersuche, so wie ein Hund sich selbst absucht, wenn er eine Weile mit Kötern zusammen war, die eine andere entomologische Umwelt haben könnten. ›Entomologisch‹ hab' ich aus dem Lexikon der Alten Zeit, und ich finde es wunderbar, es bedeutet ›verlaust‹.

Jener Wind blies bis zum folgenden Nachmittag, ein schriller, anhaltender Ingrimm. Auf meiner Wache hatte ich das Steuer. Ich bin in jedem Wetter glücklich, wenn ich vor der Forderung stehe, die Neigung des Rades zum Chaos zu bezähmen – mit meiner Stärke und deren Forderung nach Ordnung, die ausreicht, aber gerade nur ausreicht, und unter meinen Füßen hundert Tonnen eines Menschenwerkes, das sich durch Raum und Zeit vorwärts kämpft. Ihr mögt eure Pferde haben; ich sage, es gibt kein Gedicht, das einem zweimastigen Schoner gleicht, und ich hoffe, daß es mir vergönnt sein wird, dann und wann auf

---

* Das war leicht – ich brauchte dir nur eine Brust vors Gesicht zu hängen.
Dma. Miranda Nicoletta St. Clair-Levison de Moha

einem Schiff zu fahren, bis ich zu alt bin, in die Speichen zu greifen, und meine Augen zu schwach sind, die unpersönliche Versicherung, die ein Stern uns gibt, zu lesen.

An jenem Tag des Windes mußte Bootsmann Ted Marsh mir seine Befehle durch Handzeichen übermitteln oder dadurch, daß er seinen Mund an mein Ohr brachte. Doch waren nur wenige Befehle nötig. Wir konnten nichts tun, als unter Klüver und Sturmsegel vor dem Wind zu laufen, und das taten wir und litten keinen Schaden. Am nächsten Morgen hatte sich der Aufruhr gelegt: Wir krochen nur noch, und wenige Stunden später lagen wir lahm. Und liegen es immer noch. Der Sturm hatte uns ausgespuckt in eine Windstille, und Nebel schluckte uns. Der umhüllt uns nun, und das Meer ist so still, als seien wir ans Ende allen Wollens, Suchens, aller Bewegung gelangt – alles Drängen vom Schweigen besiegt. Die Meeresoberfläche ist nicht, was sie war, als unsere Karten aus Alter Zeit angefertigt wurden. Die Erde hat sich verändert, samt denen, die auf ihr leben. Seit vor den Jahren der Verwirrung ist hier keines Menschen Schiff gesegelt.

Heute nacht dringt das Licht aus unseren Decklaternen immerhin ein paar Schritte weit. In der Kabine höre ich, wie Nebelfeuchtigkeit von schlaffem Segeltuch tropft. Die Tiere sind alle ruhig – Hühner und Schafe und Rinder schlummern wohl, und keinen Schrei tut Mr. Wilbraham, der am Aftdeck mit seinen zwei Schönen angebunden ist, die ihn wohl lieben, wenn es denn irgend jemand tut; selbst die Schweine quieken nicht mehr. Auch Nickie ist in süßen Schlaf versunken – sie schläft wirklich: Wenn sie es nur vortäuscht, kann sie ein Zittern ihrer schwarzen Augenlider nicht verhindern.* Vor ein paar Stunden sagte sie, der Nebel bedrücke sie nicht, sie habe vielmehr so eine Ahnung, daß sich dahinter etwas Erfreuliches verbergen könnte, eine Insel zum Beispiel.

---

* Biest! Kein Respekt für Shakespeare. Nennt seine Frau in einem Atemzug mit dem Rest des Viehs, ohne besondere Auszeichnungen. Reißt den Schleier von ihren intimsten Täuschungen. Ein Biest. Ich werde zu Fuß nach Hause gehn. *Nick*

Als ich dieses Buch begann, hatte ich vor, die Ereignisse in ihrer zeitlichen Reihenfolge zu schildern. Doch als ich heute morgen in der Stille des Nebels erwachte, fing ich an, über die verschiedenen Arten von Zeit zu grübeln. Meine Geschichte gehört in vier oder fünf von ihnen.

Jede Geschichte tut das, doch scheint es in der Literatur Brauch zu sein, eine Art dominieren zu lassen, während die anderen unterdrückt oder für selbstverständlich genommen werden. Ich könnte so verfahren, und ihr, die ihr ja vielleicht existiert, seid womöglich zu einfältig oder stur oder zu sehr damit beschäftigt, das Baby aus der Marmelade zu halten, um zu fühlen, daß etwas fehlt; aber ich würde es fühlen.

Da gibt es den Fluß der Ereignisse, den ich kurz nach meinem vierzehnten Geburtstag aufgenommen habe. Nennt das den Hauptfluß, wenn ihr wollt; übrigens werde ich ihn bald etwas schneller fließen lassen müssen, da ich nicht die Geduld besitze, ein Buch von sieben oder acht Millionen Wörtern zu schreiben. Außerdem: Es ist ja gut möglich, daß ihr existiert; aber wenn ich euch mit einem derartigen Buch konfrontieren würde, könntet ihr euch davor drücken, indem ihr behauptet, von Existenz sei keine Rede.

Da gibt es ferner die Geschichte, die ich lebe (von Fußnoten verfolgt), während das Schiff euch entgegenreist – falls die Reise nicht schon zu Ende ist: Ich sah nicht die Spur eines Kielwassers, als ich an Deck war; die Segel hängen mutlos, ein Stück Treibholz liegt in polierter Stille und ist dem Schiff kaum näher, als es vor einer Stunde war ... Der Haupterzählung könntet ihr kaum folgen, wenn ich euch nicht auch etwas von dieser anderen wissen ließe: Alles, was ich schreibe, ist von meinem Leben an Bord der *Morgenstern* beeinflußt – der Blick auf einen Wal vor einer Woche –, die Möwe, die uns folgte, bis sie plötzlich mit Entsetzen entdeckte, daß sie die einzige ihrer Art war, kehrt machte und gen Westen davonsputete –, und ich hätte dieses Kapitel hier und jetzt doch nie in dieser Art eröffnet, wenn Nickie vorletzte Nacht nicht beiläufig ein paar Worte über verschiedene Arten von Stürmen hätte fallenlassen. Sie dachte nicht an mein

Buch, rekelte sich nur müßig mit mir in der Ruhe nach einem Liebessturm, in dem sie fröhlich und wunderbar wild gewesen war (was nur einen von vielen Aspekten nennt) – mit scharfen Fingernägeln die Haut auf meiner Brust packend, als sie auf mir ritt, ein Engel und Teufel zugleich, mit Funkeln in den Augen, stöhnend, sich krümmend, lachend, weinend, stolz auf ihre Liebe, ihr Geschlecht und ihre tanzenden braunen Brüste, ganz Muskel und süßes Gewürz und Zartheit. Ruhig in der Nachglut, ihren dunklen Arm müßig über mich gelegt, sagte sie nur, daß kein Sturm einem anderen gleiche, kein Wind- und Regensturm, kein Kriegssturm, und keiner des offenen Meeres, keiner der Liebe. Dieses Buch ist Teil meines Lebens, und daher ist es für mich von Bedeutung, daß Nickies schläfrige Worte einen Gedankengang auslösten, der zu dieser Zeit und an diesem Ort geradewegs zu Kapitel fünf führte.

Eine dritte Art von Zeit – nun, ich bin verpflichtet, ein wenig Historie zu schreiben; denn wenn ihr existiert, so könnt ihr nur raten, was aus unserem Teil der Welt seit jener Zeit geworden ist, die wir die Jahre der Verwirrung nennen. Ich glaube, bei euch muß es eine ähnliche Periode gegeben haben – das ist geraten. Eure Länder wurden von demselben verheerenden, idiotischen Atomkrieg heimgesucht und wahrscheinlich von denselben Seuchen. Eure Kultur wies dieselben Symptome eines möglichen moralischen Zusammenbruchs auf, denselben Überdruß an einer Reizüberflutung und vor allem dieselbe Weigerung, in der Ethik die Wissenschaft einzuholen. Nach den Seuchen haben sich eure Völker vielleicht nicht in einer Art religiösen Wahnsinns zerstörerisch gegen jede Erinnerung an ihre Zivilisation gewandt, wie es unsere anscheinend taten, wild entschlossen, wie verwöhnte Bälger jedes bißchen Gute zusammen mit dem Schlechten in den Untergang zu stoßen. Vielleicht nicht, aber ich vermute, sie taten es auch. Die besten Aspekte der Zeit, die wir nun das ›Goldene Zeitalter‹ nennen, waren den Massen, die damals lebten, unverständlich: Sie verlangten vom Zeitalter der Vernunft, daß es ihnen mehr und mehr Apparate und technisches Spielzeug gäbe oder zur Hölle fahre. Und ihre

Religionen hielten sie als Ersatz fürs Denken am Leben, und diese waren bereit und begierig, die Herrschaft in dem Moment wieder zu übernehmen, in dem Vernunft unterging. Ich kann mir nicht vorstellen, daß ihr es in eurem Teil der Welt viel besser gemacht habt, sonst hättet ihr Schiffe, die uns schon besucht hätten.

Ich frage mich, ob sich bei euch drüben die gespenstische Religion des Kommunismus mit ihrem älteren Bruder, dem christlichen Glauben, in den Ruinen ums Überleben geprügelt hat. Wer auch gewann, das menschliche Individuum ist der Verlierer.

Schon mal gemerkt, daß nur Individuen denken? –

Nach dem Zusammenbruch existierten die Menschen offenbar für einige Zeit in erschreckten, gefährlichen Banden, während das Unkraut der Rückkehr der Wälder den Weg bereitete. Diese Banden waren einzig und allein am Überleben interessiert, manchmal nicht einmal daran – wie wir bei John Barth lesen können, der den Anfang der Jahre der Verwirrung miterlebte. Er gibt ihnen in seinem Fragment eines Journals diesen Namen; das Journal endet mit einem unfertigen, abgebrochenen Satz in dem Jahr, das der Kalender der Alten Zeit 1993 nannte. Das Buch John Barths ist natürlich in jenen Ländern, die wir hinter uns gelassen haben; absolut verboten; sein Besitz bedeutet Tod ›auf besonderen Befehl‹ – das heißt, unter direkter Beaufsichtigung der Kirche. Wir müssen mehr Kopien davon herstellen, sobald wir irgendwo an Land, wo man den Papiervorrat auffrischen kann, unsere kleine Druckerpresse aufstellen können.

Die Stimmen der Bücher aus der Alten Zeit berichten mir auch von viel ferneren Zeitaltern, von den Millionen von Jahrhunderten, die sich hinter dem kurzen Aufflackern, das die Geschichte der Menschheit ist, nach rückwärts bis zum Anbeginn der Welt erstrecken. Wenn ich von einer so kurzen Zeitspanne wie tausend Jahren spreche, kann ich schon kaum fassen, was ich damit meine – und, was das angeht, weiß ich denn, was eine Minute ist? Ja – das ist der Teil der Ewigkeit, in dem das Herz meiner schlafenden Nickie fünfundsechzig Mal schlägt (auf ein paar mehr oder weniger kommt's nicht an), wenn ich sie nicht berühre und ihr Puls sich vielleicht beschleunigt, weil ich ihr im Schlaf einfalle.

Indem ich die Geschichte nach meinem vierzehnten Geburtstag begann, habe ich die Verantwortung für eine weitere Zeit übernommen, für die tiefverborgenen Jahre davor, das Alter, an das sich keiner recht erinnert. Einmal, als ich in ungehöriger Weise umherstreunte, blickte ich plötzlich hinauf auf die Unterseite eines langen, dunklen Tisches, und fand mich umgeben von einem Wald schwarz verhüllter Beine und großer Füße in Sandalen, vom Geruch ungewaschener Füße – und dort in einer Ecke im Schatten hing eine graue Spinne und zuckte in ihrem Netz, aufgestört durch mich oder das Geklapper der Teller, das Dröhnen und Schnattern des leeren Geschwätzes über ihr ...

Nickie ist so alt wie ich, achtundzwanzig, und zum ersten Mal in den Jahren unserer gemeinsamen Freuden schwanger. (Was ist die Zeit für ein Wesen im Mutterleib, das in der Zeit lebt, aber noch keinen Begriff davon hat?) Gestern abend hat sie es mir gesagt, als sie sich sicher war. Mir gegenüber, auf der anderen Seite der Kabine, sagte sie, indem sie in die Flamme der Kerze starrte, die sie hielt: »Davy, und wenn es ein Möh ist ...?«

Für einen Augenblick zornig, sagte ich: »Wir haben doch die von Priestern gemachten Gesetze eures Landes nicht mitgenommen.« Sie musterte mich, Miranda Nicoletta, bis vor kurzem Dame von Nuin, und sie sah meine Angst – ich hätte nicht so gedankenlos und abfällig ›eures Landes‹ sagen sollen, denn es ist nur natürlich, daß Nickie liebevoll an ihre Heimat denkt; sie teilte Dions Visionen für ein zukünftiges Nuin. Doch dann lächelte sie, stellte die Kerze nieder und kam zu mir, und wir waren uns so nah, wie wir es nur je waren – in Anbetracht der alten Einsamkeit des Menschen, sehr nah. Die Liebe ist eine Region, in der Verständnis des anderen möglich ist. Nickies Art, sich zu bewegen, wenn sie schläfrig ist, läßt mich an die Bewegung hochgewachsenen Grases unter der Liebkosung des Windes denken, wie es sich beugt ohne Brüchigkeit, nachgibt, ohne zu unterliegen, und sich anmutig und selbstsicher wieder aufrichtet, nachdem der sieglose Wind vorübergezogen ist.

Kapitän Barry nennt sie stets ›Domina‹, da ihm das selbst hier draußen, wo alte Formalitäten hinfällig sind, am natürlichsten klingt. In Nuin hätte er sie, nachdem er zum Ritter geschlagen worden war, mit ›Miranda‹ oder ›Nickie‹ anreden können, aber er war als Freibürger zur Welt gekommen, und die Erhebung in den Adel kam spät – erst als Dion Regent wurde und Männer mit Intelligenz und Charakter suchte, um die Horden von Vettern siebten Grades, berufsmäßigen Schwadroneuren und sonstigen Nichtstuern zu ersetzen, die die Staatsämter unter Dions geistesgestörtem Onkel Morgan III. usurpiert hatten. Ein Respekt für den alten Adel ist Kapitän Barr tief eingefleischt, und der ist in diesem Fall auch nicht fehl am Platze, wenn man bedenkt, wie würdevoll sich Schmusekätzchen geben kann, wenn sie will. Noch schnell eine Klarstellung zu ›St. Clair-Levison‹. Das heißt lediglich, daß ihr Vater St. Clair und ihre Mutter Levison hieß und beide adlig waren, oder, wie sie sich gerne ausdrückt, ›Pinkel mit Schinkel‹, ein etwas sonderbarer Ausdruck. Hätte Senator Jon Amadeus Lawson Marchette St. Clair, Tribun des Commonwealth und Ritter des Ordens der Massasoiten, eine Bürgerliche geheiratet – ich kann mir allerdings nicht vorstellen, daß Väterchen das unter irgendwelchen Umständen je getan hätte –, wäre Nickies Nachnahme einfach nur St. Clair.

Das de Moha ist hauptsächlich Phantasie, wie des Bräutigams siebte Runde. Will sagen, als ich eine gewisse geringe Wichtigkeit in Nuin erlangte, meinte Dion, ich müßte ein dekorativeres Etikett besitzen, das erleichtere meinen Umgang mit der Gesellschaft. Nachdem ich mein Hirn ausgequetscht und nichts Besseres als Wilberforce gefunden hatte, bat ich Dion um Hilfe, und er schlug de Moha vor. Und das klebt nun an mir. Ihr hättet sehen sollen, wie erleichtert und glücklich die Unteren Klassen nun meine Bettwäsche und so weiter wuschen, nachdem ich dieses Aushängeschild bekommen hatte; vorher nicht: Wenn ihr einen erstklassigen Snob haben wollt, nehmt nur immer einen armen Mann. Und da nach unseren Begriffen (wenn auch nicht nach denen von Nuin) Nickie und ich aufs ernsthafteste verheiratet sind, nennt sie sich de Moha, und niemand kann sie daran hindern. Sie behauptet, ich besäße einen natürlichen Adel, der sichtbar bliebe, wenn ich die Kleider abgelegt habe; eine beachtliche Sache, und ich bin so bestrickt und berückt von ihr, daß ich natürlich zustimme.

»Selbst wenn das Licht brennt?« frag' ich.

»Und ohne auch«, sagte sie.

Jetzt wollt ihr wahrscheinlich wissen, warum Nuin ein Commonwealth genannt wird, wenn es doch von einem Monarchen, genannt Präsident, und von einem Senat beherrscht wird, der auf zwei linken Beinen steht – und das schon zweihundert Jahre lang. Ich weiß es nicht.

Heute morgen mußte ich Nickie wachküssen und ihr von den verschiedenen Zeitarten erzählen. Sie hörte kurz zu, legte ihre Hand auf meinen Mund und sagte: »Einen Augenblick, mein Faun, mein ungewöhnlicher Strohkopf, mein einziges Süßholz, so genannt, weil die Zeit viel, viel zu kostbar ist, ein so dußliges, langsilbiges und beklagenswert erotisches Wort wie ›Geliebter‹ zu benutzen, mein einzigartiger und hochgeschätzter Langschwanznothelfer, bevor wir etwas derartig Schwieriges diskutieren, sollten wir ringen (und sorg dich nicht um das Baby), um zu entscheiden, wer in die Kombüse geht und uns das Frühstück ans Bett br ...« Ich war Sieger. Kenne sonst keine Frau, die's am Morgen genausogut kann. So mußte sie schließlich Frühstück holen und kam mit Dion in ihrem Fahrwasser zurück.

Nicht, daß sie das Dörrfleisch und den Arme-Leute-Zwieback nicht allein hätte tragen können, aber ich freute mich zu sehen, daß sie Dion mit einer Teekanne und einem Glas Preiselbeersaft beladen hatte – den müssen wir trinken, auf seine und Kapitän Barrs Weisung. Wir haben noch andere Mittel gegen Skorbut, gesalzenen Kohl zum Beispiel und Sauerkraut; denen stellen wir uns mittags und abends mit allem Mut, den wir zusammenkratzen können. Respektvoll blieb ich im Bett, Nickie schlüpfte wieder zu mir unter die Decke, und so gab es für des Regenten hochwohlgeborenen Hintern keinen anderen Platz als den

Boden oder den eingebauten Schreibtischstuhl, der von Nickies Kleidern verdeckt war. Er sagte: »Elende Faulpelze ihr. Ich angle schon seit Morgengrauen, bin eben ein arbeitender Mensch.«

»Das ist gar nichts«, sagte ich. »Ich habe nachgedacht.«

»Was erwischt, irgendeiner von euch?«

»Nein, Miranda – hab' die Schnur festgebunden und bin zurück in die Federn. Außerdem, Mr. Wilbraham hat mir zugesehen, und das hat mir's verleidet. Kann es nicht haben, wenn mir ein Esel über die Schulter blickt.«

Ich raus damit, von wegen verschiedene Zeit- und Erzählebenen.

»Direkter Bericht ist das wichtigste«, sagte Dion.

»Aber, aber«, sagte Nickie, »die Geschichte der Reise ist doch eindeutig die beste, weil ich da schon drin bin. In dem Hauptfluß tauch' ich erst auf, wenn er sich bis zu seinem achtzehnten Lebensjahr durchgekämpft hat.«

Dion grunzte abwesend und verloren; das ist eine seiner Stimmungen. Er ist dreiundvierzig; unsere bewährte und befriedigende Freundschaft kann die Kluft vollkommen verschiedener Geburt und Erziehung leichter überbrücken als die Kluft des Alterunterschieds – wie könnte ich je ganz wissen, wie die Welt einem Mann vorkommt, der darin fünfzehn Jahre länger gehaust hat als ich ...? Die Dunkelheit seiner Haut war in Nuin ein Zeichen von Vornehmheit. Morgan I., Morgan der Große, der vor zweihundert Jahren einen so kräftigen historischen Wind machte, Königsformat sozusagen, soll so dunkel wie eine Haselnuß gewesen sein. Nickie ist tiefgebräunt, mit rosiger Röte im Gesicht. Unter dem Adel von Nuin begegnete ich nie jemandem, der so blond war wie ich, obwohl einige dem nahekommen – die Prinzessin von Hannis war ein leuchtender Rotschopf. Wenn ich die alten Bücher ein wenig besser verstünde, oder wenn mehr von ihnen die heiligen Verbrennungen überlebt hätten, könnte ich wohl bei den modernen Menschen so ziemlich alle Merkmale der verschiedenen Rassen aus Alter Zeit entdecken – eine müßige Beschäftigung, möchte ich sagen ...

»Ihr seid beide auf dem Holzweg«, sagte ich, »weil alle die verschiedenen Zeiten wichtig sind. Mein Problem ist nur, wie ich von einer Ebene zur anderen mit der perfekten Eleganz übergehe, die meine Frau so charakteristisch an mir findet.« Kapitän Barrs Katze, Mam Humphrey, kam in diesem Moment herein, mit aufgestelltem Schwanz, hochschwanger, auf der Suche nach einem weichen Plätzchen, wo sie den Morgen ausschlafen konnte; sie sprang auf unsere Koje, sie wußte, was gut war. »Die historische Ebene zum Beispiel. Ihr müßt zugeben, Geschichte muß dabeisein, in Maßen.«

»Oh«, sagte Dion, »damit kann man Lehrbücher vollstopfen. Wir haben doch in letzter Zeit mehr als genug davon durchgelebt.«

Nickie wurde rührselig, küßte Mam Humphreys schwarzweißen Kopf und murmelte etwas über zwei Frauen in derselben Klemme, was Dion nicht mitbekam. Wir berichteten ihm erst später am Tag von Nickies Schwangerschaft.

»Und das tun wir immer noch«, sagte ich. »Diese Reise ist Geschichte.«

»Und der Nebel immer noch dicht«, sagte Nickie. »Oh – als ich vorhin das Futter holte, sagte mir Jim Loman, er hätte einen Goldfinken gesehen, gerade als es hell wurde. Sind das Zugvögel?«

»Einige.« Ich erinnerte mich an Moha. »Die meisten bleiben den Winter über; aber September ist auf jeden Fall zu früh für ihre Reise.«

»Wenn sich der Nebel verzieht«, sagte sie, »und die Sonne uns entdeckt, möge da eine Insel sein, auf der niemand ist als die Vögel und ein paar harmlose Pelzdinger und die Goldfinken, denen niemand ein Haar krümmen könnte, wie sie nieder und wieder auffliegen, nieder und auf – ist das im übrigen nicht der Rhythmus des Lebens? Ein Sturz und dann Leichtigkeit und Aufstieg? Psst, kein Wort über meinen Einfall, es sei denn, er tät' euch gefallen.«

Dion sagte: »Es könnte ein Festland sein, mit Menschen, die zu Fremden nicht freundlich sind.«

»Ach, dieser Prinz«, sagte sie. »Ich setzt' ein kleines Vöglein frei, das zu groß ist für meinen eigenen Kopf, *bäng*, kommt der Pfeil seines gesunden Menschenverstandes, und schon stürzt im Flug mein Vogel, der alldieweil nichts war als nur ein ehrgeizig' Huhn.«

»Ich mag meinerselb den Goldfink nicht weniger als du, Miranda, aber ich bin tausend Jahre älter; das hat man davon, das Inbild eines Herrschers zu sein, was ja heißt, sich mit der Dummheit anzulegen – Kompromisse mit ihr zu schließen! Nach einer Weile wird das Herz krank, wie du wissest. Nicht verwunderlich, daß mein Onkel verrückt wurde. Ein guter schwacher Mann, glaub' ich, der sich in ein Versteck zurückzog, in ein Schneckenhaus, das sein Geist ihm baute. Was uns sichtbar war – der Kloß am Boden, sabbernd und mit Puppen onanierend, das war das Schneckenhaus. Ich glaube, der gute, schwache Mann ist drinnen nach einer Weile gestorben, und das Gehäuse existierte weiter.«

Der Kloß mußte kastriert werden, bevor ihm die Kirche erlaubte, im verborgenen zu existieren, und die höfliche Fiktion seiner ›schlechten Gesundheit‹ billigte, um der Präsidentenfamilie die Schmach zu ersparen, einen Hirn-Möh produziert zu haben – was gefährlichen öffentlichen Aufruhr verursacht haben könnte. Der Priester, der ihn kastrierte, berichtete Dion, daß Morgan III. nach dem ersten Schock anscheinend für einen Moment zu klarem Bewußtsein zurückkehrte und schlicht sagte: »Glücklich der Mann, der keine Herrscher mehr zeugen kann!«

»Sich versteckt«, fragte Nickie, »vor den Tollheiten, die er selbst anzurichten fürchtete?«

»So ähnlich. Was mich anlangt, so vermute ich, daß ich für Jahrhunderte ein Schreckgespenst für brave Kinder in Nuin abgeben werde, so wie die Christen der Alten Zeit mit den Knochen des Kaisers Julian klapperten, der fälschlicherweise der Abtrünnige genannt wurde.«

»Schreib selbst Nuins Geschichte«, sagte Nickie, »fern von Nuin. Wie sonst könnte das geschehen? Gewiß nicht im Schatten der Kirche.«

»Ah«, sagte Dion, überlegend, »warum nicht, vielleicht mach' ich das ...«

»Wir dachten ja zuerst, wir wollten Festland finden«, sagte ich »aber ich kann mich Nickie anschließen – warum nicht eine Insel? Meint der Kapitän immer noch, daß wir nahe den sogenannten Azoren sind, den legendären Inseln?«

»Ja. Aber natürlich ist unsere Berechnung der Längengrade nicht mehr genau – die besten Uhren sind schon um drei Minuten auseinander. Hergestellt von der Uhrmachergilde von Old City, der besten in der bekannten Welt, und was sind diese Handwerker schon, gemessen an den Leistungen der Alten Zeit? Mäßig hoffnungsvolle Anfänger, begabte Bauerntölpel.«

Ich begann dann drauflos zu plappern und belehrte Dion eine Weile über die politische Verwaltung einer Inselkolonie intelligenter Häretiker. Ich habe diesen Fehler. In einer anderen Welt – und wenn ich nicht so viel Zeit nutzbringender verbrächte, bei Musikspiel und mit einem Mädchen mit den rosigen Lippen – wäre ich wahrscheinlich ein ehrbarer Lehrer von Rotznasen geworden.

Später am heutigen Vormittag gab es allerhand zu tun. Kapitän Barr schickte das große Beiboot ins Wasser: Es sollte die *Morgenstern* aus dem Nebel ziehen, und für einige Stunden bewegten wir uns im Schneckentempo. Als die Männer müde waren, gab er den Versuch auf, obwohl das Lot immer noch nicht auf Grund gestoßen war. Er war sich sicher, durch den feuchten Nebel Land zu riechen, und ich roch es auch. Das Land konnte jäh und plötzlich aus tiefem Wasser aufsteigen. Morgen, wenn uns der Nebel ausreichende Sicht gewährt, wird er das Abziehen nochmals versuchen lassen.

Die Stille macht uns Sorgen. Wir spitzen die Ohren nach Brandung oder dem Aufschlag von Wasser auf Fels.

Nickie schläft; ich hänge in meinem eigenen Nebel aus Erinnerung, Gedanken und Unwissenheit. Ist der Mensch wirklich Herr seines Geschicks?

Das Unbekannte treibt uns. Wir konnten nicht wissen, daß wir den Krieg in Nuin verlieren würden, wie hätte ich wissen können, daß ich das goldene Horn finden und begehren würde? Doch innerhalb der geringfügigen Reichweite meines Wissens und Verstehens bin ich es, zwar vom Zerfall getrieben, aber doch menschlich, doch immer noch gedankenvoll und leidenschaftlich und hartnäckig und nicht feiger als meine Brüder, bin ich es, der sagt, wohin ich gehe.

Laß andere für dich denken, und du wirfst die Gelegenheit fort, dein eigenes Leben selbst innerhalb dieser Begrenzung zu besitzen. Dann bist du kein Mensch mehr, sondern ein Ochse in Menschengestalt, der nicht kapiert, daß er den Zaun durchbrechen könnte, wenn er den Willen hätte. Schon früh in unserer gemeinsamen Zeit sagte Nickie zu mir: »Lerne mich zu lieben, indem du dein eigenes Selbst besitzt, Davy, wie ich versuche, meins zu besitzen – ich glaube, es gibt keinen anderen Weg.«

Als Menschen und nicht Ochsen sind wir, glaube ich, Menschen mit einer Kerze in der Finsternis. Umgebt das Licht mit Mauern aus Gewißheit und Autorität, und es mag heller erscheinen – aber seht, Freunde, das ist die Brechung von Gefängniswänden, euer Licht ist nicht größer. Meins werde ich durch die offene Nacht tragen, in meiner eigenen Hand.

6

Ich konnte nicht aufhören, mit meinem goldenen Horn zu laufen, bis ich die Ostseite des Berges umrundet und, ohne es zu merken, den Zugang zu meiner Höhle passiert hatte. Schließlich blickte ich auf die Kirchtürme von Skoar hinunter. Auf einem Holzstamm brach ich nach Luft japsend zusammen.

Die Haut auf meinem Bauch tat weh. Ich fand einen roten Fleck und die Spur eines Stichs. Ich war durch das Netz einer Kugelspinne gestolpert, und erst jetzt ließ mein Körper den Schmerz zu. Ich war schon früher gebissen worden und wußte, was ich zu erwarten hatte. Heiße Nadeln vollführten einen wilden, stoßweisen Tanz auf meiner Mitte; der Kopf schmerzte, bald würde ich ein Fieber haben, und morgen wär's schon nicht mehr schlimm. Ich war Kind und Primitiver genug, um zu staunen, wie leicht mich Gott davon ließ.

Ich wickelte das Horn aus und hob es an die Lippen. Wie selbstverständlich es sich an mich schmiegte! Ich legte die rechte Hand auf die Klappen. Ich stellte mir vor, die Hersteller aus Alter Zeit hätten einen Zauber hineingelegt, der einen zum richtigen Spielen anleitete. Sie hatten einfach die Form des menschlichen Körpers und Armes berücksichtigt, wie ein Messermacher, der den Griff der menschlichen Hand anpaßt. Ich mußte meine Lippen und Backen fast richtig gestrafft haben. Es sprach zu mir. Ich mußte an Sonnenlicht denken, das in Klang verwandelt wurde.

Ich packte es in den Sack zurück, voll Angst. Nicht vor dem Möh, der drei Meilen entfernt auf der anderen Seite des Berges war, aber vor seinem Dämonenvater. Schon fiebrig, sagte ich laut: »Ach, er soll mich im Arsch lecken, er existiert ja gar nicht.« Wißt ihr was? – nichts geschah.

Vielleicht begann ich in jenem Augenblick zu verstehen, was

die meisten Erwachsenen nie begreifen und auch im Goldenen Zeitalter nicht begriffen haben, nämlich, daß Wörter nicht zaubern können.

Ich sagte mir, diesmal im stillen, daß es nichts ausmachte. Das Horn war *mein*. Den Möh würde ich nie wiedersehen. Ich würde weglaufen nach Levannon; ja, aber nicht auf dem Weg über den Nordberg.

Der Spinnenbiß ließ mich kotzen, und mir fiel irgendein Neunmalkluger ein, der gesagt hatte, bei einem Kugelspinnenbiß sei es das beste, einen Brei aus Erde und Jungenurin aufzutragen. Während ich mein Lendentuch löste, murmelte ich: »Wird nichts nützen, weil ich kein gottverdammter Junge mehr bin.« Und mußte lachen und pißte auf die nackte Erde, um trotzdem einen Brei zu machen. Ich bin sicher, er war so gut wie irgendein Zeug, das die Medizinpriester den Gläubigen verabreichen – hat mich nicht umgebracht und hat die Schmerzen nicht verschlimmert. Ich ging bergab zum Rande des Waldes in der Nähe der Palisade, um auf die Dunkelheit und den Wachwechsel zu warten.

Eine breite Allee, die Palisadenstraße, lief auf der Innenseite der Pfählung um die ganze Stadt herum; nach der Ablösung würde die neue Wache einhundert Schritte jene Straße hinuntermarschieren, und ich würde ihre Schritte hören. In jenem Frühling waren sie wachsamer als gewöhnlich, weil mehr und mehr Gerüchte von einem möglichen Krieg zwischen Moha und Katskil umgingen; Grenzstädte beziehen bei solchen Dingen am ehesten Prügel. Am Ende seines Abschnitts würde er den nächsten Wachsoldaten treffen und ein Pläuschchen einlegen, wenn der Feldwebel oder Unteroffizier sich nicht gerade näherte, und dann wäre meine Lieblingsstelle unbeobachtet. Später würden die Wachen in sicheren Ecken längere Pausen machen, Tabak oder Marawan rauchen und Steifmacher* austauschen, doch die erste Pause würde mir schon genügen. Bis

---

* Mohanisches Idiom. Davy meint die Art von Anekdote, die man in Nuin ›Jucker‹ nennt, oder, aus unerfindlichen Gründen, ›Schmute‹. *Dion M. M.*

dahin mußte ich eine Stunde warten und verbrachte sie unklug damit, zuviel an den Möh zu denken, was mich schließlich auf die Frage brachte, was für ein Wesen denn *ich* war.

Ich wußte, daß es Hirn-Möhs gab, die gefürchtetsten von allen, die eine natürliche menschliche Gestalt haben, so daß niemand über sie Bescheid weiß, bis ihre Taten sie verraten. Früher oder später führen sie sich in einer Weise auf, die das Volk Möh-Tollheit oder Verrücktheit nennen. Sie bellen oder haben Schaum vor dem Mund, springen herum wie wilde Tiere, sehen, was andere nicht sehen, verfallen (wie Morgan III.) in das Benehmen eines idiotischen Kindes oder sitzen tagelang wort- und regungslos. Oder sie reden, in vernünftigster Manier, den empörendsten Unsinn und glauben offensichtlich auch daran: Gewöhnlich verdächtigen sie andere, ihnen Übles zu wollen oder sich gegen sie zu verschwören, oder sie halten sich selbst für wichtige und berühmte Leute – manchmal sogar für Abraham oder Gott selbst. Wenn Hirn-Möhs sich auf diese Weise zu erkennen geben, werden sie den Priestern zur Beseitigung übergeben, ebenso wie die Leute, die mysteriöse Verfärbungen der Haut oder Knoten unter der Haut entwickeln, da man so etwas auch für die Auswirkung der üblen Möh-Natur hält.

Ein Buch aus Alter Zeit, das wir an Bord haben, beschreibt ›verrückte‹ Menschen ganz anders, nämlich als Kranke, die behandelt und manchmal geheilt werden können. Das Buch benutzt das Wort ›psychopathisch‹ und erwähnt ›Verrücktheit‹ oder ›Tollheit‹ als ungeeignete Populärbegriffe. Ach ja, und wenn man heute einen Kerl ›verrückt‹ nennt, meint man nur, daß er seltsam ist, komisch, voller Faxen, ein Hans-Guck-in-die-Luft, ein Spinner, ein Quacksalber. Unser altes Buch spricht von jenen Menschen ohne Schrecken, vielmehr mit einem Mitgefühl, das die Menschen in der modernen, spukgeplagten Welt selten für andere aufbringen als die, die ihnen sehr ähnlich sind. Wie dem auch sei, im Gestrüpp vor der Palisade auf meinem Allerwertesten hockend, hatte ich keinen Schimmer von Büchern, außer als von einer staubigen Plage in der Schulzeit, die nun hinter mir lag. Trostlos dachte ich: Handeln Hirn-Möhs so, wie ich gehandelt habe? *Nein*! sagte ich. Aber der Gedanke lauerte im Schatten, ein schwarzer Wolf im Hinterhalt.

Hinter der Umzäunung sang ein Mann mit einem hübschen Tenor und eine Mandoline ›Schwalbe im Kamein‹, während er sich auf einer Seitenstraße näherte. In Skoar summten die Leute dies Liedchen ständig, seitdem eine Vagantentruppe es ein paar Jahre zuvor mitgebracht hatte. Ein Ohrwurm von bemerkenswerter Zähigkeit. Es lenkte meine Gedanken auf Emmia, weg von meinen Problemen.

Schwalbe im Kamein,
  Ups trallalla O!
Schwalbe im Kamein,
  Sally auf meinem Bein.
Schwalbe fliegt in die Luft,
Sally, ich bin kein Schuft!
  Komm näher, Schatz, und laß mich bei dir ein.

Der Abend war heiß, schwer vom Geruch wilder Hyazinthen, und so still, daß ich hören konnte, wie der Mann sich räusperte und spuckte, nachdem er den hohen Ton verpfuscht hatte, wie ein Tenor, der mehr Schneid hat als Ausbildung. Mir gefiel das.

Mit dem Gedanken, man sei ein Hirn-Möh, kann man nicht leben.

Schwalbe im Kamein,
  Ups trallalla O!
Schwalbe im Kamein,
  Sally springt vom Bein –
Läßt ihren Rock zurück,
Sally, das bringt Glück!
  Komm näher, Schatz, und laß mich bei dir ein.

Der Sänger war offensichtlich der Nachfolger des Wachsoldaten, denn jetzt hörte ich die Zeremonie der Ablösung. Zuerst brüllte der bisherige Wächter den neuen an, er solle aufhören, sich wie ein gottverdammter besoffener Kater zu benehmen und seinen Arsch gefälligst in Bewegung setzen. Danach das feierliche Geklirr der Ausrüstung und ein flotter Redewechsel über Musik, über die Genauigkeit der Stadtuhr, über den Feldwebel, was der sagen würde und wo er sie gern haben könne, und ein Vorschlag für den musikalischen Soldaten auf dem Felde sexueller Selbstbedienung, der, glaube ich, nicht durchführbar ist; worauf der Sänger erwiderte, er könne nichts dafür, daß er krumm wie ein Jagdhorn sei. Ich schlich zum Zaun hinüber und wartete auf das Ende der Zeremonie. Schließlich stapfte der neue Wächter auf seiner ersten Runde die Straße hinunter – ohne seine Mandoline, da er einen Wurfspieß zu tragen hatte.

Schwalbe im Kamein,
  Ups trallalla O!
Schwalbe im Kamein.
  Sally schreit *»Nein!«*
Erwische sie am Po,
Das Mädchen freut sich so:
  Komm näher, Schatz, und komm zu mir herein.

Der Spinnenbiß behinderte mich beim Überklettern der Palisade, aber ich schaffte es, und das kostbare Stück in meinem Sack blieb unbeschädigt. Ich huschte die Kurinstraße entlang zum Stier-und-Eisen. Emmias Fenster war erleuchtet, obwohl es für sie noch nicht Schlafenszeit war. Als ich den Stall erreichte, mich laust der Affe, war das nicht sie, die da meine Arbeit für mich erledigte? Sie war gerade damit fertig, den Maultieren Wasser zu geben, und drehte sich um, einen Finger an den Lippen. »Die denken, ich bin in meinem Zimmer. Hab' gesagt, ich hätte dich bei der Arbeit gesehen, und sie haben's mir abgenommen. Aber ich schwöre, Davy, das ist das letzte Mal, das ich dich decke. Schäm dich!«

»Das hättet Ihr nicht tun müssen, Miß Emmia. Ich ...«

»›Nicht tun müssen‹ – und ich versuche, seinen Hintern vor dem Riemen zu bewahren! Zieht Ihr aus, Herr Unabhängig?«

Ich ließ meinen Sack zu Boden; mein Hemd öffnete sich und sie sah den verschmierten Biß. »Davy, Schatz, was ist denn passiert?« Und da kommt sie auch schon herangeflogen und ist gar nicht mehr böse. »O Gott, ein Fieber hast du auch!«

»Kugelspinne.«

»Verrückter dummer Schatz, was mußt du auch dahin, wo diese schrecklichen Viecher sind; wenn du klein genug wärst, daß ich dich übers Knie legen könnte, hättest du bald ein Fieber, wo du's nicht so schnell vergessen würdest.« Und so ging es weiter, ein süßes Schelten, das nur Wohlwollen und weibliches Bosseln bedeutete.

Als sie innehielt, Atem zu holen, sagte ich: »Ich hab' nicht blaugemacht, Miß Emmia – hab' gedacht, es wär mein freier Tag.« Ihre weichen Hände an meinem Hemd auf der Bißstelle erregten mich, so daß ich mich fragte, ob mein Lendentuch den Beweis noch lange verbergen würde.

»Also, nun sei mal ganz still, Davy, das hast du doch nimmer nicht gedacht, und wie du mich anschummelst und die anderen, das schreit zum Himmel, aber ich werd's nicht sagen, hab' ja gesagt, ich würde dich decken, aber noch mal bin ich nicht so blöd, und du kannst von Glück reden, daß's Freitag ist und man dich nicht vermißt hat, und außerdem ...« Mit Emmia hatte es diese Bewandtnis: Wollte man selbst etwas sagen, so mußte man warten, bis sie Luft holte, und dann rasch gegen den sanften Strom angehen, der nicht halten konnte, weil er zum Fuß des Berges mußte und immer mehr nachkam. »Jetzt schleunigst ab in die Federn mit dir, und ich mach' dir einen Minzblattumschlag, denn Ma sagt, das ist das beste auf der Welt für alle Stiche und Bisse, Insekten meine ich, bei Schlangen ist es natürlich anders, da braucht man einen Stoß Alkohol und einen Bieserstein,* und auf jeden Fall – oh, puh, was hast du da drauf

* Jedweder komisch geformte Stein, dem Heilkräfte zugeschrieben werden, häufiger Vitaminstein genannt. Ich hab' eine ganz schöne Menge davon für den Verkauf gemacht, als ich bei Rumleys Vaganten war; wenn man sie mit feuchtem Sand reibt, bekommen sie ein schon verwittertes Aussehen. Meine eigene Fußnote, dammich noch mal! *D.*

gemacht?« Aber sie wartete nicht auf meine Antwort. »Nimm deine Laterne, ich brauch' sie nicht, und sofort ins Bett mit dir, steh nicht rum und halt Maulaffen feil.«

»Kay«, sagte ich und versuchte, meinen Sack aufzuheben, ohne daß sie es merkte, aber sie konnte plipp-plapp-plappern und dabei doch noch hellwach sein.

»Bei allen gültigen Winden, was hast du da?«

»Nichts.«

»Nichts, sagt er, und dabei ist es so groß, daß es fast die Nähte sprengen will – hör zu, Davy, wenn du irgendwas Verbotenes aufgegabelt hast, *das* kann ich nicht mehr decken, das ist 'ne Sünde ...«

»Es ist nichts!« Das schrie ich. »Wenn Ihr alles wissen müßt, Miß Emmia, es ist ein Holzklotz, den ich mitgebracht habe, damit ich Euch was zu Eurem Namenstag schnitzen kann, wenn Ihr denn jede verdammte Einzelheit wissen müßt, wenn Ihr's *unbedingt* wissen müßt.«

»O Davy, kleiner Schnuck!« Sie faßte mich wieder, ihr Gesicht eine einzige große Rose. Gerade noch konnte ich den Sack aus der Operationslinie herausschwingen, bevor ich geküßt wurde.

Niemand hatte mich seit Caron geküßt. Zwar bedeutet ›kleiner Schnuck‹ nicht dasselbe wie einfach ›Schnuck‹. Aber Emmia hielt mich fest, drückte ihre duftige Wärme an mich – Himmel, ich hatte nicht einmal gewußt, daß die Nippel eines Mädchens so fest werden konnten, daß sie durch die Kleider zu spüren waren! Aber etwas stimmte nicht mit mir; ich wurde schlaff und ängstlich, der Bauch bebte, die Spinnenbisse glühten stoßweise. »Ach Davy, und ich hab' dich so ausgeschimpft, und du alldieweil krank mit einem Biß, weil du etwas für mich getan hast – o Davy, ich fühle mich entsetzlich.«

Ich ließ den Sack fallen, verstärkte den Druck meiner Arme und entdeckte ihre elastische Weichheit. Ihre Augen öffneten sich weit mit Erstaunen, als ob kein solcher Gedanke ihr je in bezug auf mich gekommen wäre; war vielleicht auch nicht, bis sie merkte, wie meine Hände auf ihren Hüften etwas mutiger wurden.* »Aber Davy!« Meine Hände gaben zu schnell auf, und sie raffte ihre Geistesgegenwart zusammen. »Du gehst jetzt ins Bett, wie ich's dir gesagt habe, und ich bring' den Umschlag, sobald ich mich wieder rausschleichen kann.«

Ich quälte mich zum Dachboden hinauf, die Erinnerung an ihr Fleisch auf meins gedrückt; erreichte mein Lager, ohne die Laterne fallen zu lassen, und versteckte den Sack im Heu. Ich warf das Lendentuch von mir, aber behielt mein Hemd wegen eines Schüttelfrosts an. Schwach und zitternd unter der Bettdekke beobachtete ich das Heranfluten und Zurückweichen phantastischer Nichtsheiten in der Dunkelheit, die die Dachsparren hoch über meiner Pfütze Laternenlicht umgab. Ich roch das ranzige Seehundsöl der Laterne, das trockene Heu, den Schweiß und Mist der Pferde und Maultiere drunten. Ich hätte gern den Mut aufgebracht, das goldene Horn jemandem zu zeigen und meine Geschichte zu erzählen. Wem sonst als Emmia? Zu jener Zeit hatte ich keine anderen Freunde.

Die Kaste der Pfand-Diener führt ein trauriges Dasein in Moha, von oben und von unten gestoßen. Sklaven haßten uns, weil wir ein wenig besser dran waren als sie – die Lebenslangen nicht so heftig wie die Sklaven auf Zeit, die wahrscheinlich meinten, nicht allzu verschieden von uns zu sein; bei ihnen handelte es sich bloß um eine Verurteilung wegen eines kleineren Verbrechens, bei uns um den Zufall der Geburt oder um Pech. Freibürger verachteten uns, weil sie einfach jemand brauchten, auf den sie herabsehen konnten – einen Sklaven zu verachten, war nicht wirklich befriedigend. Emmia hätte in große Schwierigkeiten geraten können, wenn sie mir ihre Zuneigung in Gegenwart eines Dritten gezeigt hätte; das hatte ich auch nie von ihr erwartet, und daß sie es getan hatte, als wir al-

* Ich weiß nicht, Davy, ich weiß nicht. Vielleicht sollte ich einen Schwesterlichen Schutzorden Weiblicher Frauen gründen, ich selbst Präsidentin sowohl als Gründerin, wenn das Gehalt stimmt, für den satzungsmäßigen Zweck, dich irgendwo hinaus zu verschleppen und zu ertränken. Nach dem historischen Ereignis würden wir Gedenktreffen veranstalten und Tee trinken.

Miranda Nicoletta

lein waren, war mir an jenem Abend immer noch ein Rätsel, trotz all der üppigen Tagträume, die ich daran knüpfte – es war mir einfach noch nicht in den Sinn gekommen (außerhalb von Tagträumen), daß irgend etwas an mir wäre, das eine Frau tatsächlich an mir lieben könnte.

Ich kannte die ganze Liste volkstümlicher Spruchweisheiten: ›Alle Pfand-Diener klauen ein wenig‹ – ›Gib einem P.-D. einen Finger, gleich will er die ganze Hand‹ – ›Eine Pfand-Magd ist vielleicht gut zum Drübersteigen, aber vergiß die Peitsche nicht!‹ All das häßliche Gerede, das die Leute zu brauchen scheinen, um ihrer Eitelkeit zu frönen und das Risiko zu vermeiden, ehrlich sich selbst zu betrachten. Im selben Stil sagten die Leute: ›Alle Sklaven stinken.‹ Aber sie fragten nie: ›Wer läßt sie ein Becken haben, in dem sie sich waschen könnten, oder die Zeit, es zu benutzen?‹

Und in Moha sagt man, einem Katskilesen könne man nicht einmal eine Sau anvertrauen. Die Leute aus Conicut werden dir erzählen, in Levannon sei jeder zweite Mann ein Fiffi und die übrigen schlappschwänzige Ofenhocker. In Nuin habe ich gehört: ›Es braucht drei Händler aus Penn, einen Mann aus Levannon zu behumsen, zwei Lavanneser für einen Vairmanter, und zwei Vairmanter hauen leicht den Teifel übers Ohr.‹ Und so geht's weiter und weiter, alles ist die Schuld des Nachbarn, bis eines Tages, vielleicht in einer Million Jahren, der Menschheit der Schmutz ausgeht.

In der Schule erklärten die Priester-Lehrer, daß das Rassenvorurteil eine der Sünden war, deretwegen Gott die Welt der Alten Zeit zerstörte und die Menschheit auf den dornigen Weg durch die Jahre der Verwirrung schickte, auf daß es nur eine Rasse gäbe, die Spuren all der alten in sich hätte; als ich das hörte, wurde meine Meinung von Gott um einiges höher. In meinem Innern jedoch murrte ein irgendwie älterer Junge, der noch nicht ganz soweit war, seinen Kopf vorzustecken, daß das alles zu schön und einfach sei: Wenn Gott sich schon soviel Mühe machte, warum konnte er die modernen Menschen nicht auch auf anderen Gebieten anständig und gütig machen?

Heute weiß ich, daß ein bloßer historischer Zufall uns in diesem Teil der Welt alle körperlich ziemlich ähnlich gemacht hat. Wir sind die Abkömmlinge einer kleinen Schar von Überlebenden, die zufällig die meisten Rassen aus der Alten Zeit umfaßte. Wer zu sehr abweicht, wird immer noch schändlich behandelt, wenn er nicht sowieso gleich nach der Geburt als Möh vernichtet wird. In Conicut, wo ich mit Rumleys Vaganten war, hätte ich mich mit meinem roten Haar nicht sehr sicher gefühlt, wenn es nicht eine starke Truppe gewesen wäre, die für die ihren einstand.

Die Jungen von Freibürgern, viele aus armen Familien, die nicht besser lebten als ich, rotteten sich in Straßenbanden zusammen und wollten mit einem P.-D. nichts zu tun haben, wenn sie nicht einen alleine erwischen konnten, mit dem sie ihren Spaß trieben. Ich hätte mich mit einem Freibürger-Jungen anfreunden können, wenn er sich alleine mit mir getroffen hätte; aber das Herdenwesen ist der Tod der Freundschaft. Wenn die Meute den Vorrang hat – ihre Rituale, Grausamkeiten, Gruppenillusionen und die vorgetäuschte Bruderschaft –, dann hat man keine Zeit mehr für den individuellen Geist eines anderen; keine Zeit, keinen Mut, kein Verständnis.

Gegen die Gefahr der Straßenbanden hatte ich mein Messer aus Katskil, aber ich war so gewitzt darin, mich außer Sicht zu stehlen, sobald ich mehr als drei Jungen in einer Gruppe sah, daß ich das Messer nie zur Selbstverteidigung hatte benützen müssen. Auch gut so, denn mein Tod am Galgen hätte ernstlich das Zustandekommen dieses Buches gefährdet, und selbst, wenn ihr nicht existiert, sähe ich euch nicht gerne unter einem derartigen Verlust leiden.*

Aber sogar im Fieber sagte mir mein gesunder Menschenverstand, daß ich Emmia mein goldenes Horn nicht zeigen und die Geschichte nicht erzählen konnte. Sie würde nie verstehen, warum ich den Möh nicht getötet hatte. Der bloße Gedanke,

---

* Man beachte: Er fragt sich nie, wie man sich fühlt, wenn man mit einem Irischen Stier verheiratet ist. Aber: nur Mut! Laß *ich* mich von so einem Scheusal unterkriegen? Aber ja, aber ja, jetzt wo ich dran denke. *Nickie*

daß ein Möh in der Nähe der Stadt existierte, würde sie demoralisieren. Wie die meisten Frauen konnte sie kaum das Wort ›Möh‹ ausgesprochen hören – eher noch hätte sie eine Ratte an ihrem Bein hochlaufen lassen.

Dann, glaube ich, sandte mich das Fieber für eine Weile in andere Welten.

Als ich heute morgen über diesen Blättern saß, löste sich der Nebel auf. Vor einer Stunde rief Nickie mich an Deck – feucht war ihr Gesicht – und deutete auf den verschwommenen, grünen Streifen zwei bis drei Meilen südöstlich. Während ich hinsah, kreiste ein weißer Vogel über der Insel. Kein Rauch stieg von ihr auf; der Tag ist eine Ruhe aus Blau und Gold.

Mehr will ich davon im Moment nicht erwähnen. Wir haben eine leichte westliche Brise, und Kapitän Barr will um die Insel herumfahren und dabei so nahe der Küste kreuzen, wie unsere Sicherheit es erlaubt. Wir werden nach Häfen, Flußmündungen, Riffen, Stränden und jeglichen Anzeichen von Besiedelung Ausschau halten. Wichtige Anmerkung: Miranda Nicoletta ist glücklich.

Ich erwachte, als eine weitere Decke über mich gebreitet wurde. Wollig weich war sie und voll von Emmias süßem Mädchenduft – ich meine, ihrem eigenen, nicht das gekaufte Parfüm, das sie manchmal benützt. Sie mußte die Decke von ihrem eigenen Bett geholt haben – und ich: ein elender Stalljunge, nicht tapfer genug, einen Möh zu töten, aber gemein genug, von ihm zu stehlen!

Emmia redete, wovon weiß ich nicht; mitten in den angenehmen Klang hinein sagte ich ihren Namen. Sie sagte: »Psst, Davy! Red doch nicht so viel! Sei ein braver Junge und laß mich diesen Umschlag auflegen – zappel nicht so!« Ihre Stimme war so freundlich wie ihre Hände, die die Decken zurückfalteten und einen nach Minze riechenden Verband auf die Stelle drückten, wo meine Haut noch schmerzte, etwas wenigstens. Der Schmerz war nicht mehr schlimm; ich stellte mich kranker, als

ich war, um ihre sanften Administrationen zu verlängern. »Was hast du eben gefaselt, Davy? Wo die Sonne aufgeht, hast du gesagt, aber es ist Nacht, du weißt, es ist Nacht, vielleicht hast du im Fieber geredet, wie ich's von einem Mann gehört hab', der hatte die Pocken und dachte, er fällt vom Pferd; hü, sagt er also, hü hott, und fällt aus dem Bett, aber wirklich, und tot am nächsten Tag, die Kälte, weißt du, und da fällt mir ein, das war Morton Sampson, der eine Verwandte von Ma geheiratet hat und in der Cayuga Straße lebte, um die Ecke vom Alten Schulhaus ...«

Ich fragte mich, ob ich vielleicht im Fieber über das goldene Horn gesprochen hatte. Sie streichelte meine Arme unter der Decke. »Ja, du hast ganz schön losgelegt, über Reisen, gnädiger Himmel, ich glaub', du redest gerne, konnte kaum ein Wörtchen verstehen – oh, wie er schwitzt. Das Fieber ist heraus, Davy, das nennt man anständig schwitzen, jetzt geht's dir gleich besser, nur mußt du dich warmhalten, Junge, und jetzt solltest du auch schlafen.«

Ich sagte: »Wenn jemand sehr weit hinausführe aufs Meer, weißt du ...«

»Aja, so hast du vorhin auch geplappert, aber jetzt solltest du schlafen, denn wenn man nicht genug Schlaf kriegt, sagt Ma, ist der nächste Tag ruiniert, verstehst du?« Eine Hand auf meine Decke gelegt, schaute sie mich etwas verschwommen an. Ihr Redflüßlein floß weiter, aber schon lag ein wenig von der besonderen Befangenheit auf uns, die Mann und Frau fühlen, wenn jeder weiß, daß der andere an den noch nicht zusammen erlebten Geschlechtsverkehr denkt.

»Wundern muß ich mich schon – wo die Sonne aufgeht, man stell sich solche Träumereien vor, naja, im Fieber, und doch muß es schön sein zu reisen, hab' mir immer gewünscht, ich könnte es, wie dieser Freund von Pa, sein Name fällt mir jetzt nicht ein, der bis nach Humber Town kam – eh, wie *hieß* er denn gleich? – Peckham? – gleich fällt's mir ein, Peckham war's auf keinen Fall – ach ja Hamlet Parsons war's, weißt du noch? – Ham Parsons, natürlich, dem ein Auge fehlt, weil da der Griff einer Axt falsch reinkam, bis nach

Humber Town, und das ist doch, wenn ich's mir recht überlege, erst zwei Sommer her, denn das war im selben Jahr, in dem wir den alten Weißstrumpf wegen einer Darmblähung verloren – was für ein guter, alter Gaul er war ...«

Es war beruhigend einschläfernd, wie ein Bach, wie das Murmeln eines Baumes im Wind, nur daß Emmia, gepriesen sei sie drum, nicht wie ein Baum gebaut und ihre Rinde nicht kratzig war, an keiner Stelle. In meiner Schläfrigkeit fragte ich mich, warum ich vor Emmia Angst haben sollte, wo sie doch so lieb zu mir war, mir ihre Decke gebracht hatte und jetzt so eng bei mir saß, daß mein rechter Arm verkrampft war, weil er sich nicht auf ihrem Schoß zu liegen getraute. Ich glaube, ich wußte, daß ich selbst zwei oder mehrere Menschen war. Der Davy, der ein zärtlicher, liebevoller Freund sein wollte (geschützt vor jedem Tadel) – das ist der eine, der Angst hatte. Das Mannsbild, das sie greifen und aufs Kreuz legen wollte, bis es sie befriedigt hätte, hatte vor Emmia keine Angst, nur, auf einer praktischen Ebene, vor der Welt: Es wollte nicht an den Pranger gestellt werden. Erst Jahre später ging mir auf, daß diese unvereinbaren und Unruhe stiftenden Teile des Selbst wirklich sind, sobald sie im Geist einmal geboren sind.

7

»Ist dir warm genug?« Ich machte ein unbestimmtes Geräusch. »Du weißt schon, Davy, diese Phantasien, die man im Fieber hat, sind nicht wie wirkliche Träume. Ich meine, nicht wie die, die einem die Zukunft weissagen, wenn man mit einem Maiskolben unter dem Kissen schläft. Ist dir auch wirklich warm genug?«

»Ich wünsch' mir, daß Ihr immer bei mir wärt.«

»Was?«

»Wünschte, Ihr wärt bei mir. In meinem Bett.«

Sie ohrfeigte mich nicht. Ich sah ihr Gesicht nicht, aber plötzlich lag sie warm und dicht neben mir, ihr Atem spielte mit meinem Haar. Die Decken trennten uns. Sie lag auf meinem rechten Arm, so daß der sie nicht umfassen konnte. Meine linke Hand hielt sie von sich weg. Ich war mindestens dreimal so stark wie sie und durfte doch nicht daran denken, davon Gebrauch zu machen. »Davy, Schatz, wir dürfen nicht ... ich meine, wir sollten lieber nicht, nur ...« Ich küßte sie, um ihr den Mund zu verschließen. »Jetzt bist du schlimm, Davy.« Ich küßte ihr Ohr und die seidene Beuge ihrer Schulter. Ohne es zu ahnen, hatte ich damit ein Feuer entzündet. Ihr Schenkel legte sich auf mich, und sie zitterte, durch die Decken gegen mich stoßend und sogleich wimmernd: »Es ist Sünde – Mutter Abrahams, laß mich nicht so schlecht sein.« Sie machte sich frei und rollte weg. Ich dachte, sie würde aufstehen und mich verlassen, statt dessen lag sie, zerwühlt und unbekümmert um ihr Aussehen, auf dem nackten Boden, ihre Knie waren hochgezogen, der Rock zurückgerutscht, die Hände aufs Gesicht gepreßt.

In diesem einem Augenblick, da ihre Augen mich nicht beobachteten und ihre geheime Stelle entblößt war, wollüstig und hilflos und nach mir verlangend, nur in diesem einen Augenblick war ich ganz Mann und hätte sie nehmen können; mochte sie ruhig weinen. Dann drehte mein Geist durch und jaulte: wenn Mam Robson nach ihr suchen kommt, oder Old Jon? Ich hörte ihre vergehende Stimme: »Warum tust du's nicht?«

Ich schleuderte die Decken zur Seite. Der letzte, kalte, tödliche Gedanke kam, nicht in Worten, sondern einem Bild: ein hölzerner Rahmen auf einer hohen Säule, Löcher im Rahmen für Hals, Hand und Fußgelenke des straffälligen Pfand-Dieners; eine freigeräumte Fläche am Boden, so daß Steine und Abfall, mit dem man nach ihm geworfen hatte, leicht weggeräumt werden konnten, wenn das Ding am Pranger nur noch eine fade Lektion in Moral war, zu reglos, um noch zu unterhalten.

Emmias leidendes Gesicht war mir zugewandt. Sie wußte, daß ich bereit gewesen war, zu ihr zu kommen, und es jetzt nicht mehr war. Sie umarmte mich unbeholfen und versuchte mit zitternden, hilflosen Fingern, meine Erektion wieder herzustellen. Vielleicht war es da, daß auch ihr das Gesetz einfiel; denn plötzlich zog sie die Decke über mich und taumelte von dannen. Ich dachte: Es liegt an mir – kann ich laufen?

Aber sie kehrte zurück. Ihr Gesicht war nicht ärgerlich. Sie setzte sich wieder zu mir, nicht zu nahe, ihr Kittel an den Knien eingeschlagen. Sie suchte nach einem Taschentuch, fand keins und wischte ihr Gesicht an der Decke ab. »Ich würde Euch niemals weh tun, Miß Emmia.«

Sie starrte mich verblüfft an, dann lachte sie atemlos. »*Oh*, du süßer armer Strohkopf! Es ist meine Schuld, und jetzt denkst du wahrscheinlich, ich wär' eine, die's mit jedem treibt. Kein bißchen Moral am Leib; ehrlich, so bin ich nicht, Davy, und wenn nur wir beide zusammen sind, wo wir doch so gute Freunde sind, brauchst du mich doch um Himmels willen nicht *Miß* Emmia nennen! Ach, Davy, mich bringt so was so leicht durcheinander, kann's nicht erklären, du weißt nicht, wie das ist ...«

Wenigstens redete sie wieder. Meine Panik schwand. Das Bächlein rann weiter, von Minute zu Minute friedlicher.

Ah ja, Bäche ...

Vor einer Woche hörte ich auf zu schreiben und nahm es

heute nachmittag in Hörweite eines tropischen Bachs wieder auf. Der Tag war mit den Aufgaben der Siedlungsgründung auf unserer Insel ausgefüllt. Wir wollen mindestens so lange hier bleiben, bis die, die jetzt noch im Mutterleib sich befinden, geboren sind, vielleicht auch länger.

Vielleicht werden einige bleiben und andere weiterfahren – ich kann mir nicht vorstellen, daß Kapitän Barr es fertigbringt, den Schoner lange vor Anker liegen zu lassen ... Der Bach läuft an einem Unterschlupf vorbei, den Nickie und ich mit Dion und drei anderen teilen, während wir an den etwas dauerhafteren Bauten für die Kolonie arbeiten.

Die Insel ist klein, mehr oder weniger oval, ihre größte Länge, entlang der Nord-Süd-Achse, beträgt ungefähr zehn Meilen. Sie muß innerhalb des Gebietes liegen, für das die alte Karte ein paar Punkte, genannt Azoren, aufführt. An jenem ersten Tag sind wir um die Insel herumgesegelt; dann, als wir kein anderes Land am Horizont entdeckten, fuhren wir sehr langsam in den einen natürlichen Hafen hinein, den die Insel bietet, eine Bucht an der Ostküste. Wir ankerten in fünf Faden tiefem Wasser in der Nähe eines sauberen Strandes, wo eine Schar grauer Affen sich über Muscheln stritt und wir Einsiedlerkrebse zum Fressen auflasen. Wir warteten jenen Tag und die Nacht an Bord ab, zunächst Ebbe und Flut kennenzulernen – sie sind mäßig – und nach Zeichen menschlichen oder anderen gefährlichen Lebens Ausschau zu halten.

Niemand schlief viel in dieser Nacht – einer warmen, tiefen Nacht, die ein Ausruhen von der langen Anstrengung und den Ängsten des Reisens brachte, mit einem Vollmond für Liebende – höchste Zeit für eine Nacht der Musik, des Weins und heiteren Gelages. Wir sind zusammen vierzig – sechzehn Frauen, vierundzwanzig Männer –, und fast alle sind wir jung. Am Morgen kamen wir nicht allzu verkatert an Land; alle außer Mr. Wilbraham, der es nie ist, neugierig und freudig erregt.

Die einzigen wilden Tiere, die wir gesehen haben, sind die Affen, ein paar Ziegen, kurzohrige Hasen und viele Vögel. Als wir gestern die Insel durchstreiften, fanden Jim Loman und ich die Spuren von Schwein, Fuchs und Wildkatze, und wir sahen Flughörnchen, ganz ähnlich den zarten Dingern, die ich in den Wäldern von Moha beobachtete. Wahrscheinlich haben seit dem Niedergang der Alten Zeit keine Menschen hier gelebt. Vielleicht finden wir im Innern Ruinen.

Einen kleinen Hügel nahe beim Strand haben wir abgerodet, um Platz für Häuser zu schaffen. Der Bach, der am Fuß des Hügels vorbeifließt, entspringt eine Meile entfernt im Innern der Insel, auf ihrem höchsten Berg, ungefähr tausend Fuß über dem Meeresspiegel. Den Bach entlang wächst ein zähes, schilfartiges Gras in Fülle; daraus läßt sich vielleicht gut Papier und Dachstroh herstellen. Unsere Häuser werden leicht gebaut sein – Strohdächer auf hohen Stützen und Strohwände, die nur den halben Weg bis zur Dachkante hinaufreichen: Das ergibt solche luftigen Bauten, wie ich sie in Penn sah, als ich im Jahre 320 mit Rumleys Vaganten dort war. Sie bewahren selbst am heißesten Tag noch eine angenehme Frische, und wenn ein Hurrikan kommt – nicht so schlimm, zuviel ist nicht verloren; man baut aufs neue.

Natürlich fragen wir uns, was für eine Schlange in diesem Eden lauern mag.

Bäche ...

Schau, sagte Emmias persönlicher Bach, was wir fast getan haben, war eine schreckliche Sünde, weil ich ja noch ein Junge war, und sowieso eine furchtbare Sünde, nur hatten wir ja nichts getan, also *gab's* auch keine Sünde, und alles war auch nur ihre Schuld, aber sie würde es Gott einfach im Gebet sagen, dann bräuchte sie es nicht beichten, und sie würde mich auch nicht verpetzen, wilde Pferde könnten kein Wort aus ihr herausziehen, weil ich doch alles in allem ein guter, lieber Junge war, der nichts dafür konnte, daß er arm zur Welt gekommen war, natürlich die Wildheit und das Blaumachen und so, das war nicht so gut, aber wenn ich das ausbessern würde, dann würde ich ein braver Mann werden, den alle achten würden, schau, nur mußte ich mich bewähren und daran denken, daß das Leben, wie Ma sagte, nicht nur aus Bier und Kegeln besteht, das Leben ist harte Arbeit und Verantwortung und Ehrfurcht vor weisen Menschen, nicht nur Priestern, sondern allen, die anständig leben, weil es eben einen richtigen Weg und einen falschen Weg gibt, wie ihre Mutter sagte, und man darf *nicht* immer blaumachen, daß dann die anderen einen decken müssen und so, weil sie dich ja irgendwie gernhaben und die Maultiere füttern, hol sie die Pest. Ich sagte, es täte mir leid.

Naja, allerdings, ein klitzekleines bißchen Reue müßte ich schon fühlen wegen heute nacht, nicht weil es meine Schuld war, das war's nicht, auf keinen Fall, nur hätte ich sie vielleicht nicht gerade *so* küssen sollen, denn Jungen sollen schön vorsichtig sein und rein bleiben und ehrfürchtig und so und nicht so viel an weißt-schon-was denken, wie auch immer, nach meiner Lehrzeit würde ich wahrscheinlich irgendeine nette Frau heiraten, und alles wäre in Ordnung, und übrigens, ich sollte mir nichts draus machen, daß er nicht weißt-schon gestanden ist und so, denn sie wußte zufällig genau, daß dasselbe vielen Jungen passierte, wenn sie einfach Angst hatten oder an die Sachen nicht gewöhnt waren, schau, das heißt nicht unbedingt, daß sie einen Feind hatten, der mit einem Wachsbild übel umging, obwohl natürlich, wenn ich ein ausgewachsener Mann wäre, es so was sein könnte, und man mußte aufpassen, und sowieso war es alles ihre Schuld, wie sie schon gesagt hatte. Ich sagte, es täte mir leid.

Sie sagte, das wüßte sie, und es spräche für mich, und niemand würde es je erfahren, und was die Gesetze anging, man sollte doch diese miserablen Gesetze im Fluß ertränken, denn, ob Pfand-Diener oder nicht, ich wär so gut wie irgend jemand, und das könnte sie jederzeit wiederholen, so gut wie *irgend jemand,* und sie würde nicht zulassen, daß mir je ein Haar gekrümmt würde, *je,* nur, was sie halt meinte mit dem Bewähren, schau, ich sollte hingehen und irgend etwas Schwieriges vollbringen, nichts Wildes oder Spinniges, nur etwas Schwieriges, und das gut und richtig, so was Edles oder so, um ... um ...

»Miß Emmia, Emmia meine ich, ich werd's tun, im Ernst, ich schwör' drauf, ich werd's, wie was zum Beispiel?«

»Oh, du mußt es dir selbst aussuchen, etwas, das du nicht tun willst, aber weißt, du solltest es tun, wie regelmäßig in die Kirche gehen, nur muß es nicht gerade das sein, das solltest du sowieso. Nein, nur etwas, was gut und ehrlich und schwierig ist, daß ich stolz auf dich sein kann, ich werde deine Inspiration sein – nein, du sollst mich nicht wieder küssen, nie mehr, bis du ein Freibürger bist, du, ich mein's jetzt ernst.«

Sie stand auf, glättete ihren Rock, niedergeschlagen waren ihre Augen, vielleicht weinte sie auch ein bißchen, aber bei dem schwachen Laternenlicht konnte ich nichts erkennen. »Ich werd's versuchen, Emmia.«

»Ich meine, ich will, daß wir gut sind, Davy, wie – wie ehrbare Leute, nette Leute, die vorwärtskommen und überall eingeladen werden und so. Das meint man doch, siehst du, mit Gott fürchten und in Abraham leben, ich meine, es gibt einen richtigen Weg und einen falschen Weg, ich meine, ich – naja, ich bin auch nicht immer so wahnsinnig gut gewesen, Davy, du kannst das nicht wissen.« Sie war bei der Falltür und setzte die Laterne ab. Sie blies sie aus und ließ sie für mich am Ende der Leiter hängen. »Schlaf jetzt, Davy – kleiner Schnuck.« Weg war sie.

Ich hätte ihr nachlaufen können; ich war so bereit wie nur je, mit nicht mehr Verstand als ein Stehaufmännchen und nicht weniger. Aber ich ging nur ans Fenster, sah ihre undeutliche Gestalt den Hof überqueren und kroch zurück unter meine Decken in einen traumverquälten Schlaf.

Ich lief – besser gesagt war es ein breitfüßiges Wanken auf Beinen, die zu schwer und zu kurz waren – durch ein Haus, das trübe dem Stier-und Eisen glich. Es besaß tausend Räume, jeder beinhaltete etwas, woran eine Erinnerung haftete: einen dreibeinigen Hocker, auf dem die Kinder des Waisenhauses sitzen mußten, wenn sie böse gewesen waren; einen Ring, den Schwester Carnation trug; eine Stoffpuppe; mein Amulett in einem der roten Pantoffel, die Caron trug, als sie ins Waisenhaus kam – (man hatte sie ihr schleunigst weggenommen, als sündhaft eitlen Tand). Schwarzer Wolf folgte mir in jenem Haus, ohne Eile – er konnte warten. Die Töne aus seiner Kehle ähnelten Worten: »Sieh mich an! Sieh mich an!« Wenn ich es täte, nur ein einziges Mal, hätte er mich. Ich lief weiter: Jeder Raum war fensterlos, nirgendwo Sonne. Die Türen konnte ich nicht hinter mir verriegeln. Als ich mich gegen eine lehnte, geiferte schwarzer Wolf durch den Spalt, und ich sagte über die Schulter: »Ich werd' Caron mein Katskil-Messer geben, und sie wird es dir anständig zeigen.« Da war er still, aber ich mußte immer noch Caron finden, oder meine Drohung war leer, und es kann sein, daß sie davongegangen war mit einem nackten braunen Fuß, mein Amulett war ja in dem anderen roten Pantoffel, aber ich weiß es nicht, denn ich stolperte und fiel zu Boden und wußte, daß Schwarzer Wolf gleich an meinem Hals schnüffeln würde; dann wußte ich, daß ich wach auf meinem Lager auf dem Dachboden lag, aber eine Zeitlang war ich nicht sicher, ob ich allein war.

Ich war allein. Ich roch das trockene Heu und Emmias Duft – er kam nur von ihrer Decke. Spätes Mondlicht fiel durch das Fenster. Der Spinnenbiß juckte nur noch harmlos. Ich fand meinen Sack und fühlte das goldene Horn. Es gehörte nicht mir.

Ich wußte, was jene Tat, gut, ehrlich und schwierig, zu sein hatte. Das Horn mußte zurück zu einem häßlichen Wesen, das damit nichts anfangen konnte. War das gut? Nun, es war schwer und ehrlich. Ich würde es Emmia nie berichten können – es sei denn, ich veränderte die Geschichte ein wenig – vielleicht sollte ich den Möh durch einen Einsiedler ersetzen? Nein, wann hatte ich denn dem Mädchen je mehr als die gewöhnlichsten Alltagsdinge berichtet? In meinen Tagträumen, allerdings. In denen war sie natürlich immer wunderbar auf alles eingegangen. Ich würde weglaufen, gescholten, verachtet und in Lebensgefahr, weil Emmia den Behörden gemeldet hatte, daß ich einen Möh hatte entkommen lassen. Und dann, mal sehen – würde ich eine Beute der Polizeihunde werden? Und wenn sie kämen, würde ich sagen – nein, so ging's nicht. Oder auf einen Baum klettern und von dort aus reden? Quatsch.

Aber eines fernen Tages könnte ich ja Skoar wieder besuchen, als ein Mann mit narbigem und traurigem Gesicht, ohne Neigung, von heroischen Taten in den längst vergangenen Kriegen gegen – nun, vielleicht Nuin oder Conicut? – zu berichten. Ich könnte ja eine Expedition anführen, die mit den Piraten der Cod-Inseln aufräumte? Dann würde mich eine freundliche Nation aus Dankbarkeit zum Gouverneur jener lieblichen Inseln machen ...

Kay, wie hätte ich in jenen Tagen wissen können, daß die Cod-Inseln ein paar Brocken in den Gewässern vor Nuins Küste sind, die so aussehen, als hätte jemand aus einem Eimer ein paar Handvoll nassen Sand verschleudert?

Emmia, die all die Jahre über voll Kummer sich selbst die Schuld gegeben hatte, würde mich erkennen, aber ach ...

Eine Ratte, die einen Balken über mir entlang trippelte, jagte mir einen ordentlichen Schreck ein. Ich warf mir meine Kleider über und tastete nach dem Talisman im Sack. Ich mußte eine neue Strippe finden und ihn wieder richtig an mir tragen. In meiner Höhle würde ich ein Stück von der Angelschnur dafür zurechtschneiden. Ich versuchte, nicht an das Horn zu denken. Meine Mokassins wanderten in den Sack, und ich schnallte den Messergürtel um.

Emmias Decke durfte hier nicht gefunden werden, sonst würden sie sagen, sie beweise, daß wir die Nacht miteinander verbracht hätten. Ich drückte sie auf die Mokassins und stieg die Leiter hinab. Jetzt geh' ich wirklich weg, dachte ich.

Aber Emmia dürfte kein Leid zustoßen, wie es geschehen konnte, wenn die Decke einfach verschwände. Alles Eigentum des Stier-und-Eisen schien mittels einer gottverdammten mystischen Kette an Mam Robson gefesselt zu sein. Lebensmittel konnte man in Maßen klauen, aber wurde nur eine Decke oder ein Kerzenhalter oder so etwas mit Abraham gegangen, so war die Mam tief in ihrer Seele verwundet; sie konnte nicht ruhen, bis sie den Urheber des Schmerzes aufgespürt hatte, und wenn sie währenddessen Old Jon in mümmelnden Wahnsinn treiben konnte, um so besser.

Ich stand unter Emmias Fenster und musterte das Efeugerank. Der uralte Stamm war kräftig und sollte mich tragen können. Der alte Jon und die Mam schliefen auf der anderen Seite des Gebäudes. Die Zimmer neben dem Emmias waren für Gäste; darunter war ein Vorratsraum; nur ein kopfloser, geiler Bock würde da hinaufklettern. Ich kletterte.

Der Efeu klammerte sich mit zehntausend Zehen an die Ziegel, bog sich und flüsterte, aber er brach nicht. Mit einem Arm hing ich am Fensterbrett. Die Decke hatte ich mit den Zähnen gefaßt und meinen Sack im tiefen Schatten zurückgelassen. Ich warf die Decke in das Zimmer, aus dem mir Emmias Duft reich entgegenschlug. Ich hörte ein kleines Stöhnen, das Schlaf bedeuten mußte, vielleicht die leise Berührung eines Traumes. Sie konnte aufwachen, meinen Schatten sehen und das Haus zusammenschreien. Das war die Vorstellung, die meine Furcht in jenem Moment beschwor. Dann war ich wieder auf dem Boden und bammelte die Kurinstraße hinunter, bevor das Zittern aufhörte.

Und wütend war ich auch – weil ich nicht zu ihr ins Bett gekrochen war; aber ich konnte mir genug Gründe zurechtlegen, *jetzt* nicht mehr zurückzugehen. Die trieben mich voran – über die Palisade, über den Berg. Aber ich würde zurückkommen, sagte ich mir, nachdem ich das Horn abgeliefert hätte. Ich würde versuchen, es ihr recht zu machen. Verflucht, ich würde sogar in die Kirche gehen, wenn kein Weg darum herumführte. Und (so meldete sich ein anderes Selbst) ich würd' ihn schon reinkriegen.

Dion hat den Kolonisten einen Namen für die Insel vorgeschlagen – Neonarcheos. Ich glaube, er gefällt mir. Er ist aus dem Griechischen, einer Sprache, die schon im Goldenen Zeitalter alt war und nicht mehr gesprochen wurde. Dion ist einer der wenigen unter den Häretikern, der sie studiert hat, wie auch Latein. (Die Kirche verbietet der Öffentlichkeit alles, was aus anderen Sprachen als dem Englischen kommt – es könnte mit Zauberei zu tun haben.) Er machte mich mit den griechischen und lateinischen

Autoren in Übersetzungen bekannt; ich merke hier nur schnell an, daß auch sie auf ein Goldenes Zeitalter zurückschauten, das dem von ihnen so genannten Eisernen Zeitalter voranging ...

Dions Name für diese Insel drückt etwas aus, was ich gesagt haben wollte: – neu-alt. Er verbindet uns irgendwie mit der Zeit, als diese Insel – und die anderen, die nicht weit hinter dem Horizont liegen müssen, anders geformt und kleiner, als sie es waren, bevor das Meer stieg – portugiesischer Besitz war, was auch immer das für sie bedeutete; ja, und mit einer noch viel entlegeneren Zeit, als Zivilisationen, die schriftliche Zeugnisse von sich hinterlassen konnten, noch etwas Neues waren auf dieser Erde, und als diese Insel ein Fleck von Grün im weiten Blau war, bewohnt nur, so wie wir sie fanden, von den Vögeln und anderem scheuen Getier, das in seinem Dasein weder Weisheit noch Bosheit kennt.

Als ich wieder den Nordberg hinaufkletterte, sah ich die Sonne selbst nicht aufgehen, denn zu der Zeit war ich schon in der Region der großen Bäume, wo ich tags zuvor fast meinen Möh umgebracht hätte. Ich lief nicht schnell; mein Widerstreben verursachte mir das Gefühl, als hätte sich die Luft selbst zu einem Hindernis verdickt. Vor dem Möh hatte ich keine besondere Angst, obwohl ich doch, als ich in den Wildwuchs kam, über den seine Rankenpfade liefen, zu oft hinaufblickte, bis gewisse Bilder der Furcht durch einen unguten Geruch aus mir herausgeschwemmt wurden – Wolfsgeruch.

Erbost zog ich mein Messer – sollte ich *so* aufgehalten werden, abgelenkt durch eine Gefahr, die mit der Tat, die zu vollbringen ich auf besten Wege war, nichts zu tun hatte? Der Geruch kam von genau dort, wo ich hingehen mußte, wenn ich nicht die Spuren meines Durchgangs vom Tag zuvor verlieren wollte. Ich war nicht mehr weit von dem Tulpenbaum. Mit gezogenem Messer machte ich keine Anstrengung, leise zu sein – wenn der Wolf irgendwo innerhalb von hundert Metern lauerte, wußte er genau, wo ich war.

Man kann schwarzen Wolf nicht geradewegs ansehen, nicht

einmal vom Geländer über der Zwinggrube. Etwas ist an ihm, das deinen Blick verbiegt. Darüber habe ich einmal mit Dion geredet, der meinte, daß wir vielleicht einen Teil von uns selbst in ihm begegneten. Mein guter Freund Sam Loomis, der wahrlich ein weiches Herz hatte, pflegte zu behaupten, ein irritierter Wolf habe ihn einst in die Fotze eines Hurrikans geschnupft; mit solchem Unsinn hat er vielleicht etwas ausgedrückt, das doch nicht so ganz unsinnig ist.

Wenn ein Mann schwarzen Wolfs kaltes, langes Heulen im Dunkeln hört, spannt sich sein Herz gegen seine menschlichen Grenzen. Das geht allen so, dir, mir. Du weißt sehr wohl, daß du nicht da draußen mit ihm jagen, mit ihm über das blutige Fleisch streiten, mit ihm und seiner diamantäugigen Gefährtin frei über die Lichtungen der Mitternacht schnüren kannst; du wirst nicht so sein wie er. Doch tief in unserem Innern ist das Verlangen danach; es schläft nicht gänzlich. In allen Nächten schwingt das Unausgesprochene mit. In unseren Gehirnen, unseren Muskeln, unserem Geschlecht wohnen all die wilden Lüste, die jemals tobten. Wir sind Blitz und Lawine, Feuer und zerstörender Sturm.

An jenem Morgen fand ich meinen schwarzen Wolf schnell. Sie war unter den Ranken, die außerhalb des Dornbuschgestrüpps herabhingen: eine alte Wölfin – mein Messer stocherte in dem riesigen, mageren Kadaver herum, der wohl sechs Fuß von ihrer Schnauze bis zum Ende ihres räudigen Schwanzes maß. Vernarbt, faulig, das einstmals schwarze Haar nun rostfarben vor lauter Geschwüren. Als sie noch am Leben war, konnte sie trotz dieses Verfalls wohl noch leicht ein Wildschwein zur Strecke bringen. Aber ihr Hals war gebrochen.

Mit dem Messer sie anhebend und in sie hineinstoßend – ich hätte sie nicht mit meinen Händen berühren können, ohne zu kotzen –, vergewisserte ich mich, daß ihr Hals gebrochen war. Bezweifelt es, wenn ihr wollt – ihr habt eben meinen Möh vom Nordberg und seine Arme nie gesehen. Ihr Körper verlor schon seine Steifheit, und eine lange Reihe von winzigen Aasameisen hatte schon ihren geheimnisvollen Weg zu ihr angelegt; sie mußte also schon mehrere Stunden lang tot sein. Der Wildwuchs über ihr war zu dicht, um die Flügel von Krähen und Geiern durchzulassen, und die kleinen Aashunde der Wildnis rühren, so sagt man, Schwarzwolfs Kadaver nicht an. Ich zerstörte ein Stück von dem Weg der Ameisen und sah blöde zu, wie sie aufgeregt durcheinander liefen und ihn wiederherstellten. Das trockene Blut auf den Steinen, dem Boden und an den Ranken war nicht von der toten Wölfin, die keine Wunde hatte, sondern einen gebrochenen Hals.

Ich entzifferte die Zeichen. Sie hatte den Möh überfallen, als er den Ranken nahe war. Büsche waren niedergedrückt und zerfetzt; ein schwerer Stein war aus seiner Bodentasche herausgerissen worden. Wahrscheinlich war es am Vortag passiert, vielleicht, als er vom Teich zurückkam. Vielleicht war er vor lauter Unglück nicht so achtsam wie sonst, vor Unglück, nicht mann-schön geworden zu sein.

Oder vielleicht hatte er den rötlichen Stein zur Seite gerückt und das Verschwinden seines Schatzes entdeckt und war herausgestürmt, bereit, über das erste Ding, das sich bewegte, herzufallen.

Wie auch immer, die Schuld hatte ich.

Ihr Maul stand offen, die Zähne waren trocken. Ich bemerkte, daß einer der großen Fangzähne in ihrem Unterkiefer abgebrochen war, schon vor langem, und einen schwarzen Stumpf in einer Eitertasche zurückgelassen hatte, die ihr entsetzliche Schmerzen bereitet haben muß. Ich glaube, es war mir nie zuvor in den Sinn gekommen, daß ein schwarzer Wolf wie jedes andere fühlende Wesen leiden konnte. Der andere lange Zahn des Unterkiefers war braun von trockenem Blut.

Ich kletterte den Tulpenbaum hinauf. Überall waren Blutverschmierungen. Ich glaubte nicht daran, daß der Möh soviel Blut verloren haben und noch am Leben sein konnte, und doch rief ich nach ihm: »Ich bin zurück. Ich bring' es dir wieder. Ich hab's genommen, aber ich bring' es zurück.« Ich stieg auf einen dikken Ast über seinem Nest und zwang mich hinunterzublicken. Die gelben Ameisen mußten ihre Schlange auf der anderen

Seite des Stammes geformt haben, sonst hätte ich sie eher gesehen.

Er war ein Mensch. Dies wissend, fragte ich mich eine Weile, wie viel von dem, was mir beigebracht worden war, nur Lüge über Lüge war.

Ich allein erinnere mich an ihn. Ihr mögt euch vielleicht an das erinnern, was ich geschrieben habe, ein Sache aus einem Buch, über die man plaudern kann. Aber während ich dies jetzt schreibe, bin ich der einzige, der überhaupt von ihm weiß, außer Dion und Nickie; denn anderen habe ich's nie erzählt, wie ich zu meinem goldenen Horn kam; nur einem noch, und der ist auch tot.

8

Ich kehrte in meine Höhle zurück, und der Tag verging. Zu Recht oder Unrecht, zum Guten oder zum Bösen, das goldene Horn gehörte mir.

Ich erinnere mich an eine halbe Stunde, in der ich von dem Wissen erleuchtet war, daß ich, ich selbst, der rotschöpfige Davy, *lebte*. Ich mußte die Kleider abwerfen und jeden erstaunlichen Teil meiner hundert Pfund lebenden Fleisches kneifen, schlagen und anstarren. Ich klatschte mit der Handfläche auf einen sonnenheißen Felsen aus purer Freude, es tun zu können. Ich rollte mich im Gras, lief den Pfad hinauf in die Wälder, um einen Baum zu umarmen und um ein wenig zu weinen. Ich schleuderte einen Stein in die Luft und lachte vor Freude, ihn weit entfernt in die Blätter klatschen zu hören.

Ich würde also nicht auf einem stolzen Rothengst nach Levannon ziehen, mit drei Dienern und Mägden, die in jeder Herberge ihre Beine für mich spreizen würden. Aber hinkommen würde ich.

Ich wagte es an jenem Tag schon, ein wenig auf meinem Horn zu üben. Demut kam später: Wenn ich heute spiele, weiß ich, daß ich kaum die äußeren Bezirke einer Kunst aus Alter Zeit erreiche neben der die Musik unserer Tage sich wie das Zwitschern von Spatzen ausmacht. Doch bevor meine Lippen an jenem ersten Tag sich wund rieben, fand ich doch durch Versuch und Irrtum eine Melodie, die ich als Kind schon kannte. ›Londonderry Air‹ ist, glaube ich, das erste Lied, das ich kennenlernte; die liebe, dicke Schwester Carnation sang es mir vor. Neugier trieb mich über gewöhnliche Ermüdung hinaus. Ich fand die Töne; mein Ohr sagte mir, daß ich sie richtig spielte.

Dank dem großen Lexikon weiß ich, daß mein Horn in Alter Zeit ›Französisches Horn‹ hieß. Moderne Handwerker können die notwendigen Reparaturen an dem Klappenmechanismus vornehmen – ich habe das einmal in Old City machen lssen; das Horn selbst könnten wir nimmer nachbauen. Ungefähr vierzehn Jahre spiele ich jetzt darauf, und manchmal frage ich mich, ob ein Hornist aus Alter Zeit mich immerhin für einen vielversprechenden Anfänger halten würde.

Als ich an jenem Tag mit dem Üben aufhörte, war der Nachmittag fast vorbei. Von dem Schinken und Haferbrot nahm ich ein verspätetes Mahl zu mir. Dann grub ich, ziemlich weit von meiner Höhle entfernt, ein Loch in die Erde und legte den Sack mit dem moosumwickelten Horn hinein. Ich markierte die Stelle nicht, da ich wußte, daß ich bald wieder hier sein würde. Ich würde Skoar verlassen; das war, so fühlte ich jetzt, so sicher wie der Sonnenaufgang. Doch für diese eine Nacht mußte ich zurück in die Stadt.

Ich hatte mir ein Stück von der Angelschnur für mein Amulett zurechtgeschnitten, aber die Schnur war mir zu rauh am Hals, und so steckte ich das Amulett wieder in den Sack, zusammen mit dem Horn. Und vergaß das dann – ihr solltet euch daran erinnern. Später, als es entscheidend für mich war, konnte ich mich einfach nicht erinnern, ob ich das Amulett in den Sack gesteckt oder doch, trotz der kratzenden Schnur, umgehängt hatte. Wenn ihr existiert, so hat euch euer Gedächtnis sicherlich ähnliche Streiche gespielt. Wenn ihr nicht existiert, dann drückt doch mal ein Auge zu und glaubt trotzdem, was ich sage.

Alles sah an jenem Abend einfach aus, als ich mein Horn vergraben hatte. Ich phantasierte nicht und baute auch nicht mein Glück auf einen Splitter vom Mond. Aber ich wollte Emmia.

Wieder versteckte ich mich in dem Gebüsch vor der Palisade, und nachdem ich den Wachwechsel gehört hatte – sie hatten sich verspätet –, schlich ich nahe an die Pfähle heran und wartete weiter, denn ich war sicher, daß der Wachsoldat noch nicht in der üblichen Weise die Straße hinabmarschiert war. Und ich mußte erschöpfter gewesen sein, als mir bewußt war, denn törichterweise schlief ich ein.

Das war mir noch nie zuvor an einer so gefährlichen Stelle passiert und ist es auch nie wieder. Aber damals schlief ich ein. Als ich zu mir kam, war es Nacht, die Blässe frühen Mondlichts stand im Osten. Ich hatte nun keine Ahnung, wo die Wache war, und mußte wieder eine trostlose Weile darauf warten, ihn zu hören. Ein Schwein wanderte die Straße auf der anderen Seite der Palisade entlang und reichte grunzend private Bemerkungen über die niedrige Qualität des Straßenabfalls an seinen Bauch weiter. Niemand warf einen Stein nach ihm, wie es ein Wachsoldat fast mit Sicherheit getan hätte, um sich die Langeweile zu vertreiben. Des Wartens überdrüssig, nahm ich das Risiko auf mich und kletterte.

Der Soldat ließ mich rüberkrauchen und auf der Stadtseite herunterkommen. Dann hörte ich seinen raschen Schritt hinter mir, und ein Schlag auf den Kopf warf mich um. Als ich auf den Rücken rollte, pflanzte er seinen kostspieligen Rindslederstiefel auf meinen Bauch. »Woher kommst du, Pfand-Diener?« Mein grauer Lendenschurz verriet ihm meinen Stand – wir mußten so einen tragen, wie Sklaven schwarze und Freibürger weiße tragen; nur der Adel darf sich Tücher oder Hosen mit interessanteren Farben wählen.

»Ich arbeite im Stier-und-Eisen. Hab' mich verlaufen.«

»Klingt sehr wahrscheinlich. Hat man dir nicht beigebracht, ›Sir‹ zu sagen?« Laternenlicht von der Straße zeigte mir ein verbissenes, mageres Gesicht mit dem säuerlichen Ausdruck, an dem du erkennst: Dem Mann kannst du sagen, was du willst, es wird ihn kalt lassen, da er sich vor langem schon über alles sein Urteil gebildet hat, als es dich noch gar nicht gab. Er fingerte an seinem Knüppel; sein Stiefel tat mir weh. »Kay, zeig mal deinen Paß.«

Jeder, der Skoar bei Nacht betrat oder verließ, mußte einen Passierschein mit dem Stempel des Stadtrats haben, wenn er nicht ein Soldat der Garnison in Uniform, ein Priester oder ein Mitglied des höheren Adels mit einer Schultertätowierung war, die seinen Stand bewies. Natürlich wagten sich Freibürger und der niedere Adel (Mister wie Old Jon und seinesgleichen) nachts nicht auf die Straßen vor die Stadt hinaus, höchstens in großen bewaffneten Gruppen mit Fackeln und viel Geheul, um Wolf und Tiger fernzuhalten; doch gab es immerhin genug von jenen Reisegruppen – Karavane werden sie genannt –, um die Stempler des Stadtrates munter zu halten. Allerdings – oh, im Frühling, wenn die Zeit süßer Sternennächte kam und Raubtiere sich kaum den Siedlungen der Menschen näherten, weil es genug Beute in der Wildbahn gab, im Frühling klettern Burschen mit ihren Mädchen ständig über die Palisaden. Geländebumsen nannte es das junge Volk. Mir kam nie zu Ohren, daß solche Ausflügler getötet und gefressen wurden, aber vielleicht hilft es einem Mädchen, wenn es sich so etwas vorstellen kann, während ein Junge auf ihr ist. Und von den Wachsoldaten erwartete man, fast offiziell, wegzuschauen; denn selbst die Kirche ermutigt, wie ich schon geschrieben habe, das Kinderkriegen, vor allem in den unteren Klassen. An den Morgen im Juni war das Gras auf den Wiesen hinter der Palisade flachgedrückt wie auf einem Schlachtfeld, was sie ja in gewisser Weise auch waren.

»Hab' keinen Schein, Sir. Ihr wißt, wie es ist.«

»Komm mir nicht damit. Du weißt, daß jeder einen Paß haben muß, jetzt wo ein Krieg im Gange ist.«

»Krieg?« Ich hatte mich so an das Gequassel über einen möglichen Krieg mit Katskil gewöhnt, daß ich es nicht mehr beachtet hatte als das Summen eines Moskitos.

»Gestern erklärt. Alle haben davon gehört.«

»Ich nicht, Sir. Hab' mich gestern im Wald verlaufen.«

»Glaub' ich dir aufs Wort«, sagte er, und wir waren wieder da, wo wir begonnen hatten. Wenn der Krieg gestern erklärt worden war, hätte Emmia nicht darüber mit mir gesprochen? Vielleicht hatte sie es, während mein Geist weggetreten war. »Kay, also was machst du in diesem Dingsbums, wie heißt das gottverdammte Ding?«

»Stier-und-Eisen, Sir. Stalljunge. Ihr könnt Mister Jon Robson fragen. Mister. Mitglied des Stadtrats ist er auch.«

Ich konnte es ihm nicht übelnehmen, daß er davon nicht

beeindruckt war. Nicht einmal Junker haben die wichtige Schultertätowierung, und mehr als Junker konnte Old Jon im Leben nicht werden. Der Fuß des Soldaten rollte mich von einer Seite zur anderen und tat weh. »Hab' gehört, in Katskil gibt's viel rothaariges Gesindel. Hat keinen Paß. Schleicht sich heimlich rein. Und reitet auf diesem Zeug mit dem Mister herum, als ob mir ein Lümmel wie du Manieren beizubringen habe, so ein kleiner rotznäsiger Furz, den der erste Wind wegbläst. Selbst wenn du nicht lügst, mußt du ein bißchen verledert werden. Werde dich zum Hauptmann bringen. Bei dem wird's dir nicht viel helfen, daß du Mister Soundsos Bubi bist.«

Ich nannte ihn Kahlarsch-Hurensohn, und wenn ich jetzt darauf zurückblicke, so glaube ich fast, es war das Falsche. »Ha, hast dich verraten, Katskil. Du bist ein Spion aus Katskil. Kein P.-D. würde so mit einem Mitglied der Stadtregierung sprechen. Auf mit dir!«

Er war zu einem Hindernis zwischen mir und Emmia geworden, nur eben das, kaum mehr. Er hatte mir befohlen aufzustehen, aber sein Fuß scheuerte noch auf mir herum. Den packte ich, hob an, und er flog Arsch über Kopf durch die Luft.

Mein Häufchen Fleisch wird leicht unterschätzt, weil ich so klein bin und, wie gesagt, von Natur aus dusselig aus der Wäsche gucke. Sein Bronzehelm flog gegen die Pfähle, ein Knochen knackte in seinem Hals, und als er sich auf dem Boden ausbreitete, war er so tot, wie es ein Mann nur sein kann.

Kein Puls mehr in seiner Halsschlagader; als ich ihn schüttelte, hing der Kopf schlaff. Der Todesgeruch stieg mir in die Nase – des armen Mannes Gedärm hatte sich noch einmal entleert. Keine Seele war in der Nähe; Schatten lagen schwer über uns, nur weiter unten auf der Straße gab es ein trübes Licht. Der Helm hatte, als er gegen die Hölzer schlug, nur wenig Krach gemacht. Ich hätte zurück über die Palisade klettern und mich aus dem Staub machen können, aber das war es nicht, was ich tat.

Als ich bei ihm kniete und ihn anstarrte, war das Universum immer noch bis zum Bersten mit dem Verlangen nach Emmia gefüllt, das mich zurückgetrieben hatte. Es schien da eine Verbindung zu bestehen: Als ich auf den toten Wächter schaute, schwoll meine Rute an wie toll, als wäre er ein Rivale gewesen. Aber ich bin doch kein brünstiger Hirsch, der sein Geweih in einen anderen hineinrammen muß, um sich für das Weibchen bereit zu machen. Ich war auch nicht herzlos. Ich erinnere mich, daß es mir durch den Kopf ging, daß da andere wären – Frau, Kinder, Freunde –, deren Leben meine Tat einen schlimmen Schlag versetzen würde. Jenes blaßbraune, passend trüb beleuchtete Ding neben meinem Knie war eine menschliche Hand, mit schmutzigen Fingernägeln und einer alten Narbe zwischen Daumen und Zeigefinger; vielleicht hatte sie einst auf einer Mandoline gespielt. Aber sie war tot, tot wie der Möh, und ich lebte und war scharf auf Emmia.

Ich verließ ihn und haßte ihn kein bißchen und auch mich nicht allzusehr. Und kein einziges Mal dachte ich, als ich mich durch die Stadt stahl, an das Auge Gottes, dem keine Tat entgeht, wie es die Lehren der Kirche mir beigebracht hatten; und das erscheint nur seltsam, denn in jener Stunde war mein Kopf wahrlich nicht frei für klares Denken.

Niemand war um diese Zeit auf den Straßen, außer der Wache, ein paar Herumtreibern und Betrunkenen und einigen billigen Nutten; all denen konnte ich aus dem Weg gehen. In der ehrbaren Gegend, in der der Stier-und-Eisen stand, regte sich keine Katze. Das einzige Licht im Gasthof war in der Schankstube; ich hörte den Singsang Old Jons, der einen höflichen Gast, der wahrscheinlich längst ins Bett wollte, mit seinen Reden aufhielt. Der Mond stand ziemlich hoch. Einige Schimmer seines Lichts sah ich auf den Efeublättern. Ich kletterte behutsam, mühelos, hinauf und stieg über das Fenstersims.

Im Mondlicht zeichneten sich schwach einige Formen ab: ein Stuhl, ein Stück eckiger Schwärze, vermutlich ein Tisch, und eine flüchtige Bewegung nahebei – das war ich selbst, mein Bild im Wandspiegel neben dem Fenster. Ich sah zu, wie das Bild Hemd und Lendentuch abstreifte und den Messergürtel darauf legte, und wie es nackt dastand, als hielte seine eigene Stille es fest. Emmia wälzte sich murmelnd im Bett, und ich ging zu ihr.

Mein eigener Schatten hatte das Mondlicht von ihr genommen. Während ich mich auf sie zubewegte, machte das Licht sie sichtbar; sie schien im Dunkeln zu glühen, ihre Wärme war wie eine Berührung, als ich mich über sie beugte und meine Hand der seidigen Zartheit begegnete. Sie lag auf der Seite, mit dem Rücken zu mir. Das Tuch, mit dem sie sich zudeckte, war bis zur Taille zurückgeschoben, denn die Nacht war schwer wie in der Rosenzeit des Sommers.

Sanft schoben meine Finger das Tuch weiter zurück, kaum die Rundung ihrer Hüfte berührend. Ebenso leicht berührte ich die dunkle Masse ihres Haares auf dem Kissen und die weichen Kurven ihres Halses und der Schultern, und ich fragte mich, wie sie schlafen konnte, wo doch mein wildes Herz so schnell und schwer trommelte. Ich ließ mich auf das Bett nieder. »Emmia, ich bin's, Davy. Ich will dich.« Meine Hand wanderte voll Staunen, denn meine lebhafteste Phantasie hätte mir niemals sagen können, wie weich die Haut eines Mädchens unter den Fingern ihres Liebhabers ist. »Erschreck nicht, Emmia – mach keinen Krach. Ich bin's, Davy.«

Ich spürte keine Überraschung des Erwachens bei ihr, nur, wie sich ihre Wärme zu meinem Schenkel drängte, und dann den Druck ihrer Hand, mit dem sie mir sagte, daß sie weder ängstlich war noch wütend. Später fragte ich mich, ob sie nicht vielleicht die ganze Zeit schon wach gewesen war und nur so getan hatte, als schliefe sie, um zu sehen, was ich tun würde. Jetzt starrte sie mich vom Kissen aus an und flüsterte: »Davy, so ein schlimmer Junge, schli-imm – warum, warum nur bist du heute wieder weg? Den ganzen Tag? So wild und verrückt, was soll ich denn mit dir machen?« – Ruhiges, weiches Munkeln, als ob nichts Besonderes dabei wäre, wie wir zwei da, nackt wie Eier, mitten in der Nacht auf ihrem Bett lagen und meine Hand sich über ihre linke Brust wölbte und dann kühn weiter hinab schweifte, wie es ihr gefiel – und sie lächelte, lächelte!

Ja, und da war's dann geschehen um die Lehrreden vom

Abend zuvor, von wegen Tugend und Sollst-mich-nicht-mehr-küssen. Geschehen wie um späte Blätter an den Bäumen, wenn den Frühlingswinden die Geduld reißt, denn jetzt küßte ich sie, kein Zweifel, und schmeckte das süße Leben ihrer Lippen und Zunge und leckte ihren Hals und sagte ihr, es gäbe einen richtigen Weg und einen falschen, und diesmal würden wir es wahrlich richtig machen, denn ich würd' ihn ihr reinstecken, komme was da wolle. Und sie wimmerte: *»Ah,* nein!« – in einer Weise, die nichts anderes heißen konnte als: »Was zum Teufel sollte dich aufhalten?« – und drehte ihre Lenden weg von mir, nur um mich zu erinnern, daß ich in diesem Spiel ein wenig Kraft aufwenden müsse.

Es trieb mich auch zu sagen: »Emmia, ich hab' etwas Schweres und Ehrliches vollbracht – hab's so gut gemacht, wie ich konnte, nur ist es etwas, was ich dir nicht sagen kann, niemals, Schnuck. Und ich muß von hier weglaufen.«

»Nein.« Ich weiß nicht, ob sie außer dem »Schnuck« wirklich etwas hörte. Ich war wieder an ihr dran und küßte die lustige Spitze ihrer Brust und dann ihren Mund. »So schlimm, Davy! – So schlimm!« Ihre Finger wanderten nun und forderten, wie die meinen, und meine fanden den kleinen tropischen Sumpf, wo ich bald eintreten würde. »Selbst Schnuck!« keuchte sie. »Tiger-Tom. Ich werde dich nicht von mir weglaufen lassen, Tiger-Tom, werd' ich nicht.«

»Nicht von dir.«

»Jetzt bist du ein ganzer Mann, Davy. Oh!«

Ich wollte ihr sagen, daß ich sie liebte, oder eine ähnliche Mitteilung machen, aber dann waren Worte vergessen, denn ich war über ihr, unbeholfen, suchend, und begriff zum ersten Mal die mimische Gewalttätigkeit, die die Grenzen der Zärtlichkeit nicht überschreiten darf. Sie, die das vielleicht schon immer verstanden hatte, widerstand mir genug, so daß ich sie niederhalten, unterwerfen mußte, bis alsbald der heiße, schweißfeuchte Kampf selbst uns aneinanderband, so dicht, wie unsere Lippen einander waren, wenn sie sich trafen und aneinander im Kampf festsaugten. Dann widerstand sie nicht mehr, und ihre

Hände halfen und führten mich zu dem blinden Stoß, mit dem ich in sie eindrang.

Da konnte ich mich mir als ihren Herrn vorstellen, während sie fest an mich gekrallt war und röchelte: »Davy, Davy, töte mich, ich sterbe, mein Herr, mein Geliebter, du verdammter schöner großer Tiger – mach weiter, oh, mach weiter!« – Aber alles das mit leiser Stimme, kein Schrei; so war sie noch auf unsere Sicherheit bedacht, während meine Welt in Regenbogenfeuer explodierte. Daher bin ich mir jetzt, Jahre später, ziemlich sicher, daß ich sie in dieser ersten Vereinigung nicht vollständig befriedigt habe. Gütig war Emmia. Ich glaube, bei diesem ersten Mal spielte sie mir bis zu einem gewissen Grad etwas vor, aus Güte, und gut genug, daß ein grüner Junge sich glücklich und stolz fühlen konnte: als Herrscher ihres Schattenschlosses, als Prinz der Liebe.

Es stimmt nicht, wenn man sagt, es gäbe nur ein erstes Mal. Mein erstes Mal war mit Caron, die das Spiel der Erwachsenen kannte, und wir spielten es in der einfältigen Art der Kinder, vielleicht besser als die meisten in jenem Alter, weil wir einander in einer Art, die mehr als nur kindlich war, ehrlich mochten. Aber mit einer anderen Frau kann man wieder ein erstes Mal erleben, als wäre die Vergangenheit beiseite gefegt und man selbst so gut wie jungfräulich; und es ist, als beträte man einen Garten, der so neu ist, daß alle Blumen, die man in der Vergangenheit gepflückt hat, zu jüngeren Jahren und kleineren Leidenschaften zu gehören scheinen. Das gilt wahrscheinlich nicht für die Männer, die in unglücklicher Jagd von einer Frau zur nächsten treiben und nie lang genug bei einer bleiben, um mehr zu erfahren, als daß sie – was für eine Überraschung – die gleichen Organe hat wie die letzte. Und für die weibliche Skalpsammlerin kann es auch nicht zutreffen. Aber es stimmt für jeden wie mich, für den Frauen Menschen sind, und wahrscheinlich für Frauen, die einen Bettgefährten als Freund und Person sehen können, nicht bloß als Feind oder Kindersatz oder Phallus auf Beinen.

Emmia glättete mein Haar. »Darfst nicht weglaufen.«

»Nicht von dir«, sagte ich noch mal.

»Dann sei still.«

Plötzlich war in mir eine Klarheit, wie die, die mit dem Ende eines Fiebers kommen mag. Die Welt wich zurück und wurde doch schärfer in hell-leuchtenden kleinen Details. Der tote Wächter an der Palisade, der Glanz meines goldenen Horns, der Möh, der zum Fraß für die gelben Ameisen geworden war – all diese Einzelheiten scharf beleuchtet, winzig, perfekt, wie Gegenstände im Sonnenlicht, die man durch den Boden eines Trinkglases betrachtet. Innerhalb derselben Vision fand ich Emmia selbst, dies großschenklige Honigfaß, tief wie ein Brunnen und seicht wie Wellengekräusel auf einem Bach, Emmia, die ich nun liebte, ohne besitzen zu wollen.

Sie flüsterte: »Ich weiß, wie du so schnell ein großer Liebhaber geworden bist. Hast dir ein Waldmädchen gefunden, draußen in der Wildnis, eine der du-weißt-schon, Kleinen, und sie muß wohl hübscher sein als ich, und sie hat dir einen Zauber gegeben, so daß kein Mädchen nein sagen kann.«

»Geh, ein Elfenmädchen würd mich nur einmal anschauen und puh sagen.«

»Nein – hast was an dir, Davy. Eines Tages werd' ich dir erzählen, woher ich weiß, daß du bei einem Elfenmädchen warst.« Emmia lachte über den Einfall und glaubte ihn auch halb, denn Elfen und derartige Wesen sind für die Leute in Moha wirklich, so wirklich wie die ernsten Angelegenheiten der Hexerei, Astrologie und der Kirche.

»Nein, gib's nur zu, Tiger-Tom, und erzähl mir, was sie getan hat. Hat sie meinem Jungen einen von den großen spitzen Pilzen zu essen gegeben, die ausschauen wie du-weißt-schon-was?«

»Nein. 's war 'ne alte Hexe, furchtbar häßlich.«

»So darfst du nicht reden, Davy! Ich hab' nur Spaß gemacht.«

»Ich auch. Kay, sag mir, woran du's siehst.«

»Und was wirst du für mich tun, wenn ich's tu? Ich weiß – kraul mir den Rücken – ooh, tiefer – ja, da, so ist es gut – weiter ... Kay, also ich sag' dir, woran ich's gemerkt hab': Was ist mit deinem Amulett passiert?«

Das traf mich wie glühendes Eisen. Ich saß plötzlich kerzengerade, zu Tode erschreckt. Ich wußte, daß ich ein Stück von der Angelschnur abgeschnitten, das Amulett daran festgemacht und es getragen hatte. Und es seitdem nicht mehr angefaßt hatte – oder doch ...? Daran konnte ich mich nicht erinnern ... Hatte es sich losgemacht, als ich die Efeumauer heraufkletterte? – unmöglich: Ich war heraufgekommen wie ein langsamer Rauchfetzen. An der Palisade? – nein. Auch die hatte ich mit großer Behutsamkeit genommen; außerdem, die Pfähle waren so eng beieinander, daß man seine Finger und auch die Zehen in die Spalten hineinbohren und mit nach außen gebogenem Körper klettern mußte; meine Brust konnte das Holz nicht berührt haben. Aber als der Wachsoldat mir den Schlag versetzte, war ich umgefallen und hatte mich dann unter seinem Stiefel auf dem Boden gewunden. Dabei mußte sich das Amulett gelöst haben, und ich war zu wütend gewesen, das zu bemerken. Anders konnte ich es mir in dem Moment nicht zurechtlegen.

»Davy, Schatz, was hab' ich denn gesagt? Ich hab' doch nur ...«

»Hat nichts mit dir zu tun, Schnuck. Ich muß abhauen.«

»Sag mir, was los ist.« Sie wollte mich zu sich hinunterziehen; sie konnte sich nicht vorstellen, daß meine Sorge mehr war als die Aufregung eines Jungen, die ein Kuß schnell beheben würde.

Ich erzählte ihr's. »Also muß es noch dort sein, Emmia, und alle können es sehen. Hätte ebensogut gleich dortbleiben und ein Geständnis machen können.«

»O Davy! Aber vielleicht ist er ...«

»Der Hurensohn ist mausetot.« Bis jetzt hatte ich gedacht, ich könnte nach eigenem Gutdünken weglaufen oder bleiben, jetzt hieß es: laufen oder hängen. Früher oder später würden die Poliezer herausfinden, an wessen Hals das Amulett gehangen hatte ... »Emmia, weiß dein Pa, daß ich heute blaugemacht habe?«

»O Davy, heute konnte ich dich nicht decken – *ich* wußte nicht, daß du weg warst. Ach ja, Judd wollte, daß du den Gemüsegarten umgräbst – und hat dich nicht gefunden – hat's meinem Pa erzählt, und der sagte – er sagte, du solltest – nun, ich meine, er sagte ...«

»Nur raus damit.«

»Ich kann nicht. Er hat's nicht ernst gemeint, hat nur so dahergeredet.«

»Sag's mir, Emmia.«

»Er will deinen Namen dem Stadtrat melden.«

»Aha. Damit man mich zum Sklaven macht.«

»Davy, Schatz, er hat nur so dahergeredet.«

»Das war ihm ernst.«

»*Nein*!« Aber ich wußte, daß er es ernst gemeint hatte; ich hatte seine Geduld endlich erschöpft. Einen Pfand-Diener wegen schlechter Führung zum Sklaven erklären zu lassen, das war selbst für Old Jon zu ernst, um darüber leere Reden zu schwingen. »Schau, Davy – sie können doch nicht wissen, daß das Amulett dir gehört, oder?«

»Sie werden's rausfinden.« Ich war aus dem Bett und warf mir hastig die Kleider über. Sie kam zu mir, aus der Fassung gebracht und weinend. »Emmia, stimmt es, daß wir Krieg haben?«

»Aber das hab' ich dir doch gestern abend erzählt!«

»Da muß ich gerade im Fieber geträumt haben.«

»Du dummes Ding, hörst du mir denn nie zu?«

»Sag mir's noch mal – nein, laß. Ich muß weg.«

»Oh, es ging in dieser Stadt im Westen los – Seneca –, Katskil hat sie einfach besetzt und *dann* den Krieg erklärt, ist das nicht furchtbar? Eins von unsern Regimentern kommt nach Skoar, damit sie hier nicht dasselbe versuchen – das hab' ich dir alles *erzählt*.«

Vielleicht hatte sie. »Emmia, ich muß los.«

»O Davy, solange waren wir – geh nicht!« Sie klammerte sich an mich, Tränen strömten ihr übers Gesicht. »Ich werd' dich verstecken.« Sie redete ohne Sinn und Verstand.

»Hier würden sie nie nach dir suchen.«

»Die werden das ganze Haus durchsuchen, jedes einzelne Zimmer.«

»Dann nimm mich mit. Oh, du mußt! Ich hasse es hier, Davy. Es stinkt.«

»Bei Abraham, sei leise.«

»Ich *hasse* es. Zu Hause!« Sie bebte am ganzen Leib. Ihr Kopf fuhr herum und spie auf den Boden, ein zorniges kleines Mädchen. »Soviel für zu Hause! Nimm mich mit, Davy!«

»Ich kann nicht. Die Wildnis ...«

»Davy, sieh mich an!« Sie trat ins Mondlicht, ihr Haar hing wild, und ihre Brüste hoben und senkten sich. »Schau! Gehör' ich nicht ganz dir? – das alles, und *das*! Hab' ich dir nicht alles gegeben?« Nein, ich werde nie begreifen, wie die Menschen von der Liebe reden können, als sei sie ein Ding und weggegeben worden – abgeschnitten, gemessen und gewogen. »Davy, laß mich nicht hier zurück! Ich werd' alles tun, was du willst – jagen – stehlen ...«

Sie hätte nicht mal über die Palisade klettern können.

»Emmia, ich werd' in Bäumen schlafen. Banditen – wie könnte ich dich gegen eine ganze Bande von den Schuften verteidigen? Sie werden dich aufs Kreuz legen und ganz schön aufreißen. Tiger. Schwarzer Wolf. Möhs.«

»M-M ...«

»Ja, so ist es in der Wildnis, und frag mich nicht, woher ich es weiß, aber diese Geschichten sind wahr. Ich könnte dich da draußen nicht beschützen, Emmia.«

»Du meinst, du willst mich nicht.» Ich schnallte mir den Messergurt um. »Dir wär's egal, wenn du mir ein Kind gemacht hättest – Männer sind alle gleich, sagt Ma – wollen'n nur reinstekken, sich ausschleimen und dann abhauen. Ich verachte dich, Davy, und wie ich dich verachte.«

»Leise!«

»Laß mich, ich hasse dich – ha! Denkst du vielleicht, du wärst der erste? Nur zu, nenn mich schon eine Hure!«

»Leise, Liebling, leise! Sie werden dich hören.«

»Ich hasse euch alle, den ganzen elenden, geilen Haufen – du schmutziger Wüstling, du *Junge* –, so eingebildet auf das dämliche, häßliche Ding, und alles was du kannst, ist abhauen ...«

Ich verschloß ihren Mund mit meinem, ich fühlte, daß sie das brauchte, und stieß sie zurück an die Wand. Ihre Finger verkrallten sich in meinem Haar, und mein Messer störte, wie es zwischen uns hing, aber wir hatten uns wieder eingeschlossen in der Stellung der Liebe; ich hatte ihn tief in ihr, und was tat's, wenn ich ihr ein bißchen weh tat. Glücklicherweise hielt mein Mund den ihren noch verschlossen, als es ihr nottat zu schreien. Erschöpft danach und begierig wegzukommen, sagte ich: »Ich komme zurück zu dir, sobald es geht. Ich liebe dich, Emmia.«

»Ja, Davy, Schnuck, ja, sobald du kannst, wenn es sicher ist für dich, Liebster.« Und was ich in ihrer Stimme hörte, war zum größten Teil Erleichterung. Die fühlte ich auch.

»Ich werd' auf dich warten«, sagte sie und glaubte es.

»Ich werd' dich immer lieben«, sagte sie, und glaubte es, und dadurch war es in dem Moment wahr.

»Ich komme zurück.«

Ich habe mich gefragt, wie bald sie begriff, daß wir beide – aus Anstand und Nettigkeit – gelogen hatten. Vielleicht war es ihr schon klar, als ich die Mauer hinabkletterte. Ihr Gesicht schwand wie ein verblaßter Mond vom Fenster, noch bevor ich mich zur Straße umdrehte. Nichts im Leben hatte mich je mit solch wundersamer Macht angezogen wie die unbekannte Straße vor mir im Dunkeln.

9

Ein Nebel, der immer dichter wurde, machte das Mondlicht milchig. Als ich am Pranger in den Grünanlagen vorbeikam, sagte ich leise: »Zweimal hab' ich sie gehabt, einmal im Bett und einmal gegen die Wand.« Wunderbar, als hätte noch nie einer eine Frau aufs Kreuz gelegt. Zugegeben, der Klang meiner eigenen Stimme erschreckte mich, und ich setzte den Weg noch verstohlener fort, wie eine Katze, die sich mit eingezogenem Schwanz aus einer Molkerei davonmacht, den Rahm noch am Bart. Aber immer noch war ich stolz und empfand auch eine unbekannte Zuneigung für die ganze große, fette Welt und alle, die darin waren, vielleicht mit Ausnahme von Pater Clance.

Als ich an der Zwinggrube vorbeikam, hörte ich das Brummen eines Bären, der bald im Frühlingsfest sein Ende finden würde – seltsam, wie die Menschen oft das gute Wetter damit feiern, daß sie jemandem weh tun. Ich konnte dem Bären nichts Gutes tun, aber ich glaube, er tat etwas für mich, indem er mich daran erinnerte, meine umfassende Liebe für die gesamte Menschheit etwas zurückzustutzen; diese Menschheit würde mich, falls sie mich erwischte, ebenso unsanft behandeln wie ihn. Ich ging weiter, nun wieder wachsam, und betrat eine finstere Gasse, die nahe der Stelle enden würde, an der ich den toten Soldaten zurückgelassen hatte.

Ich spürte unsichtbare Hauseingänge. Ein lebloses Ding glitschte unter meinem Fuß hinweg. Hund, Ferkel, Katze – die Gilde der Straßenkehrer würde es beseitigen, sobald die Poliezer daran Anstoß nahmen. In späteren Jahren, als ich mit Nickie in Old City in Nuin lebte, wo die ärmsten Straßen saubergehalten werden, hätte es mich verärgert. Aber ich war in Skoar geboren und aufgewachsen: In Moha machten sich die Stände unterhalb des Adels nicht viel daraus, wie sie lebten; es ging das

Wort, Schmutz und Verfall halte die Steuern niedrig – obwohl ich nicht glaube, daß es den Steuereintreiber je gab, der nicht auch durch einen sechs Fuß hohen Abfallhaufen hindurch den sanften Schimmer eines versteckten Dollar erspäht hätte. Als mein Fuß auf das glitschige Ding trat, murrte ich nur: »Ah, hol die Klager!«

In Skoar war diese Bemerkung so geläufig, daß sie kaum mehr als Witz galt. Die Gilde der Klager ist eine mohanische Spezialität, eine Gruppe professioneller Sänger und Jammerer, die eine Familie heimsuchen, in der es eine Möh-Geburt gegeben hat, um ein Geheul der heiligen Sorte zu veranstalten. Die Sklavin, mit der der alte Judd zusammenleben mußte, hatte einen Möh zur Welt gebracht, ein fleckiges, augenloses Etwas – ich sah, wie es, in Lumpen gehüllt, weggetragen wurde. Das gesetzlich vorgeschriebene Miauen hielt zwei Tage an. Bei der Familie eines Freibürgers wären es fünf Tage gewesen, acht bis zehn für den höheren Adel – und niemand, egal wie blau sein Blut war, konnte sich den Festivitäten länger als für die paar Minuten, die er zum Lokus und zurück brauchte, entziehen. Der Zweck ist, den Geist des Möhs zu befriedigen, nachdem der Priester seinen Körper beseitigt hat, und die Überlebenden daran zu erinnern, daß wir in den Augen Gottes alle vollständig verdorbene, elende Sünder sind. Man nennt es planvolle Ehrfurcht.

Die Gilde konnte auch für ein normales Begräbnis gemietet werden; aber dafür mußte sie bezahlt werden. Bei der Beerdigung eines Möhs in Moha mußte die Familie nur eine nominelle Gebühr entrichten, kaum mehr als den Siebenten eines Jahresverdiensts, und dazu noch einmal den gleichen Betrag für einen Sarg, den die Nachbarn für angemessen halten würden. Für Sklaven trug die Stadt selbst die Kosten für die Gilde und eine schöne Lindenholzkiste, das lief unter Gemeindewohlfahrt, eine der Großzügigkeiten, auf die ein Bürger Mohas mit Stolz hinzuweisen pflegte.

Am Ende der Allee sah ich das Flackern einer Fackel an der Palisade, vom Nebel verzerrt, und hörte Stimmen. Sie hatten ihn gefunden.

Poliezer, in leisem Gespräch. Ich nahm an, daß sie meinen Glücksbringer auch gefunden hatten – schönes Glück! Ich schlich mich in die andere Richtung, bis die Biegung der Palisadenstraße ihr Licht verstellte; dann überquerte ich die Straße und kletterte über den Zaun. Nicht vertraut mit diesem Abschnitt der Palisade, landete ich in krachendem Gebüsch. Hunde hätten den Lärm gehört, aber die Poliezer hatten noch keine dabei, noch nicht.

Eine Hörnereule in den Bergwäldern schrie von Tod und Hunger. Ich hörte das Gebrüll eines Alligators in einem Sumpf östlich der Stadt – das alte Donnermaul war hilfreich wie der Bär, erinnerte mich nämlich, daß ich gut daran täte, durch Wasser zu gehen, um die Poliezerhunde zu verwirren. Bei Tagesanbruch würde man sie vor die Palisade lassen, nahe der Stelle, wo der Wächter gestorben war, um nach Geruchsspuren zu fahnden, und der meinen würden sie vielleicht bis zu meiner Höhle folgen. Ich mußte mein Horn holen und lange weg sein, bevor sie kämen.

Es gab nur einen Wasserlauf zwischen Skoar und meiner Höhle, ein schnelles, unbeträchtliches Bächlein. Es würde den Geruch nicht löschen – das letzte Mal war ich mit einem Schritt hinübergesprungen. Um die Hunde zu verwirren, mußte ich am Morgen jenseits der Höhle etwas Besseres finden. Doch diese Nacht mochte mir der Bach wenigstens etwas helfen. Er floß nahe der Stelle, wo ich jetzt war, unter der Palisade hindurch und verließ die Stadt auf der anderen Seite, um in den Sumpf zu münden. Ich konnte ihm eine Meile stromaufwärts bis zu einer Weide folgen, die ich auch im Dunkeln erkennen konnte; in der Früh hätte ich dann einen entsprechenden Vorsprung.

Behutsam machte ich mich aus dem Gebüsch heraus und überquerte eine Grasfläche. Der Nebel erzwang eine jämmerliche Langsamkeit: In zehn Minuten ging ich tausend Jahre und hörte die feuchte Monotonie von Wasser, als ich schon die Hoffnung, es je zu finden, aufgeben wollte. Ein großer Frosch hopste von einer Dunkelheit in die andere.

Während ich mich bachaufwärts mühte, sah meine Phantasie jede erdenkliche Gefahr auf mich lauern. Alligatoren gab es in dem seichten Wasser nicht, aber Mokassinschlangen könnte es geben. Ich konnte den Halt verlieren und mit dem Kopf auf einen spitzen Stein schlagen. Wenn schwarzer Wolf meine Witterung schnappte, könnte er an meiner Gurgel sein, bevor ich das Messer gezogen hätte. Ein Moskitoschwarm fand mich in der Tat.

Allmählich hörte das Geheul der Eule auf, und der Alligator im Sumpf mußte bekommen haben, was er wollte, denn ich hörte ihn nicht mehr. Als ich endlich kein milchiges Mondlicht mehr in dem Nebel über mir sah, wußte ich, daß ich im Wald war, wo Mondlicht immer nur eine Gelegenheitssache ist. Der Nebel war noch dicht; ich roch ihn und fühlte die Feuchtigkeit auf meinem Fleisch. Meine Finger, die ich tastend ausgestreckt hielt, berührten nach langer Zeit Weidenblätter. Ich griff höher, über kleine Zweige zu größeren, bis ich schließlich einen zu fassen kriegte, an dessen Form ich mich erinnerte. Dann, den Baum als einen Freund begrüßend, konnte ich klettern. Hoch oben nahm ich mein Lendentuch ab, legte es um den Stamm und meinen Rumpf und verknotete es vor meinem Bauch; zur Hölle mit der Bequemlichkeit. Brauner Tiger ist zum Klettern zu schwer.

Ich habe ihn nur wenige Male in meinem Leben gesehen, aber zu jeder Zeit kann ich mir sein Bild hinter geschlossenen Augen vergegenwärtigen, den ungeheuren goldbraunen Körper, wolkig gestreift mit dunklerem Gold, fünfzehn Fuß von Nase bis Schwanzende, Pranken so breit wie ein Sessel und Augen, aus denen rotes, nicht grünes Feuer glüht.

Ein Abschnitt im Buche John Barths erwähnt einen gewissen irrwitzigen Kauz, der, als der letzte Krieg der Alten Zeit kurz bevorstand, die Zoos verschiedener Städte nachts aufsuchte und einige der Bestien losließ; und zwar nur die gefährlichsten: Kobras, afrikanische Büffel, Tiger aus der Mandschurei. Manchmal tötete er den Nachtwärter oder einen anderen Angestellten, um an die Schlüssel zu kommen, und er selbst wurde schließlich, sagt Barth, von einem Gorilla umgebracht, den er freigelassen hatte. Er muß wohl das Gefühl gehabt haben, sich an der menschlichen Rasse für dies und jenes auf diese Weise rächen zu können. Wahrscheinlich hat uns kein wildes Tier je so von Herzen verabscheut wie verstimmte Genossen unserer eigenen Art.

Die Menschen hassen und verabscheuen schwarzen Wolf, der trotz seiner fürchterlichen Stärke und Gerissenheit etwas vom Feigling und Leisetreter in sich hat. Nie habe ich gehört, daß jemand braunen Tiger haßt oder verabscheut; statt dessen habe ich, als ich bei Rumleys Vaganten war, von einem Geheimkult gehört, in dem er angebetet wird. Pa Rumley machte mich mit einem der Mitglieder in Conicut bekannt, einem freundlichen Quacksalber, der mich einer ihrer kleineren Feiern beiwohnen ließ. Sie pfuschen ein wenig in Alchimie herum, ohne sich mit Hexenkünsten zu befassen, und brauen sich für ihre Orgien eine Art Liebestrunk zusammen, der angeblich wirkt, obwohl ich nie einen Beweis dafür gesehen habe. Mächtig ist er – so begann ihre Anrufung –, der einherschreitet wie der Nebel in der Nacht, mächtig ist er wirklich, der Goldene und Wohlgesonnene, das gnädige und allvergebende Feuerauge! Es war verdammt eindrucksvoll, Menschen zu einem Wesen beten zu hören, das tatsächlich existierte: Es gefiel mir, und ich war willens, ein paar Ausdrücke zu überhören, die mir ziemlich ungenau vorkamen.

In meinem Weidenbaum machten mir die Moskitos die Nacht zur Hölle ...

Macht's euch was aus, wenn ich noch etwas mehr in meinem Hirn herumstöbere? Der Gedanke an die Moskitos eben weckte die Erinnerung an einen goldenen, heißen Tag im Pinienpark vor Old City; ein paar Jahre ist es her, und Nickie und ich führten ein wissenschaftliches Streitgespräch. Sie sagte, Moskitos seien tapfer, sonst würden sie sich nicht wegen eines bloßen Schlückleins Blut den Schlägen aussetzen. Ich sagte, sie seien dumm, denn wenn der Schlag schon eindeutig unterwegs sei, verweilten sie noch für einen weiteren Schluck, und dann wären sie auch schon zu flach, ihn noch zu genießen. Sie verweilen, weil sie das Spiel um einen hohen Einsatz reizt, sagt sie. Dumm, sag' ich, sonst trügen sie eine Rüstung über ihren weichen Teilen, wie die Käfer, aber sie tragen nichts; und um ihr zu zeigen, was ich mit weichen Teilen meinte, kaute ich hier und dort an ihr herum. Mich umwerfend und meinen Kopf gegen den weichen Nadelboden drückend, fragte sie mich, ob ich meine, die Moskitos seien tatsächlich nackt und liederlich? Ich rollte sie herum. Schau sie dir doch an, sag' ich. Dann meinte sie, ich solle ihr die Kleider ausziehen, zu dem moralischen Zweck, ihnen zu zeigen, wie furchtbar es sei, nackt wie eine Mücke zu sein; und ich meinte, sie solle dasselbe für mich tun, da wir ja wohl nicht wollten, daß sie so fürchterlich allein wäre, wenn die Lage schlimmer würde. Sie unternahm es, auf diejenigen einzuschlagen, die mich bissen, während ich ihr half, furchtbar furchtbar zu sein, und ich verfuhr umgekehrt, was in sich selbst schon interessant ist. Weiterhin einigten wir uns darauf, die Schläge zu zählen, um auf diese Weise festzustellen, wessen Blut ihnen besser schmeckte. Um uns gegenseitig auszuziehen, hatten wir uns geistesabwesend um die Bäume herum und über Felsen gejagt und beträchtlich herumgewälzt, was Zeit beansprucht, und dabei hatten wir das ursprüngliche Problem vergessen; aber wir dachten, die Sache mit dem Geschmack sei genauso wichtig. Als wir Kopf an Kopf lagen und mit irgendeiner Operation beschäftigt waren, fiel mir die erste Frage wieder ein, und was dann geschah, *bewies*, daß Moskitos dumm sind: Sie hielten die Zeit für ungestraftes Stechen günstig, und das war, für sich selbst betrachtet, ein sehr kluger Schluß; aber es entging ihnen, daß wie beide je eine Hand zum Schlagen frei hatten.

Natürlich war es unmöglich, Nickie in irgendeiner gelehrten Auseinandersetzung höheren Niveaus zu schlagen. Sie sagte, die kleine Amsel, diese Moskitos stürben aus heldenhafter Großmut und Hingabe; denn sie sähen, wie sehr wir es genössen, aufeinander loszuklatschen, und daher opferten sie ihr Leben aus Altruismus. Diese Art von gutem Willen, sagt sie, ist ein Zeichen des enormen Muts, der mit überragendem Intellekt einhergeht. Schau dir Karl den Großen an, sagt sie, oder einige von den anderen Neunzig-Tage-Wundertieren aus Alter

Zeit, wie St. Georg und seinen geliebten Kirschbaum oder den armen Julius Cäsar, wie er seine Galle in drei Teile teilt, um nicht seine Freunde, Römer, Mitbürger und andere etceteras zu verletzen.

Bevor ich auf jener Weide einschlief, regte sich ein weiterer sorgenvoller Gedanke in mir, wie wenn ich den Widerschein eines Feuers in der Röte einer weitentfernten Wolke entdeckt hätte. Krieg. Das Wissen, das jetzt, da ich mit einer Spur von Sicherheit ruhen konnte, in mich eindrang: daß der Krieg mit Katskil Wirklichkeit geworden war, düsteres und tatsächliches Ereignis.

Die Leute sagten, Krieg würde es immer geben; warum, sagten sie nicht. Als Kind leuchtete es mir natürlich ein, was für eine grandiose Sache es sein müsse, glorreich unterzugehen, nachdem man zuerst die Köpfe der üblen Burschen eingeschlagen hatte, die zufällig ›*der Feind*‹ waren. Die Armee, wie sie von Skoars Garnisonssoldaten repräsentiert wurde, war nicht gerade glorreich, was einige frühe Zweifel in mir auslöste. Die Männer wurden in kleinen Gruppen zum Feierabend herausgelassen; selbst die Waisenhauspriester mit der ganzen Macht und Autorität der Kirche hinter sich sah man zittern und zagen, wenn eine Horde Soldaten gröhlend auf der Straße vorbeizog; stockbesoffen waren sie meist, warfen mit schmutzigem Gerede um sich, pinkelten, wo es ihnen gerade einfiel, und brannten auf eine Vergewaltigung oder Prügelei. Die Poliezer versuchten, mit ihnen Schritt zu halten, sie so schnell wie möglich in die billigen Bars oder Puffs hinein- und dann in ihre Kaserne zurückzusteuern ... Von Marinesoldaten hatte ich auch gehört, aber nichts je gesehen, was ihren Ruhm beeinträchtigt hätte. Von Auslegerflotten hatte ich gehört, mit eingebauten Armbrüsten, Feuerwerfern und Kapitänen, die die Gewohnheit hatten, mit Worten unsterblichen Heldenmuts an Deck zu sterben. Die Flotte hatte die Hauptlast der Kämpfe in einem Krieg sechzig Jahre zuvor getragen, als Moha, wie unsere mohanischen Priester-Lehrer es ausdrückten, Levannon zögernd die Unabhängigkeit gewährte. *Zögernd gewährte*, oh, ihr meine gefeierten

Hinterbacken! – sie droschen das heilige Gottseimituns aus Moha heraus, und hätte Moha sich an Levannons Lande zu klammern versucht, wäre es ihm nicht besser ergangen, als jenem Bauern, der nach Westen ging und dem Stier, der ostwärts trottete, nicht Platz machen wollte.

In jenen Jahren waren mir diese Dinge zu hoch und fern; jetzt erkenne ich, wie unermüdlich und unerschrocken die Heilige Murkanische Kirche in Kriegszeiten als Schiedsrichter wirkte. Auf eine Politik der Liebe und Güte verpflichtet (innerhalb der Grenzen der Vernunft natürlich), beteiligte sich die Kirche an Kriegen nicht, abgesehen davon, daß sie Priester für die Streitkräfte abstellte und militärische Gottesdienste organisierte – womit dem Monotheismus manchmal ziemlich viel zugemutet wird. Hinter den Kulissen jedoch warteten die Drahtzieher von Kirche und Staat auf den passenden Moment, da beide Seiten genug waren, um zu verhandeln. Wenn es soweit war, würde die Kirche jedes vorgeschlagene Abkommen prüfen und ihre Zustimmung erteilen, wenn es nicht allzu offensichtlich niederträchtig war. Denn die Nationen sind schließlich nicht nur große Demokratien, sondern Murkanische Demokratien – das heißt, vereint im Glauben, wenn auch nicht in der Politik. Die Kirche nennt sich gerne Mutter Kirche, gefällt sich in der Rolle der berockten Schiedsrichterin in den blutigen Raufereien ihrer Kinder (mit denen sie nicht schwanger ging, aber was macht das schon) und kann wahrlich behaupten, die Retterin und Beschützerin der modernen Zivilisation, so wie sie ist, zu sein.*

Seit jenen Zeiten habe ich viel gelernt – von meiner guten,

---

* Nach einem berühmten Paragraphen der Doktrin der Notwendigen Übel ist Krieg ein Ventil für die ›natürliche‹ Gewalttätigkeit des Menschen und bis zur Wiederkunft Abrahams unvermeidlich; daher ist es die Pflicht der Kirche, ein ›begrenztes Maß‹ von Gewalt zu erlauben. Es ist interessant, daß diese Idee der Unvermeidbarkeit der Gewalt in der Alten Zeit schon alt war – um nicht zu sagen, schimmlig – und daß ihre Anfänger damals ebensogut wie heute in der Lage waren, die Geschichte einiger Länder zu überblicken, die viele Generationen hindurch ohne Krieg ausgekommen sind, gar nicht zu reden von der Vielzahl der einzelnen, die gewaltlos leben und der Liebe und Vernunft die Ehre geben. *Dion M. M.*

strengen Mam Laura bei Rumleys Vaganten, die mich im Lesen und Schreiben sattelfest machte, von Nickie vor allem und von den Jahren, als Nickie und ich Dion bei seinen Bemühungen berieten, als Regent von Nuin einiges Licht in die geistige Trübnis seiner Zeit zu bringen – so viel mehr habe ich gelernt als je in meiner Kindheit, daß es schwierig ist, das Wissen meiner Kinderjahre von späteren zu unterscheiden. Es war in meinen Knabenjahren, in der Taverne, daß ich hörte, wie ein alter Mann, ein Reisender, die Zerstörung von Nassa in Levannon beschrieb, einer Stadt, die ein notorischer Sündenpfuhl und ein Brutplatz für Häresien war; das war in einem Krieg, den Levannon bald, nachdem es seine Unabhängigkeit von Moha erkämpft hatte, gegen Bershar führte. Die Männer aus den Bergen von Bershar belagerten die Stadt fünfzig Tage lang. Wenn es stimmte, was der Erzähler berichtete, dann war das ein Fall, wo die Kirche fast offen Partei ergriff und fromme Gemeinden in anderen Ländern aufforderte, Bershar materielle Hilfe zu senden. Das verursachte da und dort ärgerliches Murren von Häretikern. Als Nassa sich schließlich ergab, wurden die Überlebenden entwaffnet, losgelassen und wie Murmeltiere oder Ratten gejagt und niedergemacht, und dann wurde die ganze Stadt in Flammen gelegt – ›zum Ruhme Gottes‹, wie der Befehlshaber der Bershaner es ausdrückte. Diese seine Bemerkung war nicht sehr populär, besonders nicht in den Niederen Landen, wo die Hilfe für Bershar die Steuern hatte hochschnellen lassen. Die Würdenträger der Kirche waren sehr schockiert über diese ›falsche Auslegung‹ der kirchlichen Position, und der Prinz-Kardinal von Lomeda mußte sich auf die Stufen vor der Kathedrale hinausbequemen und sich öffentlich schockiert zeigen, bevor eine schimpfende Menge sich auflösen wollte.

Als der Krieg selbst endete, bestimmte der Friedensvertrag, daß Nassa nicht wieder aufgebaut werden durfte, und Levannon mußte zustimmen; in der Tat blieb es eine zerstörte Stadt. Unser Reisender konnte sich nicht erinnern, in welchem Jahr der Krieg stattgefunden hatte, aber er sagte, wo Nassa einst gewesen sei, stünden die Fichten jetzt mehr als zwanzig Fuß hoch. Und er sagte auch, daß die Stadt New Nassa, ein paar Meilen von der schlichten Erinnerungsstätte unter den Fichten entfernt, im militärischen wie auch im ökonomischen Sinn eine viel stärkere Stadt war – sie beherrschte die Straße in den Osten... Old Jon fragte ihn, natürlich im Scherz: »Wart Ihr, Sir, einer dieser furchtbaren Häretiker von Nassa, Sir?« Der Reisende sah ihn lange an, ohne mit den Wimpern zu zucken, wie eine uralte Schildkröte, und lachte gerade genug, um höflich zu sein, antwortete aber nicht.

Ein Regiment zur Verteidigung Skoars war im Anmarsch, hatte Emmia gesagt. Es würde die Nordoststraße benutzen – die einzige, die neben der Weststraße zur Verfügung stand, und auf der mußte hektischer Verkehr herrschen, wenn es schon zu Kämpfen im Gebiet von Seneca gekommen war. Mir sollte das gleich sein, dachte ich, da ich die Straßen sowieso vermeiden wollte, bis ich weit weg von Skoar wäre. Meine Unruhe verging mangels Nahrung, und ich fiel in eine Art von Schlaf.

Als es allmählich hell wurde, erwachte ich, aus warmem Getümmel mit einem Mädchen herausgezogen, das nicht Caron war, aber nur ein bißchen größer und älter. Ich sehe jetzt nicht mehr viel von ihr vor mir, außer einer roten Blume in ihrem schwarzen Haar, die meine Nase kitzelte. Sie hatte gesungen; ich hatte ihr zugeflüstert, sie solle es lassen, und wir sollten lieber nichts tun, bis Pater Milsom auf der anderen Seite der Palisade außer Sicht war. Ich war wach und zwischen meinen Schenkeln nichts als ein Ast. Von der ungewohnten Stellung hatte ich Schmerzen; sie werde ich nie wiedersehen. Sie kommen nicht zurück. Dion meint, das sei auch gut so, denn wenn wir hofften, unsere unvollendeten Träume zu finden, würden wir für immer schlafen, und wer würde dann Frühstück machen? Skoar, ja, meine ganzen vierzehn Jahre (selbst Caron, selbst Schwester Carnation) schienen in jenen Augenblicken des Erwachens zu einem Stimmenwirrwarr hinter mir geworden zu sein, weiter und weiter zurück auf einer Straße, auf der ich nur vorwärtsgehen konnte.

Aus dem Nebel wurden graue Wirbel, die an die Stelle der

Nacht traten; ich sah Weidenäste dicht vor meinen Augen. In der milchig-weißen Wirrnis glitt ich den Baum hinunter und stieg den Berg hinauf, hungrig, nicht sehr ausgeschlafen, aber klaren Kopfes. Die Poliezer würden den Nebel nicht sehr schätzen, also versuchte ich, ihn auszunützen, obwohl er mein Tempo verlangsamte. Nach einer halben Stunde erreichte ich meine Höhle, ausgehungert. Zum Jagen konnte ich mir keine Zeit nehmen. Der Nebel wurde unter dem Druck einer unsichtbaren Sonne immer dünner.

Als erstes grub ich mein Geld aus – fünfzehn Dollar alles in allem, die mir helfen würden, sobald ich irgendwohin kam, wo Geld zählte. In einem Augenblick, in dem Sonnenlicht durch den Nebel brach und die Blätter mit feucht-zitterndem Gold umrandete, hielt ich den glänzenden Dollar in der Hand, den Emmia mir gegeben hatte: So sehr glänzte er gar nicht. Nachdem ich ihn zu den anderen Münzen hatte fallen lassen, konnte ich ihn kaum mehr vom Rest unterscheiden. Dann holte ich mir meinen Sack mit dem goldenen Horn – und meinem Amulett natürlich. Hatte ich vielleicht die ganze Zeit gewußt, daß es da war, aber irgendeinen zwingenden Grund gebraucht, um wegzulaufen? – von Emmia? Skoar? Von meiner Kindheit, die abzustreifen die Zeit gekommen war?

Ein dummes Wildhuhn suchte sich keine zehn Meter von mir entfernt ihr Würmerfrühstück zusammen. Mein Pfeil trennte ihm den Kopf vom Hals – es würde ihn nie vermissen. Ich hatte keine Zeit, ein Feuer zu machen, trank aber das Blut und rupfte das Huhn, aß Herz, Leber und Magen roh und wickelte den Rest in Klettenblätter für ein späteres Mahl. Wie ich mich erinnere, dankte ich dem Amulett den glücklichen Schuß nicht, obwohl ich sonst in mancher Hinsicht noch recht religiös war.

Der nächstgelegene Wasserlauf entsprang am Nordosthang des Berges jenseits meiner Höhle, ein kleiner, lauter Bach, den Erlen und Brombeersträucher säumten. Ich wußte, daß er eine Strecke von ungefähr zwei Meilen durch die Wälder lief und dann die Nordoststraße bei einer kleinen Furt kreuzte. Ich könnte ihm fast bis zur Straße folgen und die Straße dann als

Führer benützen, ab und zu aus dem Wald einen Blick auf sie werfend, um meine Position zu kontrollieren, während ich gen Osten zog – nach Levannon.

Der Bach bedeckte den Boden eines kratzigen Tunnels, einer engen, grünen Hölle. Der Gedanke an die Poliezerhunde ließ es mich wagen. Ich stopfte meine Mokassins wieder in den Sack, um sie zu schonen. Meine bloßen Füße krümmten sich beim Gedanken an Schlangen und schlugen schmerzhaft gegen die Steine.

Natürlich würden die Männer, wenn die Hunde die Spur verlören, ihren Grips etwas anstrengen, dem Bach folgen und die Hunde beide Ufer absuchen lassen. An einer Stelle, wo die Brombeersträucher aufhörten und gewöhnlichem Unkraut Platz machten, verließ ich den Bach und ging in Richtung auf Skoar, um den Eindruck hervorzurufen, ich hätte aufgegeben und den Rückweg angetreten. Ich kam in Reichweite an einer großen Eiche vorbei, ging aber weiter bis zu einem Dickicht, in dem ich ein wenig herumtrampelte und auf die Blätter pinkelte, um die Hunde zu amüsieren. Dann ging ich in meinen Spuren zurück und schwang mich in die Eiche, darauf bedacht, keine Äste zu beschädigen. Von der Eiche gelangte ich, indem ich einen Sprung hoch über den Boden riskierte, zu einem anderen Baum und dann von Ast zu Ast zurück zum Bach.

Sie würden zumindest Zeit verlieren, während sie sich darüber die Köpfe zerbrachen; vielleicht kämen sie zu dem Schluß, ich müßte ein Dämon sein, und würden sich hinsetzen und warten, bis ein Priester käme und ihnen hülfe, die Sache endgültig zu vermurksen. Dennoch blieb ich für eine weitere halbe Meile im Bach, und als ich ihn verließ, geschah das wieder über die Bäume; durch die Äste schlug ich mich zu einer weiteren großen Eiche durch. An ihr kletterte ich hoch hinauf, um das Land zu studieren.

Wolken zogen ostwärts und tummelten sich zu dunklen Spielen vor der Sonne. Das Wetter war auf der Kippe, ein ungeduldiger Wind fuhr mit heftigen Böen unter die Eichenblätter. Vielleicht war ein Frühlingssturm im Kommen.

Die Straße war näher, als ich dachte. Weniger als eine halbe Meile entfernt sah ich im Osten eine rote Schneise. Das konnte nur roter Lehm sein, wo die Straße sich näherte und eine Erderhebung durchschnitt. Obwohl die Straße leer war, hörte ich ein obskures und beunruhigendes Geräusch, das nicht zu der Geräuschkulisse des Waldes gehörte. Als ich den Kopf wandte, um es zu enträtseln, entdeckte ich, daß gerade unter mir ein anderer Abschnitt derselben Straße verlief, überraschend nahe bei meiner Eiche, kaum fünfzig Fuß entfernt; vor mir lichtete sich das Geäst und enthüllte die rote Erde und etwas Kies. Zur Bestätigung trug mir die wechselhafte Brise einen Hauch von Pferdemist zu. Nicht frisch – dieser nahe gelegene Teil der Straße war leer wie der andere, aber ich fühlte mich unbehaglich und kletterte auf einen niedrigeren Ast hinab, wo ich besser versteckt war. Was auch immer jenes Geräusch zu bedeuten hatte, es war ziemlich weit weg, ein trockenes Murmeln, das weder Stimmen noch einem Wasserfall ähnelte.

Ich schnitt ein Stück meines grauen Lendentuchs ab und wickelte es mir um den Kopf. Ich habe nichts gegen mein rotes Haar, aber es ist nicht gerade sehr nützlich, wenn man wie ein Stück Baumrinde aussehen will. Während ich damit beschäftigt war, erschien auf der Straße in der Ferne zwischen mir und dem unruhigen Himmel ein Pünktchen Leben.

Selbst in großer Entfernung sieht ein Mensch selten wie irgendein anderes Tier aus. In Penn habe ich, als ich bei den Vaganten war, die schlappohrigen Affen gesehen, die sie Schimps nennen, die Schimpansen der Alten Zeit. Ich konnte sie immer von Menschen unterscheiden, wenn ich nicht gerade betrunken oder boshaft war. Der Mann, den ich auf der roten Lehmstraße sah, war zu weit weg, als daß ich irgend etwas anderes als sein Menschsein erkennen konnte – jene ziemlich arrogante, ziemlich ausgesuchte Haltung, in der selbst ein Narr mit einer Spur von Herrlichkeit dem Blitz trotzen kann – und seine Wachsamkeit, seine beobachtende und gespannte Stille unter der eben noch verdeckten, jetzt wieder hervortretenden Sonne.

10

Der Punkt eines Mannes, der sich vom Himmel abzeichnete, musterte die Straße. Das Geräusch war verschwunden, während er innehielt; dann schwang ein winziger Arm nach oben und nach vorne, und das unbekannte Geräusch setzte wieder ein. Seit unvordenklichen Zeiten haben die Menschen wohl dieses Signal benutzt, wenn es guten Grund gab, nicht lauthals zu rufen: »Vorwärts, mir nach!«

Ihm folgten zuerst einige, die, wie er selbst, braune Lendentücher und rotbraune Hemden trugen, mit dem langausholenden Schritt von Männern, die an ausgedehnte Wanderungen mit leichtem Gepäck gewöhnt sind. Kundschafter. Der Ton schwoll an, als die ersten Reiter auf der Anhöhe erschienen.

Die Füße einer Masse von Männern und Pferden – wer einmal ihr Dröhnen gehört hat, wie ich an jenem Morgen, kann es niemals mehr verwechseln, ob die Männer im Gleichschritt kommen oder nicht, wie die Soldaten, die jener berittenen Abteilung folgten. Dies war keine Parade. Sie kamen, um eine Stadt zu verteidigen. Alsbald sah ich eine Gruppe von Männern ohne Lanzen, die um eine hübsche Bewegung von Weiß, Blau und Gold herum waren – unsere mohanische Flagge.

Die Vorhut würde nicht lange brauchen, bis sie den nahegelegenen Abschnitt der Straße erreicht. Ich zog mich ganz hinter den Baumstamm zurück und wartete ab. Sie waren gut – nur ein leises Knirschen des Kieses sagte mir, daß sie vorüberzogen. Dann kam das Schnarren und Schlagen von Hufen. Als die Kavallerie vorbeizog, wagte ich es, hinter dem Stamm hervorzuspähen; ihnen würde es nicht einfallen, umherzuschauen, das würden sie den Kundschaftern überlassen. Sechsunddreißig Berittene – eine volle Einheit, wie ich zufällig wußte.

Die Pferde waren Zucht aus dem Westen Mohas, zumeist

Rappen und Rotfüchse und einige wenige Schimmel, die wie fleischgewordenes Sonnenlicht waren, allesamt herrliche und anmutige Geschöpfe, vielleicht die schönsten Kinder meiner Heimat. Auch Bershar ist übrigens für seine Pferde berühmt – Berglandpferde, nicht schön, aber standhaft in Krisen, wie es diese schlankbeinigen Schönheiten nicht waren.

Die Reiter waren schmuck herausstaffierte junge Adlige. Da sie Pferde und Ausrüstung selbst stellten, hatten sie wohl das Gefühl, der Armee einen Gefallen zu erweisen. Sie gaben ein großartig militärisches Bild ab. Sie würden im Traum nicht daran denken, irgendwelche anderen Pferde als die aus westmohanischer Zucht zu reiten – Hölle noch einmal, man könnte ebensogut einen zarten Backfisch in die Schlacht schicken. Man kann sich nicht darauf verlassen, daß sie stehen, und wenn der Reiter für einen Augenblick die Kontrolle verliert, gehen sie durch wie der wilde Wind.

Für die meisten der Kavalleristen mußte dies – so jung waren sie – ihr erster Krieg sein. Nicht so für die Infantristen – alte Gesichter gab es da, vom Schwert gezeichnet; harte Typen, die an stinkende Rationen und die Herrschaft der Peitsche gewöhnt waren. Einige waren Bauerntölpel, andere sahen widerlich verschlagen aus – Ex-Sklaven darunter und kleine Verbrecher, die man vor die Wahl zwischen Sklaverei und Infantriedienst gestellt hatte. Jegliche Disziplin, die sie besitzen mochten, war ihnen von außen eingebleut worden; das waren Männer für die häßliche Arbeit, das ungefeierte Sterben. Neben den Morden und Vergewaltigungen ihrer Profession gab es für sie nur die Vergnügungen des Glücksspiels, des Trinkens billigen Marawans, des Stehlens und den dürftigen Genuß, den man einer Halbdollar-Nutte oder einem willfährigen Trommlerjungen abwringen konnte. Ich glaube, auf ihre inartikulierte und schwerfällige Weise begrüßten sie den Krieg und waren also gute Patrioten. Ich würde sagen, daß es ein Fehler Mohas war, die Infantrie aus solchem Abschaum zu bilden – ein Fehler, den Katskil nicht beging. Eine Armee von Männern, die wie Menschen denken, mag schwer zu kommandieren sein, aber sie gewinnt Kriege, so gut, wie je eine Armee einen Krieg gewinnt.

Eine zweite berittene Abteilung erschien auf der Anhöhe. Das bedeutete ein zweites Bataillon – drei Kompanien, mit je hundertundfünfzig Männern, dazu die Einheit von sechsunddreißig Berittenen. Ein Mohanisches Regiment besteht aus vier solchen Bataillons. Wie es sich herausstellte, waren aber nur zwei Bataillons unterwegs – Emmia hatte falsch verstanden, oder irgendein ausgestopfter Bonze in Moha City hatte entschieden, daß Skoar, da es nur ein halber Arsch war und nur eine zwölf-Fuß-Palisade besaß, mit einem halben Regiment gefälligst zufrieden sein sollte.

Ich beobachtete, wie sich das Fußvolk da unten vorbeischleppte. Einige marschierten mit hängenden Köpfen – müde, erhitzt, gelangweilt. Knorrige Masken, zwei von dreien pockennarbig. Ab und zu spie ein lustloser Mund den Saft eines billigen Kautabaks zur Seite. Eine Drehung des Windes trug mir ihren Gestank zu, der noch schlimmer als ihr Anblick war. Aber eine Armee war es. Auf ihnen, so sagten die Leute, beruhte unsere Sicherheit vor dem Terror Katskils. Sofern irgendein Land eine Persönlichkeit besitzen kann, war diejenige Katskils brutal, machtgierig, finster. Natürlich war das ein politisches Bild, und das heißt: größtenteils eine Phantasie; die Menschen in Katskil sind von jeder Art, grausam, sanft, weise, töricht, und das ergibt im Durchschnitt ein Volk wie jedes andere.

Ich habe den Verdacht, die bloße Tatsache, daß ihr Gebiet auf drei Seiten Nuber die Heilige Stadt umschließt, die Nation für eine gewisse fromme Arroganz anfällig gemacht hat, die die Kirche vielleicht heimlich beklagt, aber nicht öffentlich verurteilt. Die Entscheidungen der Kirche sind schon so lange immer pro-Katskil ausgefallen (innerhalb vernünftiger Grenzen), daß niemand mehr etwas anderes erwartet.

Sie zogen unter meiner Eiche vorbei, die stumpfen, geistlosen, verwitterten Gesichter. Auf dem Hügel schmetterte eine Trompete.

Pfeile, die von beiden Straßenseiten aus heranschwirrten, hatten wie eine Schere in unsere Truppen hineingeschnitten. Reiter stürzten von ihren Pferden, wild gingen die Pferde sofort in alle Richtungen durch. Noch hörte ich nichts anderes als das Gellen der Trompete.

Das Bataillon aus Katskil hatte in seinem Hinterhalt die Hälfte unseres Zuges vorbeiziehen lassen und war dann in die Mitte hineingestoßen. Die mohanischen Kundschafter hatten offenbar nur die Ränder des Waldes durchkämmt; vielleicht glaubte irgendein Idiot, der Wald sei zu dicht, als daß sich eine Armee darin verstecken könne. Nun, da die Falle zugeschnappt war, mußten die mohanischen Soldaten auf dem Weg zurück – wenn sie überhaupt zurückkämen und Hilfe brächten –, den Hügel überwinden und vielleicht den widrigen Druck eines Sturmes; denn jener launische und heftiger werdende Wind kam aus Nordosten.

Der Trompetenstoß hallte in mir – drei kurze Töne und ein langer. Mir war klar, daß damit das erste Bataillon, das unter meinem Baum vorbeizog, zurückgerufen werden sollte. Sie blieben stehen. Ich sah groteske Gesichter, ausdrucksleer vor Schock. Jemand fing an zu kläffen: »Skoar! Nach Skoar!« Der Ruf wurde lauter, und eine wütende junge Stimme schnitt hindurch: »Zurück mit euch! Rührt euch, ihr gottverdammten Schlappschwänze! Habt ihr nicht gehört? Zurück, zurück ihr Hurensöhne, ihr räudigen Hunde, macht zu!«

Zurück – nun, was gab es da für sie zu holen? Da oben, wohin sie sollten, strömten unter dem sich schwärzenden Himmel Männer in Dunkelgrün aus dem Wald und hieben Männer in Braun nieder. Zum ersten Mal hörte ich den markdurchdringenden Schrei der Katskilesen. Und ich sah, wie unser zweites Bataillon immer noch über die Anhöhe heranmarschierte – immer noch in Formation, arme Esel, wie sie in würdiger Form von einem Felsen in den Abgrund sprangen.

Aber der dunkelgrünen Uniformen waren nicht allzuviele. Der ersten Woge waren keine weiteren gefolgt; viele waren schon gefallen – denn man mußte ihn nur erschrecken oder erbittern, oder auch nur aufscheuchen wie eine Herde Rindvieh, in die der Spuk fuhr, und dieser Mob aus Moha *konnte* kämpfen. Nach dem anfänglichen Überraschungsschlag konnten nicht mehr viele Pfeile abgeschossen worden sein. Hineingequetscht in die enge Röhre der Straße, waren beide Seiten zum Nahkampf gezwungen, immer ein widerwärtiges, blutiges Geschäft. Ich weiß nicht, wie viele braune Figuren zusammen mit den grünhemdigen Katskilesen tot am Boden lagen. Das Braun und Rotbraun verschmolzen in dieser Entfernung zu blutigem Schmutz.

Die Fahne Mohas tauchte wieder auf, die Anhöhe hinaufeilend. Wenigstens die Fahnenträger winselten nicht alle nach der Sicherheit hinter der Stadtpalisade. Bis auf den heutigen Tag wundere ich mich, wie ein P.-D.-Stalljunge, der davongelaufen war und wenig Grund hatte, sein Heimatland zu lieben, Tränen des Stolzes und der Erschütterung vergießen konnte, als er sah, daß die mohanischen Fahnenträger wußten, wo sie hingehörten. Eine Pracht aus Weiß, Blau und Gold, so erklomm er die Anhöhe, dieser Fetzen, der keine Bedeutung hat außer jener, die die Phantasie der Menschen in ihn hineingewoben hat. Eine Woge von Grün hob sich ihm entgegen, eine Woge von Männern, die ebenso hingebungsvoll einen Fetzen aus Schwarz und Rot liebten.

Auch jene Flagge sah ich, wie sie grimmig im Winde tanzte. Mohanische Kavallerie griff sie an; die Pferde stürzten, durchbohrt oder mit zerschnittenen Sehnen. Schwarz und Rot sind die Farben der Nacht und des Feuers. Glorreich war jene Fahne, wie die unsrige, wenn denn ein Ding glorreich genannt werden kann.

Aber unten in meiner Nachbarschaft herrschten die Schmach und die Gemeinheit der Panik. Ich sah nur einen Funken mutigeren Tuns – ein Reiter galoppierte zur Schlacht und schlug im Vorbeireiten mit der Breitseite seines Schwertes auf einen Mund, aus dem der Ruf »Nach Skoar!« kam. Nur drei Reiter folgten ihm. Vielleicht versuchten die übrigen außerhalb meiner Sicht, sich der Auflösung der Infanterie entgegenzustemmen, der Männer, die zur Verteidigung der Stadt gekommen waren und nun rannten, um in ihr Zuflucht zu finden – ein langsames Rennen, wie von Männern, die in der Bewegung gepackt werden und ihre Beine weiterbewegen müssen, um nicht vornüber zu fallen.

Ich zog mein goldenes Horn hervor. Vierzig Fuß über ihnen blies ich das Signal, das jene Trompete gegeben hatte; dreimal.

Ich schaute hinab. Niemand hatte mich entdeckt. Es mußte so geklungen haben, als sei das Signal von allen Seiten gekommen. Jetzt rannten sie nicht mehr. Zum vierten Mal blies ich den Ruf, ruhiger jetzt, als ob die Männer, die ihresgleichen waren, auf jener Anhöhe mit überzeugendem Appell in den Stimmen gesagt hätten: »Wir sind in Not.«

In der Stille sagte ein Junge von der Kavallerie: »Kay, wir schnappen sie uns!« Sie rannten – in die andere Richtung.

Moha errang an jenem Tag einen glänzenden Sieg, wenn es so etwas wie Sieg gibt. Ich bin sicher, die Geschichte wird es einen Sieg nennen; denn die Priester, die die schlichten, kleinen Bücher für die Schulen herausgeben, haben sicher den unsinnigen Krieg zwischen Moha und Katskil im Jahre 317 vermerkt – er dauerte nicht einmal bis ins nächste Jahr. Altes Weib Geschichte, kaut ihren Mischmasch aus Wahrheit und Vielleicht-war-es-so am unsicheren Feuer des Heute.

Als ich wieder zu der entfernten Anhöhe blickte, sah ich, daß die Fahne immer noch in schlimmer Bedrängnis war; nicht mehr als ein Dutzend Mohaner umgaben den Fahnenträger. Während der Ring der Verteidiger noch weiter gelichtet wurde, hielt er mit hartnäckigem Mut seine Form, ein Glanz von Stahl innerhalb einer dunkelgrünen Umfassung. Auf dem Kamm des Hügels gewann die demoralisierte Kavallerie eine gewisse Ordnung zurück. Bei einem formierten Angriff hätten sie gefährlich sein können. Doch wen sollten sie angreifen? – die flinken Teufel, die wie grüner Rauch unter sie glitten und schon wieder davon waren? Da und dort sprengten reiterlose Pferde in die Wälder davon, die Menschen ihren eigenen üblen Erfindungen überlassend.

Doch jetzt kam die Kavallerie des ersten Bataillons zurück, den Hügel hinauf, Unheil brüllend, und fuhr zuerst in das grüne Band, das die Fahnenwache umgab, zerschlug es wie ein geborstenes Wagenrad. Die Fahne tanzte und wanderte die Anhöhe hinauf. Dann Mohas Fußsoldaten – erholt, kampfbegierig, ihre Panik von einer einfacheren Lust überwältigt. Im Geiste konnte ich hören, wie ihr Stahl durch die Luft schnitt und Fleisch zerhieb – ich glaube, ein oder zwei Minuten lang zitterte ich vor unsinnigem Stolz. Das war das Verdienst meines goldenen Horns.

Ich beobachtete, wie ein Mann in Dunkelgrün dem Schutz des Waldes zulief; drei mohanische Soldaten waren auf seinen Fersen. Einer der Verfolger hatte seinen Lendenschurz und den größten Teil seines Hemdes verloren; die Entfernung machte aus dem nackten Mann ein Insekt – schmächtig, hochknieig hüpfend. Ein Wurfspieß bohrte sich in den Rücken des flüchtigen Mannes. Als er reglos vor ihnen lag, stießen der nackte Kerl und seine Kameraden genüßlich ihre Schwerter in ihn hinein, schlugen ihn in Stücke.

Seit jenem Tag habe ich, ohne mir selbst Schande zu bereiten, in zwei Kriegen gekämpft, gegen die Piraten im Jahre 327 und in der Rebellion dieses Jahres, als wir Dions Reformen verteidigten und einsehen mußten, daß die Menschen keinen Nutzen aus Reformen ziehen wollen und können, wenn diese nicht ganz allmählich kommen; niemals wieder habe ich mein goldenes Horn in die Nähe eines Schlachtfeldes gebracht ...

Alle Katskilesen waren nun auf dem Rückzug, und schon wehte die Fahne Mohas in Schönheit oben auf der Anhöhe; ich sah die schwarz-rote Fahne nicht mehr; sie mußte mit den Flüchtigen im Wald verschwunden sein. Ich sah kein Sonnenlicht mehr. Die zurückgekehrte Kavallerie-Einheit gesellte sich zu der aufgeriebenen, und ihre Hauptleute konferierten unter einem grauen Himmel. Nur Infantristen jagten den Katskilesen in die Wälder hinein nach. Ein Kavalleriehauptmann fuchtelte mit den Armen, als redete er im Zorn, oder um sich zu rechtfertigen. Dem anderen mußte es gelungen sein, von seinem Feuerstein trotz des unruhigen Tänzelns seines Pferdes einen Funken für seine Pfeife zu schlagen, denn ich sah eine kleine, graue Rauchwolke über seinem Kopf schweben.

Alsbald rief die Trompete die Infanterie zurück – sie konnten nicht viel ausrichten in den Wäldern, wo sich die Katskilesen wieder sammeln und an ihnen rächen konnten – und die mohanischen Bataillons bewegten sich wieder vorwärts. Kaum mehr als zwanzig Minuten konnten verflogen sein, seitdem ich jenen ersten Späher erblickt hatte. Ein Scharmützel, an dem weniger als tausend Mohaner beteiligt waren und vielleicht vierhundert Katskilesen.

Die Ursache des Krieges war ein trostloser Streit um Grenzen, der in ein oder der anderen Weise seit fünfzig Jahren am Leben gehalten worden war. Soweit ich sehen kann, danken Nationen ihre Existenz den Grenzen und nicht umgekehrt; die Grenzen werden von Menschen wie du und ich und deiner Tante Kassandra gezogen, und wir bilden uns gern ein, als Menschen wären wir klug genug, uns nicht mit bloßem Hintern in frische Farbe zu setzen oder ein Stachelschwein am Schwanz zu packen oder den Kopf des Babies abzusägen, um seinen Zahnschmerz zu kurieren. Es ist eine seltsame Sache; eine perfekte Lösung für alle enthaltenen Widersprüche kann ich euch wahrscheinlich nächsten Mittwoch geben, wenn ich nicht verschlafe.

Von der Straße trieben Worte zu mir herauf: »Hast du den Katser gesehen, den ich erwischt hab', so'n Mordskerl mit Bart? Mein Gott un' Abraham, denen scheint man nicht beigebracht zu haben, daß sie den Bauch decken müssen.« Eine andere Stimme schrie gereizt – die Verwundeten wurden vorbeigetragen. Ein Mann wollte seine Tochter sehen. Sie sollten sie bringen, sagte er – hier wäre es sicher, keine stinkenden Soldaten in der Nähe –, sie wär' neun und trüge einen braunen Kittel, den ihre Mutter ihr gemacht hätte – die Stimme schwand, und eine andere sagte: »Mein Kopf tut weh.« Wieder und wieder, und auch diese Stimme wurde schwächer, vom Scharren der Schritte, dem Klirren der Ausrüstung und anderen Stimmen verwischt: »Mein Kopf tut weh – mein Kopf tut weh ...« Und dann waren sie vorüber, und friedlich lag der Morgen, wenn es denn so etwas gibt wie Frieden.

Ich hatte kein Geräusch von Hunden hinter mir gehört; von jener Angst und anderen war ich nun befreit. Skoar würde bald den Einzug einer siegreichen Armee feiern und sich nicht mehr viel um durchgebrannte Stalljungen scheren. Es würde Massenaufläufe geben, Freudenfeuer mit tanzenden und kreischenden Kindern, die Kirchen würden von Dankeshymnen widerhallen, die Tavernen und Freudenhäuser würden sich für eine lange Nacht rüsten; die Poliezer hätten alle Hände voll zu tun mit Raufereien, Betrunkenen und dem Gesindel, das beim ersten Anzeichen eines Spektakels aus seinen Löchern kriecht; und die öffentlichen Redner würde man aus ihren Ställen holen – ihr wißt schon, die, denen ein Zügel aus jedem Mundwinkel läuft und noch ein Lenkseil um den Hals, für den Fall, daß sie sich gegen den gesegneten Auftrag verirren, dem öffentlichen Geist den erhabenen Heckmeck einzutrichtern.

Mein Blick glitt über die Landschaft, und ich wünschte, der Regen würde kommen und die Luft erleichtern. Schwarze Punkte wurden zusehends größer, gleich vereinzelten Wolkenfetzen. Die Krähen waren schon an Ort und Stelle; zynisch hatten sie wohl das Schauspiel aus der Nähe betrachtet. Andere Tiere würden sich bald zu ihnen gesellen, die Ratten, die wilden gelben Hunde und die Aasameisen.

Ein Soldat, der hätte tot sein sollen, streckte seinen Arm in die Höhe und ließ ihn sich über die Augen fallen. Die Bewegung, die mir so winzig erschien wie die eines Fliegenbeins, verscheuchte eine Krähe. Ein Funken Helligkeit blitzte auf, als Licht auf die sich bewegende Hand fiel, auf seinen Ring oder ein Armband. Er war wie ein Schläfer, der seine Augen bedeckt, um einen Traum zu bewahren. Ich dachte: Mann, dreh dich doch um! Dreh dich doch *weg* vom Licht, wenn es deinen Augen weh tut!

Von den Männern, die unter mir vorbeigezogen waren, hatte ich niemanden über das Hornsignal reden hören. Vielleicht dachte jeder, die Musik sei nur für ihn gewesen.

Ich hatte das Gefühl, daß ich zu dem Mann gehen mußte, dessen Arm sich bewegt hatte, sonst würde ich von ihm träumen. Ich stieg von meiner Eiche und schritt kühn zur Straße. Keine Gefahr. Ein rotes Eichhörnchen kauerte auf einem Ast am Straßenrand und beobachtete mich, ohne zu schimpfen. Ich verließ das Gebüsch und wandte mich nach links, zum Schlachtfeld, das ich nach wenigen Minuten und nur einigen wenigen Biegungen der Straße erreichte. Quäkend meldeten die Krähenwächter meine Ankunft. Ich sah den torkelnden Lauf und Aufflug eines der größeren Vögel, rot-nackig und abscheulich, der so dicht über mir kreiste, daß sein Gestank mir in die Nase drang und ein Klecks seines Kots mir beinahe auf den Kopf fiel.

Der erste Mann, an dem ich vorüberkam, trug dunkles Grün. Er lag im Straßengraben, sein Gesicht war zum Himmel gekehrt und durchaus nicht verärgert. Sein Bogen war kürzer und schwerer als meiner; er ließ sich schwerer spannen, dafür aber leichter in dichten Wäldern tragen. Ich hätte ihn nehmen können, aber ein abergläubiges Gefühl, daß mich das auf eine Ebene mit den Aasfressern stellen würde, hinderte mich daran. Ich hatte den absurden Eindruck, daß die Toten mich aufhalten und mit mir sprechen wollten. Zum Beispiel dieser warzennäsige, mohanische Veteran: Sein zerschnittener Hals war so verdreht, daß seine leblosen Augen mich zu beobachten schienen, obwohl er auf dem Bauch lag – im Leben hätte er mir nichts zu sagen gehabt, höchstens hätte er mich angeschnauzt, vom Bürgersteig zu verschwinden, wenn er mein graues Lendentuch bemerkt hätte.

Der Mann, dessen Arm sich bewegt hatte, lag wie zuvor, aber er war tot. Vielleicht war er schon die ganze Zeit tot gewesen und die Geste nur eine jener ziellosen Bewegungen, die zuweilen noch im Tod vorkommen. Das Glitzern an seiner Hand war ein Ring, rubinrot gefärbtes Glas. Als ich wußte, daß er tot war, hatte ich wieder Muße, Angst zu haben. Vielleicht waren die Soldaten aus Katskil nicht weit geflohen; Sklaventrupps würden aus Skoar kommen, um die mohanischen Gefallenen aufzuladen und sie zu einem kirchlichen Begräbnis zu karren. Ich überquerte den Hügel und begann auf der anderen Seite herunterzugehen; ich wollte baldmöglichst in den Schutz des Waldes zurück.

Auch auf dieser Seite der Anhöhe war gekämpft worden, aber nicht viel. Der Anblick eines kleinen sandfarbenen Biests, das am Straßenrand kauerte, ließ mich stillstehen. Ein Aashund, groß für seine Art. Man sagt, sie seien gewitzt genug, einer marschierenden Armee zu folgen, wie sie manchmal auch braunem Tiger folgen, aus demselben Grund. Der Hund, der mich nicht bemerkte, beobachtete etwas jenseits eines Gebüschs; seine Nase war schon gesättigt mit dem Geruch der Menschen und ihres Bluts.

Ein Bach floß aus dem Wald in den Graben längs der Straße. Daraufzu kroch, aus dem dicken Gebüsch heraus, ein katskilesischer Soldat; seinen Bronzehelm hatte er sich über die Schulter gebunden. Ein dünner, grauäugiger Junge, vielleicht siebzehn. Er versuchte sich mit seinen Armen voranzuziehen, ein Bein half nach. Im anderen Bein klaffte von der Hüfte bis zum Knie eine Wunde, und der Schaft eines Pfeiles ragte aus seiner linken Seite.

Der Hund war nur ein armer Schleicher, aber einen hilflosen Mann konnte er töten. Der Junge sah ihn plötzlich, sein Gesicht blieb leer, seltsam geduldig; auf ihm glänzte der Schweiß. Ich legte einen Pfeil auf, und als der Hund bei dem leisen Geräusch herumfuhr, sandte ich ihm den Pfeil in seine gelbe Brust. Er sprang, versuchte sich in die Flanke zu beißen, und starb.

Der Junge betrachtete mich verwirrt, als ich sagte: »Ich bring' dir Wasser.« Er ließ mich seinen Helm nehmen. Das Trinken fiel ihm schwer, seine zittrigen Hände waren keine Hilfe. Er rollte seinen Kopf zur Seite und sagte: »Für mich gibt's kein Lösegeld – mein Alter hat keinen Pfennig; nie gehabt.« Die Mühe des Redens trieb eine Blutblase in seinen Mund.

»Soll ich dich heben?«

Er blickte auf das Wasser, voll Verlangen, und nickte. Ich spürte die ersten Regentropfen auf meinem Kopf. Als ich seine Schulter anfaßte, merkte ich, daß es zuviel für ihn war. Ich löffelte Wasser mit meiner Hand, hielt es ihm hin, und er kriegte ein wenig runter, mußte es aber mit heftigem Husten wieder ausstoßen. Vielleicht hatte der Pfeil seinen Magen durchbohrt. Er sagte: »Hätt's nicht versuchen sollen.«

Ich nahm den Tuchfetzen von meinem Kopf und versuchte, die lange Wunde in seinem Schenkel zu verbinden. Der Lumpen war weder lang noch breit genug; der Versuch, ihn festzumachen, war ein hoffnungsloser Alptraum. Das Grollen nahen Donners machte die Worte des Soldaten fast unhörbar: »Laß es gut sein. Bist du aus Moha, mit dem roten Schopf?«

Im Katskil haben sie eine merkwürdige Sprechweise. Ich hatte sie im Gasthof gehört, allerdings nur sehr selten in den letzten zwei Jahren, als die Kriegsnervosität zunahm. Sie sprechen sehr gedehnt und durch die Nase, lassen die meisten *rs* und jede Silbe, die ihnen nicht paßt, aus.

Ich sagte ihm: »Ich hab' kein Land.«

»Ach ja? Bist nicht bei uns gewesen, ich kenn' jeden blöden Holzkopf in dem Bataillon, mich selbst eingeschlossen.«

»Ich bin allein. Bin weggelaufen.«

»Kapiere.« Der Regen kam in einem plötzlichen und schweren Sturz, durchweichte uns schnell, hämmerte auf meinen Rücken. Ich beugte mich über ihn; wenigstens konnte ich mit meinem Hemd verhindern, daß der Regen ihm ins Gesicht schlug. »Bin auch mal weggelaufen – hab's versucht, mein' ich.« Er schien reden zu wollen. »Pa hat mich erwischt, wie ich mir einen Sack vollstopfte, glaub mir, ich bin nicht weit gekommen. Er war auch dagegen, daß ich zur Armee ging, sagte, das hätte alles keinen Sinn. Hast den gelben Hund wirklich sauber umgelegt.«

»Verdammter Aasfresser.«

»Scheckerle nennen wir sie zu Hause. Kannst mit dem Bogen wirklich prima umgehen.«

»Ich bin viel in den Wäldern gewesen.«

»Man merkt's an der Art, wie du gehst.« Durch das Prasseln des Regens um uns herum erreichte mich seine Stimme nur mit Schwierigkeit. »Weggelaufen. Dieses graue Ding – dein Lendentuch –, heißt das Pfand-Diener? Das heißt's bei uns.«

»Mmh.«

»Hör zu, Junge, mach dir nichts draus. Ich will dir was sagen, laß sie nicht auf dir rumtrampeln oder dir vorschreiben, wohin. Sie spucken dir ins Gesicht, du spuckst zurück, klar ...? Schöne Gegend hier, könnte gutes Maisland sein. Wir haben uns die ganze Nacht im Wald um die Ohren geschlagen – nur halbe Stärke, diese verdammten blöden Bonzen, machen nur Mist, eine Kompanie haben sie gestern woandershin geschickt – zum Teufel damit. Wollte nur sagen, hab' gesehen, wieviele Eichen ihr hier habt. Das heißt, gutes Maisland; immer. Letzte Nacht war 'ne richtig neblige Hexenküche, nicht wahr?«

»Ich hab' auf einem Baum geschlafen.«

»Aha. 's regnet jetzt, nicht wahr?« Beide waren wir durchnäßt, das Wasser sprang in einem Strahl aus einer Falte seines Hemdes, wo ich ihn nicht bedachen konnte, und prasselte auf seine Beine. Aber er fragte mich wirklich, war sich der Welt nicht mehr sicher, seine Augen verloren mich, fanden mich wieder.

»Ja, es regnet«, sagte ich. »Hör zu, ich werd' dich tiefer in den Wald schaffen, da wird niemand suchen, verstehst du? Ich bleibe bei dir, bis das Zeug heilt. Dann kannst du mit mir kommen.«

»Wirklich?« Ich glaube, er sah es vor sich, wie ich es zu sehen versuchte – Reisen, Freundschaft, fremde Länder. Wir würden zusammenbleiben; Frauen haben, Spaß, irgend etwas würde immer lossein. Vor allem, das Reisen.

Ich sagte: »Wir werden uns schon zusammenraufen.«

»Sicher. Sicher werden wir.«

Seinen Namen habe ich nie erfahren. Sein Gesicht wurde vollständig ausdruckslos, und ich mußte ihn wieder auf den Boden betten.

11

Ich erinnere mich an den Regen. Nicht lange nach dem Tod meines Freundes besänftigte er sich zu eintönigem Niederschlag. Ich versuchte gar nicht erst, ihm ein Grab zu kratzen; in dem schweren, von Baumwurzeln durchzogenen Lehmboden wäre das nicht gelungen. Sowieso hat mir die Vorstellung, die Toten zu beerdigen, nie gefallen, es sei denn, es geschähe so wie in Penn, wo die Stelle nur mit einem Weinstock markiert wird und man in späteren Jahren ohne das Gefühl einer Respektlosigkeit darüber hinweggeht und den Wein pflückt. Wenn es so nicht geht, dann ist vielleicht Verbrennen das beste. Ist es wichtig? – die ganze Welt ist ein Friedhof, ein Bett der Empfängnis und eine Wiege.

Ich schlüpfte von der Straße ins Gebüsch und war mir nun sicher, daß keine Männer und Hunde mich verfolgen würden. In den tropfenden Wäldern bewegte ich mich jedoch immer noch vorsichtig und leise. Ich hielt meine nordöstliche Richtung richtig ein; denn ich war länger als eine Stunde unterwegs gewesen, als ich zu meiner Rechten, wo er hingehörte, den Hufschlag eines galoppierenden Pferdes auf feuchter Straße vernahm; er wurde laut und klang dann wieder ab, war schließlich nur noch ein entferntes Klopfen, dem Geräusch ähnlich, das Kinder machen, wenn sie einen Stock an einem Pfahlzaun entlangklappern lassen. Wahrscheinlich ein Meldereiter, unterwegs nach Skoar. Danach hörte ich nur den schwächer werdenden, nüchternen Monolog des Regens.

Ich wurde hungrig, wollte aber ein Feuer für meine Henne – rohes Huhn entmutigt. Der Morgen war verstrichen, als ich eine gute Stelle gefunden hatte. Eine Eiche war gegen einen Hang gestürzt. Jahre mußte es her sein, ihr Wurzelwerk ragte in die Luft hinaus und darin hatten sich treibende Blätter verfangen; so

war eine Art Dach entstanden. Von dem Erdloch aus, in dem einst die Wurzeln steckten, hatten Regenfälle einen Abflußkanal gegraben. Ich stocherte unter der Oberfläche des Waldbodens herum und fand einigen Zunder, mit dem ich im Schutze jenes Überhangs ein Feuer machen konnte. Bald spendete mir das Feuer Behaglichkeit, während mein Huhn an einem grünen Eschenspieß brutzelte. Ich hängte Hemd und Lendentuch an eine Wurzel in die Nähe der Wärme und hockte mich nackt auf meine Fersen, während der harmlose Regen mir den Rücken spülte. Ich glaube, für eine Weile habe ich überhaupt nichts gedacht, nur ab und zu ein Auge auf das sich bräunende Huhn geworfen. Regen lullt einen ein, nimmt einem die Wachsamkeit, wie jemand, der unaufhörlich redet und zuviel erklärt.

Die Männer kamen leise. Ich bemerkte sie erst im letzten Augenblick, bevor der dünne sagte: »Laß das Messer stecken, Jackson. Wir tun dir nichts.« Seine Stimme war fest, aber müde, wie sein langes Gesicht unter dem blutigen, dunkelgrünen Verband.

»Hab keine Angst«, sagte der andere Mann, ein mondgesichtiger Riese. »Sache ist die, an mich ist vom gesegneten Abraham der Ruf ergangen, niemandem mehr kein Leid nicht zuzufügen, und ...«

Der dünne Mann sagte: »Halt mal die Mühle, sei so gut, während ich mit dem Jungen rede. Jackson, die leidige Sache ist die, wir hätten gern 'nen Bissen davon, stinkhungrig sind wir, das ist alles.«

Er war ungefähr fünfzig, grau und ruhig. Das Tuch auf seinem Kopf gab den Höhlungen unter seinen rauchig blauen Augen einen grünen Stich. Lange Furchen klammerten Mund und Nase ein. In seinem grünen Hemd fehlte ein Teil, wo er den Kopfverband herausgeschnitten hatte; ein Jagdmesser an seinem Gürtel, das meinem sehr ähnelte, schien seine einzige Waffe zu sein. Sein Gürtel war breit wie eine Schärpe und hatte eingefaltete Teile, in denen er wahrscheinlich kleinere Dinge mit sich herumtrug. Seine sehnigen Beine, die aus einem schäbigen grünen Lendentuch hervorkamen, waren dunkel und zäh wie Bündel von Zügelleder.

Der andere Mann trug ebenfalls das Wrack einer katskilesischen Heeresuniform, einen behelfsmäßigen Gürtel und Sandalen mit geflochtenen Sohlen. In einer Scheide aus Messing trug er ein Schwert, im Wald ein nutzloses Ding. Beide hatten sie an ihren Gürteln lange und ziemlich flache Feldflaschen aus Bronze, die wohl ungefähr einen Liter faßten.

Dumm, wie man nur sein kann, fragte ich: »Wo seid ihr her?«

Der dünne Mann lächelte trocken und freundlich. »Süden, Jackson. Willst du das Fleisch mit einem Mann teilen, der gestern gegen dein Land gekämpft und sich dabei ein Loch im Kopf geholt hat, und mit einem großen, alten Kerl, der nach Kinderschreck aussieht, aber nicht mehr kämpfen will?«

»Kay«, sagte ich. Sie waren mir nicht lästig; ich hatte fast den Wunsch, das Fleisch zu teilen. »Gestern? Wart ihr nicht in dem Kampf vorhin auf der Straße nach Skoar?«

»Nein. Wann war das?«

»Ungefähr vor drei Stunden. Ich war auf einem Baum.«

»Könnte mir kein besseres Plätzchen vorstellen, wenn wo gekämpft wird.«

»Ihr Katskils habt uns aus dem Hinterhalt überfallen und seid davongeprügelt worden.«

Er schlug sich auf sein Bein, mit Genugtuung und Ekel. »Gott verdammt, ich hab's vorausgesagt. Hätt's den Bonzen sagen können, das hat man davon, wenn man das Bataillon aufteilt. Aber es will mir scheinen, die Fleischnacken haben mich nicht gefragt.« Er hockte sich auf seine Fersen neben mich und bedachte meine Henne mit dem finstersten Blick, den je ein Federvieh schuldlos empfing. Das Mondgesicht stand abseits und beobachtete mich. »Ich hab' ein schlechtes Gefühl dabei, Jackson. Wenn sich's nur um mich drehte und meinen großen Freund dort drüben im Regen, der so randvoll ist mit der Milch der frommen Denkungsart, daß man nicht weiß, wie da überhaupt noch ein Bissen reinpassen soll ...«

»Also, Sam«, sagte der große Mann. »Also, Sam ...«

Aber Sam hatte gerade Gefallen am Reden und ließ sich nicht aufhalten, mit seiner schleppenden katskilesischen Singsang-Stimme, in der Belustigung und Trauer einander ablösten, so wie die Wolken mit der Sonne spielen: »Wenn das alle wären, der und ich und du, Jackson, dann kämen wir ja vielleicht hin, aber der verfixmaledeite Haken bei der Sache ist, da ist noch ein Maul, das gestopft werden will, das hat zwar ein geprelltes Knie, leidet aber doch, wenn es nicht gut ißt. Glaubst du, das Vöglein ließe sich vierteilen?«

»Na, aber sicher«, sagte ich, »zwei Keulen und zwei halbe Brüste, und alle erheben sich mit gesundem Hunger von der gottverdammten Tafel, das tut gut, wie man sagt – wo ist der vierte?«

»Im Gebüsch, ein Stück von hier.«

»Siehst du, wie ich dir gesagt habe, Sam! Der Junge hat ein offenes Wesen, voll göttlicher Gnade und so. Wie heißt du, Rotkopf?«

»Davy.«

»Davy was?«

»Nur Davy. Waisenhaus. Mit neun ausgelöst.«

»Also, wir wollen dir nicht zu nahe treten, aber vielleicht willst du nicht dorthin zurück, wo du herkommst?«

Sam sagte: »Das geht uns nichts an Jackson.«

»Weiß ich«, sagte der Mondgesichtige. »Ich zwing' den Jungen ja nicht zur Antwort, aber es ist eine faire Frage.«

»Kannst ruhig fragen«, sagte ich. »Ich bin durchgebrannt.«

»Kann's dir nicht verübeln«, sagte Mondgesicht. »Hab' gleich das graue Lendentuch dort gesehen, und was ich gehört habe, von wegen wie sie auf den P.-D. in Moha herumtreten, das ist 'ne nationale Schande. Halt du nur den Kopf hoch, Junge, und vertrau auf Gott. So muß man leben, verstehst du? Kopf hoch und guten Stuhlgang und Gottvertrauen.«

»Laß dir nichts vormachen, Jackson, sonst kommst du noch auf den Gedanken, in Katskil würden sie die Pfand-Diener nicht wie den letzten Scheißdreck behandeln.«

»Sam, Sam Loomis, irgendwie muß ich dir dieses Fluchen und blasphemische Reden austreiben. Ist nicht gut für einen Jungen, so was zu hören.« Sam sah mich nur an; ich fühlte, daß er sich innerlich vor Lachen schüttelte, und nur er und ich wußten es. Freundlich fuhr der große Kerl fort: »Nun darfst du nicht denken, Davy, Junge, daß ich behaupte, ich wär kein Sünder mehr. Das wäre eine furchtbare Überheblichkeit, obwohl ich allerdings behaupte, daß schon eine Masse Zeugs in mir gereinigt worden ist, sozusagen mit dem Feuer der Läuterung herausgebrannt; wie dem auch sei – ich heiße Jedro Sever, nenn mich Jed, wenn du Lust hast, wir sind ja hier alle Demokratikale, hoff' ich, und, Sünder, der ich bin, fürchte ich doch Gott und folge seinen heiligen Gesetzen, und hier und jetzt sag' ich dir, höre, sag' ich, Pfand-Diener oder nicht, vor Gott bist du nicht weniger ein Mann und Bürger als ich, hörst du?«

In etwas beiläufigerem Ton fragte Sam: »In Schwierigkeiten geraten?«

»Kann man wohl sagen.« Und dann platzte ich auch schon damit heraus: »Ein furchtbarer Unfall ist passiert. Ich hab' aus Versehen einen Mann umgebracht, aber niemand würde mir das abnehmen, jedenfalls nicht die Poliezer.« Ich hätte es wohl für mich behalten, wenn ich sie nicht für Deserteure gehalten hätte, die sich heimlich durchschlagen mußten wie ich und denen die Gesetze Mohas egal waren.

Jedro Sever sagte: »So was wie 'nen Unfall gibt's nicht in den Augen Gottes, Davy. Du meinst, es ist passiert, ohne daß *du* es wolltest. Gott hat seine großen und erhabenen Gründe, die sind für unsereinen nicht zu durchschauen. Wenn es stimmt, daß du es nicht wolltest, dann ist da keine Sünde im Spiel.«

Sam betrachtete mich mit einer nüchternen Nachdenklichkeit, die ich nie zuvor bei irgend jemandem, Mann oder Frau, erlebt hatte. Ich weiß nicht, wie lange es dauerte, bis er mich aus dieser Prüfung entließ – mein Huhn war knusprig braun, duftete gerade richtig, und der Regen war nur noch ein leichtes Nieseln.

»Ich nehm' dein Wort dafür«, sagte Sam schließlich. »Laß mich das nie bereuen.«

»Das werde ich nicht«, sagte ich. Und ich glaube nicht, daß er es je bereut hat. Das Vertrauen, das zwischen Sam und mir bestand, war ein Teil meines Lebens, der nie beeinträchtigt wurde. In den Jahren, die folgten, hab' ich oft die Geduld mit ihm verloren, und er mit mir, aber – ich will's mal so sagen: Unsere Freundschaft haben wir nie in Frage gestellt. »Ja«, sagte ich, »ich hab' mich davongemacht, und wenn sie mich kriegen und nach Skoar zurückbringen, ist mir der Galgen sicher. Und den vermeid ich untertänigst, sooft ich kann; kann nicht anders.«

»So oft«, sagte Jed unglücklich. »Hör zu, Junge, wenn du ein einziges Mal ...«

»Spaß, Jackson. Der Junge macht Spaß.«

»Oh, ich verstehe.« Jed lachte unbehaglich, so wie man lacht, wenn man zufällig jemanden beim Pinkeln stört. »Du kennst die Gegend hier, Davy?«

»Bin noch nie soweit hier draußen gewesen. Wir sind in der Nähe der Nordoststraße. Skoar liegt im Westen von hier, fünf bis sechs Meilen.«

Sam sagte: »Vor Jahren war ich in dieser Gegend, in Friedenszeiten – Humber Town, Skoar, Seneca, Chengo.«

»Die Grenze von Katskil ist ein paar Meilen südlich«, sagte ich.

»Eija«, sagte Jed, »aber das ist nicht unsere Richtung. Wisse, in den Augen Gottes sind wir keine Deserteure. Ich, ich arbeite im Weinberg des Herrn, sozusagen mein Auftrag, und Sam Loomis, der alte Kerl da, ja, der ist überhaupt kein sündhafter Mensch, trotz seiner schlimmen Reden. Eines Tages wird Gottes Gnade auf ihn fallen, wie ein Feuer der Läuterung und so. Ich meine, er hat ja nur in einem Scharmützel seine Einheit verloren, wie 's jedem gehen kann. Selbe Einheit, bei der ich auch war – ich bin früher weg, unser guter Herr hat mich gerufen.«

»Ja«, sagte Sam. »Ich hab' den Anschluß an meine Kompanie verloren, gestern in den Wäldern nach einem kleinen Gerangel, ungefähr zehn Meilen von hir. Weißt du, was die Armee mit Deserteuren macht, Jackson – ich meine, mit Leuten, die sie für Deserteure hält? –, nun, was sie machen, sie binden sie an einen Baum, und die Bogenschützen nehmen sie als Zielscheiben für ihre Schießübungen, und dann lassen sie sie einfach hängen. Erspart ihnen 'ne Beerdigung. Ich hab' eins auf den Schädel bekommen und war ’ne Zeitlang ohnmächtig; als ich zu mir kam, war die Kompanie weg, kann’s ihnen nicht vorwerfen, daß sie mich für tot hielten, aber ich glaub’ nicht, daß ich die Geduld hätte, ihnen das alles zu erklären, wenn ich sie wiedersehen sollte. Eine Kompanie wurde von dem Bataillon abgespalten, die Idee war, sie sollten ein bißchen Theater machen, euch Mohaner aufhalten und euch vortäuschen, wir hätten nicht mehr Leute in dieser Gegend. Und dann würde euch der Hauptteil des Bataillons, der sich hier in der Gegend versteckte, überfallen und verbraten. Hübsche Idee.«

»Die Armee von Moha ist nicht meine. Ich hab’ kein Land.«

»Weiß, was du meinst«, sagte Sam und musterte mich. »Bin Einzelgänger von Beruf ... Also, die Nußknacker aus Nord-Moha, entschuldige den Ausdruck, kamen mit neun Stunden Verspätung, wahrscheinlich haben sie erst mal alle Nutten in Humbertown gründlich durchgevögelt, und nachdem sie uns aufgerieben hatten, haben sie Nachtlager bezogen. Muß es wissen, bin ihnen im Dunkeln nämlich fast in die Arme gelaufen. Waren dann sicher schön ausgeruht und gutgelaunt, als das Bataillon sie am Morgen anfiel. Den unsrigen ist es nicht allzu gut ergangen?«

»Nicht allzu. Die Mohaner waren in der Überzahl. Zwei zu eins, mindestens.«

»Der Junge ist ein Gentleman«, sagte Sam und legte seinen verwundeten Kopf auf seine Knie. »Jaja, die Bonzen denken sich was aus, und die Männer beißen ins Gras.« Ich hielt Sam Loomis für einen Mann der Wälder; er hatte meine Angewohnheit schneller Blicke zur Seite. Das unerwartete Knacken eines Astes oder die Regung von Lebendigem am Boden würde ihn nicht unvorbereitet treffen. Jed schon eher; seine Augen wirkten nicht sehr wachsam. Haarausfall hatte selbst seine Augenbrauen zu dünnem Flaum reduziert; das gab ihm das Aussehen eines ahnungslosen, großen Babies. »Jackson, das Vögelchen ist so gut wie fertig.« Während ich das Huhn vom Feuer nahm, setzte er hinzu: »Solltest vielleicht besser dein Lendentuch umbinden, weil der andere im Gebüsch – muß es ja jetzt mal sagen – na ja, also, es ist halt 'ne Frau.« Dann, indem er den mürrischen Massen Jed Severs einen Blick zuwarf, sagte er zu ihm: »Wandert ziemlich ungeniert durch die Gegend, der Junge nicht wahr?«

Als ich meine Lumpen anhatte, rief Jed mit dünner Stimme ins feuchte Gehölz hinein: »Oh, Vilet!«

»Ärgere dich nicht«, sagte Sam mit gesenkter Stimme zu mir, »ich hätt' dir das sonst nicht gesagt, aber sie hat 'nen weitoffenen Geist – und Büchse ebenso.«

Die Frau humpelte aus einem nahegelegenen Dickicht und sagte: »Hab's genau gehört, Sam.« Sie schenkte ihm die kleine Hälfte eines Lächelns, und uns übrige schaute sie herausfordernd an; ihre dicken Brauen waren schwarz wie Tinte. Ihr dunkelgrüner Leinenkittel ließ ihre Knie unbedeckt, das linke hatte einen blauen Fleck, aber sehr schlimm sah es nicht aus. Sie mußte in ihren Dreißigern sein, ein kurzgewachsenes Weibsbild mit Schlagseite und großen Muskeln; ihre Taille war nicht nennenswert, und dennoch konnte man sie irgendwie nicht übersehen. Selbst mit ihrem Humpelschritt hatte sie die Anmut und Selbstsicherheit eines Tieres. Sie war naß wie eine Wasserratte, und das behagte ihr nicht besonders. »Ich sollte dich versohlen, Sam, so über eine zarte Blume wie mich zu reden, hundertunddreißig Pfund schwer und alles knackig frisch wie die Wildnis.«

»Ah, ist sie nicht die Schärfste?« sagte Jed, und ich sah, daß sein Gesicht ganz verträumt-glücklich und gefühlsduselig geworden war.

»Jaja«, sagte sie, »scharf wie 'ne alte Schippe, die man zwanzig Jahre auf Stein gestoßen hat.« Sie nahm einen Sack von der Schulter, der meinem ähnelte, und versuchte, einen Teil des Wassers aus ihrem Kittel zu wringen und ihn von ihren fleischigen Schenkeln, an denen er klebte, zu lösen. »Ihr Männer habt's gut; diese gottverdammten Weiberröcke.«

»Vilet!« Nicht länger träumerisch, sprach Jed wie ein strenger Großvater. »Ich will kein Fluchen mehr hören! Das haben wir alles besprochen.«

»Ach, Jed!« Der Blick, den sie ihm zuwarf, war keck, liebevoll, aber auch fügsam. »Ich wette, du würdest auch fluchen, wenn du deine Kleider nicht mehr von deiner Schwarte unterscheiden könntest.«

»Nein, das würd' ich nicht.« Er starrte sie nieder, feierlich wie eine Kirche. »Und Schwarte – das ist auch kein anständiges Wort.«

»Ach, Jed!« Sie wrang Wasser aus ihrem schwarzen Haar. Es war kurz und struppig, als hätte sie es mit einem Messer gestutzt, so wie es Soldaten machen, wenn kein Friseur in der Nähe ist. Sie hockte sich neben mich und gab meinem Bein einen schallenden Schlag mit ihrer großen braunen Pfote. »Du heißt Davy, was? Heija, Davy, und wie geht's den Eiern, Süßer?«

»Liebe Vilet«, sagte Jed mit gewaltiger Geduld, »das haben wir doch alles geklärt. Kein Fluchen mehr, kein obszönes Gerede.«

»Ach, Jed, es tut mir leid, ich hab's nicht so obszön gemeint, nur freundlich.« Ihre Augen, von dunklem, grünlichem Grau mit einer Ahnung goldener Funken, waren ungewöhnlich reizvoll; in dem robusten, fleischigen Rahmen ihres Gesichts wirkten sie wie Veilchen in grober Erde. »Ich mein' ja nur, Jed, diese Sachen sind nun mal in meinem Kopf und kommen immer einfach so rausgesprungen.« Sie zog ihren feuchten Kittel von ihren großen Brüsten weg und blinzelte mir zu, wobei sie den Kopf so drehte, daß Jed es nicht sehen konnte; aber sie meinte ihre Worte auch ernst; da war keine Auflehnung gegen ihn. »Du mußt Geduld haben, Jed, du mußt mich Schritt für Schritt zu Abraham kommen lassen, sozusagen allmählich, muß erst kriechen, bevor ich gehe, verstehst du?«

»Ich weiß, Vilet. Ich weiß, meine Liebe.«

Ich zerlegte das Huhn, so gut ich konnte, und teilte die Stücke aus; ich wollte gerade mit dem Essen beginnen, als Jed seinen Kopf senkte und ein Gebet murmelte, das von wohltätiger Kürze war. Sofort danach begannen Sam und ich zu essen, aber Jed sagte: »Vilet, ich hab' aufgepaßt während des Gebets, und wahrlich hab' ich dich nicht gehört.«

Es ist wahr: Unter den wirklich Gläubigen verhält man sich, wenn ein Priester anwesend ist, still, während er das Tischgebet spricht; aber wenn kein Priester dabei ist, sollen es alle gleichzeitig laut beten und es Gott überlassen, das Stimmenbrausen zu analysieren und die Frommen von den Scheinheiligen zu sondern. Natürlich hatte Jed auch weder Sam noch mich beten hören, aber unsere Seelen fielen offensichtlich nicht unter seine Zuständigkeit, oder er hatte vielleicht das Gefühl, daß sie zu schwere Brocken für ihn waren. Mit Vilets Seele verhielt es sich anders. Sie sagte: »Ach, Jed, ich hab' nur – ich meine, ich danke dir, o Herr, für dieses mein tägliches Brot und …«

»Nein, Liebes. Brot heißt wirkliches Brot, und wenn's ein Huhn gibt, sagst du am besten Huhn, verstehst du?«

»Für dieses mein … aber Jed, Huhn *gibt's* nicht täglich.«

»Oh – jaja, kay, das täglich kannst du auslassen.«

»Für dieses mein Huhn, und ich lobe …«

»Gelobe.«

»Gelobe dir zu dienen in Abrahams Namen – kay?«

»Kay«, sagte Jed.

Nach dem Mahl humpelte Vilet wieder in den Wald, um mehr Brennholz zu sammeln. Ich hätte gerne, während sie weg war, gefragt, wer sie war und wie sie zu ihnen gekommen war, aber Jed war das Amulett an meinem Hals aufgefallen, und er fragte mich danach.

Ich sagte: »Es ist nur ein kleiner, alter Glücksbringer.«

»Nein, Junge, David, es ist ein Wahrheitsmacher. Ich habe genau so einen in Kingstone gesehen, gehörte einem alten Kräuterweib. Dieser sieht ihm gleich wie ein Ei dem anderen, muß auch die gleiche Macht haben. Niemand kann ihn ansehen und lügen – Tatsache. Gib's mir für 'ne Minute, und ich zeig's dir. Also, jetzt schau dem kleinen Mann oder der kleinen Frau gerade ins Gesicht und versuch, ob du lügen kannst.«

Indem ich eine undurchdringliche Miene aufsetzte, sagte ich: »Der Mond scheint schwarz.«

»Au, au, au, was jetzt?« sagte Vilet und ließ eine Ladung trockener Äste fallen. »Was sagst du jetzt, Jed, Junge, Junge?«

»Was denn, ich hab' ihn.« Jed freute sich. »Die andere Seite des Mondes muß schwarz sein, sonst würden wir sehen, wie das Licht auf dem Vorhang der Nacht reflektiert wird, ein großer weißer Fleck, der sich genauso bewegt wie der Mond, ist doch klar. Aber alles, was wir sehen, sind die Löcher in dem Vorhang, die das Himmelslicht hindurchlassen, und ein paar von den Punkten, die sich bewegen, das müssen also kleine Scheiben sein, Leuchter sozusagen, die Gott vom Mond abgeschnitten hat, um die Sache etwas aufzuhellen. Versteht ihr?«

Mit schläfriger Bewunderung murmelte Sam: »Mich laust der Affe!«

»Sam, ich muß dich sehr bitten, diese üblen Ausdrücke nicht in Gegenwart eines Knaben von reinem Gemüt und einer unglücklichen Frauenseele zu benützen, die ihren Weg ins Königreich ewiger Rechtschaffenheit sucht; will sagen, ich hab' genug von der Gossen-Religion, ich hab' einfach genug.«

Sam sagte, es täte ihm leid; sein Ton verriet, daß es es gewöhnt war, das zu sagen, und daß er es jedes Mal mehr oder weniger ernst meinte. Gute Menschen wie Jed würden die Welt vermutlich langweilig finden, wenn sie es nicht so einrichten könnten, daß sie oft verletzt werden. Was das Amulett anging – nun, Jed war viel älter als ich, über vierzig, und ein schönes Stück größer und außerdem voll göttlicher Segnungen. Es ging mir wohl durch den Sinn, daß ich dem Arbeiter im Weinberg sehr leicht noch etwas extra Dreck auf seinen Spaten legen könnte. Aber Jed war so stolz und glücklich, mir etwas Nützliches und Erstaunliches beigebracht zu haben, daß ich nicht das Herz hatte, ihm den Genuß zu verderben. Vielleicht wäre es mir auch nicht gelungen. Was für Humbug ich auch zum besten gäbe, er würde sanft und milde eine Erklärung präsentieren, die bewies, daß ich nicht gelogen hatte – geduldig und behutsam würde er dran werkeln und die alte Dame Wahrheit ganz schön auf Trab bringen, und über kurz oder lang würde das elende, alte Weib tanzen, wie er es wollte, krächzen und stöhnen würde sie zwar, aber fügsam wäre sie, mit lahmen Beinen und zerrauftem Haar, schwitzend, aber fügsam. »Also«, sagte ich, »ich hab' nicht gewußt, daß das Ding irgend so eine Macht hatte. Man hat es mir bei meiner Geburt gegeben, und die Leute haben mir seitdem schon eine ansehnliche Menge von Bären aufgebunden, und rein gar nichts hat sie daran gehindert.«

»Du hast eben nie den Dreh rausbekommen, wie man es benützt«, sagte er. Er hielt mir das Amulett immer noch vors Gesicht und fragte wie beiläufig: »Es war auch wirklich nur ein Unfall, die Sache, die du da erzählt hast?«

Sam Loomis erhob sich zu seiner vollen Länge und sagte: »Hölle, Feuer und Verdammnis! Erst nehmen wir sein Wort dafür, und dann zweifeln wir daran?«

Ich konnte hören, wie hinter mir Vilet der Atem stockte. Jed mochte wohl an die vierzig Pfund schwerer sein, aber Sam war, mit oder ohne Kopfwunde, nicht jemand, mit dem man sich gerne anlegen wollte. Schließlich sagte Jed mit pflaumenweicher Stimme: »Ich wollte niemanden kränken, Sam; wenn meine Worte jemanden gekränkt haben, tut es mir leid.«

»Ihn mußt du um Entschuldigung bitten, nicht mich.«

»Schon in Ordnung«, sagte ich. »Nichts ist passiert.«

»Ich bitt' dich um Verzeihung, Davy, Junge.« Und niemand hätte das netter sagen können.

»Ist schon in Ordnung«, sagte ich. »Es macht nichts.«

Als Jed mir lächelnd die Figur zurückgab, bemerkte ich, daß seine Hand zitterte, und in einem jener unerklärlichen Blitze, die einem Wissen gleichen, fühlte ich, daß er gar keine Angst vor Sam hatte, nur vor sich selbst. Vielleicht nur, um etwas zu sagen, fragte er: »Hattest du irgendein bestimmtes Ziel, als wir dich trafen, Davy?«

»Ich will nach Levannon.«

»O wei – das sind alles Häretiker da drüben.«

Sam fragte: »Bist du denn jemals dortgewesen?«

»Sicher bin ich und würd um keinen Preis mehr hin.«

»Mußt durch Levannon, wenn du mit Vilet nach Vairmant willst, wie du gesagt hast.«

»Ach ja«, seufzte Jed, »aber nur zur Durchreise.«

Sie waren immer noch gereizt. Ich sagte: »Ich weiß nicht – ich kenn' Levannon nur vom Hörensagen.«

»Einige Gegenden sind vielleicht ganz anständig«, räumte Jed ein. »Aber diese Sektierer! Seifen dich ein, verdrehen dir die Ohren. Die Kirche soll der Meinung sein, wenn alle Sektierer nach Levannon zögen, dann hätten's die Gläubigen in den anderen Ländern schöner, aber ich weiß nicht, es kommt mir nicht richtig vor. Grammiten, Frankliniten, das hat ihnen die religiöse Freiheit in Levannon eingebracht. Nichts anderes als ein Schlupfloch der Gottlosigkeit.«

Ich sagte: »Nie was gehört von Frankliniten.«

»Nein? Oh, sie haben sich von den Neurömischen in Conicut abgespalten – die Neurömischen sind dort nämlich sehr stark. Mutter Kirche toleriert sie, solange sie sich nicht eigene Versammlungsstätten bauen – ich meine, es braucht religiöse Freiheit in vernünftigen Grenzen, gerade soviel, daß es nicht zu Häresie und so etwas führt. Frankliniten – also, ich weiß nicht ...«

Sam sagte: »Die Frankliniten kamen auf, als jemand behauptete, St. Franklins Name wäre nicht Benjamin, und das verfluchte Goldbanner wäre nicht um *ihn* herumgewickelt gewesen, bei seiner Beerdigung, sondern um einen anderen gebildeten Heiligen desselben Namens. Die Mutter meiner Frau wußte alles davon, und sie pflegte über die Sache Auskunft zu geben, bis man tot umfiel. Einer von den beiden lenkte den Blitz in seinen Regenschirm, ich weiß nicht mehr, welcher.«

»Das war Benjamin«, sagte Jed, wieder ganz freundlich. »Auf jeden Fall, diese Frankliniten haben einen schrecklichen Aufruhr in Conicut verursacht, schändlich – Aufstände und was nicht alles, und schließlich sagten sie, sie würden verfolgt und forderten Mutter Kirche auf, sie nach Levannon auswandern zu lassen, Exodus oder so, und sie hat's erlaubt, und da sind sie bis auf den heutigen Tag. Schlimme Sache.«

»Die Mutter meiner Frau war eine Grammitin. Eine gute Frau, nach ihren Kräften.«

»Wollte deinen Gefühlen nicht zu nahe treten, Sam.«

»Bist du auch nicht. Nach *ihren* Kräften, hab' ich gesagt. Aber was meine Frau anbelangt, also, der hab' ich gesagt, ›Jackson‹, sag' ich, ›du kannst ein Grammite sein wie dein verehrter mütterlicher Elternteil und kannst das Ende der Welt prophezeien, bis dir der eigene Arsch auf- und davonfliegt‹, sag' ich, ›*oder* du kannst mein gutes Weib sein, aber beides geht nicht, Jackson‹, sag' ich, ›von wegen weil ich da nicht mitmache.‹ Hab's aus ihr rausgebumst, sozusagen.«

»He«, sagte Vilet, »du gemeiner alter Rammelbock.«

»Nee, Jackson Baby, das ist nicht gemein, das ist nur gesunder Menschenverstand, sonst nichts. Will nur sagen, sie war 'ne prächtige Kirchgängerin danach, wirklich heiligmäßig, hatte von dem Tag an nie 'ne Spur von Schwierigkeit mit ihr. Von wegen Religion, meine ich. Sie hatte ein paar andere Fehler, zum Beispiel, sie redete und redete, sie redete den Putz von der Wand, und das ist der Grund, warum ich zur Armee ging, das heißt, um mal ein winziges bißchen Ruhe und Frieden zu haben; aber sonst eine wirkliche Heilige, versteht ihr, keinen Kummer mit ihr, gar keinen. No, Sir. Nicht in Sachen Religion.«

»Amen«, sagte Vilet und warf einen verstohlenen Blick auf Jed, um sich zu vergewissern, daß sie nichts Falsches gesagt hatte.

12

Wir verbrachten den frühen Nachmittag an jenem Fleck, ließen uns trocknen und machten uns miteinander bekannt. Ich sagte noch einmal etwas über Levannon und die großen Schiffe, die Dreißig-Tonnen-Ausleger, die die Nordpassage zu den Häfen von Nuin wagen.

Und Jed Sever machte wieder etwas zu schaffen, wenn es auch diesmal nicht die Religion war.

»Zur See, das ist ein höllisches Leben, Davy. Ich weiß – ich hab's mal versucht. Hab' bei einer Fischereiflotte in Kingstone angeheuert, mit siebzehn. Ich war so groß und schwer, wie ich's jetzt bin – zu groß, um auf meinen Vater zu hören, das war die Sünde –, aber als ich durch die Gnade Gottes und Abrahams wieder zurückkam, wog ich nicht mehr als hundertundzwanzig Pfund. Wir segelten nach Süden, über die Black-Rock-Inseln hinaus, wo sich der Hudson-See zum großen Wasser öffnet – oh, Mutter Cara, hab Erbarmen, das ist einsam dort, auf den Black Rocks! Man sagt, in Alter Zeit sei dort eine große Stadt gestanden, und das begreift man schwer. Was das große Wasser dahinter angeht, oh, da ist hunderttausend Meilen nichts, Davy, Junge, gar nichts. Sieben Monate waren wir unterwegs, wir hatten ein Lager, wo wir Fisch räucherten, ein elendes, leeres Stückchen Land, Sanddünen, ein paar niedrige Hügel, kein Schutz, wenn der Wind stark war. Long Island heißt es, ein Teil von Levannon, und am westlichen Ende gibt's ein paar kleine Dörfer in Sichtweite der Black Rocks; jede Nation darf das östliche Ende benutzen – nur Sand – kaum je ein lebendiges Wesen dort außer den Möwen. Die Menschen fangen an, sich zu hassen, da draußen. Fünfundzwanzig waren wir am Anfang, Sünder fast alle. Fünf Tote, einer im Streit erschlagen, und bedenke, die Gesellschaft rechnet damit, so viele zu verlieren, rechnet damit. Nie ein neues Gesicht gesehen, nur wenn das Frachtschiff der Gesellschaft Brennholz anbrachte und die geräucherten Dorsche und Makrelen abholte. Und auf unseren Kreuzfahrten – ah, manchmal haben wir volle drei Stunden lang das Land nicht mehr gesehen! Das ist ganz schrecklich. Wir sind immer in Gottes Hand, Amen, aber es ist doch eine entsetzliche Glaubensprüfung. Ohne Kompaß geht's überhaupt nicht, einige nennen ihn Leitstein. Die Gesellschaft besaß einen aus Alter Zeit, und drei Männer gab's in der Mannschaft, die damit umgehen und den Kurs halten konnten, solange Gott es nicht müde wurde, die kleine Eisennadel auf Norden zu halten; denn übergroß ist sein Erbarmen für uns.«

Vilet seufzte. »Auwei, ich wette, die drei haben das große Wort bei euch geführt, etwa nicht?«

»Diese Dinge verstehst du nicht, Frau. Da geht ein Mann mit 'nem heiligen Gegenstand um, dein Leben hängt davon ab, also kann man annehmen, daß du ihn ehrfürchtig behandelst. Ja, Davy, da ist weites Nichts, wenn man außer Sicht des Landes ist. Man arbeitet in Ruderbooten, sechs bis sieben Stunden Arbeit mit den großen Netzen, und darf das Mutterschiff nicht aus den Augen lassen, denn das hat den Kompaß – wenn ein plötzlicher Nebel oder starker Wind aufkommt, was dann? – brauchst nicht zu fragen. Und wenn das letzte Netz eingezogen ist, dann heißts, sich zurück durch das grausame Wasser kämpfen, um ein Lager zu errichten und den Fisch zu räuchern, bevor er verdirbt. Bis zum heutigen Tag kann ich den Gestank von Fisch nicht verwinden, von keinem Fisch, und wenn ich verhungern müßte. Das ist 'ne Strafe für mich wegen meiner sündigen Jugend. Die See ist nicht für Menschen, Davy, Junge. Hör zu – als ich endlich wieder nach Hause kam, da hatte ich, krank und abgemagert, wie ich war, einen solchen Hunger auf Weiber, daß ich die häßlichste alte Vettel hätte anspringen können – na, ich will hier nicht in die Einzelheiten gehen, aber in meiner ersten Nacht in Kingstone gab ich dem Drang des Bösen nach und wurde *ausgeraubt*, bis auf den letzten Pfennig. Futsch der Lohn für sieben Monate. Ein Richtspruch.«

Sam sprach ins Feuer: »Du willst behaupten, Gott würde einen Kerl bestrafen, nur weil der sein Ding in ein feuchtes Loch steckt?«

»Die Sprache! Warum wurde ich bestohlen, wenn das kein Urteil war? Antworte mir! Ah, Sam, ich bete den Tag herbei, an dem das Spotten von dir weicht. Hör, was ich sage, Davy: Auf dem Meer bist du ein Sklave, nichts anderes. Ein höllisches Leben. Arbeit, Arbeit, Arbeit bis zum Umfallen, und dann fährt dir noch der Stiefel des Bootsmanns zwischen die Rippen, und das Seerecht ist immer hinter ihm. Ich wünschte, jedes Schiff, das je gebaut würde, versänke in diesem Moment auf den Grund des Meeres. Wahrlich. Hör zu: Wenn Gott gewollt hätte, daß wir uns im Wasser bewegen, hätte er uns Flossen gegeben, das steht fest.«

Bald danach machten wir uns auf den Weg, um eine Stelle zu finden, wo wir in größerer Sicherheit übernachten konnten. Ich erfuhr einiges von Sam, als ich neben ihm herging, außer Hörweite von Jed und Vilet. Jed, so sagte er mir, war kurzsichtig, Gegenstände in zwanzig Fuß Entfernung waren für ihn nur noch verschwommene Schemen; er beschwerte sich nicht darüber, betrachtete es viel mehr als eine weitere Strafe, die der Herr ihm auferlegt hatte. Ich konnte in Jed keinen Sünder sehen, schon gar keinen großen, aber Jed glaubte fest daran, daß der Herr es auf ihn abgesehen hatte – nur zur Prüfung und im Grunde aus Güte, daß darüber kein Zweifel bestand! Aber hart war es gleichwohl, nie ließ der Herr für einen Augenblick locker, in dem er ihm nicht etwas anderes wegnahm oder ihn an den Tag des Gerichts erinnerte. Der arme Kerl konnte kaum den Kopf wenden, um auszuspucken, oder an einem Baum eine Stange Wasser abstellen, ohne daß der Herr ihn mit der Erinnerung an eine Sünde aufscheuchte, die er vor zehn Tagen oder zehn Jahren begangen hatte. Unfair, dachte ich, und unvernünftig – aber wenn es das war, was Jed und Gott wollten, wer waren Sam und ich, uns da mit billigen Ratschlägen einzumischen?

In der Alten Zeit war es möglich, Menschen mit schlechter Sehkraft zu helfen, indem man Glas zu Linsen schliff, durch die sie fast normal sehen konnten. Eine weitere verlorene Kunst, in den Jahren der Verwirrung weggespült in die Gossen der Ignoranz; doch wiederentdeckt und mit uns auf diese Insel gebracht.

In Old City arbeitet, in den Untergrundwerkstätten, die sich an die geheime Bücherei der Häretiker anschließen, seit einigen dreißig Jahren ein Mann am Problem der Linsenherstellung; und wenn er noch lebt und nicht von den siegreichen Armeen Gottes entdeckt wurde, dann arbeitet er da immer noch. Arn Bronstein hieß er ursprünglich, aber er legte sich selbst den Vornamen Baruch zu, nachdem er die Lebensgeschichte eines Philosophen aus Alter Zeit gelesen hatte, dessen Augen sich ebenfalls beim Linsenschleifen entzündeten und der sich eine merkwürdige Brücke aus Vernuftschlüssen baute, auf der er ein gutes Stück über die damals herrschenden christlichen und jüdischen Lehren hinauskam. Unser Baruch hätte mit uns segeln können; es war seine eigene Entscheidung, das nicht zu tun. Als Dion ihn zu überreden versuchte, sich der Gruppe derer anzuschließen, die mit der *Morgenstern* davonsegeln würden, wenn wir die Schlacht um Old City verlören, sagte er: »Nein, ich werde bleiben, wo es genug Zivilisation gibt, gleich welcher Qualität, so daß ein Mann im verborgenen arbeiten kann.«

»Verborgenheit ist ganz schön«, sagte Dion, »aber willst du eine Verborgenheit, in der du Brillen für Leute machen kannst, die wegen Hexerei verbrannt werden, wenn sie sie tragen?« Ohne darauf zu antworten – sehr wahrscheinlich hatte er nicht zugehört –, fragte Baruch: »Und welche Möglichkeiten für Kontemplation gibt es an Bord eurer – ho, eurer herrlichen *Morgenstern?*« Das fragte er, während er gebückt im Türrahmen seiner staubigen Werkstatt stand und Dion aus rotentzündeten, wütenden Augen anblinzelte, als haßte er ihn; weinend und fluchend nannte Dion ihn einen Narren, was ihm Genugtuung zu bereiten schien.

Baruch war älter als fünfzig, als die Rebellion begann. Er sagte, seine Manuskripte und optische Ausrüstung würden ein zu schweres Gepäck machen, und er wolle nicht, daß jemand anders daran zu schleppen habe. Ich sehe ihn noch, im Türbogen, mit gekrümmten Schultern, eingeschrumpft, die gequälten Augen blinzelnd und tränend, wahllos in Fetzen gehüllt, obwohl er das Geld für bessere Kleider hatte, ich höre noch, wie er das sagt und statt dessen meint, daß er anderen – achtlosen, tollpatschigen Grobianen – eine so kostbare Bürde nicht anvertrauen wolle. Und dann – bereit, jede Bezeugung von Zuneigung sofort zurückzuweisen – gab er Dion ein kleines Buch; er hatte es selbst gebunden, mühsam mit eigener Hand geschrieben, ein Werk reiner Liebe. Es enthält alles, was Baruch vom Linsenmachen wußte und erklären konnte, so daß wir, Hirn und Geduld vorausgesetzt (wir haben beides), den praktischen Teil der Arbeit jederzeit nachvollziehen können.

Oft seit jenem Tag seines Rückzugs hat es mir sehr zu denken gegeben, daß da ein Linsenmacher ausgerechnet mit Blindheit geschlagen ist; daß ein Mann, der die Menschheit liebte und für sie sich plagte, den Anblick, die Geräusche und die Berührung menschlicher Wesen in seiner Nähe nicht ertragen kann. Es gäbe nichts Lächerlicheres oder Beleidigenderes, als mit Baruch ›Mitleid zu haben‹; ich glaube, seine Zurückweisung jeder Annäherung ist es, was weh tut.

An jenem Nachmittag erlegten wir einen Hirsch. Ich sah ihn in einem Birkenwäldchen und schoß ihm einen Pfeil in den Hals. Er ging zu Boden, und Sam war sofort neben ihm, rasch und gnädig fuhr das Messer durch die Kehle. Jed bewunderte uns reichlich und großzügig. Vilet betrachtete uns, mich, der ich stolz und übermütig war, und Sam, der mit ruhigem Gesicht und gerötetem Messer wartete, bis der Hirsch ausgeblutet hatte; ich sah das Erwachen der Lust in ihr, ihre geweiteten Pupillen, ihre leicht geschwollenen Lippen. Ich konnte mir ausmalen, daß sie, wäre Jed nicht dabeigewesen, Jed, der da war, aber die Erregung nicht wirklich teilte, Sam einen Wink gegeben hätte, auf sie draufzusteigen. Das lag in dem glühenden Blick, mit dem sie ihn ansah – und mich auch, der ja schließlich den Pfeil abgeschossen hatte. Aber Jed war nun einmal da, und wenige Minuten später waren wir damit beschäftigt, soviel Fleisch abzutrennen, wie wir tragen konnten; der hitzige Moment war verflogen.

Wir lagerten während jener Nacht in einer Schlucht, die gute zehn Meilen von Skoar entfernt, aber immer noch in der Nähe der Nordoststraße gewesen sein muß – ein- oder zweimal hörten wir Reiter. Aus Steinen bauten wir, unter dem Rand der Schlucht, so daß die Flammen auf der Straße nicht gesehen werden konnten, eine Feuerstelle. Als Jed und Vilet an der Reihe waren, Brennholz zu sammeln, und Sam und mich alleine zurückließen, beantwortete er eine Frage, bevor ich sie ausgesprochen hatte: »Lagerdirnen nennt man sie, Jackson. Heißt, daß sie für Geld gehurt hat, mit jedem Kerl in der Kompanie, der einen Dollar übrig hatte. Und sie beherrscht ihre Kunst – ich war ein paarmal bei ihr drinnen, keine fade Sekunde erlebt. Es ging ihr recht gut – die Männer behandelten sie gut, bekam umsonst zu essen, kein Zuhälter und keine Puffmutter, die sie rumkommandieren, 'ne Chance, was für schlechtere Tage zu sparen. Jede Kompanie hat eine – ich weiß nicht, wie's in Moha bei eurer Armee ist. Unsere Jungs machen aus der Kompaniehure immer eine echte Prinzessin. Ist nur natürlich – das einzige weibliche Wesen, das sie lieben können und so weiter ... Nun, und der alte Jed, der wurde religiös, oder er war's immer schon, aber ich meine, es ist irgendwie plötzlich in ihm ausgebrochen, jedenfalls kam er zu dem Schluß, daß Gott nicht wünschte, daß er länger in der Armee blieb, wo ein Krieg im Gange war und eine echte Möglichkeit bestand, daß er jemandem weh tun sollte. Und anscheinend hat Gott ihm befohlen, Vilet mit sich zu nehmen. Er sagt, es war Gott.«

»Wer sonst würde so reden?«

Sam betrachtete mich wieder mit einem seiner langen, nüchternen Blicke, vergewisserte sich, daß Jed und Vilet weit weg im Gebüsch waren, und fuhr mit der Geschichte fort: »Gestern, nachdem wir uns in der Nähe der Stadt versteckt hatten, um auf die Mohaner zu warten, hab' ich sie entdeckt. Ich stolperte über die beiden im Gebüsch und nahm an, daß sie 'ne schnelle Nummer erledigen wollten, aber das war es nicht. Jed, der war vom heiligen Geist beseelt oder so ähnlich, forderte mich auf, zu bleiben und Zeuge zu sein. Er erklärte Vilet, Gott wolle, daß sie ihr sündiges Leben aufgebe und den Herrn liebe, gleich ihm und mit ihm, denn er wolle von nun an ein Leben der Nächstenliebe und Reinheit führen. Verdammt, er ist schon so sanft und gutherzig und döskopfig, man möchte nicht meinen, daß in ihm noch Sünde genug wäre, eine Walnuß zu stopfen, aber er denkt anders. Hat ein Gewissen wie 'n Bisonstier, der Mann, das trampelt unaufhörlich auf ihm herum. Also, es sah mir so aus, als wär Vilet in die große Bekehrung hineingestolpert, und als der alte Jed loslegte mit seinem bereue-verlasse-alles-folge-mir-nach, also, ich trau' meinen Augen nicht, sie tut's wirklich, herrje, sie tut's ... Jed wollte, daß ich auch mitkäme. Ich schätzte, daß ich in keiner Weise berufen war. Er sagte, sie würden für ein oder zwei Tage in der Nähe bleiben und für mich beten, und wenn ich meine Meinung änderte, könnte ich mich von der Einheit absetzen und das Heulen eines Waldkäuzchens nachmachen, jeweils dreimal hintereinander, bis sie mich gefunden hätten. Kay, sag' ich, und sie verduften. Weiß nicht, wie sie an unseren Wachen vorbeigekommen sind, er mit seinen schlechten Augen und ungeschickt ohnsondergleichen, aber Vilet ist gut im Wald, hat ihn irgendwie rausgekriegt. Hatte keinerlei Absicht, mit ihnen zu gehen – ich bin Einzelgänger von Beruf –, aber dann kriegte ich in diesem Scharmützel was ab, und die Kompanie zog ohne mich weiter. War 'ne Weile wirklich wie ausgesetzt. Bin fast ins Lager der Mohaner gestolpert, wie ich dir erzählt habe. Schlich dann an ihnen vorbei und ging weiter der Straße entlang – auch noch in die falsche Richtung, hab' bis zum Morgen nicht gemerkt, daß ich auf bestem Wege nach Skoar war. Hab 'n paar Mal den Waldkauz nachgemacht, ohne etwas zu erwarten, aber Vilet hat mich gehört und geantwortet, und wir haben uns gefunden. Weißt du was? Das ist beachtlich – sie haben beschlossen, bis nach Vairmant zu ziehen und dort der Wildnis eine Farm zu entreißen, die, man höre, ein Tempel im wüsten Land sein soll und etwas. Hab' was anderes vor, aber meinen Segen haben sie, sag' ich; ich hoffe, sie schaffen's.«

»Ich merke, du nennst sie Jed und Vilet, anstatt Jackson.«

»Oh, das. Hab' sie ja nicht direkt angesprochen.«

»Verstehe. Und wie ich verstehe.«

Sam legte seine Hand auf meinen Kopf und drückte – nicht stark, aber im nächsten Moment war ich auf dem Boden. Er wühlte in meinem Haar herum; da konnte ich nur lachen und mich wohl fühlen. »Jackson«, sagte er, »wenn du nicht so ein großes, ernsthaftes Hirn wärst wie ich selber, würd' ich mir nicht die Mühe machen, es zu erklären. Siehst du, in dieser Welt muß ein Mann irgendeinen Wirbel zurechtpissen, sonst merkt niemand, daß er da ist. Und nun ich, gemein, häßlich und ordinär wie ein Stück trockener Kuhmist auf 'ner Bergwiese, wenn ich nicht irgendwas Außergewöhnliches täte – sag mir doch, was *macht* so ein alter, trockener Kuhmist, *was?*«

»Hockt nur untertänigst auf der Wiese.«

»Stimmt, das ist präzakt, was er tut. Noch nie hast du von einem Mistfladen gehört, jedenfalls nicht einem alten trockenen, der sich auf seine Hinterbeine stellt und die Leute Jackson nennt, als ob er ihre richtigen Namen nicht kennt; und dergleichen wirst du auch nimmer nicht hören. Und jetzt, wo ich dir deine Frage ehrlich und fair beantwortet habe, was zum Teufel hast du da in deinem Sack? Macht mir schon den ganzen Nachmittag Kopfzerbrechen.«

Ich hätte ihm an Ort und Stelle die ganze Geschichte meines goldenen Horns erzählen können – Monate später tat ich's, als wir einmal alleine waren –, aber Jed und Vilet kamen zurück. Irgendwie war die Geschichte nicht für sie geeignet –, ich hätte erklären müssen, warum ich den Möh nicht getötet hatte, und noch andere Schwierigkeiten wären entstanden. Jed hatte jedoch Sams Frage gehört, und als er merkte, wie ich zögerte und nicht recht glücklich war, hielt er mir eine kleine Rede; da der Herr uns alle zusammengeführt hatte, hieß es: einer für alle und alle für einen, und das bedeutete, daß wir keine Geheimnisse voreinander haben sollten. Also wäre es in *spiritueller* Hinsicht gut für mich, über den Inhalt meines Sackes zu berichten; nicht daß er im Traum daran dächte, daß der mir vielleicht nicht zuständе, aber – ach ja, und währenddessen steht Old Sam da drüben und läßt mich ruhig zappeln, kümmert sich nur um das Feuer und spießt das Wildbret auf Stöcke, um es zu rösten, und ab und zu wirft er mir einen leeren Blick zu, der vielleicht bedeutet: ›Nur zu, *sei* ein Mistfladen!‹

»Jed«, sagte ich, »halt bitte das Amulett noch mal, so daß ich draufschauen kann, während ich rede.«

»Aber sicher!« Er war überrascht und freute sich riesig. Vilet setzte sich neben mich, ihre klobige Hand auf meinem Rücken. Zuneigung zu zeigen, war ihre natürliche Art, das ging zusammen mit ihrer Lust an Sex, war aber nicht dasselbe. Sie berührte andere gerne, streichelte und küßte ohne Aufhebens und ließ sie die warme Gegenwart ihres Körpers spüren, so selbstverständlich, wie sie zu anderer Zeit, indem sie bloß ihren Mund spitzte oder die Hüfte rollte, sagen konnte: »Komm, versuchen wir's.«

»Also, jetzt erzähle ich, wie es wirklich war«, sagte ich und schaute auf die Figur, »wie es zu dem Unfall mit dem Mann gekommen ist.« Zugegeben, das vertrackte Gottesding vor meinen Augen machte mir zuerst zu schaffen. Aber ich hatte sowieso vorgehabt, den Teil, wo ich über die Palisade nach Skoar zurückkam und mich mit dem Wachsoldaten anlegte, wahrheitsgemäß zu berichten. Und als ich fortfuhr, jegliche Erwähnung Emmias beiseite lassend, und sagte, ich sei sofort, nachdem mir klargeworden war, daß der Wächter tot war, über die Palisade zurück in die Wälder geflohen – oh, die alten, hölzernen Glotzgesichter erhoben keine Einwände.

»Armer Davy«, sagte Vilet und kitzelte mich unterhalb meines Lendentuchs, wo Jed ihre Hand nicht sehen konnte. »Stracks zurück in die Wälder, hm? Hast du denn keine Mädchen in Skoar gehabt, Schmusekater?«

»Naja, irgendwo schon, nur ...«

»Was meinst du, irgendwo? Für ein Irgendwo-Mädchen würde ich keinen Pfifferling geben, Davy.«

»Naja, ich wollte sagen, *irgendwie*. Aber jetzt muß ich euch erzählen, was an dem Nachmittag in den Wäldern passiert ist, bevor ich den Kerl aus Versehen umgebracht hab'. Seid ihr schon mal einem Einsiedler begegnet?«

»Eija, einmal«, sagte Jed. »Der hatte 'ne Höhle in den Hügeln von Kingstone, hat die Leute durch Handauflegen geheilt.«

»Das ist genau die Art von Einsiedler, die ich meine«, sagte ich, »der Typ, der in die Berge geht. Ich hatte blaugemacht, an dem Tag hätt' ich eigentlich arbeiten müssen. Naja, auf jeden Fall hab' ich diesen alten Einsiedler gefunden. Der hatte nur so 'n Unterschlupf aus Gras, keine Höhle. Wenn der nicht heilig gewesen wäre, wär er schon längst aufgefressen worden, meint ihr nicht?«

»Der Herr behütet die Seinen, jawohl. Der in der Höhle bei Kingstone hielt drin Ziegen.«

Sam fragte: »Hat das nicht gestunken?«

»Ein bißchen«, sagte Jed. »Aber was so ein Einsiedler ist, im Dienste Gottes muß der schon allerhand verkraften.«

Gut und schön, aber zum Teufel mit seinem Einsiedler, ich mußte sie für meinen interessieren. »Also, der, den ich traf, war furchtbar alt und sonderbar. Als ich ihn zuerst erblickte, war ich so erschrocken, daß ich fast auf eine Klapperschlange trat. Aber er sah's und befahl mir, mich nicht zu rühren, machte das Zeichen des Rades, und siehe da!«

»Siehe da was?«

»Naja, ich meine, die Schlange, siehe da, schlüpfte einfach weiter und tat mir nichts. Der alte Einsiedler sagte, es wäre eine Manifestation, von wegen weil die Schlange das Fluchen darstellte, meinen größten Fehler – was er nicht hätte wissen können ohne das dritte Auge, denn ich hatte kein bißchen geflucht dort, könnt ihr mir glauben.«

Das war genau das Richtige für Jed, so wie ich es gehofft hatte. »Preiset den Herren, genauso passieren diese Dinge! Du bist geführt worden, du *solltest* diesen heiligen Mann treffen. Fahre fort, Sohn!«

»Ja ... Er war nicht nur alt, er war am Sterben.«

»Oh, oh, man stelle sich vor!« sagte Vilet. »Der arme alte Hu – der arme alte Einsiedler!«

»Ah, ja. Er sah so friedvoll aus, daß ich nie drauf gekommen wäre, aber er sagte mir es selbst. Er sagte: ›Ich muß bald von der Erde Abschied nehmen, Davy‹ – ach ja, ja, noch etwas, er wußte meinen Namen einfach so, ohne daß ich ihm den genannt hätte. Ich war platt, und wie. Tatsache, ich glaube, das war wieder so eine Manifestation.«

»Ich glaube auch. Fahre fort, Davy!«

»Also, er sagte, ich wäre der erste, der seit langer Zeit bei ihm vorbeigekommen wäre und ihm eine Freundlichkeit erwiesen habe; nur, Scheiße – ich meine, bei Gott! –, ich hab' nichts getan, als dazusitzen und zuzuhören. Er sagte, ich solle den Boden unter seiner Grashütte aufgraben, hat mir gezeigt wo, und nehmen, was ich dort fände und es mein Leben lang bei mir führen. Er sagte, es wäre ein Fund aus Alter Zeit, und er wüßte, daß das Böse alles herausgebetet sei, von wegen weil er das selbst besorgt hätte.« Ich weiß noch, daß ich angesichts der gesunden und stattlichen Dimensionen, die mein Märchen angenommen hatte, es doch mit der Angst zu tun bekam – meine Stimme wurde unsicher. Jed und Vilet führten es auf Ehrfurcht zurück – wenn da ein Unterschied ist. »Der alte Einsiedler sagte, es sei alles Gottes Vorsehung. Gott habe das Ding aus der Alten Zeit mir zugedacht, wenn ich mit dem ihr-wißt-schon aufhören wolle, mit dem Fluchen und so.«

»Gepriesen sei sein Name! Und zu uns bist du auch geführt worden, damit wir dir alle helfen können, nie mehr zu fluchen. Und was geschah dann?«

»Dann, dann – starb er.«

»Du warst wirklich dabei, als der ehrwürdige Mann den Geist aufgab?«

»Ja. Er segnete mich, zeigte mir noch einmal die Stelle, wo ich graben sollte, und starb – äh – in meinen Armen.« Ich ließ meinen Blick in die tiefen Wälder sinken, ernst und tapfer, und schluckte. Schließlich war es das erste Mal, daß ich einen Einsiedler erledigte. »Und – und dann kratzte ich ein Grab für ihn aus dem harten Boden ...« Ich hielt inne, plötzlich war mir übel, als mir der Regen und ein wirklicher Vorfall einfielen. Doch umgehend – in solchen Dingen ist der Geist manchmal verblüffend schnell – hatte ich das Gefühl, daß der Soldat (der jetzt in mir lebte und nirgendwo sonst) mit Freuden mit mir zusammen, da drinnen hinter meinen Augen, über meinen dämlichen Einsiedler lachen würde, und warum auch nicht? So konnte ich fast ohne Unterbrechung fortfahren: »Ich nahm mir, was ich dort fand, und machte mich auf den Weg, das war alles.«

Dann zeigte ich ihnen mein Horn, aber so nahe der Straße wagte ich nicht, es zu blasen. Jed und Vilet konnten es vor lauter Ehrfurcht und Furcht nicht anfassen, aber Sam hielt es in seinen Händen und sagte nach einer Weile: »Ein junger Mann könnte damit wohl Musik machen.«

Später, als wir beim Essen waren, fragte ich: »In dem Bataillon – nicht eurer Kompanie, sondern bei den Männern, die ich heute morgen in dem Kampf gesehen habe – erinnert ihr euch da an einen Burschen, so ungefähr siebzehn, mit dunklem Haar, grauen Augen und so 'ner richtig sanften Stimme?«

»Solche gab's zehn oder zwanzig«, sagte Sam, und Jed murmelte etwas Ähnliches. »Seinen Namen weißt du nicht?«

»Nein. Ich fand ihn, nachdem der Kampf vorüber war, und wir redeten ein wenig miteinander. Konnte nichts mehr für ihn tun.«

Vilet fragte: »Er war schwer verwundet? Tot?«

»Ja. Seinen Namen hab' ich nicht erfahren.«

»Ist er im Schoß der Kirche gestorben?« fragte Jed.

»Über Religion haben wir nicht geredet.« Jed war bekümmert und schockiert; ich verstand nicht gleich. »Seinen Namen habe ich nicht mehr erfahren.«

»Jackson«, sagte Sam und reichte mir noch ein Stück Fleisch; und er sagte dann nichts mehr, was mich irgendwie einer Forderung hätte aussetzen können. Später, als die Nacht hereingebrochen war und Sam und ich die erste Wache hatten, verstand ich, was Jed mit seiner Frage gemeint hatte, und ich spürte, wie die Lehren der Kindheit eine weitere Last von Dunkelheit auf mir waren.

Ein Mitglied der Heiligen Murkanischen Kirche muß in seinem letzten Stündlein, wenn er überhaupt sprechen kann, ein Glaubensbekenntnis ablegen, oder er fährt auf ewig zur Hölle. Sollte er es wegen Schmerzen oder Krankheit vergessen, mußten ihn die Anwesenden daran erinnern. So viel war auch mir beigebracht worden, wie allen Kindern; warum hatte ich nicht daran gedacht, als der Soldat starb? Es ist wahr, ich hatte meine Zweifel, Zweifel an der Hölle eingeschlossen, aber – was, wenn es eine Hölle *gab*? Alle anderen hielten es für selbstverständlich ...

Sam und ich saßen an einem kleinen Feuer und lehnten mit unseren Rücken an der Wand der Schlucht. Obwohl Sam bei mir war, hatte ich gar nicht gern gesehen, wie Jed und Vilet in der kleinen Hütte verschwanden, die wir aus Gebüsch errichtet hatten, obwohl ich wußte, daß sie deswegen nicht weiter weg waren und wahrscheinlich auch nicht schliefen. Ich sah meinen grauäugigen Freund in Fässern mit kochendem Teer sich winden, sah, wie sein Gehirn im Schädel brodelte, wie Pater Clance es so liebevoll beschrieben hatte; und hörte, wie er schrie: »Warum hast du mir nicht geholfen?«

In sumpfigem Boden irgendwo in der Nähe quakten Frösche so unaufhörlich, daß es zu einem Teil des Schweigens geworden war; die Zikaden sangen, und ab und zu heulte eine Eule. Als der Mond schließlich erschien, war er von einem Dunst gerötet, den wir schon bei Sonnenuntergang bemerkt hatten; vielleicht war es Rauch von fernen Kriegsschauplätzen. Und dann fand ich mich mit Haut und Haaren in die Frage verstrickt: *Wie kann jemand es wissen!*

Wer war denn je in die siebente Hölle hinabgestiegen und hatte *gesehen*, wie sie die Ehebrecher am Hodensack aufhängten, so daß Pater Clance es uns später, mit rollenden Augen und schwitzend und stöhnend, genau erklären konnte? *Woher wußte er's?*

Hatte ich nicht, in viel geringfügigeren Angelegenheiten,

gesehen, wie Menschen sich Befriedigung und Macht über andere nur dadurch verschafften, daß sie etwas wußten oder zu wissen vorgaben, was diese anderen nicht wußten? Bei allen gnädigen Himmelswinden, hatte ich nicht gerade mit meinem verdammten Einsiedler ähnlichen Schwindel betrieben?

Konnte mir irgend jemand beweisen, daß die ganze Sache mit Himmel-und-Hölle nicht ein einziger großer Betrug war? Vielleicht stand ich mit aufgerissenem Mund da oder war zappelig geworden, denn Sam flüsterte: »Was ist los?«

Der Mond war wieder weiß. Sams Gesicht war klar und ruhig. Ich wußte, daß er mir kein Leid zufügen oder wütend sein würde, und doch sprach ich die Frage nur ängstlich aus: »Sam, gibt es Menschen, die nicht an die Hölle glauben?«

»Jackson, bist du sicher, daß das die Frage ist, die du stellen willst? Ich kenn' mich nicht aus in diesen Dingen.«

Natürlich ging es nicht eigentlich um eine Frage; die war nur ein Mittel, die glühenden Kohlen von mir fernzuhalten und ihn darauf zu setzen. »Ich meine, Sam, ich selbst kann untertänigst nicht mehr dran glauben.«

»Hab' reichlich Hölle auf Erden gesehen«, sagte er nach einer Weile. »Aber das hast du nicht gemeint.«

»Nein.«

»Nun, die Hölle, die die Kirche meint – mir ist aufgefallen, die einzigen, die so handeln, als ob sie daran glauben, sind die, die sich schon sicher im Himmel sitzen sehen. Nimm den alten Jed, der treibt keinen großen Aufwand mit der Hölle. Glaubt wohl dran, aber hat sich gütlich mit sich selbst arrangiert, nicht daran zu denken. Zweifel, Jackson?«

»Eija.«

Er war still, so lange, daß mir wieder etwas ängstlich zumute wurde. »Ich, ich glaub', ich hab' immer Zweifel gehabt ... du befürchtest nicht, daß ich mit einem Priester reden könnte?«

»Woher willst du wissen, daß *ich* es nicht tue?«

»Ich glaube, ich weiß es einfach, Jackson. Na, auf jeden Fall, bevor ich mir das Herz herausreiße und mich mit Sorgen quäle, ob vielleicht ein Soldat schmoren muß, weil ich ein paar Worte versäumt habe, würd' ich mich doch eher fragen, ob die Priester nicht den ganzen Bockmist erfunden haben, ich meine, wenn ich du wäre.«

Er vertraute mir also, und ich konnte nicht mehr bezweifeln, daß Sam und ich gewaltige Häretiker waren, für die es keine Rettung mehr gab. Ich erinnere mich, daß ich dachte: Wenn sie Sam verbrennen, müssen sie mich mit ihm verbrennen. Und daß ich wünschte, etwas Derartiges laut sagen zu können. Aber dann kam es mir, daß ihm, da er offensichtlich so viele meiner Gedanken mühelos erriet, auch dieser kaum entgehen würde.

13

Was ich bisher erzählt habe, ereignete sich in einigen wenigen Tagen in der Mitte des Monats März. Mitte Juni waren wir nur ein paar Meilen weiter, denn wir hatten eine Stelle gefunden, die so angenehm war, daß wir dort drei Monate lang Lager bezogen. Sams Kopfwunde heilte dort, nach einer schlimmen Entzündung, endlich aus. Wir faulenzten, und ich kämpfte mich durch die ersten Übungen an meinem goldenen Horn. Wir führten lange Gespräche, machten tausend Pläne, und ich entwuchs immer mehr der Kindheit.

Unser Unterschlupf war eine kühle, tiefe Höhle in einer Felswand, die jener ähnelte, die ich auf dem Nordberg gehabt hatte; aber diese lag nicht sehr hoch, nur vierzehn Fuß über der ebenen Erde. Von ihr aus hatten wir keine Aussicht in die Ferne, blickten vielmehr in einen Tiefland-Wald wie in ein riesiges und stilles Zimmer. Mittags hatten wir genug Schatten, und keine Ortschaft war in der Nähe.

Von einer nahen Fichte aus konnten wir das umliegende Land beobachten. Außer Rauchwolken, die von einem kleinen, einsamen Dorf sechs Meilen östlich von uns aufstiegen, sah ich von der Höhe jenes Baumes nie die Spur eines Menschen. Die Nordoststraße lag zwei Meilen hinter jenem Dorf, dessen Namen wir nie erfuhren. Wilton Village war es nicht – daran waren wir vorbeigekommen, bevor wir auf unsere Höhle stießen.

Der einzige Zugang zu unserem Versteck führte über einen hängenden Eichenast – schwierig für Jed –, und der einzige Bewohner, den wir aufstören mußten, war ein fettes Stachelschwein; wir erschlugen und aßen es, das war einfacher, als ihm beizubringen, nicht zurückzukommen und sich an uns zu kuscheln, während wir schliefen.

Zwei Wochen lang ging es Sam mit seiner Infektion sehr

schlecht, er hatte Fieber und quälende Kopfschmerzen. Jed kümmerte sich wunderbar um ihn, das machte er besser als Vilet oder ich, und er ließ Sam auch nach Herzenslust fluchen. Vilet und ich sorgten für Nahrung, während Sam krank war, und Vilet sammelte Wildpflanzen, aus denen sie ihm Heilmischungen zurechtmachte. Ihre Mutter hatte die Berge im Süden von Katskil als Kräuterweib durchstreift, sagte Vilet, und war auch Hebamme gewesen. Sie hatte viele Geschichten über die alte Frau auf Lager und erzählte sie am besten, wenn Jed nicht dabei war. Ziemlich geduldig schluckte Sam ihre Kräutermischungen, aber nach einer Weile machte er, wenn sie damit anrückte, ein Gesicht wie ein Mann, der einen unheilvollen Sturm ahnt. Dann, als sie ihm gegen Ende seiner Leidenszeit ein Gebräu verabreichen wollte, von dem sie selbst sagte, es würde wahrscheinlich einem Bär das Fell vom Leibe treiben, sagte Sam: »Jackson, es macht mir ja nichts aus, daß mir der Blitz im Magen rumfährt, und ich könnte mich wohl auch an das Gefühl gewöhnen, mit einem dreihörnigen Unhold schwanger zu sein – was ich schlechthin nicht ertragen kann, Jackson, das ist das Trampeln.«

»Trampeln?« fragte Vilet.

»Ja. Ja. Diese Mikroben und Boxterrier, die durch mein Gedärm rasen, um sich vor deiner Medizin in Sicherheit zu bringen. Man kann's ihnen nicht vorwerfen, daß sie so unsanft auftreten, nur, ich halt's nicht mehr aus, Jackson, und werd's, wenn es dir recht ist, Jackson, ab jetzt so einrichten, daß ich wieder gesund bin.«

Etwas länger als drei Monate leben wir nun auf der Insel Neonarcheos. Vor zwei Tagen segelte die *Morgenstern* wieder los, um das Gebiet östlich von uns zu erforschen, für das die alte Karte weitere Inseln verzeichnet. Kapitän Barr will nicht mehr als zwei Tage wegbleiben. Er nahm nur acht Männer mit, gerade genug für die wichtigsten Aufgaben an Bord.

Wir nennen Dion nicht Gouverneur, noch nicht, da er klar zu verstehen gegeben hat, daß er das nicht will. Aber wir finden es alle ganz natürlich, daß wichtige Entscheidungen – wie die, ob Kapitän Barr in See stechen sollte oder nicht – von Dion getroffen werden, und ich glaube, die meisten Kolonisten werden dafür bald eine festere Form haben wollen. Wiewohl unsere Schar klein ist, werden wir bald so etwas wie eine Verfassung und geschriebene Gesetze brauchen.

In Nuin und jenen anderen Ländern wird es jetzt wohl kühler werden und die Regenzeit des Winters sich nähern; hier bemerken wir kaum Veränderungen. Zwölf einfache Häuser haben wir errichtet; das Gras am Ufer des Flüßchens ergibt gutes Dachstroh, obwohl wir noch abwarten müssen, wie es sich unter schwerem Regen bewährt. Sieben Häuser sind auf der Anhöhe, nicht zu nah beieinander, so daß alle einen Blick auf den Strand und die kleine Bucht haben, und eins der sieben gehört Nickie und mir. Ein weiteres ist unten am Strand, drei säumen den Fluß, und Adna Lee Jason, Ted Marsh und Dane Gregory haben sich ihr Haus im Innern der Insel auf dem Hügel erbaut, wo der Fluß entspringt. Das ist eine Liebesallianz, die in Old City lange vor unserer Abreise begann; sie brauchen sie, so wie Nickie und ich unsere gewöhnlichere Form des Zusammenlebens brauchen; in letzter Zeit ist Adna-Lee so glücklich gewesen, wie ich sie in den alten Zeiten nie erlebt habe.

An Bord der *Morgenstern* konnten wir uns eine gewisse Vorstellung davon machen, wie das Leben in den überfüllten Städten und Vorstädten gegen Ende der Alten Zeit gewesen sein muß. Vorhin las ich wieder einmal eine häßlich Stelle im Buche des John Barth: »In periodischen Abständen entdecken unsere Staatsmänner den fundamentalen Sinn des Krieges. Es ergeht ihnen, den armen, kleinen Göttern, wie Bauern vor dem Problem: wenn ich dreißig Schweine habe und täglich nur einen kleinen Eimer mit Futter ...? Und daher ist für sie die Endgültigkeit, die apokalyptische Unvernunft, der allumfassende Selbstmord des Atomkrieges eine gottverdammt *peinliche* Sache. Ihr eines, in allen Zeiten bewährtes Mittel der Bevölkerungskontrolle ist ihnen verdorben.« Ein paar Absätze später merkt er beiläufig an, daß es natürlich seit dem 19. Jahrhundert die praktische Lösung der Geburtenkontrolle gab, nur hätten die Gottgläubigen deren vernünftige Anwendung selbst spät im 20. Jahrhundert noch verhindert, als die Zeit schon knapp wurde. Was würde er zu unserer heutigen Lage sagen, da sich das unglückselige Bevölkerungsproblem seiner Zeit umgekehrt hat?

Ich bin der Meinung, daß keine Zivilisation je vollständig stirbt. Es gibt zum mindesten die Kontinuität physischer Vererbung, und vielleicht hat irgendein Wort, das vor tausend Jahren gesprochen wurde, eine unerkennbare Macht über das, was du morgen früh tust. Solange ein einziges Buch irgendwo überlebt – irgendein Buch, irgendeine erbarmenswürdige Handvoll beschriebener Seiten, die sich irgendwie erhielten, vergraben, verschlossen in Gruft oder Höhle – solange ist die Alte Zeit nicht tot. Aber ebensowenig kann irgendeine versunkene Zivilisation mit ihren früheren Qualitäten wieder aufleben. Fragmente können wir bergen, die Erinnerung verwahrt mehr, als wir wissen, und in jedem Gespräch zwischen Vater und Sohn ist ein Nachhall uralter Zeiten. Aber die Welt kann nicht wieder sein, wie sie einmal war, und davon sollten wir auch nicht träumen.

Vilet begleitete mich oft beim Jagen und Fischen, während Jed bei Sam zurückblieb. An dem Tag, als das zum ersten Mal geschah, fühlte ich ein Einverständnis zwischen uns; es war zunächst unausgesprochen, nur von flüchtigen Berührungen und Blicken geschaffen, zum Beispiel als sie ein paar Schritte vor mir durch die gute Stille des Waldes schritt und sich über ihre Schultern nach mir umblickte, ohne zu lächeln. Ich glaube, Vilet ließ sich gerne ab und zu von den Geheimnissen anderer Leute beeindrucken, wie von meiner Einsiedlerschnurre, aber sie selbst war nicht der Typ, der sich in Geheimnisse hüllt. In jenem Augenblick im Wald hätte sie ebensogut in Worten sagen können: »Wenn du ein bißchen läufst, könntest du mich schon kriegen.«

Die Arbeit kam zuerst, und an jenem Tag hatten wir Glück, ich erwischte ein paar fette Hasen mit meinem Pfeil, und dann fanden wir einen ergiebigen Fischteich, ungefähr eine Meile von unserer Höhle entfernt. Da gab es ein grasiges Ufer, Sonnenlicht, und so still war es, als hätte jahrhundertelang kein Mensch seinen Fuß hierhergesetzt. Wir legten die Angelschnüre aus, und als sie sich dazu aufs Gras kniete, schlüpfte ihr Arm um meine Schenkel. »Du hast wohl schon mal ein Mädchen gehabt, glaub' ich.«

»Wie weißt du's?«

»So wie du mich anschaust.« Im nächsten Augenblick war sie auf den Beinen und zog sich ihren zerlumpten Kittel über den Kopf. »'s wird Zeit, daß du *richtig* was lernst«, sagte sie. »Ich bin nicht jung noch bin ich hübsch, aber ich weiß wie.« Nackt, ohne eine weiche Stelle, und selbstbewußt, wie sie da ein wenig lächelte und ihre Hüften bewegte, war sie ein großartiges Stück Weib. »Herunter mit den Lumpen, Schmusekater«, sagte sie, »komm, nimm mich. Wirst was dafür tun müssen.«

Ich tat was dafür, rang mit ihr mit all meiner Kraft, und sie gönnte mir keine Erholung, bis der Kampf sie zu richtigem Genuß aufgewärmt hatte. Dann plötzlich küßte und streichelte sie und kämpfte nicht mehr gegen mich an, und sie lachte leise und benützte ein paar saftig-geile Wörter, die ich damals nicht kannte; alsbald umfaßten ihre Hände ihre Knie, und stehend war ich in ihr, und wie ein Hengst ritt ich sie und frohlockte, und kein Gedanke drängte sich dazwischen. Als es vorüber war, gab sie mir einen Stoß in die Schulter, und dann umarmte sie mich. »Schmusekater, bist gut.« Was ich mit Emmia erlebt hatte, schien lange zurück und weit entfernt.

Es gab andere Male, nicht so sehr viele; denn Vilet hatte auch andere Gesicher: Stimmungen schwerer Melancholie, eine Art Verzweiflung, mit der sie sich selbst bestrafte; das war die religiöse Seite, die Jed gehörte und ihr übriges Leben überschattete. Oft (so erzählte sie mir einmal) träumte sie, wie sie dabei wäre, ihre Seele dem Teufel zu verkaufen, und er, in Form eines großen, grauen Felsens, gleich umstürzend, und sie zerschmettern würde. Sie konnte nicht immer der gute, heiße Ringkampfpartner sein, wenn sich die Gelegenheit dazu bot, aber in solchen Augenblicken war ihr dann manchmal danach zumute,

mit mir zu reden. So, als wir wieder einmal an dem Fischteich waren, etwa eine Woche nach unserer ersten Balgerei, und sie mir etwas über ihre Beziehung zu Jed Sever erzählte. Immer wenn Jed in seiner Abwesenheit von Sam oder mir erwähnt wurde, bemerkte ich in ihrem gütigen, vierschrötigen Gesicht eine Art stille Warnung; sie war dann wie ein Tier, das sich bereit macht zu kämpfen, wenn es nottut. Kritik an ihm duldete sie nicht. Nachdem wir am Teich ein paar Fische fürs Abendessen gefangen hatten, nahmen wir ein Bad, um die Hitze des Tages abzuwaschen, aber sie machte mir klar, daß sie nicht spielen wollte, und ich selbst war nicht dazu aufgelegt; dann saßen wir nur faul am Ufer und ließen uns trocknen, und sie sagte: »Ich hab's jetzt raus, Davy, die moralische Seite, mein' ich. Daß wir es Jed nicht gesagt haben, was wir gemacht haben, ist keine wirkliche Sünde, da es ihm Kummer machen könnte, und außerdem hab' ich sowieso so viele Sünden aus der Vergangenheit abzutragen, damit verglichen ist diese nur eine ganz kleine. Er ist so gut, Davy, Jed ist wirklich so gut! Er sagt mir, ich muß mich an meine früheren Sünden erinnern und sie wahrhaftig bereuen, denn schau, man kann sie nicht alle mit *einer* großen Reue erledigen, man muß eine nach der anderen drannehmen, sagt er. Also, verstehst du, ich arbeite mich gütlichst bis zur Gegenwart vor, aber ich bin noch nicht angekommen. Ich meine, mein Zuckerstück, wenn ich nicht mehr als eine Sünde am Tag begehe, oder sagen wir höchstens zwei, und am selben Tag sagen wir *drei* Sünden der Vergangenheit bereue, na, ich meine, nach 'ner Weile hab' ich den Anschluß. Nur, manchmal kann's einem schon das Herz brechen, die ganzen Erinnerungen. Bis wir nach Vairmant kommen, werd' ich's größtenteils geschafft haben. Und Jed, er sagt, es ist zu schwer, wenn man die Sünde gleich auf einmal aufgeben will, das schafft man nicht, das will der Herr auch gar nicht.«*

---

* Ich meine, daß Jed in diesem Punkt vollkommen richtig lag. Mein eigener, exakt geplanter Weg zur Erlösung beinhaltet, daß ich mir in den nächsten siebzig Jahren soviel Sünden aufhalse wie möglich, so daß das, was ich im Alter von achtundneunzig aufgebe, wirklich etwas *darstellt*. *D.*

Ich sagte: »Jed ist wirklich furchtbar gut, nicht wahr?«

»Oh, ein Heiliger!« Und sie verbreitete sich weiter darüber, wie großzügig er war und wie rücksichtsvoll und wie er ihr den Weg zu Abraham genauestens erklärt hatte; wenn sie ihre Farm in Vairmant hätten, würden sie jeden Tag Sünder einladen, denen sie das Heil verkünden wollten, jeder könnte kommen, jeder Freibürger, der kommen wollte. Die liebe Vilet, fort war ihre finstere Stimmung und sie glühte in Gedanken an diese Zukunft, während sie nackt wie ein Piepmatz am Wasser saß und ab und zu mein Knie tätschelte, aber ohne mich erregen zu wollen, denn es war nicht unser Tag dafür. »Weißt du, Jed, der hat auch 'ne Riesenplage mit seinen Sünden. Fast jeden Tag fällt ihm etwas aus der Vergangenheit ein, das ihn zurückwirft, weil es bereut werden muß. Wie gestern zum Beispiel, da fiel ihm ein, wie er, als er fünf Jahre alt war, fast sechs, gerade über Düngemittel gelernt hatte. Und da hat doch seine Mutter dieses Beet mit gelber Brunnenkresse, auf das sie so stolz war, und er wollte wirklich was Liebes tun, sie gleich doppelt so groß und hübsch machen, also pinkelt er drauf, besonders auf so 'ne riesige alte Großvaterkresse, die unverfroren herausragt – also, ich meine, als er merkte, daß es nicht gerade das Wahre ist, ist es zu spät, er kann's nicht mehr anhalten, bis er leer ist.« Vilet weinte und lachte gleichzeitig. »Und das Beet ist richtig überflutet, die Blätter flach am Boden, und er sagt's nicht, daß er es war; der Hund bekommt die Abreibung, und er sagt's nicht.«

»Oh«, sagte ich, »diese verreckte Kresse hat das doch geradezu herausgefordert.«

»Ei-ja, ich mußte auch lachen, als er mir's erzählte, und er auch, ein bißchen, aber ernst ist es doch, Davy, denn es hängt gütlichst zusammen mit 'ner wirklichen Sünde, die er begangen hat, als er neun war, armer Kerl der. Er hatte es mit dem kleinen Nachbarsmädchen getrieben, und seine Mutter erwischte sie im Beerengebüsch. Dem Mädchen hat sie den Hintern versohlt und es schreiend nach Hause geschickt, aber Jed hat sie nicht verprügelt. Er sagt, deshalb weiß er, daß seine Mutter die größte Heilige ist, die jemals lebte, denn sie hat nur geweint und gesagt, er hätte ihr Herz gebrochen, nach allem, was sie für ihn getan hätte, in Schmerzen geboren und so, und wo sie doch nur etwas Anständiges aus ihm machen wollte. Und seitdem hat er ihn nie mehr in 'ne Frau gesteckt, nur einmal.«

»Er hat *was*? Er hat *nie*?«

»Nur ein einziges Mal. Diese gottverdammte Kingstone-Hure, über die er manchmal redet, nach seiner gottverdammten Seefahrt ... Naja, jedenfalls – ist er jetzt ein Heiliger, und alles, was er von mir will, ist, daß ich meinen Kittel abnehme und ihn damit schlage und ihm schlimme Namen gebe – er sagt, das reinigt ihn, und deshalb muß es Gott wohlgefällig sein wie das Peitschen, aber das hat er in letzter Zeit nicht verlangt, nicht seitdem wir von der Armee weg sind.« Sie seufzte und hörte auf zu weinen. »Er ist so gütig. Davy! Und er weiß auch immer, wie's für mich ist, also hilft er mir manchmal mit seiner Hand oder so. Er sagt, das wäre nur eine *kleine* Sünde, und außerdem werden wir jetzt sowieso von Tag zu Tag stärker im Herrn. Nennt mich sein kleines Brandmal, ich weiß, das ist aus dem Buche Abrahams, aber er meint es wirklich – manchmal kann er mich die ganze Nacht in seinen Armen halten, ohne einen Steifen zu bekommen, ist das nicht wunderbar?«

Jene Wochen in der Höhle boten mir auch eine gute Gelegenheit, auf meinem Horn zu üben. Jeden Abend setzte ich wenigstens eine Stunde daran, von der Dämmerung bis in die tiefe Dunkelheit. Bei Tageslicht war die Gefahr zu groß, daß ein streunender Jäger es hörte und sich ungesehen näherte. Nach der Dämmerung verlassen in den Wäldern von Moha wohl nicht einmal Banditen ihr Lager. Ich erforschte mein Horn, und ich nahm teil am Pläneschmieden.

Das war ja immer noch mein Plan, nach Levannon zu gehen und ein Schiff zu besteigen, aber als ich merkte, daß auch Sam bei dem Gedanken, ich würde zur See fahren, recht unglücklich war, redete ich nicht mehr darüber; der Plan ging nicht unter, blieb aber still im verborgenen.

Da gab es Jeds und Vilets Plan, sich in Vairmant eine Farm zu bauen. Über die Sünder waren sie sich einig, aber nicht über den Rest des Viehs. Einen langen, verregneten Tag lang bestand Vilet auf Ziegen, während Jed sich für Hühner stark machte; es begann im Spaß, aber zum Schluß war er verstimmt; er beendete die Diskussion mit dem Satz, Ziegen seien zu lasziv, ein Wort, das Vilet nicht vertraut war und sie verstummen ließ.

Sam befaßte sich, als es ihm wieder gutging, mehr mit Plänen für unsere unmittelbare Zukunft. Wir könnten nirgendwohin gehen, stellte er fest, solange wir in zerfetzten Katskil-Uniformen, einem ebenso dunkelgrünen Kittel und dem grauen Tuch eines mohanischen Pfand-Dieners reisen müßten. Er verkündete, er sähe zwei gute Wege, in den Besitz passender Kleidung zu gelangen, die wären beide unehrlich, und einen ehrlichen Weg, der aber nicht funktionieren und mit ziemlicher Sicherheit mindestens einen von uns ins Gefängnis oder an den Galgen bingen würde.

»Unehrlichkeit ist eine Sünde«, sagte Jed, »und das brauch' ich dir nicht erst zu sagen, Sam. Was ist der ehrliche Weg?«

»Einer von uns geht ins nächste Dorf und kauft Kleider. Muß nackt hingehen, das ist alles. Wird man ihn gleich von der Stelle weg wegen unanständiger Entblößung festnehmen. Ich empfehle es nicht.«

»Ich könnte sagen, daß ich sie irgendwo verloren habe«, schlug Jed vor. Es sah ihm ähnlich, daß er wie selbstverständlich sich für denjenigen hielt, der Kopf und Kragen riskieren sollte. »Ich glaube, ich könnte das vor meinem Schöpfer als unschuldige Lüge vertreten.«

»Aber vielleicht nicht vor dem Händler«, gab Sam zu bedenken. »Außerdem schaust du nicht wie der Typ aus, dem so beiläufig seine Kleider abhanden kommen – bist zu groß und wichtig. Und ich, ich schau' zu ordinär aus.«

»Ich könnte sagen, ich hätte sie in einem Wirbelsturm verloren.«

»Welchem Wirbelsturm, Jackson? Wann?«

»Einem eingebildeten. Ich sag' einfach, er kam die Straße herunter.«

Sam seufzte und blickte flehentlich auf Vilet, und sie sah

mich an, und ich sah meinen Nabel an, und niemand sagte etwas.

»Nun«, sagte Jed, »ich könnte mir Blätter ... äh ... davorhängen und so tun, als hätte ich mich im Wald verirrt.«

Sam sagte: »In keiner Weise könnte ich dafür geradestehen, daß unschuldige Blätter zu solch einem Zweck gepflückt werden.«

»Schaut«, sagte ich, »ich müßte es machen, weil keiner von euch wie ein Mohaner redet ...«

»Sam, Mann«, sagte Vilet, »nur allein aus Neugier und um zu reden, welche unehrlichen Wege hattest du im Sinn?«

»Wir könnten eine Reisegesellschaft auf der Straße anhalten und uns nehmen, was wir brauchen, aber Jackson hält nichts von Gewalt, ich auch nicht. Jemand könnte verletzt werden, oder sie melden's den Poliezern. Und der andere Weg, ein oder zwei von uns könnten sich in ein Dorf oder eine Ausliegerfarm schleichen und sozusagen etwas stehlen.«

»Stehlen ist Sünde«, sagte Jed, und wir saßen allesamt still und traurig herum, und ich spielte ein paar Noten auf meinem Horn, da es dunkel wurde. »Und außerdem«, sagte Jed, »versteh' ich nicht, wie jemand ohne Gewalt einem anderen die Kleider vom Leib stehlen will. Ich meine, ihr müßt an die menschliche Natur denken, speziell Frauen und solche.«

Sam sagte sanft: »Nur so als grundsätzliche Arbeitsregel, Jackson, wie man Kleider stiehlt, schau, man stiehlt sie, wenn niemand drinnen ist, zum Beispiel in einem Laden oder an 'ner Wäscheleine.«

Ich sagte: »Warum tun wir das nicht und legen einen Dollar hin, um quitt zu sein?«

Nun, sie starrten mich alle an, als hätte man ihnen einen Sandsack um die Löffel geschlagen, so wie Erwachsene auf etwas da unter ihnen starren, das doch einfach nicht möglich ist; und dann konnte ich sehen, wie sie glücklicher und glücklicher wurden und immer entspannter, bis sie aussahen wie drei Heilige, voll bis oben hin mit Erlösung und Apfelkuchen.

14

Am nächsten Morgen machten wir uns auf den Weg zu jenem Dorf, das sechs Meilen entfernt in der Nähe der Nordoststraße lag – Sam, Vilet und ich. Wir waren zu dem Schluß gekommen, dem Jed zustimmte, daß zeitweilige Sünder auf einer Bekleidungsexpedition fähig sein mußten, sich rasch und scharfen Auges zu bewegen. Außerdem brauchten wir jemand, der die Höhle und unsere Sachen bewachte. Und noch außerdemer, Jed hatte schon seit Sonnenaufgang schwer daran gearbeitet, in einen Dollar, den Vilet gestiftet hatte, Glück und Segen hineinzubeten; denn, sagte er, wenn wir einen wirklichen Glücksdollar als Bezahlung für die Kleider hinterließen, würde das unsere Sünde auf fast nichts herunterschrauben, und so hatte er sich seine Ruhe verdient.

Ich hatte das Dorf schon zwei- oder dreimal alleine ausgekundschaftet. Es war ein ärmliches, schmuddeliges Ding mit einer baufälligen Palisade, die zwanzig bis dreißig Morgen umschloß; außerhalb der Palisade gab es so wenig gerodeten Boden, daß ich wußte, daß die Leute hauptsächlich von Jagen und Fischen leben mußten, und vielleicht stellten sie handwerklich noch ein paar Dinge her, mit denen sie handeln konnten. Eine Wagenspur verband das Dorf mit der Nordoststraße, aber auf der anderen Seite gab es keine Straße. Ich hatte drei Ausliegerhäuser mit ziemlich großen Gärten entdeckt, zwei auf der Nordost-Seite und eins am hinteren Tor, das wahrscheinlich dem Mann gehörte, den solche Dörfer den Wildführer nennen.

Wir hielten auf einem baumbestandenen Hang, von wo aus wir jenes Haus am hinteren Tor beobachten konnten, denn es hatte in der Tat eine interessante Wäscheleine; als wir es musterten, kam ein dünnes Mädchen in einem gelben Kittel heraus und fügte noch eine Korbladung zu dem hinzu, was schon dahing.

In einem derartigen Dorf gilt der Wildführer mehr als jeder andere, mit Ausnahme des Oberpriesters und des Bürgermeisters. Der Wildführer befehligt jegliche Arbeit, die mit der Wildnis zu tun hat, organisiert alle größeren Jagd- und Fischereiausflüge, die er gewöhnlich selbst anführt, er beobachtet die Zeichen des Wetters und der Jahreszeiten, verteilt die Beute der gemeinsamen Jagd und behält einen hübschen Teil von allem für sich ein. In einem schäbigen kleinen Dorf wie diesem wurde er wahrscheinlich von Oberpriester und Bürgermeister zusammen ernannt; in einem Baronaldorf – es gibt nicht viele in Ost-Moha – ist er meistens Verkaufsleiter (manchmal Vasall genannt) der Barons selbst und hat eine Lebensstellung. In beiden Fällen ist der Wildführer nicht jemand, mit dem man sich gerne anlegt, und hier hatten wir vor, des guten Mannes vielgeliebte Wäscheleine zu berauben!

Länger als eine halbe Stunde hielten wir von unserem Hang herab Ausschau und beobachteten nicht nur das Haus, sondern auch eine große Hundehütte an seiner Seite. Nachdem das Mädchen, das die Wäsche aufgehängt hatte, wieder im Haus verschwunden war, regte sich nichts mehr. Keine Menschenseele, auch kein Hund. Die Aufgaben eines Wildführers bringen es mit sich, daß er viel von zu Hause weg ist. Seine Hunde ebenso. Und an der Leine hing ein riesiger weißer Kittel – aus dem würde man drei bis vier Lendentücher machen können. Auch anderes nützliches Zeug, ein kleiner gelber Kittel, wie das Mädchen einen getragen hatte, und ein Haufen kleinerer Stücke – Handtücher, Schürzen, braune Lendentücher. An so etwas durften wir nicht vorbeigehen.

Der Wald endete hundert Meter vor dem Haus, er grenzte an ein Maisfeld; es war Juni und der junge Mais hoch genug, einen kriechenden Mann zu verdecken. Das mußte ich sein, denn ich war klein und trug kein Katskil-Grün, und wenn man mich erwischte, so hatte ich mit meinem Moha-Akzent zumindest eine Chance, mich herauszuschmösern. Wir schlichen uns den

Hang hinab, und ich ließ Sam und Vilet am Waldrand zurück. Ich versprach zu pfeifen, wenn ich Hilfe bräuchte. Ich kroch durch die Maisreihen und heftete meinen Blick auf den gelben Kittel wie auf ein Ziel.* Ein später sonniger Morgen ging auf Mittag zu.

Ich war am Ende des Maisfeldes, als ich Frauenstimmen im Haus hörte, schwach, nicht das Geplappere von Hausfrauen auf Besuch. Die Wäscheleine spannte sich zwischen einem Pfosten und der Ecke des Hauses, das niedrig, weitläufig und solide gebaut war; die kleinen Fenster waren gegen Wolf, Tiger und die Banditen, die einsame Gegenden verunsichern, vergittert. Ich würde einen kleinen Hof überqueren müssen, auf den ein paar Fenster gingen. Die Eingangstür des Hauses war mir gegenüber, und zu meiner Rechten, kaum mehr als zweihundert Fuß entfernt, war das hintere Tor der Dorfpalisade. Hinter dem Pfosten, an dem die Wäscheleine festgemacht war, entdeckte ich eine Seitentüre, die dem Dorf zugewandt war und wahrscheinlich zur Küche gehörte, da ein schöner Kräutergarten direkt davorlag. Ich huschte geduckt über den Hof, und gerade da fiel mir ein, daß ich nicht an eine Bedeckung für meinen roten Haarschopf gedacht hatte. Niemand bemerkte mich, und bei der Ecke des Hauses, zu der die Wäscheleine lief, konnte man mich von den Fenstern aus nicht sehen. Ich zog gerade den gelben Kittel von der Leine, als sich knarrend das Tor in der Palisade öffnete.

Eine grauhaarige Frau kam hindurch; die Hand am Tor, drehte sie sich noch einmal um und hielt jemandem im Innern eine Standpauke, an die er sich erinnern würde; offenbar hatte sie den Torhüter bei einem Nickerchen ertappt. Die Pause gab mir eine Chance. Ich fuhr in den gelben Kittel und schlug ein Handtuch um mein Haar, so schnell, daß ich nicht sagen kann, wie's zuging. Ich hatte die restliche Wäsche zu einem Haufen zusammengesammelt, der noch mehr von mir versteckte, als die Dame ihren Vortrag beendete und näher kam.

---

* Das ist mein Davy. Was wohl sonst würde ihn nachhaltiger in Bewegung setzen? *Nick*

Aber da war ein Fehler in meiner Überlegung gewesen: Jetzt, wo ich eine liebreizende Waschfrau geworden war, würde es sehr merkwürdig aussehen, wenn ich mit der Wäsche einfach ab in die Wälder marschierte. Jetzt mußte ich das Zeug schon ins Haus bringen. Es war gemein feucht. Falls die grauhaarige Frau kurzsichtig und mit anderen Gedanken beschäftigt war, würde sie mich vielleicht für die rechtmäßige Besitzerin des gelben Kittels halten; also versuchte ich auf meinem Weg zur Küche, meinem Hintern einen sanften, weiblichen Schwung zu geben. Ich glaube nicht, daß es sehr attraktiv war – hab' dazu nicht den richtigen Hintern.

Die Küche war groß, kühl und lobenswert leer. Jene ältere Frau, die das Dorf hinter sich ließ, konnte nur hierher unterwegs sein. Wahrscheinlich machte sie einen Besuch – der große, weiße Kittel konnte nicht ihr gehören, der war für jemanden gemacht, der die Form eines Bierfasses mit zwei angehängten, riesigen Wassermelonen hatte.

Stimmen kamen aus dem angrenzenden Zimmer, in das die vordere Haustür führte. Eine Frau, die gleich, nachdem ich den Hof überquert hatte, ans Fenster getreten sein mußte, sagte: »Sie ist's, Ma.«

Ma antwortete: »Kay, du weißt, was du zu tun hast.«

Das war nicht viel, aber es ließ mich frösteln. Die junge Stimme war weinerlich, verängstigt; Mas Stimme war laut, rauh und pustig, und daraus konnte ich schließen, daß ihr der große, weiße Kittel gehörte und daß sie gerne aß. Dann fiel mir ein, daß ich gehört hatte, Landleute beträten ein Haus gern durch die Küchentür, und auf leisen Sohlen begab ich mich mit meinem Wäschebündel in eine Vorratskammer, schloß die Tür, und als ich mein Auge ans Schlüsselloch legte, betraten Ma und Gelbkittel gerade die Küche. Diese Vorratskammer hätte eine Tür nach draußen haben sollen, hatte aber keine – nur ein hohes, vergittertes Fenster. Ich saß in der Falle.

Ma war nicht nur unanständig fett, sondern auch sechs Fuß groß; ihr Kleid, totenschwarz, reicht bis an die Knöchel, teure Rindslederpantoffeln spitzten darunter hervor. Ihr Haar war unter einem purpurroten Turban hochgestellt, und Knochenschmuck baumelte an ihren Ohren. Ich glaube immer noch, daß der Mann des Hauses der Wildführer des Dorfes war, nüchtern und verantwortungsbewußt, wie ein solcher es sein muß: Die Ausrüstung eines Jägers hing in der Kammer, und die Lage des Hauses war traditionell für das Haus von Wildführern. Wenn der Mann im Hause war, war das fette Weib vielleicht eine mustergültige Hausfrau, und die schwarze Robe und der Turban waren so verstaut, daß er nicht darüber stolpern würde. Angezogen, wie sie jetzt war, mußte sie eine Magierin sein, und keine von der legalen Art, vielmehr eine von denen, bei denen die Leute sich heimlich Liebestränke und Gifte besorgen und Abtreibungen vornehmen lassen.

Sie stellte eine Kristallkugel auf den Tisch, wie sie auch Ziggos und die Vaganten zum Wahrsagen benutzen, und plumpste auf einen Stuhl, mit dem Rücken zu meinem Schlüsselloch; aber zuvor hatte ich noch ihr Gesicht erkennen können. Kleine, grausame Augen, schlau und beweglich. Ihre Schnabelnase war scharf, und spitz geblieben, während ihr übriges Gesicht zu einer blassen Fettmasse angeschwollen war.

Im Vergleich mit ihr beeindruckte mich ihre flachgesichtige Tochter als eine verblüffend weitgehende Annäherung an ein Nichts. Wie sie so zur Tür ging, um der grauhaarigen Frau zu öffnen, sah sie allseitig flach aus, als hätte, während sie heranwuchs – sie war um die Zwanzig –, ihre Mutter zumeist auf ihr gesessen. Ihre geflüsterte Begrüßung der grauhaarigen Frau war eingeübt und scheinheilig: »Friede mit Euch, Mam Byers! Meine Mutter kommuniziert schon mit Eurer lieben Dahingegangenen.«

»Oh. Habe ich mich verspätet?« Mam Byers redete wie eine Dame.

»Nicht doch. Zeit ist eine Illusion.«

»Ja«, sagte Mam Byers und fügte leer hinzu: »Wie hübsch du aussiehst, Lurette!«

»Dank' Euch«, sagte die flachgesichtige Piepse, bemüht, auf höheren Ebenen zu bleiben. »Setzt Euch.«

Die dicke Frau hatte nicht aufgeschaut. Sie saß regungslos, ein großer, aufgeschwollener Bussard; sie bot ihren fetten Nacken meinen Blicken dar und Mam Byers keinen Gruß, als die sich an den Tisch setzte. Ich sah das Gesicht der Dame: mager, ausgezehrt, verstört. Die dicke Frau sagte: »Blicket in die Tiefen!«

Lurette schloß die Eingangstür gegen das Tageslicht und zog schwere Vorhänge vor die Fenster. Sie stellte Kerzen neben die Kristallkugel und entzündete sie mit einem brennenden Holzspan aus dem Ofen im nächsten Zimmer. Dann stellte sie sich hinter Mam Byers, um auf Signale zu warten, nehme ich an. Ich habe nie jemanden gesehen, der so vollständig wie ein willenloses Werkzeug aussah, als ob sie den Versuch, eine Person zu sein, aufgegeben habe, um ein Stöckchen zu werden, mit dem ihre Mutter in den Dingen herumstocherte.

»Blicket in die Tiefen! Was seht Ihr?«

»Ich sehe, was ich schon früher gesehen habe, Mam Zena, den Vogel, der versucht, aus einem geschlossenen Raum zu entkommen.«

»Der Geist Eurer Mutter.«

»O ja, ich glaube«, sagte Mam Byers. »Ich glaube wirklich. Habe ich's Euch erzählt – als sie im Sterben lag, wollte sie, daß ich sie küsse. Ihre einzige Bitte – hab' ich's Euch erzählt?«

»Friede, Mam Byers!« Sie seufzte, die große Hexe, und legte ihre ungeheuren Arme auf den Tisch; ich sah, wie ihre dicken, spitz zulaufenden Finger sich wie Spinnenbeine krümmten. »Was macht der arme Vorgel heute, meine Liebe?«

»Oh, dasselbe – schlägt gegen die Fenster. Es war der Krebs – der Geruch – Ihr versteht, nicht wahr? Ich konnte sie nicht küssen. Ich tat nur so. Sie wußte, daß ich nur so tat ...« Mam Byers hatte ihren kostspieligen Geldbeutel aus Leder auf den Tisch gelegt. Ich wußte, daß in einem armen Dorf wie diesem nicht mehr als ein oder zwei aristokratische Familien leben würden, und sie mußte zu einer davon gehören; im Umgang mit diesen Blutsaugern hatte sie nicht viel davon. »Ist es möglich, Mam Zena? Könnt Ihr sie wirklich herbitten, so daß ich mit ihr reden kann? – oh, es ist so lange her!«

»Alles ist möglich, wenn man den Glauben hat«, sagte Mam Zena, und Lurette beugte sich über Mam Byers, streichelte ihre Schulter und ihren Nacken und sagte etwas in ihrem weinerlichen Flüsterton, das ich nicht verstehen konnte.

»Oh!« sagte Mam Byers. »Ich wollte Euch dies schon früher geben.« Und sie begann, Silbermünzen aus ihrem Geldbeutel zu nehmen, aber ihre Hände zitterten, und alsbald schob sie den ganzen Beutel in Lurettes Hände, anscheinend erleichtert, ihn loszusein.

»Schafft es fort, Lurette«, sagte Mam Zena. »Ich kann Geld nicht anfassen.« Lurette legte den Geldbeutel auf ein Tischchen an der Wand; wahrscheinlich warf ihre Mutter ihr einen sengenden Blick zu, denn ich sah, wie sie sich krümmte. »Nehmt meine Hand, meine Liebe, und nun müssen wir warten und ein wenig beten.«

Das war offenbar ein Signal für Lurette, die jetzt aus dem Raum schlüpfte und für ein paar Minuten verschwunden war. Sie kam leise zurück, nur bis zu dem Türrahmen hinter Mam Byers, und stellte eine Schale mit brennendem Weihrauch auf den Boden, der das Zimmer in kürzester Zeit vollstänkerte. Lurette war bei dieser Besorgung nackt bis auf eine schlottrige Unterhose; sicher war sie in der Mitte eines Kostümwechsels; als sie wieder verschwand, stellte ich fest, daß sie nackt flacher denn je aussah.

Man muß bedenken, daß Mam Zena und ihre Tochter leicht hätten verbrannt werden können, wenn man ihnen derartige Umtriebe nachwiese – solche Konkurrenz duldet die Kirche nicht. Aber ich möchte behaupten, daß es nichts gibt, was so gefährlich, lächerlich, grausam oder gemein wäre, daß nicht genügend Gauner damit Kopf und Kragen riskieren, wenn es ein paar Dollar verspricht.

Ich wurde unruhig; die Atmosphäre da draußen in der Küche strapazierte meine Nerven; außerdem mußte ich zusehen, daß ich mich mit meiner Ladung feuchter Wäsche aus dem Staub machte. Offensichtlich würde Lurette gleich als der Geist von Mam Byers Mutter auftreten; den Kandidaten der Opposition darzustellen, schien mir die einzige Sache mit Zukunft. Ich holte mein Messer unter dem gelben Kittel hervor und zog den großen weißen darüber. Mam Zenas Knöchel ließ er wohl frei, aber an mir fegte er den Boden mit beträchtlicher Würde, selbst nachdem ich ihn mit einem der weißen Lendentücher hochgerafft hatte. In die Brustsäcke auf der Vorderseite stopfte ich eine Menge Wäsche. Natürlich war es etwas des Guten zuviel – eher der Stil des 20. Jahrhunderts, wenn ich jetzt so darauf zurückschaue –, und mein rotes Haar, das unter der Handtuchbedekkung hervorsproß, war wahrscheinlich ein Mißklang; und es mag noch ein paar Dinge gegeben haben, die mit weiblichem Charme von seiner besten Seite nicht in Einklang standen. Obwohl ich für die Rolle kostümiert war, *fühlte* ich mich nicht wie eine Matrone. Also gab ich das Vorhaben, den ruhigen Typ zu spielen, auf und verspritzte ein paar Händevoll Tomatensoße, die ich in einem Topf auf dem Regal gefunden hatte, über meinen weißen Kittel; mein Messer tauchte ich auch hinein. Ich würde doch nicht Mam Byers Mutter sein, sondern einfach irgendeine wohlgenährte Dame, die plötzlich gestorben war und sich darüber noch nicht beruhigt hatte.

Als ich wieder durch mein Schlüsselloch spähte, sah ich, daß Lurette drauf und dran war, in die Küche zu schweben; sie hatte sich in schleierartiges Zeugs gehüllt. Man konnte einen groß aufs Gesicht gemalten Mund erkennen, ein Paar Augen, nicht mehr. Hypnotisiert in der rauchigen Dunkelheit und mit dem Willen zu glauben, würde Mam Byers alles sehen, was jene Betrüger sie sehen machen wollten. Das bewies sich umgehend, denn Lurette trat in die Küche, bevor ich mein Lampenfieber im Griff hatte und handelte. Mam Byers – die arme Seele, sie konnte nicht am Tisch sitzen bleiben, wie Mam Zena es ihr befohlen hatte, sondern sprang auf und breitete ihre Arme aus. Irgendwie gab mir das den Anstoß, den ich brauchte. Ich brach los mit »Mord! Mord!« und segelte hinein, mein blutiges Messer schwingend.

Mam Zena erhob sich wie ein Stier zum Kampf, wobei sie Tisch und Kerzen umstürzte, aber Luretta war es, die in Panik kreischte, und sie nahm ich mir zuerst vor; ich packte das wehende, weiße Zeug, zog kräftig daran, und sie fiel mit dumpfem Schlag zu Boden; dann riß ich die Vorhänge zurück, und als Mam Zena nach mir kam – sie hatte Mumm –, hüpfte ich hinter sie und fing an, ihr in den Hintern zu pieksen, gerade genug, sie wach zu halten. »Lauft!« sagte ich und zitierte einen schönen Satz, der mir aus Pater Clances Lehren einfiel: »Fliehet vor dem Zorn, der da kommet!«

Sie floh. Ich glaube nicht, irgend jemand könnte es bei solchem Spuk lange aushalten. Ins Dorf konnte sie nicht laufen, nicht mit rotem Turban und schwarzer Robe. Sie stürzte ins nächste Zimmer, und ich mußte sie laufen lassen – und mich davonmachen, bevor sie mit besseren Waffen, als ich sie hatte, zurückkäme. Doch inzwischen hatte sich Lurette aufgerappelt, und sie schoß tatsächlich hinaus, zum Dorf, mit nacktem Po und dem Verstand eines aufgescheuchten Huhns. »Mord! Feuer! Vergewaltigung!« zeterte sie. Ich weiß nicht, worauf sie sich schließlich festlegte.

Ich drückte den Geldbeutel in Mam Byers zitternde Hände. Wenigstens hatte sie die entschleierte Lurette gesehen; mehr zu tun, hatte ich keine Zeit. Ich glaube, sie verfluchte mich, als ich hinausrannte. Gewöhnlich wird jeder verflucht, der eine Illusion zerstört.

Ich stob durch die Maisreihen zum Wald, so schnell, wie ich nur je über diese Erde flog, und schwenkte immer noch meinen Tomatenmörder, ohne es zu wissen. Später sagte Sam, wenn er mich nicht wirklich gut gekannt hätte, hätte er sich um meinen Zustand Sorge gemacht, aber wie die Dinge lagen, habe er sich nur gewundert, daß so viele weibliche Attribute nicht mehr vom weicheren Teil meiner Natur hervorlockten. Vilet sagte auch, ich sei herrlich gewesen.

Auf dem Weg zurück zur Höhle – ich hatte ihnen gerade die ganze bewegende Geschichte meines Frauendaseins erzählt – blieb ich wie angewurzelt stehen. »Bei den Eiern des Propheten!« sagte ich, »ich hab' den Dollar nicht dagelassen.«

»O Schnummel!« sagte Vilet, und Sam machte ein betretenes Gesicht. Wir setzen uns auf einen Baumstamm, um die Sache zu überlegen. »Es wär 'ne Sünde, wenn du ihn absichtlich behalten hättest, aber du hast es einfach vergessen, nicht wahr. Schmatz?«

»Ja, ja. Zu sagen – abgelenkt.«

»Klar«, sagte sie. »Trotzdem müssen wir, glaub' ich, Jed fragen, was die Moral verlangt.«

Sam sagte: »Jackson, ich habe den guten Wunsch, wir würden das lassen. Ich glaube, es wäre moralisch gut für uns, dieses Problem alleine zu lösen. Zum Beispiel, könnte der junge Jackson hier oder du, könnte einer von euch nicht einfach unabsichtlich den Dollar behalten? – ach nein, nein, 'tschuldigung, ich seh' ein, daß das nicht ganz richtig wäre. Eher das, was ich selbst tun würde; Einzelgänger von Beruf.«

»Natürlich«, sagte Vilet, »waren diese Leute da Betrüger und Schwindler – o mein Gott!« Sie sprang auf, wobei ein Teil der Beute, die in ihrem Schoß gelegen hatte, zu Boden fiel, und klopfte ihren abgetragenen, alten Grünkittel aus, als ob sie sich auf einen Ameisenhaufen gesetzt hätte. »Und wenn die alte Schachtel einen Fluch in die Kleider geschickt hat?«

»Nicht doch, Jackson, das geht nicht aus der Entfernung. Außerdem, diese Geisterrufer sind keine echten Hexen. Weißt du was? – das sind mehr so Sektierer und Quacksalber-Religionisten, und du weißt, was Jed von denen hält. Der würde doch mit keinem Pfennig die Häretiker unterstützen wollen, oder?«

»Das ist wahr«, sagte Vilet. Sie klopfte den Schmutz aus den Kleidern, die auf dem Boden gelandet waren, und faltete sie zu einem ordentlichen Stoß zusammen; erfahren und behutsam gingen ihre Hände mit der Wäsche um. Sie hatte allerhand Vertrauen in Sams Urteilskraft, wenn Jed und Gott nicht in der Nähe waren.

»Und so mußt du es auch sehen«, sagte Sam, »der junge Jackson hier hat eine ganz schöne Strapaze hinter sich – nein, ich meine nicht die Zweifel, ob er Junge oder Mädchen ist, ich glaube, das ist uns klar, er ist ein Junge so gut wie irgendein Esel mit

Eiern; aber was ich sagen will, er hat da vorhin gute Arbeit geleistet, 'ne arme Frau vor Sünde und Torheit bewahrt, während wir uns im Gebüsch auf die faule Haut gelegt haben. Ich will nicht behaupten, daß sein Haar bei dieser schweren Erfahrung ergraut ist, denn das ist es nicht, aber ich komme zu dem Schluß, daß er sich diesen Glücksdollar *verdient* hat – ist es nicht so, Jackson?«

»Eija«, sagte Vilet. »Eija, so ist es.«

»Kay. Aber nun, der alte Jed, der lebt auf – anders können wir es nicht sagen –, auf 'ner höheren moralischen Ebene – stimmt's, Jackson?«

»Das stimmt«, sagte Vilet.

»Wenn wir ihm also 'ne saubere, weiße Lüge erzählen, wie unser Junge den Dollar zurückgelassen hat, dann würden wir Jed doch Kummer ersparen, stimmt's?«

»Das würden wir«, sagte Vilet. »Trotzdem ...«

»Wir würden die Räder des Fortschritts schmieren, glaube *ich*.«

»Ahja«, sagte Vilet. »Ahja, so ist es.«

»Von wegen weil man auf 'ner höheren moralischen Ebene lebt, Jackson, da hat man keine *Zeit*, über jeden gottverdammten Dollar Buch zu halten – wenn der Herr einen nicht in Atem hält, dann tun's die Sünder.«

»Naja«, sagte Vilet, »naja, ich glaube, du hast recht ...«

Wir blieben noch einige Wochen in unserem Höhlenversteck, während Vilet Kleider für uns machte. Sie hatte ein wenig Nähzeug bei sich, und ich wurde nicht müde, ihr Geschick damit zu beobachten. Schere, Fingerhut, ein paar Nadeln und ein paar Spulen mit Wollfäden; das war alles, aber Vilet konnte Wunderwerke in die Landschaft zaubern, wie ich es kaum je besser gesehn habe. Aus dem riesigen, weißen Kittel machte sie drei gute, weiße Freimannslendentücher für uns und den Teil eines Hemdes für Jed; und dann flickte sie aus dem Rest der Wäsche, die die arme Miß Davy angebracht hatte, den zweiten Teil jenes Hemdes und noch zwei weitere für Sam und mich zusammen. Dies erledigt, fluchte und schwitzte sie ein wenig, als sie den gelben Kittel für sich selbst umarbeitete; sie fragte Bäume und Himmel, ob Lurette nicht wenigstens ein Paar Hüften hätte entwickeln können. Nachdem sie ihn jedoch zerlegt und hier und dort dies und das angefügt hatte, paßte er ihr schließlich wie angegossen.

Wir schmiedeten weitere Pläne. Das scheint eine Notwendigkeit für den Menschen zu sein, eine Art, seinen Namen auf eine leere Wand zu schreiben, die vielleicht gar nicht da ist. Ich kann es nicht verurteilen, denn selbst heutzutage bin ich dauernd damit beschäftigt. Wir faßten den Plan, uns bis zu ein paar Meilen über das Dorf hinaus durch den Wald zu schlagen und dann kühn auf der Nordoststraße auszugreifen. Ich mit meinem echten mohanischen Akzent würde den Großteil der notwendigen Reden bestreiten, aber, so wurde uns klar, wir mußten alle eine gute Geschichte einüben.

Jed und Vilet sollten Mann und Frau sein – in Vairmant würden sie es sowieso wirklich sein. Wir vier unterschieden uns alle sehr in unserem Aussehen, aber Vilet behauptete, sie könnte eine gewisse Ähnlichkeit zwischen Sams und meinem Gesicht erkennen; sie war so überzeugt davon, daß ich selbst anfing, trotz der offenkundigen Verschiedenheiten eine Ähnlichkeit zu sehen – Sam war drahtig und groß, mit spitzer Nase, ich kurz und stämmig, mit einer platten Nase. »Es ist der Mund und die Stirn«, sagte Vilet, »und auch etwas die Augen. Davy hat blaue Augen, aber es ist ein Dunkelblau, und deine könnten ähnlich aussehen, Sam, wenn du rotes Haar hättest.«

»Man hat mich Sandy genannt, als ich jung war«, sagte er. »Ein richtiges Rot war's nie. Wenn ich ein echter Rotkopf wäre wie Jung-Jackson, hätt' ich wohl öfter mit dem Kopf durch die Wand gehen können, als ich's in den letzten dreißig Jahren getan hab'.«

»Also, Sam«, sagte Jed, »ich glaube nicht, ehrlich, ich glaube nicht, daß Gott einem Menschen die Macht geben würde, mit dem Kopf durch die Wand zu gehen, außer es ist nur eine Redensart, zu sagen. Natürlich, wenn die Wand bröckelig wäre oder ...«

»Es war eine Redensart«, sagte Sam.

Nachdem wir die Sache gründlich hin- und hergewendet hatten, einigten wir uns darauf, daß Sam mein Onkel und Vilets Vetter sein sollte. Jed hatte einen Bruder in Vairmant, der kürzlich gestorben war – er selbst war in Vairmant geboren, war aber in jungen Jahren nach Chengo im Westen Mohas gezogen. Jener Bruder hatte Jed die Familienfarm vermacht, und wir zogen alle dorthin, um sie in Schwung zu bringen. Was mich anging, meine Eltern waren an Pocken gestorben, als ich noch ein Baby war, und mein lieber Onkel nahm mich bei sich auf, er, der selbst ein Junggeselle, in der Tat, Einzelgänger von Beruf, war. Als mein Vater und meine Mutter starben, lebten wir in Katskil, obwohl die Familie ursprünglich aus Moha war, aus der Stadt Kanhar, eine bedeutende Familie, verflucht noch mal.

»Ich weiß nicht«, sagte Jed. »Es klingt einfach nicht gut.«

»Eine Redensart, Jackson. Außerdem hab' ich nicht gemeint, daß die hochbedeutenden Loomises aus Kanhar Aristokraten gewesen sein sollen – nur 'ne solide Freibürgerfamilie mit ein paar Mistern. Wie mein eigener Onkel Jeshurun – der Stadtrat von Kanhar machte ihn zum Mister, und warum? Wegen der Steuern, die die alte Brauerei abwarf, deshalb, so wie die schon über drei Generationen in der Familie war ...«

»Wein legt dich rein«, sagte Jed. »Ich will nicht, daß wir uns Sachen wie Brauereien ausdenken.«

»Hör auf, Mann«, sagte Sam, »ich sag' dir ja bloß, was sie getan haben; es hat keinen Sinn, so 'ne Geschichte zu erzählen, wenn sie nicht nach Tatsachen schmeckt. *Ich* hab' doch die hunzige Brauerei nicht aufgezogen, und wenn du jemals hörst, daß in 'ner Brauerei Wein gemacht wird, laß mich's wissen. Meine Urgroßmutter hat sie gegründet, verstehst du, und alles lief prächtig, bis mein Onkel Jeshurun, der mit dem Holzbein, anfing, den Gewinst zu versaufen.«

Jed sann darüber nach, nicht sehr glücklich.

»Du meinst, das hat er auch in redensartiger Weise getan?«

»Darauf kannst du dich verlassen.«

»Ich meine, ich kann mir einfach nicht vorstellen, Sam, daß

die Leute uns das abnehmen werden. Eine ganze Brauerei aufsaufen. Das schafft niemand.«

»Ich sehe wohl, du kanntest meinen Onkel Jeshurun nicht. Das Bein war hohl, Jackson. Nach einem langen, besoffenen Arbeitstag in der Brauerei pflegte er es mit Bier aufzufüllen, nach Hause zu gehen sich vollaufen zu lassen, wie verrückt die ganze Nacht hindurch. Er ist auch nicht einfach so gestorben – nicht mein Onkel Jeshurun. Er explodierte. Wollte 'ne Kerze ausblasen und hat vergessen, in welche Richtung man blasen muß, war da gerade betrunken, oder vielmehr, er war nie nüchtern. Hat die Luft eingezogen, statt ausgeblasen, und der ganze Alkohol in ihm macht *wumms* – Jesus und Abraham, Mister, von dem alten Suffpott war nichts übrig, worauf man einen Schwur hätte setzen können.

'n Stück von seinem Holzbein ging 'ne Meile weit weg auf einer Kuhweide nieder. Hat ein Kalb erschlagen. Meine Tante Klothilde sagte, es wär 'n Richtspruch gewesen – für meinen Onkel, mein' ich. Trotzdem, wenn es nicht passiert wäre, hätte er vielleicht die Stadt verlassen müssen.«

15

Am Tag nach der Fertigstellung unserer Kleider brachen wir auf; vielleicht befürchteten wir alle, jene Höhle allzu liebzugewinnen. Wenigstens Sam und ich fühlten – ohne daß wir es je aussprachen –, daß wir immer irgendwie unterwegs sein würden; und für Jed und Vilet färbte die Farm in Vairmant ihre Zukunft mit dem warmen Licht einer trauten Lampe. Es ist merkwürdig, wie wenig wir an den Krieg dachten, nachdem wir drei Monate lang keine Berührung mit der Welt gehabt hatten. Wir fragten uns manchmal, wie es wohl damit stünde, und schwatzten ein wenig darüber, aber bis wir wieder auf Wanderschaft waren und die Tage aus dem Juni in die goldene Weite des Mittsommers hinüberflossen, empfanden wir keine dringende Not, über die Taten der Armen Bescheid zu wissen; so sehr genossen wir unseren eigenen Frieden. Sie hätten auf der Nordostraße hin- und herziehen können, Skoar hätte fallen können, wir hätten nichts davon gewußt.

Die Grenzkriege jener Zeit und jener Gegend hatten nicht viel mit dem gemeinsam, was ich später an Kriegen in Nuin erlebte. Ich glaube nicht, daß in dem Krieg des Jahres 317 zwischen Moha und Katskil je mehr als zweitausend Mann in einer Schlacht standen: zumeist nur in Manövern und Täuschungsaktionen begriffen, Armeen, die nur rasch die besten Positionen auf den wenigen wichtigen Straßen bezogen und die Wildnis vermieden, so gut sie konnten; jener Überfall aus dem Wald, den die Katskilesen vor Skoar versuchten, war ungewöhnlich. Wie es so ging, sollte ich von jenem Krieg nichts mehr sehen. Er wurde durch Verhandlungen im September beendet. Katskil trat einen unwichtigen, kleinen Hafen und eine Fläche von einigen Quadratmeilen am Hudson-See an Moha ab und erhielt dafür die Stadt Seneca und einen Dreißig-Meilen-Korridor, der ihm einen langersehnten Zugang zum Ontara-See verschaffte. Brian VI. von Katskil hatte gute Gründe, als er diese Regelung verlangte – ich verstand das erst viel später, als ich bei Dion in Nuin war und meinen eigenen Einblick in die höhere Politik bekam. Jener Dreißig-Meilen-Streifen schnitt Moha den Landweg zur westlichen Wildnis ab; wenn also jenes unbekannte, wahrscheinlich reiche Gebiet je erschlossen wird, ist das nur noch eine Angelegenheit zwischen Katskil und Penn – Moha mischt nicht mehr mit.

Als wir unsere Höhle verließen, beschäftigten sich meine Sorgen mehr mit dem älteren Krieg zwischen dem Menschen und den anderen Kreaturen, die ihren Platz auf dieser Erde behaupten wollen. Ich hatte das abergläubische Gefühl, daß wir es zu leicht gehabt hatten. Beim Jagen und Fischen von der Höhle aus waren wir lediglich ein paar Schlangen begegnet. Nichts wirklich Gefährliches. Einmal sprang ein Puma vor Vilet und mir aus dem Gebüsch und verduftete in beinahe komischem Entsetzen. Einmal rochen wir nachts einen Bären, der unangenehm hätte werden können, wenn er zu uns herauf hätte klettern können. Natürlich war es nur ein schwarzer, wie wir am Morgen an den Fußabdrücken erkannten. Der große Rotbär ist in Südmoha sehr selten, man rechnet nie wirklich damit, ihn zu treffen. Im Norden des Moha-Wassers gibt es ihn reichlich, und das ist einer der Hauptgründe, warum das große, dreieckige Bergland, das vom Moha-Wasser und dem Lorenta-See eingegrenzt wird, größtenteils unerforscht bleibt.

Wenn ich Bücher aus der Alten Zeit lese, rührt es mich seltsam an, wie wenig Sorgen sich die Menschen jenes Zeitalters über wilde Tiere machten; die waren damals selten und ängstlich, von der Macht der Menschen, ihrer Zahl und ihren unglaublichen Waffen überwältigt. Der Mensch jener Zeit schien wirklich der Herr der Herde zu sein. Heute, einige hundert Jahre später, ist er, glaube ich, immer noch das klügste Tier, und er hat sogar immer noch gute Aussicht auf Erfolg, wenn er je aufhört, seinem Bruder die Kehle durchzuschneiden; aber da ist ein Schatten über ihm. Vielleicht werden wir wieder Herren der Erde, aber wir sollten uns vor einer gewissen Schläue in acht nehmen, die ich in den Vorderpfoten von Ratten, Mäusen und Eichhörnchen beobachtet habe. Wenn sie anfingen, eine Sprache zu entwikkeln und ein paar einfache Werkzeuge zu benützen, sagen wir Messer und Keulen, dann würde es nicht mehr lange dauern, bis sie uns den Willen Gottes auslegen und die Wahlen fälschen.

Schießpulver ist durch Gesetz und Religion verboten*, und das ist gehüpft wie gesprungen, da die Gewehre, für die es nützlich wäre, ebenfalls nicht sein können, und zwar aus Mangel an Stahl, aus Mangel an einer Technologie, die fähig wäre, sie zu entwerfen und herzustellen, und neuerdings aus Mangel an Glauben, daß solche Instrumente je existierten. Da in der Alten Zeit eine ungeheure Menge fiktiver Literatur erzeugt wurde, fällt es der Kirche heute wunderbar leicht, alles, was ihr in den erhaltenen Fragmenten der alten Literatur nicht genehm ist, als Fiktion vom Tisch zu erklären.

Einige Banditenbanden hausten angeblich in der Wildnis; daran mußten wir beim Aufbruch denken; Ost-Moha hat allerdings in dieser Hinsicht keinen allzu schlechten Ruf – Süd-Katskil strotzt vor Banditen. Diesen Banden sind Gesetze und nationale Grenzen egal; sie ernähren sich aus der Wildnis, und ab und zu holen sie sich einen Tribut von den Dorfbewohnern. Verwegene Burschen – sie bringen ihre Alten um, so will es das Gerücht, und nehmen neue Mitglieder nur nach grausamen Prüfungen auf. Die Banden sind klein – in Moha oder Nuin hört man nie, daß eine irgendeine bedeutendere Stadt oder einen großen Karavan** angegriffen habe, und sei es nur in Form eines Blitzüberfalls mit sofortiger Flucht. Nach volkstümlicher Meinung haben die Piraten der Cod-Inseln als kleine Banditenbande angefangen, die den Umgang mit kleinen Kampfbooten

---

* Das Verbot erscheint folgendermaßen im Buch des Universellen Gesetzes, 19. Ausgabe (der letzten, glaube ich), Nuber, 322: »Es ist vollständig und in alle Ewigkeit verboten, bei Strafe des Todes, deren Vollzugsweise von der Kirchlichen Gerichtsbarkeit des Distrikts bestimmt wird, jene Substanz herzustellen, zu beschreiben, zu erörtern, schriftlich zu erwähnen oder in irgendeiner Weise zu benützen, die gemeinhin als Schießpulver bekannt ist, ebenso jegliche an-

lernten und dann fast zu einer Nation wurden. In Conicut hörte ich die Geschichte, ein ganzes Heeresbataillon sei von einem Dutzend Banditen, denen die Solden zu aufdringlich geworden waren, in die Flucht geschlagen worden. Die Geschichte war in ziemlich ferner Vergangenheit angesiedelt; die bettelnden Geschichtenerzähler an den Straßenecken warteten mit einer Version auf, in der die Banditen Mannschaften von schwarzen Wölfen zu Hilfstruppen abgerichtet hatten, unter dem Kommando eines höchst ungewöhnlichen Charakters namens Robin oder Robert Hoode.

Ich empfand nicht nur ungetrübtes Glück, als wir an jenem Morgen die Höhle endgültig verließen. Zum einen sah ich wenig Gelegenheit vor mir, mich mit Vilet zu vergnügen; mit dem Gefühl, sie zu verlieren, bildete ich mir sogar ein wenig ein, in sie verliebt zu sein – ihr praktischer Sinn hätte mir gleich den Kopf zurechtgerückt, wenn ich davon gesprochen hätte; da ich es nicht tat, mußte mein eigenes Hirn die Sache erledigen und tat es mit einigem Anstand. Das Verlassen der Höhle war in manch anderer Hinsicht ein Abschied ...

Ich weiß: Das gilt für jeden Augenblick. Was ist aus dem Kerl geworden, der vor fünf Minuten durch deine Lungen geatmet hat? – oder ist dir das egal?

Wir verbrachten den größten Teil des Tages mit vorsichtiger Wanderung durch die Wälder, bis wir das Dorf, das uns so großzügig mit respektablen Kleidern versorgt hatte, in sicherer Entfernung hinter uns wußten. Nur allzu gern hätte ich gewußt, was dort geschah, als Lurette mit Zeter und Mordio hereingerast kam, aber ich werde es nie erfahren, also was zum Teufel, schreibt euch die Geschichte selbst, wenn ihr Manns genug seid. Dann änderten wir die Richtung und stießen an einer Stelle auf die Nordoststraße, wo diese eine beträchtliche Anhöhe

---

dere Substanz, die von zuständigen Autoritäten der Kirche mit Grund verdächtigt wird, Atome zu enthalten.« *Dion M. M.*

** Jede Gruppe von Reisenden, die den Straßen folgen und aus Sicherheitsgründen zusammenbleiben, wird Karavan genannt. In der Alten Zeit scheint das Wort eine etwas andere Bedeutung gehabt zu haben. *Dion M. M.*

erklomm; der längere und steilere Teil war noch vor uns. Die Sonne stand hinter uns im Westen; alles lag in heißer, heller Stille. In südlicher Richtung sahen wir da und dort aufsteigenden Rauch: ferne Dörfer. Nichts rührte sich auf der Straße, als wir in unseren guten Kleidern hinaustraten – weiße Freimannslendentücher, anständige braune Henden, Vilet in dem umgearbeiteten gelben Kittel. Und wir hörten nichts – keine Stimme, kein Quietschen von Wagenrädern, keinen Ton von Vieh, Pferd oder Mensch. Vor uns, auf der anderen Seite der Anhöhe, konnte alles mögliche sein.

Jed fragte: »Was für ein Tag ist heute?«

Verdammt, wenn wir es wußten. Ich sagte Donnerstag, aber Jed war nicht sicher und bekam es mit der Angst zu tun, er hätte womöglich einen Freitagmorgen ohne spezielle Gebete verstreichen lassen. Er wollte sie an Ort und Stelle am Straßenrand nachholen, aber ich sagte: »Warte, sei still für 'nen Augenblick – ich muß horchen.«

Ich wollte noch etwas anderes tun als horchen. Ich machte ihnen ein Zeichen, zu bleiben, wo sie waren, und ging ein kurzes Stück die Straße hinauf, um vom Menschengeruch wegzukommen und die Brise zu prüfen. Selbst danach war ich mir nicht sicher.

Ich hatte den Wunsch, mehr Menschen möchten sich zu uns gesellen, aber der heiße Nachmittag war ruhig wie im Schlaf. Es traf sich, daß Jed recht hatte – es war ein Freitag, der Tag, an dem Gott von den Mühen der Schöpfung ausgeruht haben soll und an dem Reisen, die nicht unbedingt notwendig sind, verboten sind oder zumindest sehr argwöhnisch betrachtet werden. Und der Krieg war immer noch im Gange, der vom Reisen abschreckte, obwohl nichts in der Sommerluft an ihn gemahnte. Und schließlich war es so spät am Tag, daß jeder vernünftige Reisende an baldiges Abendbrot hinter Palisaden denken würde.

Als ich zu den anderen zurückkam, fragte mich Sam: »Hast du ihn erwischt?«

»Ich glaube ja.« Ich sah, daß Jed nicht begriff. »Am besten

gehen wir einfach weiter und bleiben eng zusammen, bis wir zu einem Dorf kommen. Ich glaube, ich rieche Tiger.«

Wie steil jener sonnige Hang war und wie lang! Ich wollte, daß wir ihn so leise wie möglich bestiegen, und Sam drang auch darauf, aber Jed setzte auf Gebete; als Sam ihn bat, keinen Lärm zu machen und lieber seinen Atem zu sparen, sah ihn Jed nur nachsichtig an und fuhr mit den Gebeten fort, da war nichts zu machen.

Die Straße näherte sich dem Trugbild eines Endes im offenen Himmel. So etwas kann man überall sehen, wo eine Straße einen Hügel hinansteigt, und man denkt an einen Fall ins Nichts oder an plötzlichen Tod. Wenn ich heute zu diesem Stück Straße zurückkehren und ohne ängstliche Erregung darauf wandern könnte, ohne den schwachen Ammoniakgeruch des Wesens, das unhörbar irgendwo in unserer Nähe war, wäre es wahrscheinlich eine ganz gewöhnlich Steigung. Die Straße war nicht so steil, daß nicht ein einzelner Ochse einen schweren Wagen hätte hinaufziehen können – ich darf behaupten, das war im größten Teil von Moha das Kriterium für zulänglichen Straßenbau. Und doch fühlte ich mich jedesmal, wenn der Geruch stärker zu werden schien oder wenn ich mir eine gelbbraune Bewegung zwischen den Bäumen zu meiner Linken einbildete, wie ein flügelloses Insekt, das eine Mauer hinauf mußte.

Und jener Abschnitt der Straße war auch nicht wirklich so übermäßig lang – eine Viertelmeile vielleicht oder weniger. Die Sonne stand nicht erkennbar tiefer, als wir den Kamm des Hügels erreichten – denn erreicht haben wir ihn, wir alle vier noch am Leben – und hinunterblickten und sahen, was uns vor dem Tiger retten könnte oder vielleicht auch nicht.

Wir sahen ein umpfähltes Dorf, dessen Palisade ziemlich hoch und stabil war; es stand da kühn am Rand der Straße, kein notdürftiger Unterschlupf in der Wildnis, sondern eine ansehnliche, zivilisierte Siedlung. Sie lag tief genug unter uns im Tal, daß wir sie mit Ausnahme ihres nördlichen Endes überschauen konnten, das von Wald, der dicht an die Palisade herankam, verdeckt wurde. Hinter der Einpfählung sahen wir einen anmutigen Kirchturm, das übliche Muster eines senkrecht aus einem Rad aufsteigenden Strahls, und einen ordentlichen Aufmarsch von Dächern, darunter auch einige von zweistöckigen Gebäuden. An der Straße, auf unserer Seite, breitete sich eine großzügige Fläche gerodeten Landes aus, Maisfelder gab's und schwarze Stellen, wo man nachts Wachfeuer unterhielt, um Wild, Bison, Waldbüffel und kleineres Getier von den Pflanzungen fernzuhalten. Weit unten war das Dorf, ja, fast eine halbe Meile entfernt, und der größere Teil dieser Strecke, bis hin zum Maisfeld, war zu unserer Linken noch von bedrohlichem Wald gesäumt.

Während des Abstiegs blickte Jed Sever weder nach links noch nach rechts, er hatte kein Auge für den Wald, den herrlichen Sonnenschein und die grünen Hänge der Südseite. Er überließ es dem Instinkt, seine Füße an die richtige Stelle zu setzen, und schaute hinauf zu seinem Gott, um Verzeihung für unser aller Sünden bittend. Auch bat er, die Bestie möge, falls sie zuschlagen müsse, ihn anfallen und nicht einen seiner Freunde – denn er wäre, wiewohl vielleicht der elendeste Sünder von allen und jenseits allen Anspruchs auf Erlösung, doch nichtsdestoweniger besser auf das Urteil und den Zorn, der da kommen mußte, vorbereitet. »Und wenn es dein Wille ist«, sagte er, »laß ihre Sünden auf mich kommen, Abraham, Auserwählter Gottes, Mittler, Erlöser, und nicht auf sie, sondern mögen sie reingewaschen werden von meinem Blute* jetzt und in Ewigkeit, Amen.«

Jed versuchte auch, Vilet von sich weg auf die andere, wahr-

* Die Heilige Murkanische Kirche hat anscheinend das Wahngebilde des stellvertretenden Sühneopfers dem Christenglauben der Alten Zeiten entlehnt, allerdings mit einer auffälligen Abänderung. Nach dem modernen Glauben kann jedweder heiligmäßige Mann, nicht nur Christus oder Abraham, die Sünden der anderen auf sich nehmen, wenn der Herr mit dem Geschäft einverstanden ist. Wie die modernen Gläubigen scheinen die Christen der Alten Zeit nie das Abstoßende und Grausame einer Doktrin empfunden zu haben, nach der ein Mensch durch das Leiden und den Tod eines anderen eine Freifahrt zum Himmel kriegen kann. Die Parallele zu primitiven Ritualen des Gottesmordes wurde natürlich nur von Gelehrten bemerkt. *Dion M. M.*

scheinlich sicherere Seite der Straße zu manövrieren; er selbst ging so, daß er von uns allen dem Waldrand am nächsten war; der Schweiß floß von seiner Stirn wie große Tränen. Müßig schwangen seine Hände an seiner Seite und sahen nicht so aus, als ob sie zur Arbeit mit dem Schwert bereit wären.

Ich erinnere mich noch gut, wie sehr mich sein Gebet trotz meiner eigenen Furcht und Wachsamkeit verstimmte. Es schien mir, besonders angesichts meiner neuen und verwirrenden Bekanntschaft mit Häresie, daß ich niemanden anders meine Sünden für mich tragen lassen könnte, schon gar nicht meine Sünden. Heute kann ich überhaupt nur in der Grausamkeit und ihren Spielarten eine Sünde sehen, und das aus Gründen, die mit Religion nichts zu tun haben; an jenem Tag aber war ich noch weit entfernt von solchen Ansichten.

Auf unserem Weg hinunter wurde der Geruch des Tigers schwächer. Ich glaube, es lag an einer Veränderung in den kaum wahrnehmbaren Strömungen der Luft. Wir erreichten die Grenze des Waldes auf unserer Linken, erreichten das Maisfeld, kamen hindurch, kamen in das offene Terrain und ans Dorftor; er schlug nicht zu.

Aus dem Innern des Dorfes kam das süße Geläut von Tripelglocken. Oft sind sie aus bester Bronze aus Katskil oder Penn – die Kirche kann es sich leisten –, so gegossen, daß jede Gruppe eine Triade anklingen läßt, die fünfte im Bass. Die dritte, zuletzt angeschlagen, verschwebt im hohen Diskant zu einem Ton seliger Ruhe, der Frieden beschwört, und die Obertöne spielen mit hundert Regenbögen. Diese Dorfglocken verkündeten die Fünft-Uhr-Stunde: *»Zeit, die Arbeit zu lassen und zu beten und zu Abend zu essen.«*

Jeds Gebete liefen ziemlich flach aus. Immer noch spähte ich hinter mich, so oft, wie ich es getan hatte, als die Bäume noch zu unserer Linken waren; aber der Tiger schlug nicht zu, noch nicht. Ich sah ihn nicht, noch nicht.

Das Haupttor eines solchen Dorfes ist gewöhnlich während der Stunden des Tageslichts offen, solange ein Wächter anwesend ist; nicht so an Freitagen, an denen man es für das beste hält, das Volk nicht aus bequemer Reichweite Gottes zu lassen. So war an jenem Tag das schwere Holztor geschlossen, aber ich luchste durch einen Spalt im Gebälk und sah den Wächter in seinem strohbedeckten Unterstand; er schlief nicht gerade, pflegte aber tunlichst der Ruhe, über seine Liege ausgegossen, ein Knie über das andere Bein und seine Poliezerkappe tief über die Augen gezogen. Schnell genug sprang er auf, als ich »Holla!« rief.

Nun, es gibt einige Dinge, die man tut und sagt, wenn man sich einem fremden Dorf nähert, und einige, die man lieber läßt. In meiner üblichen geschwinden Art hatte ich einen Bock geschossen, zu geschwinde, als daß Sam oder Vilet mich hätten aufhalten können; mir wurde das klar, als der Wächter mit aufgepflanztem Spieß heranstolzierte. Ich flüsterte Sam zu: »Tu so, als wärst du ein Mister, kannst du?«

Er nickte und stand schon vor mir, als der Wächter das Tor offen hatte und anfing, mich wegen Störung des freitäglichen Friedens zusammenzustauchen – kein Benehmen – und was ich denn überhaupt wollte.

Sam sagte: »Mein guter Mann, ich entschuldige mich sogleich für die hastige Rede meines Neffen. Ich bin Mister Samuel Loomis aus Kanhar, zuletzt Chengo, und die Dame ist meine Base. Dies ist ihr angetrauter Mann, Mister Jedro Saver, auch zuletzt in Chengo wohnhaft, doch ein rechtmäßiger Bürger von Manster, Vairmant – Ihr mögt sie als Mam Sever anreden, wenn Ihr Euch für Euer eigenes, schlechtes Benehmen entschuldigt.« Sam hatte sein Hemd ein wenig hochgezogen, so daß der Griff seines Messers, das in der Scheide am Gürtel hing, sichtbar wurde; er rieb einen hornigen alten Daumen am Ende des knöchernen Griffs und schaute längs seiner dünnen Nase auf jenen Daumen hinunter; nicht so, als ob ihn das Ganze berührte, nur traurig und geduldig und nachdenklich.

»Mam, ich – Mam Sever, ich – Mam, ich …«

Das hätte lange so weiter gehen können. Sam schnitt es ab, indem er delikat fragte: »Ist die Entschuldigung befriedigend, Base? Und Jackson?«

»Oh, faul und ganz«, sagte Vilet und tat vornehm, aber nicht zu sehr, und ich murmelte meine eigene, hochnäsige Gnädigkeit; Sam flippte ihm eine Münze zu, um die Schmerzen zu lindern. Er hatte mich ebenso verblüfft wie den Wächter – ich hätte nie gedacht, daß er in dieser hochgestochenen Weise reden könnte. Vielleicht hätte Dion daran einen Makel finden können, aber nicht ich. Er rief in mir die Vorstellung wach, die ich mir von einigen jener feinen, alten, historischen Figuren gemacht hatte, von denen ich in der Schule, in dem sogenannten Überblick über die Geschichte der Alten Zeit, gehört hatte. Ehrlich, Sam war gerade so gelassen und großartig und das-haut-dich-um wie die Besten unter ihnen – Sokrates, Julius Cäsar, Karl der Große oder jener glanzvolle, jähzornige Hurensohn, gleich fällt mir sein Name ein, der die Barone und Dänen und Römer und dergleichen aus dem fröhlichen England rausprügelte und bis hinüber über den Delaware trieb, bevor er sie sausen ließ – Magnum Carter, der war's.

»Nun, guter Mann«, sagte Sam, »finden wir in diesem Dorf so etwas wie eine anständige Unterkunft?«

»O ja, Sir, die Taverne zum Schwarzen Prinzen hat schöne Zimmer, ich kenn' die Leute von ...«

»Wie weit ist Humber Town von hier?«

»Ungefähr zehn Meilen, Sir. Sollte eine Reisekutsche aus Skoar nach Humber Town hier morgen durchkommen – einmal die Woche, samstags, und hält hier natürlich immer, obwohl bei dem Krieg und dem ganz ...«

»Ahja, auf diese Kutsche wartet der Rest unseres Karavans, in dem Dorf, wo wir zuletzt haltgemacht haben, ein trauriges Pinkelloch, ich fand's nicht der Mühe wert, nach dem Namen zu fragen.«

»Perkunsvil«, sagte der Wächter mit erhabenem Vergnügen. In einem kleinen, unbedeutenden Dorf kann man nicht fehlgehen, wenn man benachbarte Nester anschwärzt.

»Das war's wohl. Wir wurden des Wartens dort überdrüssig. Wie heißt diese Stadt?«

»Dies ist Ost-Perkunsvil.«

»Schöne Lage. Da droben ist übrigens ein Tiger – seht ihr viele hier, im Durchschnitt?«

»Was! Nein, Sir, das kann nicht gut sein.«

Jed ließ sich zum ersten Mal vernehmen, mit einem Tadel in der Stimme: »Warum nicht, Mann? Brauner Tiger ist gleich allwie das Feuer Gottes, das da brennet, wo es will.«

Der Wächter verbeugte sich, womit man immer gut fährt, wenn man etwas mit dem heiligen Klang hört, aber er war stur. »Sir, ich kann Euch sagen, brauner Tiger, der kommt nimmer in die Nähe dieser Stadt. Wir fragen nicht nach Gottes Gründen für die besondere Gnade, es ist einfach so.«

Mir ist aufgefallen, daß jedes Dorf eine eigene, einzigartige Quelle für seinen Stolz braucht. Es mag die Behauptung sein, niemand im Dorf habe je Pocken gehabt oder alle Babies würden mit dunklem Haar geboren oder das Aphrodisiakum der örtlichen Weisen Mutter sei das aphrodiesigste im Umkreis von vierzig Meilen – egal was, solange man sich damit von anderen abheben kann. In Ost-Perkunsvil war Tiger wahrscheinlich nicht über die Palisade gekommen, soweit das Gedächtnis des ältesten Bewohners zurückreichte, und also war sich das Dorf sicher, daß Gott sein Fernbleiben auf ewig arrangiert hatte. Sam verbeugte sich hübsch und sagte: »Euch wird bemerkenswerte Gunst erwiesen, zweifelsohne eine Manifestation.«

»Jawohl, Sir, das kann gut sein.« Er war jetzt richtiggehend freundlich wie auch respektvoll. »Ja, Sir, leb hier mein Lebtag lang, und das sind sechsundzwanzig Jähr, und hab' die Bestie nicht einmal von weitem gesehen.«

Vilet sagte: »Dann blickt dort hinauf!«

Ich muß sagen, der Zufall spielt *mir* nie auf diese Weise in die Hände. Wenn ich das gesagt hätte, wäre das Biest längst auf und davon gewesen, bevor sich irgend jemand umgeschaut hätte. Und ich glaube, Vilet hat auch nicht viele solcher Augenblicke gehabt, denn später, als wir vier unsere Zimmer im Schwarzen Prinzen bezogen hatten, mußte sie die Szene noch drei- oder viermal durchspielen, und jedes Mal versetzte es sie in warme, süße Glut: »›Dann blickt nur dort hinauf!‹ sag' ich, genau – *schmackpapp* – in der *Sekunde* sag' ich's, und hat er nicht wie ein Fisch ausgesehen und du am Drücken, um den Haken rauszukriegen? – Oh, Schnummel!« Und sie hüpft und schlägt sich auf die Schenkel und erzählt es noch einmal.

Ich muß mich bei ihren Worten so schnell umgedreht haben wie die anderen, und doch hatte ich das Gefühl, als bewege sich mein Kopf gegen einen Widerstand, nicht bereit, zu sehen, was ich mein Leben lang gefürchtet und doch in gewisser Weise immer auch zu sehen gewünscht hatte. Als ich das Biest auf der Straße gerochen hatte, war mir der Geruch von dem einen Mal, da ich ihn im Hügelland, westlich von Skoar aufgeschnappt hatte, bekannt. Er ist schärfer als der Geruch des Pumas, scheint schwerer in der Luft zu hängen. Bei jenem ersten Mal schien es mir einfach nicht ganz der richtige Pumageruch zu sein, und ich kletterte auf einen Baum und verbrachte dort fröstelnd eine lange Nacht; ich roch ihn und wußte er war's, aber ich hörte oder sah ihn nicht ein einziges Mal. Am Morgen kroch ich hinunter und fand die Abdrücke seiner enormen Pfoten auf einem Fleck nackten Bodens, tief, als wäre er eine Weile dort gestanden, mich durch das Dunkel beobachtend, das alte Feuerauge, und vielleicht denkend: *Na gut, warten wir, bis Rotkopf ein wenig größer und fetter ist ...*

Jetzt sah ich ihn.

Ein kurzes Stück unterhalb des Hügelkamms, über den wir gekommen waren, lag ein hoher, oben abgeflachter Felsbrokken, dreißig Fuß von der Straße entfernt, auf ihrer offenen Seite, dem Wald gegenüber. Die Deckfläche war leicht geneigt, weg von der Straße, so daß wir auf unserem Vorbeimarsch nur eine einfache Kante hatten sehen können, keine Andeutung einer geneigten Plattform. Hatte er zugesehen, wie wir vorbeiwanderten, oder war er erst jetzt dort hinaufgesprungen? Vielleicht war er nicht hungrig gewesen, oder die Tatsache, daß wir vier waren, hatte ihn zurückgehalten. Vielleicht wußte er, daß mein Bogen Gefahr bedeutete. Ich stellte mir vor, wie er sich mit Sprungansätzen vergnügt haben mochte, wie seine Hinterbakken bebten, wie er das Katzenspiel verzögerter Entscheidung spielte und genoß und schließlich aus seinen eigenen Gründen uns erlaubte, von dannen zu ziehen. Nun stand er großmächtig, einer Laune des Augenblicks folgend, und ich sah ihn in fernem Dunkelgold vor dem sich vertiefenden Mittsommerhimmel.

Er blickte zu uns herunter oder, wahrscheinlicher, über uns hinweg. Er muß gewußt oder gespürt haben, daß die Entfernung für einen Pfeil von meinem Bogen zu groß war, wenn er Erfahrung in diesen Dingen hatte. Ohne jede Hast drehte er sich auf seinem hohen Felsen um, mit einer fließenden Bewegung, um in eine andere Richtung zu starren, südwärts über das Tal, gleichgültig vielleicht den Rauch über anderen menschlichen Siedlungen betrachtend.

Er setzte sich und hob eine fransige Pfote ans Maul, um daran zu lecken und mit ihr gemächlich sich über den Kopf zu fahren. Dann leckte er seine Flanke, und hoch ging ein Hinterbein in Katzenmanier, so daß er sich vorbeugen und seine privaten Teile beschnüffeln konnte. Wegen der Neigung des Steines verlor er komisch die Balance, richtete sich mit der Lässigkeit eines Komödianten auf, legte sich nieder und rollte sich auf den Rükken, die Füße in der Luft. Als er davon genug hatte, gähnte er, sprang herunter, schlenderte über die Straße in den Wald, und für eine Weile war er verschwunden.

16

Zum ersten Mal sah ich das Innere eines Dorfes. Seitdem habe ich so viele Dörfer gesehen, daß ich mich der meisten nicht mehr erinnern kann; denn als ich bei Rumleys Vaganten war, besuchten wir eines nach dem anderen in Levannon, Bershar, Conicut, Katskil, und länger als ein Jahr zogen wir von Dorf zu Dorf in Penn; die Atmosphäre und die Menschen mögen sehr vielfältig sein, aber das Grundmuster ist in allen Ländern das gleiche. Wo man sie auch findet, diese Dörfer sind zu dem einen fundamentalen Zweck angelegt, einer kleinen menschlichen Gemeinschaft ein Stück Sicherheit in einer Welt zu gewähren, in der unsere Art nicht mehr zahlreich ist, nicht reich und prachtvoll wie in Alter Zeit, nicht weise und nicht sehr kühn.

Gewöhnlich sind sie in einem Viereck ausgelegt, irgendwo, wo ein Fluß über einigermaßen ebenen Grund verläuft. Das Trinkwasser kommt von flußaufwärts, und in der anderen Richtung dient der Strom als Kloake – das erspart Grubengraben. Die Hauptstraße, die durch die Mitte des Dorfes läuft, ist gewöhnlich ziemlich breit und gerade, so daß man, wenn man das Dorf durch das vordere Tor betritt, einen geraden Durchblick zum hinteren hat; die anderen Straßen sind eng, mit Ausnahme des Gebiets, das durch einen freien Raum gerade hinter der Palisade, auf ihrer Innenseite, gebildet wird und das nicht immer Straße heißt. Oft besetzt eine Grünanlage die Mitte des Dorfes, mit der üblichen Ausstattung – Musikpavillon, Schandpfahl, Stock, Pranger und vielleicht einem hübschen Planschbecken für Kinder. Man wird eine Gruppe von Häusern erkennen, die besser sind als die übrigen – größere Höfe, vielleicht Blumenbeete neben dem unumgänglichen Gemüsegarten und vielleicht sogar eine Sklavenhütte hinten neben dem Aborthäuschen, die demonstriert, daß die Familie einen oder zwei eigene Diener besitzt, anstatt sie von den Sklavenbaracken am anderen Ende des Ortes nur auszumieten. Auf jener anderen Seite, flußabwärts, kann man neben den Baracken das finden, was die Leute manchmal die ›Fabrik‹ nennen, in Wirklichkeit ein Warenhaus für die Industrien des Dorfes – Heimwebereien, Körbe, Schreinereiarbeiten und sonstiges. Die Polizeistation ist auf dieser Seite, das Gefängnis, die öffentlichen Ställe, das zugelassene Freudenhaus, die Schmiede und wahrscheinlich auch die Zwinggrube, wenn sich das Dorf eine leisten kann; und es wird einige Straßenzüge in diesem Teil des Ortes geben, wo verwahrloste Häuser sich trübsinnig aneinanderducken und die Betrunkenen ihren Rausch lieber vor den Häusern als drinnen ausschlafen, unabhängige Freibürger, die sie sind; und wenn Schweine aus der wohlhabenden Nachbarschaft zur Abfalljagd in diesen Teil des Ortes kommen, dann kommen sie wohlweislich in Paaren.

Zwischen diesen beiden Extremen liegt eine Mittelklasse-Wohngegend, wo die Alte Zeit getreulich nachgeahmt wird: Alle Häuser sind sich genau gleich, alle Höfe und Gärten gleich, alle Aborthäuschen gleich, mit kleinen, sichelförmigen Fenstern von genau derselben Größe, die denselben Duft gleichgestimmter Verdauung gleicher Mahlzeiten entläßt.

Nun, da ich Sam in meiner hastigen Art zum Mister gemacht hatte, konnte er den nicht einfach wieder ablegen, und so beschloß er, wenn schon, dann schon, seinen Spaß dran zu haben. Er gab sich immer noch wie Gottes bevorzugter Berater, als wir im Schwarzen Prinzen Einzug hielten. Das Ergebnis war, daß der klapprige Alte, dem die Flohkiste gehörte, untertänigst um uns herumschwänzelte und uns das Doppelte des üblichen Preises für zwei seiner besten Zimmer berechnete, die einer Schweinefarm Ehre gemacht hätten; Sam wollte feilschen, befürchtete aber, das könnte dem Bild, das wir von uns zu präsentieren versuchten – nicht ganz unbedeutende feine Pinkel –, schaden. Er gestand später, daß ihm dies beträchtlichen Kummer verursacht habe; nicht umsonst war war er der Abkömmling einer langen Reihe illustrer Hühnerdiebe. Später, bei Rumleys Vaganten, konnte er das Feilschen nachholen. Pa Rumley sagte, Sam hätte einem Propheten seinen Bart abhandeln können, und er meinte Jeremiar selbst, was so ziemlich das schönste Lob war, das Pa Rumley irgend jemand zollen konnte. Ihr wißt, wie sehr die Propheten an ihren Bärten hängen, und Jeremiar war ein kraftvoller Typ, der einen derartig florierenden Handel mit Jammern und Wehklagen betrieb, daß die Opposition ihn schließlich mit einer Ladung voll Stieren in eine Arche bugsierte und stromabwärts schickte, um ihn loszuwerden.

Eine Pilgergruppe aus dem Norden hatte schon die allerbesten Zimmer im Schwarzen Prinzen belegt, von denen aus man die Hauptstraße sehen konnte; unsere zwei Räume waren wohl die zweitbesten, mit je einem Fensterspalt nach Norden; ich schauderte bei dem Gedanken, wie wohl die schlechtesten aussehen mochten. Neben den wackligen Pritschen, die sie Betten nannten, waren an den Wänden dunkle Schmierflecken zu sehen, die von Kollisionen zwischen der Rasse Mensch und einigen ihrer treuesten, ehrlichsten Bewunderer zeugten. Und über allem lag wie eine heilige Segnung der Geruch von Kohl.

In einer Wanze ist, soweit ich sie kenne, keine Spur von Frohsinn oder Herzensgüte. Selbst ihre Bewunderung für die Menschheit beruht auf tiefeingewurzelter Gier. Gewiß haben sie Intellekt – wie sonst könnten sie sich genau den Augenblick, in dem du gerade einschlafen willst, für einen Biß aussuchen? Dion sagt, Wanzen handeln instinktmäßig. Ich fragte: »Was ist Instinkt?« Er sagte: »Oh, scher dich zum Teufel!« Dann schleuderte Nickie die Erklärung in den Raum, Instinkt sei, wenn man etwas mordsmäßig Schlaues tue, ohne jede Ahnung, worum es ginge. Aber ich glaube immer noch, daß sie Intellekt haben, und wahrscheinlich brüten sie zuviel, bis ihre Gefühle darüber gerinnen; denn bedenket dies: Ich bin nie einer Wanze begegnet, die mir eine Spur von Zuneigung oder Respekt entgegenbrachte, egal was ich für sie getan hatte. Verachtung ist es, was sie zeigen, Verachtung. Mir hat eine Wanze ins Auge gestarrt, während mein Blut ihr noch vom Kiefer tropfte, und jedermann konnte an ihrer säuerlichen Miene erkennen, daß sie mich mit anderen Mahlzeiten in der Vergangenheit verglich und an allem etwas auszusetzen hatte – zu salzig, zuviel Wildgeschmack, zu dick, zu dünn, irgend etwas. Und wenn ich mir den Arsch gewürzt und gebuttert hätte, sie hätte mir kein Kompliment gemacht. Also verachtifiziere ich sie zurück. Ich hasse Wanzen. Fluch den Wanzen!

Der entscheidende philosophische Punkt, den ich euch durch den Nebel eures Unverständnisses in die Köpfe hämmern will, ist dieser: Falls die Rasse Mensch vollständig untergehen sollte, was würde aus der Wanze werden? Es tut mir leid, daß ich sie verflucht habe. Wir müssen Böses mit Gutem vergelten, heißt es hier.

Im evolutionären Sinne müssen sie zusammen mit uns herangewachsen sein, und jetzt kommen sie nicht ohne uns aus. Flöhe lasse ich mir gefallen. Flöhe brauchen uns nicht. Sie würden alles anzapfen, sogar einen Steuereintreiber. Aber die Wanze ist von uns abhängig, wir sind für sie verantwortlich. Wir haben sie zu dem gemacht, was sie ist. Sie ruft uns zu: »Bemühet euch weiter, damit nicht auch wir zugrunde gehen!« Laßt uns deshalb ...*

Ich wollte sowieso zu einer Ausschweifung ansetzen, bevor ich merkte, daß der fermentierte Saft einer attraktiven Traube, die hier auf der Insel Neonarcheos wild wächst, einen sonderbaren Nebeneffekt hat; man kann es Rausch nennen. Nach der besten Information, die ich mir beschaffen kann, war das gestern abend; dies ist der Morgen danach, ziemlich spät – in mir wächst minütlich die Zuversicht, daß ich leben werde.

Kapitän Barr kehrte gestern zurück – das war ein Anlaß zum Feiern –, nachdem er weiter gesegelt war als ursprünglich beabsichtigt. Zum Teil, sagte er, habe es ihn weitergetrieben, weil er seinen Augen nicht habe trauen wollen.

Es besteht kein Zweifel mehr, daß diese Insel, die wir besiedelt haben, die kleinste und westlichste jenes Archipels ist, das in der

---

* Ich habe ihn ins Bett gepackt, Nickie – morgen früh wird er in Ordnung sein.
Di

Alten Zeit Azoren hieß. Die Inseln sind – natürlich kleiner und von anderer Form, wegen des Anstiegs der Meeresoberfläche – alle dort, wo sie nach den Angaben der alten Karten sein sollten. Und auf all diesen Inseln konnte Kapitän Barr nicht eine Spur von Menschen entdecken. Ziegen, Wildschafe, Affen; auf einer Insel sahen die Männer ein Rudel wilder, brauner Hunde, die ein Reh jagten. Vögel waren überall, und in einer Bucht, in der die *Morgenstern* vor Anker ging, spielten große Seeschlangen im seichten Wasser; das sind Tiere, die ich in keinem der alten Bücher beschrieben finde. Nirgends eine menschliche Gestalt, nirgends Rauch am Himmel. In den nächtlichen Stunden vor Anker kein Licht an Land und nichts zu hören außer Insekten, Fröschen, Nachtvögeln und dem Gemurmel der Brandung auf dem Sand. In den besten natürlichen Häfen wächst der Dschungel bis an den Rand des Wassers und versteckt etwaige Überreste von dem, was Menschen in Alter Zeit gebaut haben mögen.

Unsere alte Karte zeigt, daß Routen von Schiffs- und Flugverkehr über diese offensichtliche Reisestation zwischen Europa und Amerika liefen.

Wir wissen, daß es hier hochentwickelte Häfen, Flughäfen und Städte gegeben haben muß.

Höchstwahrscheinlich ging hier während jener von John Barth so genannten ›Ein-Tages-Explosion‹ keine Bombe nieder. Sehr wenige sind überhaupt gefallen, sagt er, und die wurden später von den überlebenden Regierungen ›Unfälle‹ genannt – er setzt hinzu, daß die Auslöschung von an die zwanzig Millionen New Yorkern und Moskauwiten vielleicht als ›ziemlich erheblicher Unfall‹ bezeichnet werden sollte. Vielleicht rührte der Niedergang auf diesen Inseln von den Epidemien, die dem Krieg folgten. John Barth fragte sich in seinem Buch, wieviele der Epidemien direkt von Menschen gemacht worden und wieviele das Ergebnis von Viren- und Bakterienmutationen gewesen seien; er kommt zu dem vernünftigen Schluß, daß niemand das je wissen wird. Oder vielleicht fand hier auf den Inseln ein längeres, ruhigeres, fast ordentliches Aussterben aufgrund von Sterilität statt; die Zahl der natürlichen Todesfälle mag die geringfügige der Geburten überwogen haben; die Bevölkerung, die so lange daran gewöhnt gewesen war, daß eine hochentwickelte Technologie ihr alle Probleme abnahm, konnte sich nicht mehr um sich selber kümmern, bis schließlich irgendwo ein alter Mensch zwischen dem Unkraut starb und niemand mehr da war, ihm ein Grab auszukratzen.

So sind ja auch in unseren Heimatländern viele nichtmenschliche Arten aus dem einen oder anderen Grund ausgestorben. Ich habe nie ein Blaukehlchen gesehen.

Jene Pilger waren eine vergnügliche Schar. Sie standen unter der Obhut eines spindeldürren Priesters. Er hatte langes, gelbes Haar, das jeden Tag mehr nach einem Bad verlangte, und ein mildes, schlichtes Gesicht. Seine Nase schien sich in der falschen Richtung zu verjüngen, denn die Spitze war sehr klein und der Abstand zwischen seinen milchigen blauen Augen sehr groß, so daß er im Gesamteffekt ein Mausgesicht hatte. Ich mochte ihn. Wenn ein Mann eine bodenlange, formlose Priesterrobe trägt, ist es schwer auszumachen, ob er auf den Zehenspitzen geht, aber Pater Fay schien das ständig zu tun, jedenfalls war in seinem Gang ein zehenspitziges Auf und Nieder, und seine hübschen weißen Hände hoben sich bei jedem Schritt, als balanciere er; und meistens war auf seinem Gesicht ein helles, mausiges, gedankenkluges Lächeln. Die Pilger respektierten ihn alle, selbst der zehnjährige Jerry, der Pater Fay die Hölle heiß machte, nicht aus Mangel an Respekt, sondern einfach, weil Zehnjährige so sind.

Jerry war mir schon aufgefallen, noch bevor wir den Schwarzen Prinzen betraten. Als wir uns dem Gasthof näherten, kamen die Pilger gerade in einer ordentlichen Reihe aus der Kirche; Pater Fay diedeldudelte ihnen voran, und Jerry hatte sich ans Ende abgesetzt, ohne daß seine Eltern es gemerkt hatten. Und da hinten hat er natürlich nichts Besseres im Sinn, als weiter zurückzufallen und in seinem niedlichen, weißen Pilgerkostüm

Blödsinn zu machen; wie eine Kriegsfeder steht ihm am Hinterkopf ein Haarbüschel hoch, das die Engel selbst nicht runterkämmen könnten. Zuerst streckt er seinen Hintern raus und humpelt voran, eine arme, alte Dame unter den Pilgern nachäffend; dann streckt er sich, rafft seine Robe bis zum Bauchnabel und kommt mit nacktem Po in einer hübschen Version von Pater Fays Zehenspitzengang daher, ein himmlisches Lächeln strahlt zwischen Sommersprossen, und sein kleiner Zipfel flattert bei jedem Schritt wie ein winziges Fähnlein im Wind. Furchtbares Sakrileg, aber ich erinnere mich, daß selbst Jed kichern mußte.

Sie waren nach Nuber der Heiligen Stadt unterwegs, wie fast jede Pilgergruppe, der man westlich des Hudson-Sees begegnen konnte; ihre weiße Kleidung, zusammen mit dem schwarzen Rock Pater Fays, machte sie selbst aus großer Entfernung als Pilger kenntlich, und kein Soldat würde es wagen, sie zu belästigen.

Als Sam und ich auf unserem Zimmer waren und uns zum Schlafen bereitmachten, wie es auch Jed und Vilet nebenan taten, hörte ich, wie Jerry gebadet wurde. Seine Mutter hatte anscheinend darauf bestanden, daß man ihnen zu diesem Zweck eine Blechwanne und Wasser aufs Zimmer brachte. Ihm gefiel es, und er ließ alle möglichen Teufel los, brüllte, platschte, spritzte und machte verrückte Bemerkungen – man hätte denken können, die arme Frau wüsche einen Banditenkönig. Dann kam Pa von unten herauf; einen Augenblick lang herrschte ängstliche Stille, dann war solides Klatschen auf feuchtem Gesäß zu hören, und von da an war Jerry ein fürchterlich braver Junge.

Was aber Sam und mich anging, so mußten wir nach den ersten wenigen Schlafversuchen einsehen, daß die Pritschen für zweckmäßige Benützung einfach zu kampfzerfetzt und blutig waren. Wir gaben es auf, schüttelten die Decken gründlich und breiteten sie auf dem Boden aus; wir hatten die gute Hoffnung, wenigstens ein bißchen schlafen zu können, bis die feindlichen Kräfte uns wiederfänden.

Tigers Witterung muß in jener Nacht schwer in der Luft gewesen sein, bevor wir ihn brüllen hörten. In der schwülen Mittsommerdunkelheit trillerte und schrillte es von Insekten und Fröschen, aber ich hörte wenig andere Stimmen – kein Fuchs, keine Wildkatze schickten irgendwelche Botschaften. In der Herberge konnte ich, von anderen dicken Gerüchen umgeben, den von Tiger nicht aussondern, aber ich spürte seine Nähe. Mehrere Male sah ich ihn, wie er im späten Sonnenlicht auf dem Felsen erschienen war, und ich wußte, er war da draußen im Dunkeln, nicht weit weg.

Als er schließlich seine Stimme erhob, verstummten sogar die Insekten für einen Moment, als wäre jedes geistlos lärmende Ding in der Schale seines winzigen Körpers zusammengezuckt, zusammengezuckt mit einem *Was-war-das*?

Sein Brüllen ist stumpf, kurz, harsch. Es scheint nicht sehr laut zu sein, aber es ist ungeheuer durchdringend und massiv. Es ist nie langgezogen, und er wiederholt es nicht bald. Vielleicht brüllt er, um das Wild zu einem verräterischen Zucken zu erschrecken. Das Brüllen ist zu alldurchdringend, zu tief im Baß, zu sehr ein Schmerz und Beben in deinem eigenen Mark, als daß es dir seine Position preisgeben würde. Als ich ihn in jener Nacht hörte, hätte er eine halbe Meile entfernt sein können oder auch ganz nah im Dorf selbst, eine der schwarzen Straßen entlangstreichend, in massiver Ruhe und bereit zu zerstören. Ich schlich mich ans Fenster, leise, als könnte mich selbst hier drinnen ein Geräusch von mir gefährden. Sams Stimme kam aus dem Dunkel: »Klingt, als ob der alte Haudegen nicht weit weg wäre.« Ich hörte, wie er sich umdrehte und auf seinen Ellbogen stützte und gleich mir in die Nacht lauschte.

Der Tiger sprach nicht noch einmal, aber hinter der verschlossenen Tür im nächsten Zimmer sagte Vilet plötzlich: »Oh, Jed! Oh – oh ...«, und das rhythmische Quietschen eines Bettgestells war zu hören; dumpf schlug ein hölzerner Rahmen gegen die Wand; einen Moment lang hörte ich Jed stöhnen wie einen Sklaven unter der Peitsche, und Sam stieß zwischen den Zähnen hervor: »Ich werd' verrückt.«

Bald war es wieder still, wenigstens drang kein Geräusch mehr durch die Tür. Sam kam zu mir ans Fenster und murmelte: »Komisch – ich hätte nicht gedacht, daß er kann.«

»Nur einmal, hat Vilet mir erzählt. Ein einziges Mal, mit der Hure in Kingstone, über die er so oft redet.«

»Ahja, hat sie mir auch erzählt.« Ich spürte, wie er mich freundlich und gedankenvoll durch das Dunkel beobachtete. Dann lehnte er sich aus dem Fenster, sein sternenbeleuchtetes Gesicht blickte auf das lichterlose Dorf. »Hat die kleine heiße Fotze sich ein bißchen um dich gekümmert?«

»Mmh.« Ich glaube, meine blöde Verlegenheit war eine Folge der Waisenhauserziehung, einer Mischung aus säuerlicher Prüderie und Frömmigkeit, diesem klebrigen Zeug, mit dem die menschliche Rasse so oft ihre Kinder teert und federt.

Irgendwo im Dorf schrie ein Kind, das das Brüllen des Tigers wahrscheinlich erschreckt hatte; es war ein anhaltendes hilfloses Wimmern; die müde und gütige Stimme einer Frau versuchte, es zu besänftigen. Ich hörte, wie sie irgendwo, körperlos – als hingen ihre Worte im Dunkeln – sagte: »Eia, eia, er kann dir doch nichts tun, Baby ...«

Als ich mich am Morgen anzog, ging es mir durch den Kopf – der Verdacht war mir schon während des Essens am Abend zuvor gekommen, dem Mahl nach Sonnenuntergang, mit dem das Freitagsfasten gebrochen wurde –, daß es kein reines Honiglecken war, vom Status eines Pfand-Diener-Stalljungen, dem niedrigsten Wesen über einem Sklaven, zu dem des Neffen eines langbeinigen Misters aufgestiegen zu sein. Gewiß hatte ich dieses Wunder selber zustandegebracht, doch der Gedanke daran tröstete mich nur wenig. Die Vortäuschung adligen Standes wird schwer bestraft, so schwer wie es bestraft wird, wenn ein Pfand-Diener das weiße Lendentuch eines Freibürgers trägt. Ich plapperte etwas über die bemerkenswerte Macht eines weißen Fetzens zu Sam, aber er war an der praktischen Seite der Sache mehr interessiert als an ihrer Philosophie. »Dünkt mich, Jackson, du mußt auf ein paar von den gottverdammten *kleinen* Dingen achten, zum Beispiel, daß du nicht in der Nase bohrst und sie nicht so laut am Handrücken abwischst, wenigstens nicht, während du ißt. Das ist mir gestern abend beim Essen aufgefallen, aber ich wollte vor den Pilgern nichts sagen.«

»Naja«, sagte ich, »aber ich hatte eine feuchte Nase, und außerdem hab' ich im Stier-und-Eisen feine Herren gesehen, die das auch machen.«

»Es gibt ein altes Wort, Adel hat Rechte, aber so wichtig ist der Neffe eines Misters nun auch wieder nicht, Jackson. Und noch etwas – wie du dich ausdrückst. Zum Beispiel, als sie gestern abend den gottverlassenen, geräucherten Dorsch anbrachten, der so roch, als wär er der uneheliche Sproß einer langen Reihe verschimmelter Vorfahren, also, ein Aristokrat hätte ihnen befohlen, den wegzuschaffen, sicher, und er hätte irgendwas wirklich Bissiges gesagt, woran sie sich noch lange erinnern würden, *aber* – mit 'ner Bande von heiligen Pilgern am nächsten Tisch würde er sich nicht zurücklehnen und losbrüllen: ›Wer hat auf meinen Teller geschissen?‹ Das tät er einfach nicht, Jackson.«

»Tut mir leid«, sagte ich verdrossen – ich hatte nicht viel geschlafen. »Ich wußte nicht, daß Pilger nicht müssen.«

»Darum geht es nicht, Jackson. Sie müssen wohl, redensartigerweise. Aber die Sache ist die, du mußt deinen Einfluß auf die Kleinen berücksichtigen, hol sie die Pest. Nimm den kleinen Jerry. Das nächste Mal, wenn ihm seine Ma sagt, er soll was essen, was er nicht mag, na, frag dich selbst, was er sagen wird – wenn sein Vater nicht in Hörweite ist. Frag dich selbst!«

»Verstehe, was du meinst. Aber ist er nicht ein Pisser?«

»Eija.« Aber ich konnte Sam nicht ablenken, wenn er einmal beim Erziehen war. »Und nimm das Furzen, Jackson. Gewöhnliche Leute, wie wir beide in Wirklichkeit sind, die scheren sich nicht darum oder lachen oder so, wenn einer über die Pfanne knattert, aber wenn du der Neffe eines Misters sein willst, mußt du es ein bißchen anders machen. Wenn du 'nen lauten fahren läßt, sagst du nicht: ›He, wie wär's denn damit?‹ Nein, Sir, du setzt 'ne Art trauerträumigen Blick auf und musterst die Anwesenden, als hättest du einfach nicht gedacht, daß sie so was Niedriges *tun* können.«

Vilet und Jet kamen in diesem Augenblick in unser Zimmer,

und Sam ließ mich aus der Zange. Jed sah ganz verkehrt aus, war schwarz unter den Augen, als hätte er nicht geschlafen, seine großen, klobigen Hände zitterten; natürlich machte sich Vilet Sorgen um ihn. Höflich erkundigte sich Sam nach den Wanzen auf ihrer Seite der Mauer, als Jed, der nicht zugehört hatte, dazwischenfuhr: »Ich habe die ganze Nacht gebetet, aber Gottes Wort wird mir versagt.«

Vilet sagte: »Alter Jed ...« und streichelte seinen Arm, während der einfach dastand, zweihundert Pfund Schwermut, ein großer, harmloser, irgendwie geschlagener Stier ohne Kampfgeist.

»Ich sollte euch verlassen«, sagte Jed, »so ein hoffnungsloser Sünder, wie ich bin.« Schwer und müde saß er auf meiner Pritsche; ich erinnere mich, wie er hinunterschaute und überrascht schien, seine Hand auf meinem Sack zu sehen, auf der Wölbung des goldenen Horns, und er zog die Hand weg, als hätte er kein Recht, den früheren Besitz eines heiligen Einsiedlers zu berühren. »Und der Herr sprach: Ich werde dich ausspeien aus meinem Munde – hat er gesagt, 's steht irgendwo im Buch. Und das ist noch nicht alles ...«

»Aber Jed, Schatz ...«

»Nein, still, Frau. Ich muß dir ins Gedächtnis rufen, was der Jünger Simon sagte: Der Herr sprach, aber ich wandte mich ab. Erinnerst du dich? Das sagte er, nachdem er Abraham den Mittler verleugnet hatte, als der am Rad zu Nuber starb. ›Und sie brachten Simon zum Marktplatz‹ – so heißt es, erinnerst du dich? –, ›zum Marktplatz, und Simon sagte: Ich kenne diesen Mann nicht. Und sie fragten ihn wieder, aber er sagte: Ich kenne diesen Mann nicht.‹ Und dann, erinnerst du dich, danach, als Simon auf die Folterbank im Gefängnis von Nuber gelegt wird, da sagt er die anderen Worte, die ich erwähnt habe: Der Herr sprach, aber ich wandte mich ab. Das bin ich, Freunde. Der Herr sprach, aber ich wandte mich ab. Der Blitz wird auch euch treffen, wenn ich bei euch bin, wenn er kommt. Ich habe nicht den Wunsch, euch zu verlassen, so gut, wie ihr zu mir wart, und wir waren die ganze Zeit Freunde, aber ich sollte es tun, und ...«

»Aber du *wirst* es nicht«, sagte Vilet weinend, »du wirst nicht, weil wir dich nicht lassen, ich nicht und Sam und Davy auch nicht.«

»Ich bin nicht würdig«, jammerte Jed. »Ich wate in Sünde.«

»Aber das *war* keine Sünde«, sagte Vilet. »Du hast nichts getan, als ihn für 'n paar Minuten reinzustecken, und ich fand's herrlich, egal was du sagst, wenn's so ein heiliger Mann wie du macht, *kann's* keine Sünde sein, das wär nicht fair, und sowieso, wenn's 'ne Sünde wäre, bin's ich, die dafür büßen sollte ...«

»Oh, still, Frau! Deine Sünden werden dir vergeben werden, weil dein Herz unschuldig ist, aber ich, ich hab' das ganze gottgeschenkte Wissen um Gut und Böse, für mich gibt's keineswegs 'ne Entschuldigung.«

»Nun, komm runter zum Frühstück, bevor du irgendwelche Entscheidungen machst.«

»Oh, ich kann nichts essen.«

Immer noch weinend, sagte Vilet: »Verdammt noch mal, du kommst runter und ißt dein Frühstück!«

17

Die Pilger saßen schon beim Frühstück, Spiegeleier und Speck, sie ließen sich nicht lumpen, und dank der Ersparnisse, die Vilet in ihrem Schultersack mit sich herumtrug, konnten wir uns dasselbe leisten. Mit Jed im Blick bestand sie auch darauf, denn sie hing der bei Frauen sehr beliebten Theorie an, daß neunzig Prozent allen männlichen Kummers von einem leeren Magen rühren.

Die Eßstube im Schwarzen Prinzen war so klein, daß man von Wand zu Wand hätte spucken können, und nach dem Aussehen der Wände zu schließen, hatte manch ein ehemaliger Gast das auch getan. Es gab nur fünf Tische. Der tattrige Wirt hatte drei Sklaven als Helfer in der Küche, traute ihnen aber offensichtlich nicht zu, bei Tisch zu bedienen, und machte das selbst. Die Erinnerung an den wohlriechenden, ordentlichen, geräumigen Stier-und-Eisen machte es mir leicht, über diese Taverne wie ein Adliger die Nase zu rümpfen.

Der Stier-und-Eisen war ein mindestens hundert Jahre altes, stattliches Gebäude gewesen. Man erzählte sich, daß es von viel mehr freiem Land umgeben gewesen sei, als es gebaut wurde, das Old Jons Vater mit großem Gewinn verkauft habe, nachdem eine neue Palisade errichtet worden war, um der Ausdehnung der Stadt Rechnung zu tragen, und der Wert des Landes gestiegen war. Der Stier-und-Eisen hatte nicht weniger als fünfzehn Gästezimmer im ersten Stock, ohne das Schlafzimmer Old Jons und der Mam zu zählen, und auch Emmias nicht, in dem ich meine Kindheit zurückgelassen hatte. Unten jene fabelhafte, große Küche mit zwei Vorratskammern und ein schöner Keller, die Schankstube und der große Eßsaal mit den holzkohlenschwarzen, fußbreiten Eichenbalken an der Decke; dreißig Menschen konnten an den Tischen Platz nehmen, ohne den

Raum zu überfüllen. Ich glaube, an die kühle Schankstube kann ich mich am besten erinnern und an das Kunstwerk über der Theke, ein echt handgemaltes Bild; darauf waren Menschen in komischen Kleidern zu sehen, von denen einige rittlings auf Eisenbahnzügen saßen und andere eine Herde Automobile vor sich hertrieben oder Bomben warfen, während aber alle mehr oder weniger in Anbetung um eine triumphale, große Nackte mit riesigen Augen und ungeheuren Titten, so groß, als hätte sie einen Balkon unter dem Kinn, versammelt waren. Da saß sie mit gekreuzten Beinen, zeigte ihre immensen, weißen Zähne und ließ sich anbeten, und man wußte, es war eine Darstellung des heidnischen Festes der Santa Busa in der Alten Zeit. Auf dem Bild war das Radzeichen der kirchlichen Genehmigung, sonst hätte der alte Jon es nicht zur Schau stellen können. Die Kirche hat nichts gegen derartige Kunstwerke am passenden Ort, solange sie anständig und ehrfürchtig sind und die Alte Zeit als brodelnden Sündenpfuhl zeigen.

Aber der Schwarze Prinz in Ost-Perkunsvil – beim Teufel, das einzige Wandgemälde dort war ein Fleck von der Größe meines Kopfes in der Wand der Eßstube, wo der Verputz heruntergebröckelt war und niemand genug alimentäre Maurerkenntnisse besessen hatte, ihn zu ersetzen. Das einzige ehrenwerte Wandgemälde, meine ich. Die andere Art gab's natürlich hinten im Aborthäuschen. Eines unserer alten Bücher erwähnt, daß etwas Derartiges in den Ruinen von Pompeji gefunden worden sei: Der Stil hat sich kein bißchen geändert.

Der Pilger waren sieben; das ist die übliche Zahl, die als Glückszahl gilt – Abraham hatte sieben Jünger – die Woche hat sieben Tage – und so fort. Östlich des Hudson-Sees sind Pilgergruppen oft zu weniger heiligen Orten als Nuber unterwegs, gewöhnlich zu Tempeln, die die Stätten bezeichnen, wo Abraham gepredigt haben soll; und diese Gruppen sind, besonders in Nuin, größer und oft voller Leben und Vergnüglichkeiten. Reisende Studenten schließen sich ihnen an, um ihren Spaß zu treiben und der Gesellschaft wegen, und so eine Schar stiftet zuweilen einen ganz schönen fröhlichen Aufruhr auf den Straßen.

Die Gruppe im Schwarzen Prinzen war anders – unmißverständlich kam für sie die Religion zuerst, für alle außer Jerry, und aus den Blicken, die seine Eltern ihm zuwarfen, konnte man schließen, daß er gut daran täte, in Nuber etwas Heiligkeit an Bord zu nehmen, sonst ... Die anderen Pilger der Gruppe haben in meiner Erinnerung fast völlig ihre Konturen verloren – drei Frauen und ein Mann. Eine der Frauen war jung und recht hübsch, aber ich kann mich nur noch an ihre Ängstlichkeit und ihr sehr weißes Gesicht erinnern; ich glaube, eine der beiden älteren Frauen war ihre Mutter oder Tante.

»Die Ruinen der Stadt aus Alter Zeit namens Albany, die wir vor ein paar Tagen besichtigt haben«, sagte Pater Fay, »sind die letzten auf unserem Weg nach Nuber gewesen.« Für so einen sanften Mann griff er recht wacker zu beim Schinken. »Dieses Gebiet, durch das wir jetzt kommen, ist in den alten, heidnischen Zeiten hauptsächlich Farmland gewesen, also sind keine großen Bauten zu erwarten.« Pater Fays Bariton war voll, glatt, überraschend kräftig; ich mußte dabei an warmen Honig denken, der auf ein Brötchen tropft, und als ich noch einmal hinsah, laust mich doch der Affe, wenn sie nicht *Brötchen hatten,* echte Maisbrötchen, frisch aus dem Backofen; denn ich sah den Dampf, als Jerry eines öffnete und Butter hineinschmierte. »Das eigentliche Bergland von Katskil wurde in alten Zeiten, wie heute auch, mehr oder weniger in seinem natürlichen Zustand belassen.«

»Ich habe mich oft gefragt, Sir«, sagte Jerrys Vater, »was die Quelle von Katskils Reichtum sein mag. Man erwartet in einem Bergland keinen Reichtum.«

Sam murmelte mir zu: »Levannon – hör' ich an seinem Akzent.«

»Es sind ihre südlichen Provinzen«, sagte Pater Fay. »Reiches Farmland südlich der Berge, bis hin zur Mündung des großen Delaware-Flusses, der, glaube ich, die gesamte Grenze zwischen Katskil und Penn markiert ... Mein Gewissen plagt mich. Ich befürchte, ich habe es versäumt, euch einige der besonders lehrreichen Merkmale der Ruinen von Albany zu zeigen, denn ich bin immer so sehr von der traurigen Pracht bewegt ...« – Jerry zappelte auf seinem Stuhl herum und beobachtete mich auf eine komische, warme, stieläugige Art – »und von der Würde dieser alten, zerfallenen Architektur, wenn man sie bei Ebbe sieht – ah, und bei Mondlicht!«

»Ma«, sagte Jerry.

»Wir hatten Glück, daß der Mond schien. Oft spürt man auf diesen Pilgerreisen das Walten einer himmlischen Vorsehung ...«

»*Ma!*«

»Die Tür da drüben – du weißt genau ...«

»Nein, ich muß nicht. Ich will ...«.

»Jerry, der Pater redet.«

»Schon gut, Mam Jonas«, sagte Pater Fay mit eingeübter Geduld. »Was will der Junge?«

»Ma, ich kann das Brötchen nicht mehr.« (Wie auch? – er hatte schon zwei gehabt, eins, als niemand außer mir es sah.) »Kann ich es ihm da drüben geben?«

Zum Kuckuck, wenn er nicht mich meinte. Ich spürte, wie mein Gesicht so rot wurde wie mein Haar, aber das verging. Halbwegs verstand ich, daß der kleine Knoten nicht nur den gnädigen Prinzen spielte, der einem demütigen Untertan eine Gunst erwies: Ich mußte ihm tatsächlich irgendwie gefallen, und er fühlte sich in einer jener phantastischen Schwellungen kindlichen Gefühls zu mir hingezogen.

»Seht doch«, sagte Pater Fay, »Mam Jonas, das ist der Anfang, von dem ich sprach, die Knospe einer wahrlich murkanischen Gesinnung.« Und in einer hilflosen Manier blinzelte Pater Fay mir zu; das war seine Bitte an mich, mitzuspielen, solange Jerry in Stimmung war.

Die Einführung offizieller Heiligkeit machte Jerry verlegen und verkrampfte seinen Stil, aber nichtsdestoweniger brachte er das Brötchen sehr hübsch herüber, während die ganze Versammlung gerührt auf uns blickte. Schon mal auf 'ner Kuhweide aufgewacht und festgestellt, daß die Viecher im Kreis um dich herumstehen und dich anstarren und starren, kauend und kauend, als ob du sie an etwas erinnert hättest, sie wissen nicht was, aber gleich wird's ihnen einfallen? Ich nahm das Brötchen und sagte mein bestes Dankeschön, und Jerry trat den Rückweg an, nun er mit hochrotem Kopf, sprachlos. Die Pilgerdame, die gewiß irgend jemands Tante war, sagte: »Ach, ist das nicht süß!« Da konnten Jerry und ich einen Blick tiefgefühlter Sympathie wechseln; denn sie umzubringen, war nicht praktisch.

»Bei der Betrachtung solcher Ruinen«, fuhr Pater Fay in seinen Erläuterungen fort, »*besonders* bei Mondschein, fühlt man immer, man sagt zu sich selbst, ah, hätte Gott ihnen nur etwas mehr Weisheit gegeben, etwas mehr Bereitschaft, die Warnungen zu beachten. So herrliche Werke, so gottlose, verruchte Wesen!«

»Pater Fay«, sagte die hübsche, weißgesichtige junge Frau, »stimmt es, daß diese großen Gebäude mit den flachen Dächern, da draußen im Wasser, für – äh – Menschenopfer waren?«

»Nun, Claudia, natürlich mußt du wissen, daß die Gebäude damals nicht unter Wasser waren.«

»Oh, ja, ich weiß, aber ... äh ... waren sie ...?«

»Unglücklicherweise wird man zu dem Schluß gezwungen, meine liebe Claudia. Oft ...« – ich glaube, hier seufzte er und nahm sich ein weiteres Brötchen; meins hatte ich unter Sams strengem und ehrfürchtigem Blick verzehrt – »... oft sind diese Gebäude ja nicht einfach quadratisch oder rechteckig, sondern haben eindeutig die Form des Kreuzes, und wir wissen, daß das in der Alten Zeit das Symbol für Menschenopfer war. Es ist traurig, ja, aber wir finden Tröstung in dem Gedanken, daß es eine Kirche gibt ...« – er machte das Zeichen des Rades auf seine Brust, und wir folgten ihm damit – »die die wahrhaftige Erforschung der Geschichte im Lichte des Gotteswortes und der modernen Geschichtswissenschaft leiten kann, so daß man mit der Last der alten Sünden und Tragödien und der fürchterlichen Torheiten der Vergangenheit nicht alleingelassen ist ...«

Draußen im dunstigen, heißen Morgen, vielleicht noch im Schatten des Waldes, aber gewiß nicht weit von unserer schwachen Palisade aus Menschenhand entfernt, brüllte der Tiger.

Jeder einzelne in der Eßstube – außer Jed, glaube ich – blickte zuerst auf Sam Loomis, als jene Stimme uns ins Mark drang. Sie waren sich dessen wahrscheinlich nicht einmal bewußt und hatten sicherlich nicht die Vorstellung, er könne sie beschützen; sie wandten sich nur einfach wie Kinder an den stärksten Erwachsenen, der in der Not anwesend war; auch Vilet; auch Pater Fay.

Sam erhob sich und trank seinen Frühstückstee aus. »Wenn's Euch recht ist«, sagte er zu einer Stelle in der Luft zwischen Pater Fay und dem tattrigen Wirt, »werd' ich mich mal draußen umsehen.« Ich glaube, nicht einmal so viel hatten sie wissentlich von ihm erwartet. Er schritt zur Tür hinaus.

Ich sagte – zu wem, weiß ich nicht, vielleicht Vilet: »Mein Bogen ist oben.« Jed stand massig und schüttelte den Kopf. Ich glaube nicht, daß er seit dem Beginn des Frühstücks ein einziges Wort gesagt hatte. Ich konnte nicht warten, zu verstehen, was er meinte, sondern schoß zu unserem Zimmer hinauf. Als ich mit meinem Bogen und dem Pfeilköcher zurückkehrte, liefen sie alle in dem Raum durcheinander. Ich sah, daß Jed mit verhaltener Stimme auf Pater Fay einredete, der in einer abgelenkten, ungläubigen Art zuhörte, auch auf seine Pilgerschar achtete und den Kopf schüttelte. Ich konnte Jeds Worte nicht hören. Jerry war am Fenster, seine Mutter klammerte sich an ihn, sonst wäre er schon draußen gewesen. Pater Fay runzelte die Stirn, als ich mit meinem Bogen an ihm und Jed vorbeischlüpfte, sagte aber nichts und versuchte nicht, mich aufzuhalten, als ich zu Sam hinauseilte.

Sam stand mit ein paar anderen auf der sonnigen und staubigen Straße. Gelegentliche Windteufelchen erhoben sich, wirbelten herum und starben, während eine heiße Brise auf tückischer Besorgung vorübereilte.

Der ältliche Dorfpriester – ich hörte, wie einer der Dorfbewohner ihn Pater Delune nannte – war aus dem Pfarrhaus neben seiner kleinen Kirche gekommen und reckte den Hals, um etwas auf dem Kirchturm zu erkennen. Er rief – zu uns, nehme ich an, da wir am nächsten standen: »Yan Vigo steigt hinauf und hält Ausschau. Wir wollen nicht allzuviele auf der Straße. Vielleicht ist es eine Einbildung.« Seine Stimme war gut, winddurchlüftet und freundlich und gespannt von kontrollierter Furcht. »Sie sollten drinnen bleiben und beten, daß es eine Einbildung ist.« Sam nickte, aber er beobachtete mich. In diesem Augenblick kletterte ein schmächtiger Junge aus einem Fenster des Glockenturms und schwang sich rittlings auf das Radsymbol, das gut zehn Fuß im Durchmesser maß und aus dem sich die Spitze erhob. Er war wohl dreißig Fuß über dem Boden und konnte wahrscheinlich auf allen Seiten des Dorfes über die Palisade hinaussehen. Ich weiß noch, daß ich dachte, Yan hätte es gut erwischt.

Als ich Sam erreichte, wußte ich, daß er mich ins Innere des Hauses zurückschicken wollte. Aber ich hatte meinen Bogen gebracht; so verletzen würde er mich nicht wollen. Er sagte zu mir: »Hörst du, was ich höre, Jackson?«

Ich hörte es, es kam aus der Nähe des Tores, wo der Mann, der uns tags zuvor eingelassen hatte, wieder Wache hielt. Heute hatte er leichte militärische Rüstung angelegt, Helm, Brustpanzer aus Bronze, Lederschutz über Schenkeln und Zwickel – alles ohne ohne besonderen Wert gegen den Tiger, abgesehen davon, daß er sich damit wohler fühlte. Er trug eine schwere Lanze anstatt des Wurfspießes – das war sinnvoll –, und seine ehrlichen Hände übermittelten der Lanzenspitze ein Zittern, als sei er auf dem Höhepunkt einer Malaria; aber immerhin blieb er auf seinem Posten. Das Geräusch, das Sam meinte, war ein leichtes Knacken oder Hacken, verbunden mit dem Hauchen eines weich schnüffelnden Atems gleich dem Gebläse eines Riesen, der in ein unsichtbares Feuer pustet. Ihr habt wahrscheinlich schon einmal gesehen, wie einer kleinen Hauskatze die Kiefer beben, wenn ein Vogel außer Reichweite über sie hinwegfliegt oder auf einem hohen Ast landet und sie ausschimpft; mit der Kieferbewegung geht ein kleiner, heiserer Schrei einher, eine Art erboster Explosion, nicht Spucken und nicht Knurren, schlichte Erbitterung, die Spannung dessen, was sie tun würde, wenn sie den Vogel erreichen könnte. Aber dieses Geräusch außerhalb des Palisadentors war mehr als fünfzig Fuß von Sam und mir entfernt, und ich konnte es deutlich hören.

Der Torwächter schrie: »Ich kann seinen Schatten durch die Ritzen sehen!«

Sam sagte: »Jackson, du ... du solltest den Pilgern sagen, daß sie drinnen bleiben sollen.«

Ich ging unentschlossen zur Tür der Herberge zurück, als Pater Delune ernst an uns vorbei zum Tor schritt. Ich mußte anhalten, zurückschauen, sehen, was der Priester vorhatte. Er lehnte sich direkt an die Holzbalken, betend, seine Arme ausgestreckt, als wolle er das ganze Dorf mit seinem plumpen, alten Körper schützen; musikalisch hallte seine Stimme durch die heiße Straße. Die Brise, die mir die Worte deutlich hörbar zubrachte, brachte auch Tigers Geruch. »Wenn daher du ein Diener Satans bist, ob Bestie oder Hexe oder Zauberer in Bestiengestalt, so beschwören wir dich, weiche im Namen Abrahams, der Heiligen Jungfrau Mutter Cara, im Namen des Heiligen Andreas des Westens, dessen Dorf dies ist, im Namen aller Heiligen und Mächte, die im Licht des Tages wohnen, weiche, weiche! Wenn du aber ein Diener Gottes bist und gesandt, Strafe zu verhängen, während wir alle, außer einem, dessen unwissend sind, dann gewähre uns ein Zeichen, Diener Gottes, auf daß wir den Sünder erkennen. Oder wenn es denn sein muß, komm über uns, Diener Gottes, und sein Wille geschehe! Amen!«

Yan Vigos Stimme wehte herunter, ein Sprung war in ihr: »Er geht weg! – vielleicht.« Sein ausgestreckter Arm folgte der Bewegung des Tigers, der offenbar von direkt unterhalb der Einpfählung in Yans Blickfeld getreten war. »Steht auf der Straße, Pater! 's ist ein Männchen, ein altes Männchen.«

»Weiche! Im Namen Abrahams, weiche!«

»Hat einen dunklen Fleck auf der linken Seite, Pater, wie der, der letztes Jahr in Hannaburg einfiel ... Steht einfach nur da.«

Dann kam – so erledigte sich mein Auftrag – Jed aus der Herberge, und Pater Fay mit ihm; obwohl ich etwas murmelte, schien keiner der beiden mich zu bemerken. Vilet stand in der

Eingangstür und starrte Jed nach, und die weißen Gewänder der Pilger bildeten hinter ihr eine aufgewühlte Wolke. Pater Fay redete deutliche Worte: »Nein, mein Sohn, ich kann nicht zustimmen, kann so etwas nicht segnen, und Ihr dürft meine Herde nicht an ihrer Pflicht hindern, und die heißt Beten.« Dann kamen die Pilger allesamt – Jerry mit Vater und Mutter, das weißgesichtige Mädchen und die alten Leute – heraus auf die Straße, und ich glaube, eher, als daß sie sich von mir hätten aufhalten lassen, wären sie durch mich hindurchgegangen, wenn ich nicht zur Seite getreten wäre.

»Pater«, sagte Jed, »wenn Ihr mir nicht Euren Segen gebt, dann muß ich diesen anderen Mann Gottes bitten.« Und er schritt auf das Tor und Pater Delune zu, an Sam vorbei, als kenne er ihn nicht.

Vilet rief zu mir: »Davy, er hört nicht, was ich sage. Halt ihn auf, Davy, er soll's nicht tun!« Was nicht tun? – ich hatte keine Ahnung. Ich hatte das Gefühl, wir bewegten uns alle in einem Nebel, und keiner hörte den anderen – wenn der kleine Jerry da drüben in seiner weißen Robe zu grinsen aufhören und etwas zu mir sagen würde, würde ich nichts hören als das Echo des Tigergebrülls und jenes feuchte Aufeinanderschlagen von Zähnen.

Yan Vigo schrie wieder: »Er geht zur Westseite. Seh ihn nicht mehr – Catons Haus ist dazwischen.« Für den Jungen da oben war es wahrlich der größte Tag in einem langweiligen Leben; man konnte die Lust in ihm hören wie Tanzmusik hinter einer Tür. Ich war selbst kindischem Denken noch nahe genug, um auch in Jerrys Gesicht den Neid zu lesen, mit dem er zum Turm hinaufsah.

Pater Delune kam vom Tor zurück und hörte Sam zu. Einige Minuten lang bildeten wir auf der Straße eine ziellos wirre Gruppe – Pater Delune, Sam, Jed, ich und ein namenloser Mann. Niemand schlug einen Jäger vor, geschweige denn einen Wildführer. Ich konnte die ganze Länge der Hauptstraße bis zu ihrem anderen Ende entlangblicken, wo ein kleineres Tor in die Wildnis führte. Das Haus des Wildführers mußte dahinter sein.

Jed war plötzlich vor Pater Delune auf den Knien. »Es muß sein, Pater! Gebt mir Euren Segen, auf daß ich hinausgehe und er über mich kommt, daß so das Dorf verschont werde; so laßt mich meine Sündenlast niederlegen. Ich werde keine Angst haben, wenn ich mit Eurem Segen gehen kann.«

Sam sagte rauh: »Du bist kein schlimmerer Sünder als irgendeiner hier.«

Aber Pater Delune gebot ihm mit faltiger Hand Einhalt, die auch uns übrige aufforderte, stillzusein und ihn nachdenken zu lassen. »Es geziemt sich nicht«, sagte er. »Ich habe nie von einer solchen Tat gehört, es ist nicht vernünftig. Vielleicht ist sündiger Stolz im Spiel – mein lieber Sohn, wer seid Ihr?«

»Jed Sever ist mein Name, mein Leben lang war ich ein verbohrter Sünder, und wer kann sagen, daß der Tiger nicht meinetwegen das Dorf bedroht? Pater, segnet meinen Weg hinaus. Ich möchte mit der Hoffnung auf Vergebung beim Throne Abrahams sterben.«

»Nicht doch – wir alle sündigen doch, vom Augenblick der Geburt an, aber ich kann mir nicht vorstellen, daß ihr so ... so ...« Und Pater Delune blickte neugierig und besorgt auf Sam, sogar auf mich; er wollte wohl irgendeine Unterstützung von uns, ohne zu wissen, was für eine wir geben könnten oder wie er danach fragen sollte. »Sünde, Jed Sever – sie schreibt sich einem Menschen ins Gesicht, könnte man sagen. Ihr Fremden, seid ihr Freunde dieses Mannes?«

»Mein Vetter durch Heirat«, sagte Sam, »und ein gutes Herz, das beste, Pater, aber übereifrig. Sein Gewissen ...«

»Du verstehst das nicht«, sagte Jed. »Hört nicht auf ihn, Pater. Er kann die Sünde in meinem Herzen nicht sehen. Die Bestie wird nicht gehen, bis ich es tue. Ich weiß es, ich spüre es.«

»Aber«, sagte Pater Delune, »vielleicht ist sie schon weg, und dies alles ist überflüssig.«

»Wo ist euer Wildführer, Sir?« fragte Sam.

»Weg. Auf dreitägiger Jagd mit unseren besten Männern.«

Der Tiger brüllte irgendwo jenseits des Wirrwarrs alter Häuser auf der Westseite des Dorfes. Ich hörte ein Prasseln, eine dumpfe Erschütterung, das Splittern von Holz. Sam schrie zum Kirchturm hinauf: »Ist er drinnen, Junge?«

»Nein.« Yan Vigas Stimme war hoch geworden wie die eines Mädchens. »Glaub, er hat sich mit einer Pranke in den Bindungen gefangen, und etwas ist gerissen, aber es hält noch.« Vigo meinte die Wicklungen, die die Pfähle der Palisade zusammenhielten; es waren Lederriemen, die feucht um die Hölzer gebunden worden waren und dann trockneten, wobei sie zu einer engen Halterung schrumpften. Nur wohlhabende Städte können sich eiserne Klammern und Draht leisten. »Er geht jetzt ums Dorf rum zum Hintertor.«

»Pater, segnet mich und laßt mich gehen.«

Ich kratzte meinen eigenen Mut zusammen und sagte: »Pater, ich treffe todsicher mit diesem Bogen. Darf ich es von einem der Dächer versuchen?«

»Nein, mein Sohn, nein. Verwunde ihn, und er wird das ganze Dorf zerstören.«

Das war nicht wahr, und ich wußte es. Ein Tiger ist nur eine große Katze. Eine plötzlich verwundete Katze läuft davon und kämpft nicht, es sei denn, es gäbe keinen Ausweg oder sie könnte ihre Beine nicht benutzen. Aber ich wußte ebenso, daß es sinnlos war, einen Priester belehren zu wollen. Mit einem Arschloch kann man furzen, beibringen kann man ihm nichts. Ich sah, daß Pater Fays Pilger zusammen vor der Kirche auf der Straße knieten. Gegen mein besseres Wissen machte ich noch einen Versuch: »Pater, ich versprech' Euch, ich könnte einen Pfeil in sein Auge schießen, ich habe an Astlöchern auf hundert Schritte Abstand geübt ...«

Ich war ihm nur lästig. »Unmöglich. Und was, wenn der Tiger ein Bote Gottes ist? Ich will nichts mehr davon hören.« Er fragte Sam: »Ist dies Euer Sohn?«

»Mein Neffe, und wie ein Sohn. Er ist kein Angeber, Pater. Ich habe gesehen, wie er ein ...«

»Ich sagte, ich will nichts mehr davon hören. Nehmt die Pfeile des Jungen, Sir, und bewahrt sie, bis dies vorüber ist.«

Sam mußte sie nehmen, ich mußte sie abgeben, wir beide mit leeren Gesichtern. Die Pilger sangen.

Das Lied war »Fels der Zeitalter«, das aus der Alten Zeit stammt, ein ziemliches Allerweltslied, das die Jahrhunderte überdauerte, während eine grenzenlose Literatur viel besserer Musik zugrunde ging. Jerrys Stimme setzte mich in Erstaunen, sie war unglaublich klar und süß – nun, ich hatte nie einen trainierten Knabensopran gehört und sollte auch nie wieder einen hören, bis ich nach Old City in Nuin kam, wo sie in der Kathedrale geschult werden. Bei der zweiten Strophe hörte ich, wie auch hinter mir jemand sang – Vilet, meine gute, warme Vilet, die immer noch weinte, aber durch das nasse Schnüffeln hindurchsang, mehr oder weniger richtig. Ich konnte nicht singen, und Sam auch nicht, der neben mir stand und die Pfeile locker in der Hand hielt, die mir zunächst war.

Hinten am fernen Ende der Straße, über dem rückwärtigen Tor, das so hoch wie der Rest der Palisade war, ungefähr acht Fuß, da hinten in der schimmernden Hitze des Sommermorgens beobachtete ein Gesicht unsere menschlichen Unsicherheiten, goldbraun und blaß, furchtbar und herrlich. Über das helle Gold liefen Streifen dunkleren Goldes, als würfe zwischen ihn und uns ein schützendes Hindernis noch den Schatten seiner Stäbe – und, für seine Augen, auch Schatten auf unsere Gesichter?

Wir hatten gewußt, daß er kommen würde; vielleicht hatten wir alle gewußt, daß er uns, jeden in seiner eigenen Weise, unvorbereitet finden würde. Die Pilger waren sich, glaube ich, alle jenes Gesichtes am Ende der Straße bewußt, aber ihre Stimmen schwankten nicht. Vilet jedoch hörte auf zu singen; ich sah, wie Jed sanft ihre Hand von seinem Arm weghob, und wie er dann einen Schritt oder zwei nach vorne machte. In diesem Augenblick fiel das Gesicht des Tigers aus unserem Blick.

»Er ist weg«, sagte Vilet. »Siehst du, Jed – er ist weg, ich sag's dir doch.« Wie wir alle, mußte sie gewußt haben, daß der Tiger nicht gegangen war. Jed sah jetzt nicht aus wie ein Mann, der sich blindwütig in Gefahr stürzen wollte. Er lächelte mit einem gewissen, eigenartigen Vergnügen. Er war nur um ein weniges über die Versammlung der knienden, sitzenden Pilger hinausgeschritten. Pater Delune betete still mit unter dem Kinn gefalteten Händen; ich glaube, er beobachtete Jed, tat aber nichts, ihn aufzuhalten.

Und weder ich noch Sam taten etwas. In gewisser Weise waren wir alle gelähmt und allein, hörten einander nicht, sahen nur den leeren Fleck am Ende der Straße, das stumpfe Grau-Braun verwitterter Hölzer und das tropische Grün des Waldes dahinter. Von Jeds Gesicht strömte der Schweiß wie am Tag zuvor auf der Straße. Seine Hände und Beine zitterten, als ob die Erde unter ihm bebte, aber er ging voran, langsam, wie man sich manchmal in den kummervollen oder schrecklichen oder scheinbar lachhaften Abenteuern eines Traumes bewegt.

Der Tiger sprang in einem Bogen, wie ein Pfeil im Flug, über das Tor und in das Dorf.

Der Tiger blieb eine Sekunde stehen, seine Augen verschafften sich Überblick, prüften die Linien des Angriffs und des Rückzugs, sie maßen mit der herrlichen, raschen Klugheit der Katze. Jed hielt nicht inne, sondern schritt ungeschickt tapfer weiter; die beiden Priester, die ihm nun voll Entsetzen nachriefen, er solle umkehren, beachtete oder hörte er nicht. Jed hatte seine Arme weit ausgebreitet, wie Pater Delune, als er am vorderen Tor gebetet hatte, aber Jed sah eher aus wie ein Mann, der im Dunkeln nach dem Wege tastet.

In fließender Bewegung lief der Tiger auf uns zu, zuerst noch nicht in Angriffshaltung, sondern in einem raschen Trott mit hoch erhobenem Kopf, wie ein Kätzchen, das in schierem Spiel, in mimischer Attacke vorrückt. Er konnte wohl nicht erwartet haben, einen Menschen mit sonderbar ausgebreiteten Armen, die ihm den Weg verbieten zu wollen schienen, auf sich zukommen zu sehen. Vor Jed erhob er sich auf seine Hinterpfoten und versetzte ihm einen Schlag mit der Tatze. Die Bewegung sah leicht, spielerisch, geradezu absurd aus. Jeds massiger Körper flog, sich drehend, über die Straße, krachte gegen den Torpfosten eines Hauses und lag dann dort mit aufgerissenem Bauch, aus dem die Eingeweide quollen und das Blut sprang.

Dann griff der Tiger an; so schnell war sein reißender Satz, daß man eine Frau nur einmal schreien hören konnte; dann sah ich das grüne Feuer seiner Augen uns voll entgegenbrennen, während seine Zähne einen Augenblick lang suchten und sich in Jerrys Rücken gruben. Jerrys Mutter schrie noch einmal und fuhr mit kleinen hilflosen Händen auf die Bestie zu. Mit einer Wendung seines Kopfes wich er ihr mühelos aus. Er trottete den Weg zurück, den er gekommen war, den Kopf wieder erhoben; Jerrys Körper zwischen seinen Fängen schien nicht größer als der eines Spatzen. Er setzte über das Tor und war in der Wildnis verschwunden; still war die Frau, aber sie riß sich über ihren Brüsten das Pilgergewand in Fetzen, und dann warf sie sich hin und schlug wimmernd mit den Fäusten in den Staub der Straße.

Ich hatte einen der Pfeile aus Sams Hand gerissen. Ich erinnere mich, daß ich ihn auf der Sehne hatte, als der Tiger sich über die Straße entfernte, und daß ein schwarzes Etwas gegen mich stieß; das war Pater Delune, der meinen Arm ergriff, so daß der Pfeil nutzlos über die Dächer flog. Vielleicht hatte er recht damit.

Augenblicke später waren Sam, Pater Fay und ich bei Vilet, die sich an Jeds Körper zu schaffen machte, als gäbe es irgendeinen Weg, ihn zum Leben zurückzurufen. »Mam Sever«, sagte Pater Fay, schüttelte ihre Schulter warf einen Blick zurück zu der anderen Frau, die ihn brauchte – doch halfen Pater Delune und die anderen Pilger Jerrys Mutter schon in die Kirche hinein. »Mam Sever, ihr müßt an Euch selber denken.«

Sie warf einen wilden Blick zu uns heraus. »Ihr hättet ihn aufhalten können, Ihr alle. Du, Davy, ich hab' dir *gesagt*, du sollst ihn aufhalten! Oh, was rede ich?«

»Wahrscheinlich trifft uns alle die Schuld«, sagte Pater Fay. »Aber kommt nun weg von hier. Laßt mich mit Euch reden.«

Sams Hand auf meiner Schulter führte auch mich von dort weg. Wir standen an einer teilweise umschlossenen Stelle, dem

Eingang eines Ladens, glaube ich, und Sam redete zu mir, verwirrte mich mehr denn je, denn es hatte etwas mit Skoar zu tun. Er schüttelte mich, um mich aus meiner Benommenheit zu reißen. »Davy, wirst du ein einziges Mal zuhören? Ich hab' gesagt, es war vor ungefähr fünfzehn Jahren und in einem dieser ziemlich durchschnittlichen Häuser ...«

»Du hast ›Davy‹ gesagt.«

»Ahja, einem dieser Mittelklasse-Häuser, nicht toll, aber ich meine, auch nicht so schlecht, mir fällt der Name der Straße nicht ein – Korn ... nein ...«

Ein Teil von mir muß ihn verstanden haben, denn ich weiß, ich sagte: »Mühlenstraße?«

»Aber, ja, das war der Name. Ein Rotkopf, süß und – lieb, irgendwie, keine von den verbrauchten ...«

»Und da hast du ihr, du verdammter Kerl, ein Trinkgeld für deine Nummer hingeworfen und dich aus dem Staub gemacht, das meinst du doch?«

»Davy, ein Mann in so einem Haus – ich meine, man lernt sich da nicht kennen, bevor man wieder gehen muß, und das Mädchen legt auch gar keinen Wert drauf, muß man bedenken. Und trotzdem und bei allem, vielleicht lernt man sich so gut kennen wie in manchen Ehen, mich würd's nicht wundern.« Weder ließ er meine Schultern los, noch sah er mich an, er starrte nur über meinen Kopf hinweg, auf mich wartend. »Ich war verheiratet – bin's immer noch, wenn ich's mir recht überlege. Hab' 'ne Frau in Katskil, die mich fast zu Tode geredet hat. Aber der kleine Rotkopf in dem Haus da in Skoar – ich meine, eine halbe Stunde einer Nacht, und dann heißt's ›Auf den Weg, Bursche!‹ – und ich ohne jede Ahnung, daß ich vielleicht was zurückgelassen hab'. Hab' ich ja vielleicht auch nicht, Davy, ganz sicher können wir es nie wissen. Aber ich dachte mir, ich hätt's ganz gerne.«

»Ich weiß nicht, warum ich so was gesagt habe.«

»Immer noch böse?«

»Nein.« Seit jenem Morgen habe ich nie mehr geweint, aber ich möchte glauben, daß ab und zu, bei gewissen, seltenen Anlässen, Tränen selbst einem jungen Menschen guttun. »Nein. Ich bin nicht böse.«

»Also, wenn wir annähmen, ich wär' dein Vater – wär' das in Ordnung?«

»Ja.«

18

Noch nie habe ich so anhaltende und gleichmäßige Regenfälle erlebt wie hier im Januar auf der Insel Neonarcheos. Seit zwei Wochen ist es uns unmöglich, neuen Boden zu roden. Nickie hat mit ihrer Schwangerschaft zu tun und Dion ebenfalls, indem er niederschreibt, was ihm von der Geschichte Nuins im Gedächtnis ist, bevor es dahinschwindet oder in seinem Geist verzerrt wird. Wir haben jetzt Papier: Aus dem Gras am Flußufer läßt sich mit unseren primitiven Methoden ein grobes Produkt gewinnen, das unsere pechschwarze Tinte einigermaßen gut annimmt.

Von pechschwarz springt mein Geist zu Öl und Lampenöl. Wenn die Fässer mit Seehundsöl, die wir auf der *Mogenstern* mitgenommen haben, leer sind, werden wir kein Öl mehr haben. Wir können uns mit einheimischen Pflanzenölen und Wachsen durchschlagen, und wenn sich unsere Schafe vermehrt haben, wird es Talg geben, mit dem wir unseren Kerzenvorrat auffrischen können. Lammzeit in einigen Wochen wird ein besonderes Ereignis sein. Natürlich haben Nickie und ich selten etwas dagegen, früh zu Bett zu gehen.

Lampen, Kerzen, Viehzucht – wir haben genug Probleme auf dieser Ebene, uns hundert Jahre beschäftigt zu halten, wenn wir soviel Zeit haben. Vielleicht haben wir die nicht. Nur weil wir seit Jahrhunderten als erste auf das große Meer hinaussegelten, dürfen wir uns nicht einbilden, daß unsere Feinde uns nicht folgen werden – vielleicht tun sie's schon bald. Vom Mut der einfachen Art haben sie soviel wie wir, sonst hätten sie den Rebellionskrieg selbst mit ihrer überlegenen Zahl nicht gewinnen können. Zwar bedurfte es der Einbildungskraft Sir Andrew Barrs, des Wissens aus alten, verbotenen Büchern, der Befehle und der Schirmherrschaft Dions als des Regenten der reichsten und stärksten der Nationen und der Arbeit vieler Hände, um die *Falke* und später die *Morgenstern* zu schaffen. Salters siegreiche Armee besaß keine solchen Schiffe, mit denen sie uns hätte verfolgen können, und auch nicht die Männer, die damit hätten umgehen können. Den Funken vorausgesetzt, könnten sie jedoch etwas bauen, das die Reise wagen könnte, falls die Kirche das Verbot lockert.

Wir hatten alle Entwürfe und Arbeitsskizzen, die unsere eigenen Leute hergestellt hatten, bei uns. Die einfacheren Arbeiter hatten anfangs nur eine undeutliche Vorstellung davon, an was für einem Schiff sie bauten, aber einige von ihnen werden sich an Einzelheiten erinnern, und alle werden sie reden, wenn Salter es will. Die Heilige Murkanische Kirche hat sich in dieser Angelegenheit bis jetzt die eigenen Hände gebunden, eingeschworen auf die Lehre, es sei moralisch schlecht und eine Beleidigung Gottes, außer Sichtweite des Festlands zu segeln – das war überhaupt nur nach dem von Fischern so genannten Staffelsystem erlaubt: Ein Schiff bleibt in Sicht eines anderen, das selbst das Land in Sicht behält. Selbst Dion konnte nicht gefahrlos den Bau eines Schiffes wie der *Falke* befehlen, ohne den Kirchenfürsten zu erklären, daß es zur Überwältigung der Piraten von den Cod-Inseln nötig war und niemals über diese Inseln hinaussegeln würde. Und die *Morgenstern,* sagte er ihnen, wurde als Ersatz benötigt – nur – hm-hm – zur Sicherheit gegen eine mögliche Regruppierung jener satanischen Menschen.

Es geht nicht nur darum, daß es den Allmächtigen ärgern würde, wenn ein Mensch in seiner Blödigkeit vom Rand der flachen Erde fiele; es geht um die umfassendere Doktrin, daß jede wichtige Art von Neugier falsch ist; eine Doktrin, die alle Religionen der Vergangenheit als einzigen praktischen Schutz vor Skeptizismus aufrechtzuhalten wußten. Dennoch, theologische Hindernisse sind von berüchtigter Mobilität: Wenn die Kirche wüßte, daß wir auf einer Insel in Sicherheit sind, eine Handvoll entflohener Häretiker, die hart arbeitend und glücklich auf Inseln leben, die wertvoll sein könnten, so bin ich sicher, daß

Gottes Segen für eine Strafexpedition fast augenblicklich verfügbar wäre.

Unser militärischer Nachrichtendienst fand heraus, daß Ex-Piraten von den Cod-Inseln in Salters Armee dienten. Sie kennen keine großen Schiffe, aber sie kennen das Meer; in den Zeiten vor dem Jahre 327, in dem wir sie als Nation zerschlugen, sind ihre leichten, schnellen Boote womöglich weiter hinausgefahren, als wir uns denken. Sie könnten sehr wohl für Salter mit einem großen Schiff umgehen, wenn es ihm je gelingen sollte, eins zu bauen.

Die Bewohner der Cod-Inseln – die Piraten, ihre Frauen und Sklaven und ihr Gefolge – beteten Satan an, den alten, finsteren, gehörnten Gott der Hexerei. Sicher tun sie es noch im geheimen. Wahrscheinlich galt ihnen der alte Bockshörnige als logischer Widersacher der bestehenden Ordnung der Dinge, die zu lieben sie keinen Grund hatten – und außerdem, Orgien machen Spaß. Die Tatsache, daß Dion als Regent nach der Ergebung der Piraten nicht ihre Massenverbrennung erlauben wollte, war eines der schwerwiegendsten Dinge, die der feindlich gesonnene Teil der Bevölkerung Nuins, ebenso wie die Kirche, gegen ihn hielt. Die Inseln wurden von ehrenwerten Fischergilden übernommen und der Provinz Hannis angegliedert; die Masse der Gesetzlosen und Exilierten und ihre Frauen und Kinder durften sich unter einer allgemeinen Amnestie zerstreuen. Da wir die Sklaverei in Nuin überhaupt abschaffen und nicht einen Haufen neuer Gefängnisse einrichten wollten, weiß ich nicht, was sonst wir vernünftigerweise hätten tun können.

Ich erinnere mich, daß ich Dion warnte, die meisten Piraten würden nicht länger als fünf Minuten dankbar sein, und die Kirche würde keinen Gnadenakt anerkennen, der nicht von ihr selbst ausging. Er wußte das und ließ sich nicht aufhalten – und ich glaube, Nickie und ich hätten ihm die Hölle heiß gemacht, wenn er seine Haltung aufgrund unserer Warnungen geändert hätte. Vier Jahre später waren die Piraten wieder da, in Salters Rebellenarmee, bereit und darauf erpicht, auf der Seite der Kirche gegen den Mann zu kämpfen, der sie vor der Verbrennung durch dieselbe Kirche bewahrt hatte.

Nebenbei gesagt, Dions Durchsetzung von Amnestie statt Rache war das erste Mal in der modernen Zeit, daß ein westlicher Herscher dem Druck der Kirche widerstand und damit immerhin vier Jahre lang davonkam. In den Tagen Morgans des Großen erhob sich die Frage nicht. Morgan war voll und ganz für die Kirche, die damals als fest umrissene Organisation selbst neu war; er war ein Enthusiast, ein Krieger Gottes, der mit dem gleichen Glücksgefühl ein menschliches Hirn bekehrte und ein anderes mit der Streitaxt spaltete, je nachdem, ob es eine Tendenz zu eigener Tätigkeit hatte oder nicht.

Nach einer Weile wird die Kirche wohl nicht mehr so uneingeschränkt glücklich über das Ende der Morgan-Dynastie und Erman Salter als Präsident sein. Salter wird unsere vorbereitenden Schritte zur Abschaffung der Sklaverei rückgängig machen; er wird den kleinen Ansatz, den wir zur Entwicklung weltlicher Schulen gemacht haben, zerstören; und das Verbot der Bücher und des Wissens der Alten Zeit, über dessen Lockerung wir so gottesschänderisch gesprochen hatten, wird bekräftigt werden. Aber wenn diese Dinge erledigt sind, werden die Flitterwochen von Salter und der Kirche wahrscheinlich zu Ende gehen. Salter ist machthungrig, und das ist eine Krankheit, die so gewiß wie Krebs zu einem katastrophalen Höhepunkt drängt. Er respektiert die Kirche nur ob ihrer tatsächlichen Macht über den Geist der Menschen, nicht aus religiösen Gründen und ganz gewiß nicht ob des Guten, das die Kirche möglicherweise tut – (ich als einer ihrer treuesten Feinde gebe zu, daß sie durchaus einiges Nützliche und Notwendige vollbringt). Salter ist ein Mann der Praxis im traurigsten Sinne dieses Wortes: ein Mann, dem jede Kunst als Unfug gilt, den Schönheit kalt läßt, für den jede Milde eine Schwäche, Liebe eine auszubeutende Illusion und philosophische Fragen Humbug sind. Dies weiß ich von ihm, da er durch mich an Dion heranzukommen versuchte, kurz nachdem eine Laune des Zufalls Nickie und mich in die Kreisbahn des Präsidenten geführt und uns Einfluß gegeben hatte. Salter verbarg, solange er noch glaubte, ich sei käuflich, keineswegs die Eigenschaften seines Charakters. Er hat keine Überzeugungen, seien sie religiöser, agnostischer, atheistischer oder anderer Art – die religiöse Maske ist nur eine von vielen, die er nach Bedarf aufsetzt. Wenn seine Art die Herrschaft hat, wie sie sie auch manchmal in der Alten Zeit hatte – schlaft auf eurem Messer! Und schlaft nicht zu tief!

Nein, wir müssen realistisch sein – eines schönen Morgens in ein paar Jahren mag wohl am westlichen Horizont ein kleines, plumpes Segel auftauchen ...

Gestern nachmittag kam Dion mit Nora Severn aus dem Regen zu uns herein und sagte uns, er wolle nicht Gouverneur werden. Wir haben das schon früher von ihm gehört, und irgendwie klingt es auch vernünftig, doch hoffen wir fast alle, daß wir ihm sein Widerstreben ausreden können. Wir haben mit verschiedenen politischen Ideen herumgespielt, seit auf unserer letzten allgemeinen Versammlung fünf Leute damit beauftragt wurden, eine vorläufige Verfassung zu entwerfen, wie es auch in der Alten Zeit gemacht wurde; dies im Hinblick auf eine Zeit, wo die Bevölkerung dieser Inseln groß genug geworden sein mag, um formeller politischer Regelungen zu bedürfen.

»Gerade dadurch«, sagte Dion, »daß ich in Nuin Herrscher war, bin ich disqualifiziert. Alleinherrscher über etwa eine Million Menschen – ist es nicht absurd, daß irgendein einzelner Mensch eine solche Position einnehmen kann? Wenn ich es hier versuchen würde, hätte ich die ganze Zeit Angst, daß alte Gewohnheiten sich in mir durchsetzten. Davy, an jenem Tag vor acht Jahren – als du und Clownsgesicht sozusagen in den Palast gespült wurden –, ich glaube, acht Jahre ist es her, nicht wahr?«

»Erster Mai 323«, sagte Nickie mit einem kleinen Lachen.

»Ja. Warum, glaubt ihr, war ich an jenem Tag so sehr darauf bedacht, euch nach dem Ende des Narrenfestes in meiner Nähe zu behalten? Oh, ja, daß Nickie plötzlich auftauchte, nachdem ich sie zwanzig Jahre lang nicht gesehen und sie sogar schon für tot gehalten hatte – natürlich. Die kleine Amsel war schon immer meine Lieblingsbase. Aber da war noch etwas anderes im Spiel. Ich hatte schon angefangen, mir selbst zu mißtrauen, obwohl ich erst ein knappes Jahr lang Regent war ...«

Ich erinnerte mich an den Tag. Ich tue es oft; die Erinnerung hat einen Glanz. Nickie und ich waren damals zwanzig. Zwei Jahre lang hatten wir in Old City gelebt – im verborgenen, denn Nickie war von ihrer Familie weggelaufen und wollte unter keinen Umständen erkannt werden; sie wußte, daß man alles versuchen würde, sie zurückzuholen, und wie sehr solcher Wirbel und Aufruhr die Arbeit stören würde, der sie sich mit Leib und Seele widmete. Sie arbeitete im Untergrund, mit den Häretikern, es war wichtige und gefährliche Arbeit. Ich arbeitete, um Geld zu verdienen, in einer Möbelfabrik – Sam Loomis hatte mir, als wir bei Rumleys Vaganten waren, alles, was er vom Tischlerhandwerk wußte, beigebracht –, und meine andere Arbeit war es, zu lernen, die verbotenen Bücher unter der Anleitung Nickies und der Häretiker, die mich ihretwegen akzeptiert hatten, zu lesen und mein Verständnis der Welt, in der ich lebte, zu vertiefen. Sie, meine süße Frau Pfeffertopf, knüpfte an, wo meine Ersatzmutter, Mam Laura von den Vaganten, hatte aufhören müssen. Gut, aber an jenem Tag, dem 29. April, dem Vorabend des Narrenfests, das dem Volk Nuins Gelegenheit zu fröhlichen vierundzwanzig Stunden ausgelassener Verrücktheit gibt, bevor die zarteren Freuden des Mais anheben – an jenem Tag waren Nickie und ich sorglos. Es war die Heiterkeit überall in der Stadt, das köstliche, leichtsinnige Drängen eines klaren Frühlingsabends, an dem sich lila-getüpfte Wolken am Himmel türmten und die Sänger durch die Straßen zogen und die Blumenmädchen den Duft des Flieders in jede Ecke trugen.

Wir hatten uns vorgenommen, nur einen kurzen Spaziergang zu machen und uns von den Festlichkeiten und Tollheiten fernzuhalten. Aber wir gingen weiter als geplant, wir hielten in einer Taverne, wo das Bier eher zu gut war – oh, es dauerte nicht lange und wir fragten einander, was es schon schaden könne, wenn wir nur für ein paar Minuten zum Palastplatz gingen, um den

Gesang zu hören und vielleicht von einer sicheren Stelle aus die Wahl des Narrenkönigspaars zu verfolgen. Und doch hat Nickie mir seitdem immer wieder gesagt, sie habe die ganze Zeit eine Vorahnung gehabt, daß wir noch viel tiefer in den Strudel hineingeraten würden. Ich weiß noch, wie Nickie, als wir uns zu dem betreffenden Teil der Stadt treiben ließen, herausfinden wollte, wie genau sie meinen Gang durch bloße Stöße ihrer Hüfte steuern könnte; in diesem Stil kamen wir auf dem Platz des Palastes an – nicht betrunken, ehrlich, nur einfach glücklich.

Ein Brauch, der vielleicht hundert Jahre alt ist, will, daß irgendwann am Abend des Narrenfestes – niemand weiß den genauen Augenblick, aber er kommt zwischen Sonnenuntergang und zehn Uhr – ein Junge auf weißem Pferd über den Palastplatz reitet; auf seinem Kopf ist eine Schellenkappe und in seiner Hand eine lange Peitsche mit einer weichen Seidenschnur; er macht Kapriolen auf dem Platz, spornt die Menge zu Tollheiten an und wird mit Blumen beworfen; schließlich schlägt er mit seiner Peitsche auf einen Mann und eine Frau, die damit für die nächsten vierundzwanzig Stunden zu König und Königin der Narren erwählt sind. Die beiden werden zu einem Thron hinaufgedrängt, der auf den Stufen des Präsidentenpalastes auf sie wartet, und der Präsident selbst kommt heraus, um sie zu krönen. Er kniet vor ihnen nieder, das Ritual ist beträchtlich und nicht nur komisch gemeint. Der Brauch, die Füße des Königspaares zu waschen, war zu jener Zeit schon ausgestorben, aber …

Nun, es passierte Nickie und mir. Ich hätte es vorhersehen können. Die Menge war groß, das Licht schwand, trotzdem muß das Gesicht meines Mädchens unter den anderen hübschen Gesichtern in der Menge hervorgeleuchtet haben wie ein Diamant unter Glasperlen; ich war offensichtlich ihr Begleiter, und ich hatte rotes Haar. Der Junge auf dem weißen Pferd hielt auf uns zu und ließ die Menge auseinandertreten, so daß seine Peitsche uns erreichen konnte. Dann schlossen sich die Leute um uns, lachend, freundlich, lärmend, betrunken; mit schwer gewordenen Händen hoben sie uns auf ihre Schultern und trugen uns zum Thron. Und der Regent, Dion Morgan Morganson von Nuin, kam in seinem Phantasiekostüm heraus, und als er Nickie sah – ängstlich war sie, ich weiß verstört von den wohlgemeinten, derben Späßen der Menge, und blickte starr nach vorne –, wurde Dion blaß bis an die Lippen. Und schon befahl er einem Diener aus seinem Gefolge, das silberne Becken zu holen, das ehedem in dieser Zeremonie benutzt worden war – ich wußte nicht, daß das ein unerwarteter Befehl war –, und wusch unsere Füße, obwohl das schon dreißig Jahre lang nicht mehr Bestandteil des Rituals gewesen war.

»Und da ich mir selbst mißtraute«, sagte Dion – hier in unserem luftigen Haus auf der Insel Neonarcheos, den Arm um seine liebliche Bettgefährtin Nora Severn gelegt; gleich mir hörte er einen Wind vom Meer durch den warmen Regen streichen, »da ich mir selbst mißtraute, brauchte ich dich, Miranda. Später ...« – er sagte dies mit mehr als nur Höflichkeit – »entdeckte ich, daß ich auch Davy brauchte und die freche, nützliche Art, wie der kleine Teufel die Dinge sieht und seine Meinung sagte.«

Mir war an jenem Abend des Narrenfestes klar, daß Dion mein Mädchen geliebt hatte, bevor ich es überhaupt kennenlernte. Tatsächlich viele Jahre zuvor, denn er war fünfzehn, als sie geboren wurde. Ihre Mutter, Serena St. Clair-Levison, war Dions Base ersten Grades. Er besuchte die Familie oft und trug das Baby in seinen Armen herum, bevor es gehen konnte. Ihr erstes deutliches Wort – sie sprach es, als Dion sie einmal zur Zimmerdecke hochstemmte – war Di-yon ... Es mußte mir klarwerden, als ich hörte, wie ihr Name hilflos aus ihm hervorbrach, dort auf den Stufen seines Palastes, als er ihren kleinen, braunen Fuß in seiner Hand hielt. Heute ist es nicht die Liebe eines sehr jungen Mannes zu einem Kind, da Nickie kein Kind mehr ist. Es ist die Liebe zwischen Freunden, und auf seiner Seite mehr als das. Wir konnten ein wenig darüber reden wir drei; wir tun es nicht, wenn Nora Severn bei uns ist, obwohl sie davon weiß. Es ist nicht etwas, das mit einer Dreier-Ehe gelöst werden könnte, wie Adna-Lee Jason und ihre Liebhaber sie eingegangen sind. Dion und ich sind beide zu besitzergreifend; Nickie ist sich sicher, daß es für uns keine Lösung wäre. Oh, wieviel von unserer menschlichen Kompliziertheit ist unsere eigene Schuld!

»Ich finde«, sagte Nora Severn, »daß ein Mann, der die alten Gefahren der Alleinherrschaft kennt und bei sich selbst auf sie achtet – nun, ist nicht solch ein Mann besser zum Gouverneur geeignet als einer, der weniger Selbsterkenntnis hat? Nicht, daß ich dich dränge – ich hab' mehr von dir, solange du privater Bürger bist.«

Sie trug nichts als einen kleinen Rock, wie die meisten unserer Mädchen. Wenn man Nora so zum ersten Mal sähe, fast nackt, blond und köstlich, käme man nicht auf den Gedanken, daß sie eine erfahrene Weberin und Spinnerin ist, so geschickt und phantasievoll, daß einige der älteren Frauen sie um Unterweisung gebeten haben. Bei der Arbeit vergeudet sie nicht die kleinste Bewegung, obwohl jeder ihrer dünnen, besonnenen Finger ein eigenes Leben zu führen scheint. Sie versucht sich jetzt auch als Bildhauerin, behauptet, sie sei nicht gut, und hat die Insel nach brauchbarem Ton abgesucht.

»Ich befürchte«, sagte Dion, »es gab Zeiten da drüben, wo ich regelrecht *Gefallen* daran hatte, Seine Exzellenz von Gottes Gnaden und der vom Senat bestellte Regent in Unserer Sehr Schwierigen Notlage zu sein – Junge, Junge. Der Notstand war für acht Jahre gut und wäre immer noch munter am Leben, wenn man uns nicht verjagt hätte. Ich glaube, mit dem Ausdruck ›Notstand‹ war ursprünglich gemeint, ›bis Seine Exzellenz Morgan der Dritte, von Gottes und des Senates Gnaden Präsident des Commonwealth, in seiner großen Huld abzukratzen geruhen‹. Aber dann verging die Zeit, und die Dinge änderten sich, bis er die Periode bedeutete, ›die sich von der Zeit, wo Eure Exzellenz sich alles erlauben konnte, bis zu der erstreckte, wo Eure Exzellenz mit dem Segen Gottes und des Senates gefahrlos zum Teufel geschickt werden kann ...‹«

Wir mußten bis nach Jeds Begräbnis in Ost-Perkunsvil bleiben. Wenn Vilet nicht gewesen wäre, hätten wir uns heimlich davonschleichen müssen, denn Sam und ich besaßen nicht annähernd die Summe Geldes, die für die erwarteten religiösen Aufführungen benötigt wurde, und man hielt uns doch für Aristokraten, die im Geld schwammen – der gute Jed hätte sicher erklärt, es wäre eine Strafe dafür, daß wir den Torwächter an jenem Abend belogen hatten. Zweifelsohne mußte die Religion für solche sanften und schlichten Gemüter erfunden werden, und vielleicht können sie genausowenig ohne sie auskommen wie ich mit ihr. In Vilets Sack war genug Geld für die Ausgaben, und von nun an – ja, von nun an war sie eine Pilgerin und wollte kein Geld mehr.

An jenem schrecklichen Morgen kam sie nach einer langen privaten Sitzung mit Pater Fay zu uns zurück und gab Sam den Betrag, den Pater Delune für eine gute Zeremonie veranschlagt hatte; eine solche sei, so meinte er, die uns geziemende, demütige Art, Gott zu zeigen, daß wir Jed als den Märtyrer erkannten und liebten, der er war. Vilet berichtete uns dann, wie Pater Fay sie als Pilgerin angenommen hatte; die Aussicht bestünde, daß sie sich eines Tages genügend gereinigt habe, um den Schleier zu nehmen. Vielleicht konnte nur Pater Fay ihr soviel Trost spenden und sie der Menschheit erhalten, wie er es hoffentlich tat. Ebenso konnte vielleicht nur Pater Delune mich so schön auf dem Wege der Häresie vorwärts befördern. Ich wollte ihm vorhalten, daß Gott, wenn er allwissend wäre, doch auch ohne solche horrenden Ausgaben für eine kirchliche Zeremonie kapieren würde, worum es ginge, und wenn er *wirklich* allwissend wäre, könne man ihn doch gleich fragen, welchen Nutzen Jeds Martyrium für irgend jemanden gehabt habe, angefangen mit Jerry? – Natürlich sagte ich nichts dergleichen, um Sams und meinen Hals zu schonen, aber mein religiöses Gefühl starb so ziemlich genau an jenem Tag ab wie ein dürrer und überflüssiger Ast. Ich habe es nie vermißt.

Ich spürte Vilets Stille, als sie nach jener Sitzung bei Pater Fay mit uns sprach; Stille und Distanz, und doch erschien sie uns nicht als Fremde. Das verborgene Dasein einer Nonne in ihrem Wesen hatte ich nie verstanden, einer kühlen, düsteren Schwester der warmen, liebenswerten Ringerin, die mir ihr gutes heißes Fleisch so manches Mal geöffnet hatte. Die Nonne hatte nun die Oberhand und blickte irgendwie blind aus dem Gesicht einer Frau, die in den letzten paar Stunden um zwanzig Jahre gealtert war. Ich glaube nicht, daß sie Sam und mich nach unseren Plänen fragte. Ab und zu verlor sie den Faden ihrer Worte, als ob sie einem Gespräch in einem anderen Raum lauschte. Vielleicht hatte Pater Fay ihr ein Bußhemd zu tragen gegeben – ihr Kittel sah wulstig aus, und sie bewegte sich vorsichtig wie jemand, der körperliche Schmerzen leidet. Ihr linkes Augenlid war von einem nervösen Zucken befallen, das ich nie zuvor an ihr gesehen hatte. Die Pilger würden bald eine private Gebetsversammlung zu ihrer Initiation abhalten – und danach dürfte sie, so sagte sie uns, mit Männern nicht mal mehr reden, außer mit Pater Fay, bis der Bußteil ihrer Pilgerreise beendet sei. Als sie uns verließ, küßte sie mich auf beide Backen und sagte, ich sollte ein guter Junge sein.

Einmal noch sah ich sie, weißgekleidet wie die anderen Pilger, bei der Beerdigung zwei Tage später. Falls sie wußte, wo wir saßen, so hielt sie es für das beste, nicht in unsere Richtung zu blicken ... Ich glaube jetzt, daß ich sie sehr geliebt habe, vielleicht so sehr, wie ich Caron liebte, die wahrscheinlich tot ist.

Jetzt fällt mir die Verordnung ein, die ich von jenem Throne auf den Stufen des Präsidentenpalastes erließ. Der Abend war weit vorangeschritten; man hatte uns einen süßen Wein gebracht, der uns zu Kopf stieg. Ich verkündete, daß jedermann ohne Ausnahme sofort in alle Ewigkeit glücklich sein müsse; ich konnte mir keine passendere Verordnung aus dem Munde eines Narrenkönigs vorstellen.

19

Nach dem Begräbnis – bedrückend genug war es, und unser Jed hätte sicher gemeint, soviel Prunk stünde ihm nicht zu – warteten Sam und ich nicht auf den Reisewagen der am Samstag kommen sollte, sondern beschlossen, unser Glück zu Fuß zu versuchen, wenigstens bis nach Humber Town.

In Ost-Perkunsvil hörte ich nach dem Unglück so gut wie keine Reden über den Tiger, keine einzige Anspielung auf seine mögliche Rückkehr. Der Wildführer des Dorfes kam am nächsten Tag mit seiner Jagdgesellschaft zurück – traurige, zornige Männer waren es, als sie die Nachricht hörten –, und am Nachmittag arbeiteten Männer nur unter dem Schutz einiger weniger Bogenschützen auf den Maisfeldern. Auch nachts waren Männer vor dem Dorf und hüteten Wachfeuer, nicht gegen Tiger, sondern nur, um weidende Tiere vom Mais fernzuhalten. Jäger und alte Weiber und andere Brunnen absoluter Weisheit sind sich einig, daß ein Tiger, wenn er nicht sehr alt oder kränklich ist, ein bestimmtes Dorf nur einmal im Jahr angreift und dann weiterzieht. Das konnte sogar wahr sein, obwohl ich es bezweifle.

Die Sinnlosigkeit und Zufälligkeit des Ereignisses waren es, was mich erschütterte und betäubte, glaube ich. Sam war bei mir; wir redeten nicht viel; er war einfach nur da und ließ mich in seiner Gegenwart mit mir selbst allein sein. Nickie ist der einzige andere Mensch, den ich kenne, der das kann.* Als das Begräbnis vorüber war und wir wieder auf der Straße waren, fing ich an zu begreifen, daß die Menschen, wenn es irgendeine Ordnung, einen Sinn oder Zweck in ihrem Treiben geben soll, diese selbst schaffen müssen.

* Gepriesen sei mein Freund für den Honig seiner Worte – ehrlich, Schatz, es geht nur darum, daß man in angenehmem Tonfall seinen Mund hält. *Nick*

Wir brachen früh am Morgen auf. An so einem Sommermorgen verkörpern ein Westwind, der die Hügel entlangstreicht, während die Sonne noch nicht ganz aufgegangen ist, die Frische überall, das Plätschern des Vogelgesangs, der Anblick eines Rehs, das in die Heimlichkeit des Waldes schlüpft, die Wärme der Gegenwart und das drängende Leben deines eigenen Blutes alle Wahrheit, die da ist – wie könnte es anders sein?

Humber Town ist ein geschäftiger und ehrgeiziger Ort, zu klein für eine Stadt, zu groß für ein Dorf – mit einer Bevölkerung von sechs- oder siebentausend, die, um einen örtlichen Ausdruck zu verwenden, wächst und wächst. Unterwegs kauten Sam und ich ein paar Pläne durch, faßten aber keine festen Entschlüsse. Mich gelüstete immer noch nach Levannon und den Schiffen. Aber es war mir schon aufgefallen, wie oft ein Plan nur ein Gekritzel in den Wind ist. Sam ließ durchblicken, daß er sich, um uns über Wasser zu halten, in Humber Town nach Gelegenheitsarbeiten für Schreiner oder Steinmetze – beide Handwerke beherrschte er – umsehen würde. Er stimmte zu, daß es das Sicherste wäre, nach Levannon hinüberzuziehen, falls der Krieg zur Zeit unserer Ankunft in Albany am Hudson-See noch im Gange wäre. Die einzigen Nachrichten vom Krieg, die es in Ost-Perkunsvil gab, waren geflüsterte Gerüchte über eine Schlacht in Chengo im Westen und eine andere an der Küste des Hudson-Sees nördlich von Kingstone, knapp außerhalb des Gebietes von Katskil.

Sam und ich hatten nicht wieder von der Beziehung gesprochen, die vielleicht zwischen uns bestand. Aber als wir uns den Toren von Humber Town näherten, sagte ich: »Wenn du mein Vater sein willst und ich das auch will, dann ist es doch vielleicht nicht so wichtig, ob du nun auch der leibliche bist oder nicht?«

»Ah, ungefähr so hab' ich mir's auch zurechtgelegt, Davy«, sagte er. An jenem Morgen hatte er mich gewöhnlich Jackson genannt. »Dabei können wir es belassen ...«

Der Torhüter war über irgend etwas glücklich, was ihn zu für einen Poliezer ungewöhnlicher Höflichkeit bewog. Als er uns einließ, hörte ich irgendwo den lebhaften Klang einer vergnügten Mandoline. Dann wärmte sich *um-ta-ta* eine Trommel auf, und eine Flöte und ein ziemlich hohes Kornett fielen, durchaus nicht im Streit, mit der ›Irischen Wäscherin‹ ein. Das geschah außerhalb unserer Sicht hinter einer Kurve der Hauptstraße, nicht weit weg. Wo immer die Wäscherin auch her sein mag, und ich glaube, sie stammt aus Alter Zeit, sie ist eine wunderbare, dauerhafte Amsel und stets willkommen. »Da sind sie!« sagte der Wächter zu uns, und ich sah, daß seine Füße interessiert waren; meine waren's auch. »Beste Truppe, die je hier war. Ihr seid Fremde in Humber Town?«

»Ich war vor Jahren mal hier. Sam Loomis, und das hier ist mein Sohn Jackson – Jackson David Loomis. Wer sind die Spieler?«

»Rumleys Vaganten.«

»Aja?« sagte Sam. »Naja, das Kornett hat was in sich, aber er spielt nicht so gut wie mein Junge ...«

Eine kleine Gruppe müßiger Leute lungerte schon vor dem Zaun herum, der um die Grünanlagen des Ortes lief, obwohl keine Vorstellung im Gange und es erst die Mitte des Vormittags war; die meisten Bewohner des Ortes waren wohl bei der Arbeit. Die Musikanten waren zusammengekommen und hatten zu ihrer eigenen Unterhaltung aufgespielt, das war alles. Aber niemand, der Augen und Ohren hatte, konnte da einfach vorübergehen, nicht an Bonnie Sharpe, die mit gekreuzten Beinen auf der Wiese saß und ihre Mandoline kitzelte, und an Minna Selig mit ihrem Banjo, und Stud Dabney, der seiner Trommel komische Sachen entlockte; sein weißer Kopf ragte hinter der Trommel hervor, und sein feister Körper krümmte sich in Kauerstellung wie eine Schnee-Eule kurz vor dem Abflug. Auch der kleine Joe Dulin war da und twiedelte seine Flöte, und der große Tom Blaine stand hinter ihm – weit hinter ihm, gemäß einer selbstgegebenen Regel; denn Tom bestand darauf, daß er seinem Kornett keinen anständigen Ton abgewinnen könne, wenn nicht eine Prieme *guten* Tabaks das Loch stopfte, wo ein paar Zähne schon lange fehlten; was bedeutete, daß er praktisch nach jedem Takt ausspie; und er könne nicht gut spucken, behauptete er, wenn er nicht die Freiheit habe, den Kopf wirklich großzügig herumzuschwingen; faire Warnung an die Welt. Ja, Tom war da in all seiner Herrlichkeit, als Sam und ich uns zu den anderen Müßiggängern gesellten, um unsere Füße auf dem Geländer auszurasten – der lange Tom Blaine, der sein verrücktes Kornett in den Himmel richtete, ein Mann, der Musik trank, seinen Kopf katzenschnell drehte, um zu spucken, und wieder trank. Hoi, so überstürze ich mich und mach mir nichts draus. Das waren Menschen, die ich bald kennen und lieben sollte als ich meine Feder berührte, kamen ihre Namen nur so herausgepurzelt.

Die Grünanlage war groß und hübsch angelegt – in Humber Town schien alles geräumig und ziemlich anders als sonstwo zu sein, oder vielleicht ist es in meiner Erinnerung schöner, als es war, denn dort begann eine schöne Zeit meines Lebens, meine Zeit bei Rumleys Vaganten. Die Wagen bildeten ein säuberliches Quadrat innerhalb der Wiese; ich sah die großen, geilen Bilder und starken Farben überall auf den Zelttuchbespannungen und die wohlgenährten, muskulösen Maultiere, die weiter hinten angebunden waren, wo sie Schatten und Platz genug fanden, sich zu bewegen, ohne jemandem lästig zu werden.

Rumleys Truppe hatte eine gute Größe; ihr gehörten vier große, bedeckte Wagen und zwei gewöhnliche, in denen Ausrüstung und Vorräte transportiert wurden. In den bedeckten Wagen – kein Vergleich mit den Klapperkästen der Ziggos – wohnt die Truppe, ob unterwegs oder im Lager.

Ein langer, bedeckter Wagen ergibt gemütliche Quartiere für acht Leute mit ihrem Hab und Gut, und es wird nicht zu eng, solange die Kleider und Dinge – ›Klamotten‹, um das Vagantenwort zu benützen – richtig verstaut werden. Das lernt man, und hat man es einmal gelernt, nun, dann ist es so wie an Bord eines Schiffes und gar keine schlechte Art zu leben.

Bis Sam und ich hingekommen waren, hatten die Musikanten die Wäscherin durchpoliert. Das eine Mädchen klimperte ziellos auf seiner Mandoline herum; das andere hatte sein Banjo abgesetzt, und als ihr Auge meines und vielleicht auch Sams traf, fuhr ihre Hand in ihre schwarzen Locken, mit jener weiblichen Geste des Haare-Richtens, die noch aus der Zeit stammt (so sagt die Wissenschaft der Alten Zeit), wo wir in wüsten Höhlen lebten und die Frauen auf ihre Frisur achten mußten, damit die Mammutknochen, mit denen man ihnen eins überzog, hübsch federten. Minna Selig war ein reizendes Bündel, aber Bonnie Sharpe stand ihr nicht nach. Eine Weile lang – fast sechs Monate, wenn ich mich recht erinnere – konnte ich mich kaum auf die eine konzentrieren, ohne daß mich nicht plötzlich die andere an den Hörnern herumgezogen hätte. Das hatten sie so geplant.

Der Flötenspieler und der Mann mit dem Kornett sonderten sich ein wenig ab und ließen sich zum Kartenspiel nieder. Ich sah, wie eine große, breitschultrige, grauhaarige Frau, barfuß und in einen verblichenen, blauen Kittel gekleidet, herauskam, sich auf die herabgelassene Stufenleiter eines der großen Wagen setzte und mit gediegenem Behagen eine Tonpfeife rauchte. Der weißhaarige Trommler, die Schnee-Eule, hatte ebenfalls mit dem Spiel aufgehört, blieb aber bei den Mädchen; er lag jetzt flach auf dem Rücken, ein alter Schlapperjahn von einem Strohhut saß auf seinem Gesicht, und seine Trommelstöcke beschwerten ihn für den Fall, daß ein plötzlicher Wind sich erhöbe und ihn nicht zu einem Handgriff aufgelegt fände. Stud Dabney war phantastisch in solchen Sachen: Pa Rumley nannte ihn den ursprünglichen, gottverdammten Erfinder von Ruhe und Frieden. Er widmete der Entwicklung neuer Wege der Geruhsamkeit ein so gewaltiges Denkpensum, daß es ihn manchmal furchtbar müde machte; aber er behauptete, daß es einem guten Zweck diene und daß er damit, bei Jesus und Abraham, fortfahren werde, ganz egal, wie bald ihn das in ein vorzeitiges Grab brächte. Er war achtundsechzig.

Die grauhaarige Frau auf den Wagenstufen hatte meine Aufmerksamkeit ebenso stark erregt wie die Mädchen. Es war, glaube ich, ihre Ruhe. Sie hatte ihre morgendlichen Arbeiten erledigt und genoß die Pause, aber es war mehr als das. Sie verbreitete Ruhe um sich herum, wie andere Leute eine Atmosphäre

der Unsicherheit oder der Lust um sich herum verbreiten. Nun, nachdem ich die Dame schon eine Weile kannte – zwei Jahre später, glaube ich, als ich über sechzehn war –, bemerkte Mam Laura zu mir, sie glaube, ihr ruhiges Gemüt sei teilweise ein Ergebnis ihrer Tätigkeit als Wahrsagerin. »Man kann«, sagte sie, »den Klotzköpfen nicht irgend etwas wirklich Schlimmes weissagen, das ist klar – schlecht fürs Geschäft, selbst wenn sie es schlucken könnten, was sie nicht können. Aber ich habe 'nen alten Drang zur Wahrheit in mir, Davy, wie dein Vater. Während ich mir also ein paar Zuckerklümpchen von Prophezeiungen ausdenke, um die Klotzköpfe zu verglücklichen, und ihnen das Gefühl mit auf den Weg gebe, daß sie ›was darstellen‹, denke ich bei mir selbst an das, was ihnen wahrscheinlich wirklich passieren wird – und mir, bei allen gütigen Winden! –, bevor sie die große Bühne verlassen. Das ernüchtert und beruhigt, Davy. Und auch die *kleinen* Ereignisse stell' ich mir vor, ich meine die zehn Millionen alltäglichen kleinen Selbigkeiten, die dich nach einer Weile verwittert wie einen alten Felsen zurücklassen, wie mich, wie einen alten Felsen in sandigen Winden. Eija, und nach solcherlei Gedanken bei mir selbst, während meiner Weissagungen, bin ich geschafft, aber auch irgendwie gereinigt, friedlich und bin aufgelegt, zur Abwechslung mal wieder nett zu den Menschen zu sein, und vor allem, mich nicht aufzuregen. Philosophie, das ist es, Davy – und das ist noch ein Vorteil des Vagantenlebens (das du, wie ich dir hiermit prophezeie, nicht für den Rest deines Lebens führen wirst – du hast eine komplizierte Zukunft, Lieber, zu kompliziert für eine alte Frau), daß eine Vagantenfrau meines Alters (das dich jetzt nicht zu interessieren braucht) sich einen Klecks Philosophie leisten kann; ich glaube, eine Frau, die den Haushalt besorgt und sich den Kopf zerbricht, was aus der Romantik geworden ist und was beim Donnerschlag mit ihren Backfisch-Töchtern los ist, die kann sich dieses bißchen Philosophie leisten ...«

Ruhe strahlte sie aus, als ich sie an jenem Morgen zum ersten Mal sah, während sie ihre Pfeife rauchte und alle Leute musterte, ohne daß man es merkte.

Ich zappelte am Zaun und sagte: »Sam, ehrlich – wie gut spiel' ich das Horn?«

»Alles, was ich mit Musik machen kann, ist, sie mögen. Kann selbst nicht einmal singen. Du spielst dein Horn, und für mich klingt's gut.«

»›Greensleeves‹, zum Beispiel?«

Dem Mandolinenmädchen fiel eine lose Locke braunen Haares über die Augen; kay, aber das Banjomädchen hatte große volle Lippen, bei denen einem gleich der Gedanke kam – naja, ›Gedanke‹ ist das Wort, das ich hingeschrieben habe, und ich möcht's nicht gerne auskratzen. Das Mandolinenmädchen klimperte immer noch ein wenig herum, aber hauptsächlich tuschelten und kicherten sie jetzt mit zusammengesteckten Köpfen, und ich hatte das Gefühl, daß ich analysiert wurde.

»Ahja, ›Greensleeves‹ geht gut«, sagte Sam.

»Die Vaganten – naja, das sind kritische Leute, hört man sagen. Vielleicht stimmt's nicht – ich hab' nie mit einem gesprochen. Stolz, das ist sicher, und schlau und mutig. Man sagt, sie seien immer auf einen Kampf vorbereitet, fingen aber nie einen an, und das ist gut, wenn es wahr ist. Mit diesen großen, langsamen Wagen fahren sie in einsame Gegenden, die jeder gewöhnliche Karavan meiden würde, und ich habe gehört, daß Banditen ab und zu einen Vagantenzug überfallen, aber immer den kürzeren ziehen. Jeder Anführer einer Vagantentruppe hat ein silbernes Abzeichen, mit dem er ohne jedes Aufhebens über Landesgrenzen kommt, wußtest du das?«

»Nein, stimmt das? Hoi, das heißt, wenn wir bei diesen Leuten wären, kämen wir – *schwupps* – hinüber nach Levannon, bräuchten kein Boot zu klauen und dem Zoll nicht auszuweichen?«

Er griff meinen Arm und schwang mich ein wenig vor und zurück, damit ich den Mund hielt, während er überlegte. »Jackson, hast du daran gedacht, ein Boot zu stehlen, um den Hudson-See zu überqueren, und ähnliches Solcherlei?«

»Oh«, sagte ich, »vielleicht habe ich daran gedacht, aber nicht viel. Aber stimmt das, Sam? Sie könnten uns hinüberkriegen, wenn sie wollten?«

»Sie würden uns nicht schmuggeln – würden ihr Abzeichen verlieren, wenn sie's täten. Hab' gehört, das machen sie nie.«

»Aber sie könnten uns vielleicht in die Truppe aufnehmen?«

Er sah ziemlich nüchtern aus und ließ meinen Arm los. »Ich wär' der letzte, der behaupten würde, sie könnten es nicht – dich jedenfalls. Du kannst Musik machen, und hast so was an dir.«

»Zum Teufel, ich geh' nicht mit ihnen, wenn du nicht mitkommst.«

Er breitete seine großen, geschickten Hände auf dem Geländer aus, ruhiger und nachdenklicher denn je, und musterte alles, was wir von dem Besitz der Vaganten sehen konnten. Einer der einfachen Wagen stand in der Nähe der Mädchen, und man konnte einige große Kisten darin sehen; von den Vagantenvorstellungen, die ich in Skoar gesehen hatte, wußte ich, daß das der Verkaufswagen sein mußte – bis zum Nachmittag würden sie da ein Warenangebot ausgebreitet haben, mit allheilenden Arzneien und beträchtlichem Ramsch, aber auch einigen guten Dingen: Ich hatte mein schönes Katskil-Messer bei einem Vagantenhändler gekauft. Ein anderer Wagen, ein bedeckter, stand bei einer großen, mit Seilen abgegrenzten Fläche, er hatte eine offene Seite; das mußte das Theater sein. »In diesem Falle«, sagte Sam, und ich spürte, daß er so glücklich war, wie er es so kurze Zeit nach den Tagen in Ost-Perkunsvil nur sein konnte – »in diesem Fall glaube ich, du solltest es mal versuchen, Jackson, denn ich für meinen Teil sehe die Bahn frei, mitzumachen.«

»Was hast du vor?«

»Schreckliche Frage, Jackson, immer – nein, wenn ich es mir in den Kopf gesetzt habe, mich irgendwo hineinzuquetschen, zu würmeln oder zu wieseln, wo ich nicht erwartet werde, schaff' ich es meistens. Warte noch.« Ich war drauf und dran gewesen, über den Zaun zu klettern, bevor mich der Mumm wieder verlassen würde, aber gerade in dem Augenblick kam ein neuer Mann hinter dem Wagen, an dem die grauhaarige Frau saß, hervor und lehnte sich gegen die Treppe, um die Stunde des Tages mit ihr zu verbringen.

Er war nicht tatsächlich groß – nicht so groß wie Sam –, aber es gelang ihm, so zu wirken, teilweise mit Hilfe eines dicken, schwarzen Bartgestrüpps, das ihm fast bis zum Bauch herabhing. Die schwarzen Zotteln auf seinem Kopf waren zwei oder drei Monate lang nicht geschnitten worden, aber ich bemerkte, daß der Mann seine Eitelkeiten hatte: Sein braunes Hemd und weißes Lendentuch waren frisch und sauber, und seine haarigen Beine steckten in einem Paar Mokassins aus Elchenleder, die von einer Pracht waren, wie ich sie selten gesehen habe, denn ihre vergoldeten Ornamente stellten nackte Mädchen dar; die Bewegungen, zu denen er diese goldenen Nackten durch bloßes Wackeln seiner Zehen veranlassen konnte, hätten die Säfte der Jugend in der verstaubtesten ägyptischen Mumie zum Wallen gebracht, und ich meine eine verheiratete.

Sam sagte: »Ich habe ein Gefühl, daß das ihr Anführer ist. Schau ihn dir genau an. Versuch dir vorzustellen, wie er wegen irgend etwas wütend wird.«

Ich schwang mich über den Zaun. Einmal drüben, spürte ich, daß alle mich beobachteten – die Mädchen, die Kartenspieler, sogar der weißhaarige Mann von unter seinem Strohhut und der schwarzbärtige Anführer, dessen Stimme immer noch in einem milden Dröhnen, gleich einem zehn Meilen entfernten Donnergrollen, dahinrollte. »Dad«, sagte ich – Sam lächelte geschwind und wie getroffen, so als ob alle Freude zu einem Teil Schmerz wäre, und ich möchte sagen, das ist sie –, »Dad, ich kann es mir vorstellen, aber ich kann es rein keineswegs ausdrücken.«

»Aha. Na, hast du von dem alten, vertrottelten Farmer gehört, der so kurzsichtig wurde, daß er einen Stier melken wollte?«

»Und was dann?«

»Dann nichts, Jackson, nichts Besonderes; nur sagt man, daß er noch nicht zurück ist, bis auf den heutigen Tag nicht.«

Ich mußte hinübergehen, in dem Augenblick oder nie. Mein gutes, weißes Lendentuch half, aber als ich die endlosen zwanzig Schritte zwischen mir und den Musikanten zurücklegte, zitterten mir die Knie, und die Hände auch, als ich das goldene Horn aus dem Sack hob und das Sonnenlicht es berühren ließ; wie ihre Gesichter jedoch beim Anblick meines Horns vor Interesse und Aufregung erglühten, das vertrieb mein Zittern und gab mir die Freiheit, selbst ein heiterer, freundlicher Mensch zu sein. Ich sagte: »Kann ich etwas Musik mit euch machen?«

Das Kätzchen mit der gefährlichen Locke auf der Stirn und das Täubchen mit den Schlafzimmerlippen waren plötzlich ganz Geschäft und Spaßbeiseite. Musik war ernst. Bonnie fragte: »Wo kommt das her? Ist das nicht Alte Zeit?«

»Ja. Ich hab's noch nicht lang. Ich kann nur ein paar Melodien spielen.«

»Baß?«

»Nein, es scheint in der Mitte am besten zu sein – ich weiß, daß auf beiden Seiten Töne sind, die ich noch nicht spielen kann.«

Jemand sagte: »Junge scheint ehrlich zu sein.« Ich hatte die ganze Zeit gespürt, daß ein Paar Augen unter jenem Strohhut mich beobachteten.

Die Mädchen achteten nicht weiter auf Stud. »Welche Melodien kennst du?« fragte Minna Selig, und ich hörte, daß sie auch eine Schlafzimmerstimme besaß, aber im Moment war sie ganz Geschäft, wie Bonnie.

»Naja«, sagte ich, »naja, ›Greensleeves‹ – ›Londonderry-Melodie‹ ...«

Minnas weichstimmiges Darmsaiten-Banjo sang mir sofort ein paar Akkorde, und ich legte los mit ›Greensleeves‹; natürlich hatte ich nicht die geringste Ahnung, in welcher Tonart ich spielte, oder von Harmonie oder wie ich mich einem anderen Spieler anzupassen hatte. Alles, was ich hatte, war die Melodie und ein natürliches Gespür für das Horn und einigen Mut und 'ne Menge guten Willen und ein gutes Ohr und eine ungeheure Bewunderung für das hübsche, schwarzhaarige Mädchen, wie es dort kreuzbeinig mit seinem Banjo und seinen Schlafzimmerschenkeln auf dem Rasen saß. Und schon stieg Bonnies Mandoline ein, lachend und weinend, silberstimmig; ihre großen, grauen Augen spielten mit mir – das lenkte sie von der Musik nicht ab, denn mit den Dingern konnte sie einen Mann umlegen, ohne daran auch nur einen Gedanken verschwenden zu müssen – und ihre tanzenden Finger zauberten meinem Spiel einen durchscheinenden, zitternden Hintergrund.

Der weißhaarige Trommler hatte einen oder zwei Freunde herbeigewunken. Menschen kamen aus den Wagen. Der Flötenspieler und der Kornettist hatten ihr Kartenspiel seingelassen und standen nur da, lauschend, sinnierend. So gut antwortete mir das Horn, daß ich fast in die Falle ging, mir einzubilden, mein Spiel habe die Menschen aufhorchen lassen und nicht das Horn selbst, seine Magie aus alter Zeit. Wenn ich heutzutage spiele, mag das stimmen; an jenem Tag konnte es nicht so sein, obwohl mir sogar die süße, schnippische Bonnie später sagte, daß ich besser war, als es sich für einen Ignoramus gehörte.

Als ich (wie ich dachte) die Melodie beendet hatte, drückte Minnas Hand meinen Arm, um mich vor Torheit zu bewahren, und schimmernd und herzzerreißend flogen die Klänge von Bonnies Mandoline auf, um die Melodie auf der anderen Seite der Wolken wiederzufinden, wo ein doppelt so schnelles Tempo sie verwandelte und in der Sonne tanzen ließ. Jemand hinter mir hatte plötzlich eine Gitarre, und die gluckste nun freundlich über den Spaß, den Bonnie da oben hatte. Und Minna summte ganz dicht an meinem Ohr drei Noten, die nur mir hörbar waren, und flüsterte: »Spiel die ganz weich auf deinem Ding, wenn sie anfängt zu singen. Dein Ohr wird dir schon sagen, wie und wann du sie spielen sollst. Wir werden ein paar Mal danebenhauen, aber versuchen wir's.«

Wißt ihr was, wir haben nicht gepatzt, nicht viel! Ich war bereit, als Bonnies heller Sopran aufstieg und Minna unerwartet mit einem sahneglatten Alt durchkam. Nun ja, diese Mädchen waren gut und zweifach gut. Sie hatten zusammen Musik gemacht, seit sie Vagantenbabies waren, und hatten zudem eine seltene Art von Freundschaft, die kein Mann je aufbrechen konnte. Ich habe nie gewußt, ob sie sich im Bett liebten. Pa Rumley hatte für solche Varianten nicht viel übrig, eine Nachwirkung der üblichen religiösen Hirnwäsche in der Kindheit, und so fragte man nicht danach. Wenn sie es taten, so verloren sie deswegen nicht ihren Geschmack an Männern: Ich hatte sie beide, und beide sagten sie nach einer Weile oh-hör-auf-hör-ja-nicht-auf; beide waren um so köstlicher, als sie mich nicht übermäßig ernst nahmen, da wir uns nicht, wie man sagt, liebten.

Als Bonnie die zweite Strophe von ›Greensleeves‹ sang, hörte ich, wie neben der Gitarre noch etwas anderes sich ereignete. Während ich darauf bedacht war, meinem Horn zu entlocken, was sie – wie ich hoffte – hören wollten, empfand ich das Hinzutretende nur als ein fließendes, tragendes, akkordisches Murmeln, das fast von fernher zu kommen schien, obwohl ich wußte, daß die Sänger ganz dicht hinter mir standen. All unsre besten waren da – Nell Grafton und Chet Spender und der hübsche Billy Truro, der einzige Tenor, meines Wissens, der auch Romeo spielen und Maultieren das Fell über die Ohren ziehen kann. Und für den kellertiefen, donnerdröhnenden Baß hatten wir Pa Rumley selbst.

Bonnie spielte nicht, während sie sang, sondern hielt ihre Mandoline von sich weggestreckt, während ihre andere Hand doch wahrlich auf meiner Schulter lag – nur ruhig, Minnas Hand lag auf meinem Knie, und das war zum Teil als romantisches Bild für die Menge gedacht, die draußen auf der Straße anschwoll, aber zum größten Teil war es echt. Bonnie hatte irgendwo gelernt, beim Singen nicht allzusehr den Charme ihres gerundeten, herzförmigen Gesichts zu entstellen – und wenn schon, wem würde es, bei solch schönen Zähnen, hinreißendem Teint und strahlenden Augen, schon etwas ausmachen, wenn mal bei einigen der höheren Töne das Tageslicht auf ihre Mandeln fiel? Und der niedlichste Zufall wollte es, daß sie an jenem Tag eine grüne Bluse mit langen Ärmeln trug – man hätte denken können, die ganze Schau sei einen Monat im voraus haarklein ausgeheckt worden, und ich bin sicher, daß die Klotzköpfe das glaubten.

Als das Lied zu Ende war und sie der Menge gewunken und einen Kuß zugeworfen hatte – die Leute klatschten und trampelten den Boden, einige schnupften sogar verdächtig –, na, hat sie mich da nicht am Hemd gepackt und auf die Beine gezogen? »Komm nur, Kleiner!« sagte sie. »Das ist auch für dich.«

Es war ein schwindelerregendes Vergnügen; mein Wissen, daß der größte Teil des Jubels Bonnie galt, und mit Recht, minderte es nicht. Ja, mir gefiel das, und ich wurde immer erwachsener, ich war nicht zu demorbisiert –

Nickie und Dion streiten immer noch gelegentlich über die Korrektur meiner Rechtschreibung. Ich kann mich nicht einmischen, denn in der Tat habe ich sie darum gebeten, seinerzeit, als ich das Buch anfing. Das letzte Mal, daß sie sich diesbezüglich in den Haaren lagen, war erst vor kurzem, genaugenommen vor wenigen Minuten, ich weiß nicht, wieso. Ich war im Sonnenschein eingenickt, oder machte jedenfalls den Eindruck und hörte, wie Nickie Dion fragte, wie er denn sicher sein könne, daß ich es nicht so habe schreiben wollen. »Das kann ich nicht«, gab er zu, »und selbst wenn ich es könnte, warum sollte es ausgerechnet *mir* zufallen, die Muttersprache gegen die heimtückischen Angriffe eines rotköpfigen Singvogels, Politikers, Hornisten und betrunkenen Seemanns zu verteidigen? Ist sie nicht seit unzählbaren Jahrhunderten von Experten vergewaltigt worden, seit Chaucer ihre Rechtschreibung so verhunzt hat, und ist sie nicht immer noch wohlauf und munter?«

»Herzloses, gemeines und faules Untier«, sagte Nickie. »Mir ekelt vor dir, Di-yon, wenn du nicht einmal Euterpse zu Hilfe kommen willst, die blutend im Staube liegt.«

»Euterpse – wer das?«

»Was! Du nennst mich eine alte Erbse?«

»Nein, aber ...«

»Ich habe genau gehört, wie du ›alte Erbse!‹ gesagt hast.«

»Miranda – Euterpse *war nicht* die gottverdammte Muse der Rechtschreibung.«

»Oh, ja, stimmt. Das war Melpomene.«

»Leider, leider war das die Muse der Tragödie.«

»Na also! Englische Rechtschreibung war immer 'ne Tragödie, also welches andere Mädchen hätte sich um sie kümmern können? Also mach nicht immer diese Widerreden, sonst weckst du Davy auf.«

Da ich gerade eine Theorie über den Ursprung der englischen Rechtschreibung vollendet hatte, erwachte ich offiziell, um sie ihnen mitzuteilen. Man muß wissen, es gab da im Morgengrauen der Geschichte so einen alten Rüttelknück, der hatte ein keifendes, nörgelndes Weib und einen sauren Magen und Kinder, aber Englisch war noch nicht erfunden; so war er in der demarinierenden Lage, nicht fluchen zu können. Die Politiker jedoch hatten eine Offenbarung erlassen, daß das Alphabet zu machen wäre, und zerschlugen es dann in klebrige Stücke und verteilten die, so daß es genug Buchstaben für alle gab; wenn also des alten Burschen Weib zu eklig wurde oder seine Füße schmerzten oder seine Überzeugungen ihn überfielen, dann packte er die Alphabetklötze und verprügelte hilflos grollend damit einen Felsen, was die einzige den damaligen Zeiten angepaßte Form des Fluchens war. Jahrhunderte später entdeckte irgendein Gelehrter mit großem Kürbiskopf und sehr kleinem Bauch des Mitleids den Felsen und erfand Englisch schnurstracks auf der Stelle. Aber inzwischen waren schon alle Kombinationen, die ein anständiger Mann buchstabieren würde, vom Regen weggewaschen oder von den Krähen weggepickt worden.

Nickie fragte: »Wie kam's, daß die alte Schachtel keifen und nörgeln konnte, wenn doch Englisch noch nicht erfunden war?«

Kein bißchen demorastiert, sagte ich meiner Frau: »Sie war ihrer Zeit ein wenig voraus.«

20

Während der Beifall für ›Greensleevens‹ noch im Gange war, hörte ich, wie der Schwarzbart uns zuraunte: »Nicht mehr davon, Kinder. Sie sind reif für Muttern.« Und während ich noch wünschte, ich hätte einen Schimmer, was er damit meinte, sagte er freundlich und so ganz nebenbei zu mir – so als wäre ich schon jahrelang sein Fußabtreter und er so gewöhnt an mich, daß er mich kaum noch sah – »Bleib nur, Rotkopf.«

Ich schluckte und nickte. Er schlurfte zu den Wagen hinüber, auf dem die Kisten waren. Das Banjomädchen zog mich auf den Boden neben sich und legte einen freundlichen Arm um mich. »Das ist Pa Rumley«, sagte sie. »Wenn er das nächste Mal mit dir spricht, sagst du ›Aja, Pa‹. So hat er's gern, das ist alles. Keine Sorge, ich glaub', er mag dich. Ich bin Minna Selig, und wie heißt du, Schatz?«

Hoi! Das war demortalisierend, wenn ihr wollt. Bald genug fand ich heraus, daß die Vaganten einander ständig ›Schatz‹ nennen und daß das nicht unbedingt eine Liebelei bedeutet, aber damals wußte ich es nicht, und dessen war sie sich bewußt. Dicht an meinem anderen Ohr sagte das Teufelchen mit der Mandoline: »Und mach dir keine Sorgen, ich glaube, Minna mag dich. Ich bin Bonnie Sharpe, also sag *mir* auch deinen Namen – *Schatz*.«

»Davy«, stammelte ich selig.

»Oh, das finden wir hübsch, nicht wahr, Minna?«

Ja, sie haben mich ganz schön durchgemangelt. Aber ohne die Mädchen und ihren milden Schnabernack, ihre Wärme und gute Laune wäre ich am Ende von ›Greensleeves‹ womöglich auch am Ende meines Mutes gewesen: Womöglich hätte ich den Rest meiner Würde zusammengekratzt, wäre über den Zaun geflohen und hätte selbst vor Sam kein weiteres Wort über meinen sehnlichsten Wunsch verloren: von diesen Leuten aufgenommen zu werden und mit ihnen zu reisen, solange sie mich ließen.

Pa Rumley, im hinteren Teil jenes Wagens stehend, warf seine Arme in die Luft. »Freunde, ich wollte euch diese frohe Botschaft eigentlich erst später am Tag überbringen, aber da unsere Musik euch nun einmal angezogen hat – und unsere Spieler danken euch für euren schönen Applaus –, ja, da will ich es als ein Zeichen nehmen, ein paar Worte zu sagen, und möget ihr sie euren Lieben weiterreichen. Öffnet das Tor da und kommt näher, denn höret wohl, ich bringe Hoffnung für die Kranken, die Verlorenen, die Leidenden – kommt näher!«

In praktisch allen Dörfern und mittelgroßen Städten, die keinen größeren Park hatten, war es ein freundlicher Brauch, den Vaganten für die Dauer ihres Aufenthalts die örtliche Grünanlage als Platz für Lager und Schaustellungen zu überlassen; die Bevölkerung blieb normalerweise draußen, wenn sie nicht speziell eingeladen wurde. Ich hatte gegen die Regel verstoßen. Daß die Mädchen dazu nichts gesagt hatten, war, glaube ich, meinem angeborenen dusseligen Aussehen zuzuschreiben, das oft Wunder für mich tut. Auf Pa Rumleys Einladung hin öffneten die Klotzköpfe nun das Tor und strömten schon herein, mit ihrer unvermeidlichen Sorge, vor Schwindel auf der Hut zu sein – viel nützt die ihnen nicht. An die zwanzig Männer und halb so viele Frauen versammelten sich um den Wagen; aggressive Mehlkloßgesichter, die von etwas überzeugt werden wollten, ziemlich egal, wovon. Ich sah, daß Sam mit ihnen hereingeschlendert war. Er blieb hinten; als sich unsere Blicke über einer Herde von breiten Strohhüten und Hauben trafen, schüttelte er leicht den Kopf, was ich als Zeichen dafür nahm, daß er an etwas köchelte, das ich lieber nicht stören sollte.

»So ist's gut, Freunde, kommt ruhig ganz nah heran!« Ein Mann würde eine Menge dafür geben, eine Stimme wie Pa Rumley zu haben: mächtig wie eine Kirchenglocke, aber auch in der Lage, weich und zart zu tönen wie ein Junge, der im Dunkeln flüstert. »Das hier heute wird ein gesegneter Tag für euch werden, an den ihr noch lange denken werdet. Ich habe den Eindruck, ihr seid feine, intelligente Seelen, verantwortungsvolle Bürger, Männer und Frauen, die die Furcht des Herrn im Herzen bewahren und viel beten immerdar und ihre Pflicht tun. Das ist es, was mir in den Sinn kommen wird, wenn immer ich an Humber Town denke und an den guten Bürgermeister Bunwick, der uns diesen schönen Platz überlassen und so viel für uns getan hat – nein, Sir, Herrschaften, Vaganten vergessen so was nicht, glaubt das ja nicht. Meine Freundschaft mit eurem Bürgermeister Bunwick und dem Fortschrittsclub und dem Frauenverein für Murkanische Enthaltsamkeit – das ist eine Erinnerung, die ich mein Leben lang in Ehren halten werde.« Was Bunwick anging, so war der alte Furz zu dieser Vormittagszeit sicherlich nicht anwesend, aber einige seiner Rattenvettern waren es zweifellos, ganz zu schweigen von den Damen – außerdem, Pa sagte immer, wenn man schon in einen Arsch kriecht, dann soll man sich nicht mit 'nem braunen Ring um die Nase begnügen, sondern gleich tief hineinkriechen. »Nun, Freunde, es kann euch nicht entgangen sein, wie sehr diese Welt ein Tal des Jammers und der Tränen ist. O Herr, Herr, ist der Tod nicht Tag und Nacht auf seinem weißen Schlachtroß zugange und stampft und wütet in unserer Mitte? – Ja, höret, Herrschaften! Gut möglich, daß da kein einziger unter euch ist, außer den Kindern, Gott segne sie, und vielleicht sogar von denen einige, den der grimme Schnitter nicht schon beraubt hätte. Und Krankheit – ja, mir steht der Sinn danach, zu euch von den *gewöhnlichen* Kümmernissen zu reden, jenen, die früher oder später zu jedem und allen kommen. Das sind keine tollen Sachen – kommt ruhig noch etwas näher –, o nein, niemand erfindet Geschichten darüber noch traurige Lieder, aber ich sage euch, ein Mann, den Krankheit niedergestreckt hat, mit dem ist's aus, so sicher wie mit einem Helden, den in der Schlacht für sein geliebtes Vaterland der tödliche Streich ereilt, amen, das ist die Wahrheit.«

Er ließ ihnen Zeit, einander weise und ernst anzusehen und zuzustimmen, daß dem so war. »Freunde, ich sage euch, es gibt fürwahr einige Leiden, die überhaupt nicht und nimmer geheilt werden können, außer von der ewig liebenden Hand Gottes und dem Zahn der Zeit, der die Schläge des Schicksals heilt und die Tränen der Erschöpften trocknet und sanft führt und das Gras grün wachsen läßt über ach so viele Wunden. Was aber den Jammer gewöhnlicher Krankheiten angeht – Freunde, da nun habe ich eine Botschaft für euch.

Vor siebenundvierzig Jahren, da lebte in einem kleinen Dorf in den fernen, grünen Hügeln von Vairmant eine Frau; die war schlicht, demütig, gottesfürchtig, sanft, es hätte irgendeine der liebreizenden Gefährtinnen und Trösterinnen sein können, die ich eben jetzt in dieser guten Stadt vor mir sehe – wo ich, ich muß es zugeben, bis jetzt noch kein Mitglied des zarten Geschlechts gesehen habe, das nicht lieblich anzusehen war.« (In der ganzen Landschaft gab es nur zwei gutaussehende Frauen, und ich saß zwischen ihnen.) »Ist 'ne Tatsache, keine Schmeichelei, hört es nur, ihr Herren! Nun, dieser lieben Frau in Vairmant, von der ich spreche, wurde ihr guter Mann genommen, in ihren mittleren Jahren war sie damals, und fortan widmete sie den Rest eines langen und gesegneten Lebens der Heilung der Kranken. Selbst ihr Name war demütig. Evangeline Amanda Spinkton hieß sie, und ich wünschte, ihr würdet euch diesen Namen einprägen, denn das ist einer, den auch ihr bald mit jedem Atemzug segnen werdet. Einige behaupten, und ich glaube es, daß Mutter Spinkton – ahja, so nennt sie heute eine dankbare Welt! – das mystische Injun-Blut der Alten Zeit in ihren Adern hatte. Das mag sein, wie es will, aber nicht der geringste Zweifel besteht daran, daß die lieben Engel des Herrn sie bei ihrem lebenslangen Bemühen leiteten, ihrer Suche nach jenen Heilkräften, die der Herr voll Weisheit und Erbarmen in den einfachen Kräutern verborgen hat, die in den rauschenden Wäldern oder auf den sonnengeküßten Feldern oder an den sanft murmelnden Bächen ...«

Das mag immerhin einen Eindruck von seinem Stil geben. Pa ließ nie jemand anders die Trommel für Mutter Spinkton rühren; selbst wenn er krank zu Bette lag und zu elend war zum Leben, rappelte er sich doch dafür hoch. Er sagte, er verehre sie zu sehr, als daß er irgendeinen gottverdammten, dahergelaufenen Pieselhirn-Assistenten eine sterbliche Hand auf ihre heilige Hülle legen lassen könne. Er behauptete auch, eine Zuhörermenge mit einer besonderen Gabe schmecken und riechen zu können, die niemand sonst besaß – außer seinem Großvater natürlich, der seit vierzig Jahren tot war –, und diese Gabe sagte ihm immer sofort, ob er sanft murmelnde Ströme oder dunkel hallende Grüfte zu benutzen habe. Beide würden Erfolge zeitigen – oh, sicher, *erfolgreich* wären beide, pflegte er zu sagen und dabei über das Fußbrett zwischen die Maultiere zu spukken, wenn er kutschierte, was er gerne tat –, erfolgreich wären beide, aber die s. m. S.-Klotzköpfe sind der gewöhnliche Typ, und der dunkle-Grüfte-Typ ist anders, das ist alles, und es ist das Kennzeichen eines wirklichen Künstlers, daß er diesen Unterschied an Ort und Stelle erkennt und sich entsprechend verhält. Der lange Tom Blaine pflegte ihm da zu widersprechen, wenn das Wetter richtig war – Tom sagte, Klotzkopf ist Klotzkopf, basta.

Pa Rumley schwatze weiter; nicht, daß er geradezu *behauptete*, daß Gott und Abraham und alle Engel sich zusammengetan hätten, um der lieben Mutter Spinkton das Rezept ihres Hausmittels zu zeigen, der Einzigen Souveränen Kur für Alle Sterblichen Beschwerden von Mensch oder Tier – aber es *war* die tiefere Wahrheit. Für Pa war das Ganze sozusagen eine Atemübung aus Leidenschaft – er konnte es nicht ertragen, irgendeine Menschenmenge zu sehen, zu irgendeiner Zeit, ohne ihr etwas zu verkaufen. Nach weiteren fünf oder zehn Minuten über Mutter Spinktons Charakter und Biographie stürzte er sich in eine flotte Analyse von zehn oder mehr Krankheiten, und das machte er so zartfühlend und hoffnungsvoll und entsetzlich – Teufel, das konnte keiner besser als er; wenn man ihm zuhört, kann man nicht anders als so viele Simpltome in der eigenen Anatomie lokalisieren, daß man einfach nicht Zeit genug hat, an mehr als der Hälfte davon zu sterben. Diesen Teil seiner Ausführungen beschloß er mit einer Horde von Witwen und Waisen über Gräbern, was Mutter Spinkton hätte verhindern können, wenn jene nur gewußt hätte – kommt, kommt alle! Nun ja, ein Opfer war schon nötig – Muttern kostete einen ganzen Dollar pro Flasche. Ob sie sich verkauft hat?

Ja.

Es ist eine nüchterne Tatsache, daß sie eine Wucht war, eine unerhörte, unbarmherzige; und ich muß es wissen, denn Pa glaubte selbst an sie oder erweckte den Eindruck und hatte kein bißchen mehr Erbarmen mit uns als mit der Öffentlichkeit. Wenn man krank wurde und es eingestand, trank man Mutter Spinkton oder hatte mit Pas Mißvergnügen zu rechnen; und dazu liebten wir ihn alle zu sehr.

Es war Mutters unvorhersehbare Art, die es unmöglich machte, gut davonzukommen. Mutter Spinkton war für einfach alles – Hautkrankheiten, Masern, Impotenz, gebrochene Rippen, Erkältung im Kopf – und wenn sie es nicht kurieren konnte, versuchte sie es gar nicht, sondern setzte einfach irgendwo anders in deinem Körper ein solches Feuer in Gang, daß es dir egal war. Nimm nur ein wenig von ihr und tupf es auf 'ne Sterbenswunde, und du wirst, natürlicherweise, sterben wollen, aber gleichzeitig hat sie solche Neugier in dir geweckt, daß du es nicht schaffst; die bloße Neugier nämlich, aus welcher Ecke der nächste Schmerz kommt, und wie stark. Nun, jeder hat seine ureigensten Erfahrungen mit Mutter Spinkton, ich habe nur versucht, die Psychologie der Sache zu analysieren.

Pas eigener Glaube an sie war mir ein Rätsel, aber die Tatsache halte ich fest. Ich habe ihm dabei zugesehen, wie er sie, nach der geheimen Formel, die er selbst ausgearbeitet hatte, zubereitete, so sorgfältig, hoffnungsfroh, glanzäugig und buschschwänzig wie ein Arzt aus Alter Zeit, der eine nagelneue Wunderdroge entdeckt hat. Und danach pflegte er ein wenig davon zu trinken. Ich weiß nicht – Schweinewürmer, Meerrettich, scharfe Pfefferschoten, roher Maisschnaps, Teer, Marawan, Klapperschlangenurin, Hühnergalle und ein Dutzend weiterer mysteriöser Kräuter und Tierteile, einschließlich Ziegenhoden. Letztere waren schwer zu bekommen, wenn man nicht zufällig im richtigen Moment in der Nähe der richtigen Farm war, und Pa räumte ein, daß sie nicht absolut wesentlich waren; aber er sagte, daß sie Muttern eine einzigartige Tönung gaben, auf die er selbst viel gab. Tönung war wichtig. Er hatte sie mit und ohne diese Tönung getrunken, sagte er, und möglicherweise mache es im Hinblick auf die Klotzköpfe keinen großen Unterschied, weil der erste Schluck schon so berechnet sei, daß er jeden Klotz umgehend aus der urteilenden Geisteshaltung hob – trotzdem, wenn man anspruchsvoll war, war Tönung wichtig. Pa Rumley diskutierte auch gerne die Frage der Jahrgänge. Ich selbst bin kein derartiger Experte geworden. Ich konnte lediglich erkennen, daß Mutter Spinkton in einigen Jahrgängen nur eben eine Stadthalle leerstinken konnte, während es ihr in ihren besten Jahren ein leichtes war, alles, was Beine hatte, Maultiere eingeschlossen, von einem Zehn-Morgen-Feld zu fegen.

An jenem Morgen in Humber Town, als Pa seine Nummer beendet hatte und gerade anfing, die Fläschchen auszuteilen – Tom Blaine neben ihm wickelte sie in Papier und kassierte –, kommt da ein alter Knochen daher, stößt sich schnaufend und winselnd durch die Menge, eine Hand auf seiner Brust und sein langes hageres Gesicht ganz entstellt und verzerrt von Elend erbärmlichster Art; ich mußte zweimal hinsehen und schlucken, bevor ich mich davon überzeugt hatte, daß diese antike Kalamität mein eigener Dad war, Sam Loomis, zweimal so echt wie das Leben selbst und immer bereit.

»Ihr dort! Ihr redet von Heilung? Da komm' ich nach vorn, aber für mich gibt's keine Hoffnung, nicht bei *dem Elend*. Ein sündiges Leben hat's mir eingebrannt. Oh, Herr, Herr und Gott, vergib einem schlimmen, alten Mann und laß in sterben, ja?«

»Aber, aber, Freund!« antwortete Pa Rumley. »Der Herr vergibt so manchem Sünder. Kommt nur her und sagt, was Euch plagt!« Er war ein wenig verunsichert. Später sagte er uns, er sei sich nicht sicher gewesen, daß er Sam und mich zusammen am Zaun gesehen habe.

Sam, der alte Halunke – mein Dad, wohlgemerkt –, sagte: »Lobet ihn immerdar, aber laß mich von langen Qualen ruhn!«

»Ihr guten Leute, laßt die arme Seele nach vorne kommen – er ist ein kranker Mann, das seh' ich. Bitte, macht Platz!« Sie folgten der Aufforderung, vielleicht ebensosehr aus Mitleid wie aus Angst, Sam könnte eine ansteckende Krankheit haben. Er sah so aus, als ginge es dem Ende zu – hustend, schwankend, sich an den Wagen klammernd, bis Tom Blaine ihn stützte. Hätte ich nicht vorher gesehen, wie er mir zum Zeichen den Kopf schüttelte, ich wäre hui-wie-der-Blitz an seiner Seite gewesen und hätte womöglich alles verdorben. »Überfällt mich plötzlich«, sagte er, und das war für etwaige Kritiker gedacht, die ihn, fest und hart wie ein Baum, vor der Musik neben mir bemerkt haben mochten. »Ganz plötzlich!« – und, die Menge nun hinter seinem Rücken, zwinkerte er Pa zu.

Von da an hätte man denken können, sie hätten die Sache jahrelang einstudiert. Ich flüsterte ins nächstgelegene Ohr, das zufällig Minna Selig gehört: »Das ist mein Dad.«

»Aja? Wußte doch, daß ich euch zusammen gesehen habe.«

Bonnie sagte: »Wenn das kein Luder ist!«

Ich platzte beinahe vor Stolz.

Pa Rumley beugte sich herab zu ihm, ein weiches, engelhaftes Lächeln war über sein Gesicht ausgegossen, soweit der schwarze Bartschaum es sehen ließ. Seine Stimme floß wie Ahornsirup aus einem Krug. »Verzweifelt nicht, Mann – nein, und denkt an die Freude im Himmel über den einen Sünder, der bereuet. Nun denn, wo sitzt dieser Schmerz?«

»Es ist ein Brustleiden, und ganz durcheinandergemischt mit einem Zickzack-Brennen.«

»Ahja, ahja. Es tut weh, wenn Ihr atmet?«

»O Gott, das will ich meinen!«

»Ahja. Nun, Sir, ich kenne das Herz der Menschen, und Euch sage ich, horcht, diese Sünden, die sind schon so gut wie weggewaschen von Reue, und Ihr müßt jetzt nur noch das Brustleiden wegschaffen, dann habt Ihr den Weg für den heiligen Geist bereitet – nur, Ihr müßt natürlich vorsichtig sein.«

Tom Blaine stand bereit, mit einer Flasche Mutter Spinkton, einem Blick froher Erwartung und einem hölzernen Löffel, Vater und Mutter aller Löffel. Ich habe selbst nie verstanden, wie gewöhnliches Ahornholz den ätzenden und schrumpfenden Einwirkungen, die stets von Muttern ausgingen, standhalten konnte, aber mir bleibt nichts anderes übrig, als die Geschichte zu erzählen, wie sie sich zutrug. Die beiden alten Satansknochen ließen es sich nicht nehmen, die Sache noch weitere fünf Minuten hin- und herzumalmen – Tom hielt den Löffel –, bevor Sam sich zu einem Schluck überreden ließ. *Ich* glaube, sie spielten mit dem Feuer: Wenn die alte Dame sich ihren Weg durch den Löffel gefressen hätte, während sie redeten, hätte uns die Menge womöglich allesamt auf einmal gelyncht.

Sam steckte schließlich den Löffel in den Mund, und für ein paar Sekunden war es ziemlich still im Lande. Nun, oft spürt man nicht gleich etwas, weiß nur, daß das Ende da ist. Sam war allerdings mit rohem Maisschnaps, Gebratenem und Religion aufwachsen; gleichwohl glaube ich nicht, daß irgend etwas in der Vergangenheit eines Menschen ihn tatsächlich auf Mutter Spinkton vorbereiten könnte. Er brachte es fertig, sie hinunterzuschlucken, und als seine Gesichtsteile sich sozusagen wieder aneinanderlegten, so daß er wieder erkennbar war, hörte ich ihn murmeln: »Das ist *mir* passiert!« Das war in Ordnung: Irgendein Klotzkopf, der das hörte, würde wahrscheinlich annehmen, Sam meine die *angenehme* Seite der Ewigkeit. Dann, sobald er sich rühren konnte, drehte er seinen Kopf, damit die Klotzer das Aufglühen der Seligkeit, oder was es war, in seinem Gesicht sehen konnten, und sagte: »Ah, preiset Seinen Namen, ich kann wieder atmen!«

Nun ja, freilich, ein Mann muß Pracht und Herrlichkeit um sich herum empfinden, wenn er nach einem Schluck Mutter Spinkton merkt, daß er noch atmen kann. Aber die Klotzköpfe hatten sie noch nicht probiert, so verstanden sie wohl nicht ganz, was er meinte. »Ich war dem Tode nahe«, rief die alte Haut, »aber hier stehe ich!« Und da drängten sie sich alle an ihn heran und wollten den Mann, der dem Grabe entrissen worden war, anfassen und streicheln, ja, ihn aus purer Freundlichkeit flachtrampeln.

Pa Rumley sprang vom Wagen. Er und Tom machten Sam von

der Menge los; dann ging Tom an die Arbeit und verkaufte Flaschen – ein paar Minuten lang teilte er sie so schnell aus, wie sie ihm aus der Hand gingen und Pa Rumley begleitete den Geheilten zu dem Wagen hinüber, auf dem die grauhaarige Frau noch mit ihrer Pfeife saß und alles genoß. Ich folgte, und die Mädchen mir.

Es ist kaum zu glauben, wieviel Platz in diesen langen, bedeckten Wagen ist. Die Rahmen von der Form eines umgekehrten U, die das Zelttuch tragen, haben Querstangen aus Weißbuche, knapp über Kopfhöhe, und auf die Querstangen ruht eine leichte Plattform aus Flechtwerk, die eine Art Speicherraum für leichtes Zeug bildet. Von den Querstangen hängen auch die Trennwände, die den ganzen Raum in einzelne Kojen teilen; diese reihen sich an beiden Seiten des Wagens aneinander, ein schmaler Gang ist dazwischen. Vorne ist ein Gebiet ohne Schlafabteile, nur von Tuchwänden umschlossen, gewöhnlich mit einem Fenster auf jeder Seite. Zum Spaß nannten wir diese Zone immer das Empfangszimmer.

Dorthin führte uns Pa Rumley, in das Empfangszimmer des Wagens, in dem sein eigenes Quartier war. Da es sich um den Wagen des Hauptquartiers handelte, war das Empfangszimmer fast doppelt so groß wie das der anderen Wagen und hatte *Bücherregale*, etwas, was ich nie zuvor gesehen oder mir vorgestellt hatte. In diesem Wagen gab es nur vier Schlafstellen, zwei doppelte und zwei einfache: einfache für Mam Laura und den alten Will Moon, der gewöhnlich die Maultiere lenkte, eine doppelte für Stud Dabney und seine Frau und eine doppelte für Pa Rumley und die Frau, die gerade sein Bett mit ihm teilte. Pa führte uns hinein – Bonnie, Minna, Sam und mich. Zuletzt kam noch Mam Laura mit ihrer Tonpfeife herein und setzte sich mit verschränkten Beinen, so gelenkig wie die Mädchen. Ich habe nie von Vaganten gehört, die einen Stuhl besessen hätten – man saß auf dem Boden oder lag oder lümmelte in irgendeiner persönlichen Stellung. In jenem Hauptquartier-Empfangszimmer war der ganze Boden mit dem Fell eines roten Bären bedeckt, das der Stolz unserer Herzen war. Pa sagte nichts, bis die grauhaarige Frau sich gesetzt hatte; dann sah er sie nur an und grunzte.

Sie paffte an ihrer Pfeife, bis sie ausging, und rieb dann den Pfeifenkopf an ihrer dünnen Nase. Sie musterte Sam, und ihre Blicke trafen sich, und ich hatte das Gefühl, daß sie Botschaften austauschten, die ihnen wohltaten und uns nichts angingen. Obwohl ihr Haar grauer war, war sie, glaube ich, ein wenig jünger als er. Schließlich sagte sie: »Du kommst aus dem Norden von Katskil, nicht wahr?«

»Aja. Hab' in letzter Zeit keine Nachrichten mehr vom Krieg gehört.«

»Oh, der Krieg. Der wird in drei Monaten vorüber sein. Zieht dich vielleicht das Vagantenleben an?«

»Schon – wenn ihr 'nen Einzelgänger von Beruf verkraften könnt.«

»Hast da vorhin gute Arbeit als freiwilliger Rattenfänger geleistet. Kann mich nicht erinnern, so was schon mal gesehen zu haben.«

»Ist sozusagen plötzlich über mich gekommen; wollte nämlich nicht, daß ihr denkt, mein Junge wär das einzige Talent in der Familie.«

»Dann bist du sein Vater?«

»Ei-ja, das ist 'ne besondere Geschichte«, sagte Sam, »und würde ich sie nicht ohne seine Zustimmung erzählen.«

Sie sah mich an, und ich spürte ihre Güte und erzählte die Geschichte, und es fiel mir nicht schwer. Bonnie und Minna waren ruhig geworden; sowieso hätten sie ihr Spiel, mich entlang der Mittellinie aufzuteilen, wohl kaum unter den Augen der Alten fortgesetzt. Ich erzählte die Geschichte geradeheraus, fand es nicht nötig, sie zu ändern oder zu glätten. Als ich fertig war, sagte Sam: »Er muß mein Junge sein. Er hat nämlich meinen Eigensinn – muß nur noch hineinwachsen.«

»Bist *du*«, fragte mich Mam Laura, »ein Einzelgänger von Beruf?«

»Muß ich wohl sein«, sagte ich, »so, wie es in mir klingelt, wenn mein Dad das sagt. Aber ich mag Leute.«

»Aber dein Vater auch«, sagte Mam Laura, »oder hast du gedacht, er mag sie nicht, Davy? Nein, manchmal kommt es mir so vor, als wären Einzelgänger die einzigen, die Menschen mögen.« Ich bemerkte nach und nach, daß sie anders redete als die übrigen von uns. Zu jener Zeit hätte ich den Unterschied nicht erklären können; aber ich spürte, daß ihre Art, mit Worten umzugehen, besser war als alles, was ich in der Hinsicht je gehört hatte, und ich wünschte mir, selbst so sprechen zu können. »Du willst wirklich zu uns Davy? Bei dem Leben, das wir führen? Es ist anders als das übliche, niemals sicher, oft einsam, hart, ermüdend, gefährlich.«

»Ja«, sagte ich zu ihr. »Ja!«

»Und wirst dafür auch ein bißchen Bildung in Kauf nehmen?«

Ich hatte keine Ahnung, was für eine Bildung sie meinte – im Rahmen meiner Lebensgeschichte hatte ich schon erwähnt, daß ich mit Maultieren umgehen konnte. Aber ich sagte: »Ja, werde ich – ehrlich, ich würde *alles* tun!«

Darüber mußte Pa Rumley lachen, es gurgelte in seinem Bart, aber Mam Lauras Lächeln war hauptsächlich fürs Universum gedacht, nicht für mich. »Hoi, Laura«, sagte Pa, »hab' ich dir nicht immer gesagt, ich würde dir 'nen gottverdammten großen Gelehrten verschaffen, der den Saft aus den Büchern da quetscht? Die haben lange genug den Maultieren vor diesem Wagen die Kräfte geraubt. Vielleicht hab' ich dir mehr als einen verschafft. Bist *du* ein Mann für Bücher, Sam Loomis?«

Mein Vater blickte hinaus durch eines der kleinen Fenster – aus gutem Glas waren die, geschickt in Schlitze im Zelttuch eingenäht, so daß kein Wind sie herausblasen oder den Regen hereinpressen konnte. Für einen Augenblick sah er älter und grauer aus, mein Vater, als je zuvor; wenn Heiterkeit in seinem zerfurchten Gesicht versteckt war, konnte ich sie nicht finden. »Das Glück hatte ich nicht, Pa Rumley«, sagte er. »Einmal, als meine jungen Jahre schon lange hinter mir waren, wollte ich mir ein wenig Wissen aneignen – ah, nein, aber es macht nichts. Wenn die Dame meinen Jungen unterrichten will, bürg' ich dafür, daß er die Ohren spitzen wird und das Beste daraus macht.«

Pa Rumley stand auf, klopfte Sam auf die Schulter und nickte mir zu. »Er spielt auch ganz schön auf dem Horn«, sagte er. »Na, dann – ihr könnt bleiben. Ihr habt Glück – Herrschaften, höret! Ja, mein Herr, wie's der Zufall will, habt ihr mich in einem günstigen Augenblick erwischt: Über den Schock der Geburt bin ich vor guter Weile hinweggekommen, und tot bin ich noch nicht. Beste Zeit, einen Mann anzusprechen, versteht ihr? – Irgendwo da drinnen zwischen Geburt und Tod. Wenn der Hurensohn euch dann keine anständige Antwort gibt, wird er's nie tun.«

21

Wir blieben – vier Jahre.

Pa Rumley war ein kluger Mann, ein guter Beobachter – nüchtern; betrunken war er immer noch ein guter Kenner seiner selbst, wenn er mit dem Trinken nicht einen gewissen Punkt überschritt, den er nicht immer erkannte, und in einen schwarzen Schacht der Verzweiflung stürzte; jemand mußte dann bei ihm sein und mit ihm trinken, bis er aus den Latschen kippte. Außerhalb solcher sehr seltenen Krisen lag um seine Traurigkeit immer eine Aura von Heiterkeit, wie auch in seinem lautesten Lachen die Obertöne des Kummers mitschwangen. Das ist bei uns allen so, aber bei ihm war es offenkundiger, so als wäre der Rohstoff der Gefühle, den die Natur, auf Nummer Sicher gehend, den meisten von uns teelöffelweise zuteilt, mit dem Eimer in Pa Rumley hineingeschüttet worden.

Pa pflegte zu behaupten, er habe gekämpft und geschuftet, um sich zum Anführer der gottverdammt besten Truppe auf Erden zu machen, und dies aus dem einen Grund, daß er im Herzen ein Wohltäter der gottverdammten menschlichen Rasse war, die ohne ihn wahrscheinlich an ihrer eigenen Langeweile und Gemeinheit, an ihrem Pech und ihrer allgemeinen, beschissenen Blödigkeit verrecken würde. Und tatsächlich, wenn man konkrete Fälle betrachtete, so schien er wirklich nichts gegen die gottverdammte Menschheit zu haben, außer daß er das Ding, hol's die Pest, nie ohne einen begleitenden Fluch aussprach.

Er hatte eine lange, breitrückige Nase, die sich an der Spitze zu einem doppelten Knauf verbreitete. Irgendwann in ferner Vergangenheit war dem ganzen Organ ein mächtiger Schlag versetzt worden, so daß es, als ich ihn kannte, mehr oder weniger auf seine rechte Schulter zielte. Er sagte, die Krümmung sei nicht die Folge eines Kampfes, wahrscheinlich habe sich jemand versehentlich draufgesetzt, als er klein war. Er versicherte, daß er tatsächlich nie kämpfe, außer ab und zu mit einem Knüppel, und das sei der Grund, warum er nie Prügel bezöge. Als er jedoch persönlich Shag Donovan niederstreckte (ich sah es), der sich für den Boß von Seal Harbor hielt, benützte Pa keinen Knüppel außer der knaufigen Seite seiner Faust, und Shags zweihundert Pfund entschlummerten sanft. (Ich habe bei der Sache in Seal Harbor ein bißchen mitgeholfen, ich war gerade fünfzehn und für eine Weile auf der streitlüsternen Seite; das war eine vorübergehende Eigenschaft, eine Art Wachstumsbeschwerde.) Ein andermal sagte Pa, seine Nase habe diesen Schlenker nach Steuerbord, da sie ständig Wache halten und nach den Gerechten schnüffeln müsse, die sich einem Menschen gewöhnlich von hinten nähern.

Eine gute, beherrschende Nase war sie trotzdem, und für die Truppe sehr nützlich, da sie seine Stimmung verriet: Solange sie rot oder rosig war, hatte man nichts zu befürchten, aber wenn sie weiß wurde, während Pa noch nüchtern war, war es ratsam, ihm aus den Augen zu bleiben und das Beste zu hoffen, sofern man etwas auf dem Kerbholz hatte. Auch seine Augen waren wichtige Signale, klein, schwarz und ruhelos. Im genauen Gegensatz zu seiner Nase liefen sie rot an, wenn er auf dem Kriegspfad war – aber wenn man ihm nahe genug war, die geschwollenen Äderchen zu bemerken, war es natürlich zum Laufen schon zu spät.

Nie erlebte ich es, daß er jemanden verprügelte, der es nicht, nach Pas Ermessen, verdient hätte. Wer es aber verdient hatte, dem wurde die schnelle, beruhigende Sensation eines über ihn einstürzenden, hohen Gebäudes zuteil, und wenn er sich darunter hervorgegraben hatte, immer erstaunlich unbeschädigt, konnte er tun, was Pa verlangte, verdammt noch mal, oder er stieg aus. Während meiner ganzen Zeit bei den Vaganten verließ niemand die Truppe, bis ich es tat; und in meinem Fall war es nicht die Schuld von Pa oder mir: Ich ging mit seiner Freundschaft und seinen guten Wünschen. Wenn ich ihn einmal wiedersähe – müßige Bemerkung, wo ein Meer zwischen uns ist und keine Aussicht besteht, daß wir je in die Lande unserer Vergangenheit zurückkehren –, wäre das ein Anlaß für herzliche Gespräche und ein paar tiefe Schlucke. Er muß auf die Siebzig zugehen, kommt es mir jetzt – und doch, er wirkte so dauerhaft, daß es mich nicht überraschen würde, wenn die Truppe immer noch Rumleys Vaganten wäre, irgendwo auf Reisen, und er nach wie vor das Gesetz und alle die Propheten.

Mit den Frauen wurde er nie grob, abgesehen von der Grobheit der Liebe, für die er gesorgt haben muß, wenn er eine für eine Nacht, oder eine Woche, oder wie lange es beiden paßte, als Bettgefährtin zu sich nahm. Ab und zu habe ich zum rhythmischen Ächzen ihr musikalisches Wimmern aus dem Quartier in seinem Wagen gehört – und im nächsten Augenblick lachten sie oder brüllten sie atemlos wilde Reden, wie Frauen es nicht tun, wenn sie nicht wahrhaft in Feuer geraten sind. Und ich habe gesehen, wie sie da rauskamen, ganz schön zerrauft, aber niemals unzufrieden.

Über die Arbeit seiner Nächte redete Pa Rumley nicht – die, die reden, haben natürlich sehr oft ihre Arbeit nicht getan –, aber einige der Frauen erzählten davon, mir wenigstens, nachdem ich eine gute Weile bei der Truppe gewesen war und eine Gewohnheit des Zuhörens entwickelt hatte, etwas, was in diesem Alter fast unbekannt ist. Besonders Minna Selig, drei oder vier Jahre älter als ich, war ganz versessen darauf, ihre Gefühle zu analysieren, irgendein sonderbares Vergnügen gewann sie dem ab. Ich erinnere mich an ein Zusammensein mit ihr, wo sie keine Ruhe hatte, bis sie meine Leistung (ihr Wort) bis in alle Einzelheiten mit der von Pa verglichen hatte. Ich mochte das Vögelchen, aber dieses eine Mal hätte ich ihr doch gern das Maul gestopft – ich hatte ja schließlich nie behauptet, *so* gut zu sein! Bonnie Sharpe konnte mit ein, zwei Stichen Tageslicht auf Minnas Intellekt fallen lassen, aber ich hatte den Dreh nicht raus. Wenn Bonnie nicht in der Nähe war, knöpfte sich Minna einen Witz oder eine leicht hingesagte Bemerkung wie eine Prüfungsaufgabe vor, und alles andere mußte warten, bis sie es dir auseinandergelegt und alle unvernünftigen Aspekte aufgezeigt hatte. Ich will nicht sagen, daß sie grimmig ernst war, nein, irgendwie hatte sie köstlichen Spaß daran; ich glaube, bei solchen Operationen fühlte sich das süße Kind so wohl wie ein blödes Kriechtier meiner Sorte beim Lachen. Es war die Ausschließlichkeit, mit der er sich auf das konzentrierte, was er wollte, erklärte sie, die ihn im Bett besser machte als einen Jungen – »*Nicht*, daß ich deine Gefühle verletzen will, Davy, das ist einfach etwas, was ein älterer Mann lernt, nehm' ich an. Pa ist wie ein Felsen, meine ich, sogar sein Gesicht wird hart, glatt, fast kalt, so als ob er dich gar nicht mehr hört, und man will, da besteht keine Gefahr, daß man davonkommt. Da könnte der Wagen Feuer fangen, und er würde nicht aufhören, bis er's hätte, mitten im Feuer.« (Ich sagte: »Du meinst, es ist, wie wenn man von einem Berg gebumst wird?« Sie hatte mich nicht gehört.) »Und du nun, Davy, du bist meistens zu höflich«, sagte das niedliche Vagantentäubchen, das einen Ex-Stalljungen aufklärte. »Und das wird dich vielleicht überraschen, aber es ist so, Davy, eine Frau hat das nicht allzu gerne.« Ich sage: »Nein?« »Nein«, sagt sie – »und überhaupt, auch wenn's dich überrascht, eine Frau meint nicht immer genau, was sie sagt – ich weiß, das ist sehr überraschend.«

Ich sagte: »Bist du sicher?«

Sie sagte, ganz sicher, und fuhr fort, es mir auf die freundlichste Weise zu erklären, während ich aha sagte und ahja und hätt-ich-nicht-gedacht – immer höflich, seht ihr, weil das meine Natur ist – und wir gleichzeitig das laute, träge Quietschen der Wagenräder und die Geräusche der Gegend draußen hörten. Zur Zeit jenes Gespräches war ich siebzehn, wenn mich die Erinnerung nicht täuscht, und die Landschaft, durch die wir fuhren, war wahrscheinlich die Tropenpracht des Südens von Penn. Ich erinnere mich an das süße Aroma von Moschus in der Luft, das sich mit Minnas Duft vermischte; ich lag höflich auf ihrem Bett, mit einem Bein bequem zwischen ihren heißen und verschwitzten, nackten Schenkeln, und wartete (höflich) darauf, von dem niemals eiligen Wagen genau den Stoß zu erhalten, der mich wieder in sie hineinschwingen würde. Ich wußte, daß Minna recht hatte, und ihre Worte hatten zweifellos einige Wirkung, sonst hätte ich später noch andere Beschwerden über Höflichkeit zu hören bekommen, und ich kann mich an keine erinnern.

Pa hatte nie geheiratet. Ein Vagantenanführer heiratet selten. Die Tradition will, daß er verfügbar bleibe, die Ruhelosen zu besänftigen, Streit zu schlichten, die Witwen zu trösten, die jungen Mädchen zu instruieren und alle, die es nötig haben, mit Mitteln zu befrieden, die einem verheirateten Mann nicht recht gut anstünden. Er war wundersam geduldig mit den Kindern, den kleinen jedenfalls; bis sie sieben oder acht Jahre alt waren, ließ er sie praktisch ungestört auf sich herumkrabbeln. Es gab sieben, als Sam und ich zu der Truppe stießen, und das war mehr, als die meisten Truppen vorweisen konnten – sieben Kinder, zwölf Frauen, fünfzehn Männer, mit Sam und mir zählte die Truppe also insgesamt sechsunddreißig Köpfe. Drei weitere Kinder wurden während meiner vier Jahre bei den Vaganten geboren. Das älteste Kind war Nell Graftons Sohn Jack; er war zehn, als ich ihn zuerst sah; sein Vater Rex Grafton war um die Zeit von Jacks Geburt herum am grauen Star erblindet und hatte sich Fertigkeiten wie die Herstellung von Zaumzeug, Weidenkörben und anderem beigebracht. Jack war ein hübscher Junge, der stets Wirbel machte. Nell, diese große, süße Frau, bemutterte die ganze Truppe und kümmerte sich um ihren stolzen, klugen Mann in einer Art, die seine empfindlichen Nerven schützte und ihn doch von Selbstmitleid abhielt; aber ihren eigenen wilden Jungen konnte sie nicht kontrollieren. Ein- oder zweimal versuchte ich, seinen Hang zur Grausamkeit aus ihm herauszuprügeln, aber das blieb erfolglos.

Das Kinderkriegen bei den Vaganten stellt die Heilige Murkanische Kirche vor ein ständiges Problem. Wie können die Behörden sicher sein, daß alle Schwangerschaften gemeldet werden, keine Frau nach dem fünften Monat alleingelassen wird und daß jeder Geburt ein Priester beiwohnt? Diese Gruppen sind ja ständig unterwegs, oft tief in der Wildnis, kommen ohne Kontrollieren über die nationalen Grenzen und sind sogar der Steuern und anderer Verantwortungen enthoben, die mit fe-

stem Wohnsitz und nationaler Staatsangehörigkeit einhergehen. Die Kirche kann die Geburten nicht überwachen. Die Vaganten werden – nach formellem Recht und mit Zustimmung der Kirche, der nichts anderes übrig bleibt – ›Bürger der Welt‹ genannt.

Die Kirche hat sporadische Versuche unternommen, die Vaganten zu disziplinieren, und hat sich dabei stets nur selbst in den Finger geschnitten. Von Zeit zu Zeit bringt irgendein unternehmungslustiger Prälat eine Idee zur Welt, die er für neu hält. Der Erzbischof von Conicut versuchte sich im Jahre 318 an der Aufgabe, nicht lange, bevor wir eine Tournee durch dieses Land machten, um dann auf Südkatskil und Penn zuzuhalten. Er ordnete an, daß jede Vagantentruppe, die durch Conicut zöge, einen Priester als Mitglied der Truppe bei sich haben müsse. Einfach, denkt er – was könnten sie dagegen haben, und warum ist man nicht schon eher darauf gekommen? Das Vorhaben sprach sich herum, bevor das Gesetz in Kraft trat; als es soweit war, hatten alle Truppen Conicut verlassen. Vor jedem wichtigen Grenzübergang – in Lomeda, bei Dambury im Süden von Bershar, und Norrock, das Levannons einziger südlicher Hafen ist, und sogar weit drüben bei Mystic an der Grenze zu Rhode – schlug eine Vagantentruppe ihr Lager in Sichtweite der Zollbeamten von Conicut auf; mit denen vertrugen sie sich gut genug, aber drei Monate lang setzte kein Vagant seinen Fuß auf conicutschen Boden, und keiner ihrer Anführer ließ sich zu einer Begründung herbei.

Zu allen Besuchern waren sie höflich, aber sie gaben in jenen Lagern keine Vorstellungen, die man von Conicut aus hätte sehen können. Keine Musik, denn Musik achtet keine Grenzen. Kein Verkauf an Kunden aus Conicut und keine Ausgaben von Nachrichten. Die Vaganten saßen einfach herum. Eine dreimonatige Sperre genügte, jede Stadt und jedes Dorf des Landes mit Empörung und Protest unruhig zu machen – ja, Monate später, als wir durchzogen, schimpften sie immer noch über den ›Vagantenstreik‹, und ich wünschte, wir wären mit von der Partie gewesen, aber wir waren zu der Zeit höllisch weit im Norden von Levannon. Während dieser drei Monate besuchten des öfteren ein paar ausgesuchte, sanftzüngige Priester die Lager und boten sich als Mitglieder an – zeitweilige Mitglieder mit begrenzten Rechten, alles, damit die Truppen nur wieder ins Land kämen, bevor das Volk sich erhöbe. Den hoffnungsvollen Geistlichen wurde mit Bedauern beschieden, der Boß habe sich noch nicht ganz entschieden, würde sie aber herzlich gern verständigen, wenn es soweit wäre. Heute glaube ich, wenn ich auf die Sache mit den historischen Kenntnissen zurückblicke, die Dion und Nickie mir beigebracht haben, daß daraus leicht ein Religionskrieg mit total unvorhersehbaren Ergebnissen hätte werden können, wenn die Kirche beschlossen hätte, mit den Vaganten hart umzuspringen; aber sie war schlau und hielt sich zurück. Dann endlich akzeptierte die Truppe von Norrock – nach vorheriger Absprache mit allen anderen; und ist für sich selbst eine Geschichte, wie die Botenläufer der Vaganten über die Landstraßen und Waldwege irrlichterten, von Truppe zu Truppe, ungesehen – einen netten, kleinen Priester als Mitglied auf Zeit und begann ihre Reise durchs Land.

Sie hatte sich darauf vorbereitet. Es war Bill (Schmalztopf) Shandys Truppe. Pa Rumley kannte Schmalztopf; er sagte, der Mann täte alles so, wie er äße: keine halben Sachen. Bevor sie sich mit dem Priester auf den Weg machten, überpinselten sie die großen, bunten Sex-Bilder auf den Wägen mit Grau – eintönig und traurig. Wo immer sie, scheinbar für die üblichen Volksbelustigungen, haltmachten, boten sie keine Musik, nur fromme Lieder. Keine Theaterstücke, keine Nackt-Shows. Anstelle der Nachrichten von fernen Orten, die ein Vagantenanführer traditionellerweise zum Auftakt eines jeden Besuchs vorträgt, wurde der Priester gebeten, eine Predigt zu halten. Das traf empfindlich, denn die Vaganten sind, wie ich schon gesagt habe, die einzige Nachrichtenquelle, der die Leute vertrauen können: Nichts sonst tritt in unserer furchtsamen, armutgeplagten, ungebildeten Welt an die Stelle der Zeitungen, die es in Alter Zeit gab. Sehr schnell brodelte ganz Conicut von Gerüchten: Erdbeben in Katskil, atheistische Aufstände in Nuin, Vairmant überlaufen von Revolutionären, Propheten und dreiköpfigen Kälbern. Jener Priester, armer Teufel, der er war – Schmalztopf hatte absichtsvoll ein geborenes Unschuldslamm ausgewählt –, hielt tatsächlich eine Predigt, zweimal, das zweite Mal vor einem loyalen harten Kern von fünf älteren Damen; sie hörten nicht mehr so gut, freuten sich aber zu erfahren, daß die Vaganten ihr übles Treiben zugunsten frommer Erbauung für die ganze Familie aufgegeben hätten.

Ein Gesetz, das von der Kirche ausgeht, wird natürlich nie mehr zurückgenommen.* Doch noch bevor Bill Shandys Truppe die Grenze von Rhode erreichte, verkündete der Erzbischof in der Kathedrale von New Haven, daß der elende Schreiber, der ursprünglich die erzbischöfliche Botschaft übermittelt habe, dabei einen abscheulichen Unterlassungsfehler begangen habe, für den ihm schon eine Buße auferlegt worden sei, die ihn für eine Weile beschäftigen würde – hier soll sich der Erzbischof die Lippen geleckt und ein fast weltliches Lächeln gelächelt haben. Was er, der Erzbischof, wirklich gesagt habe – und wäre er nicht so sehr mit dem Seelenheil seiner Herde beschäftigt gewesen, hätte er den Irrtum viel früher entdeckt und ihn korrigiert –, was er *wirklich* gesagt habe, wäre dies, daß jede Vagantentruppe, *die das wünsche,* einen Priester als Mitglied aufnehmen könne etc. etc. Beachtet bitte, sagte der Erzbischof, was für ein gewaltiger Unterschied sich aus der Gegenwart oder Abwesenheit dreier kleiner Wörter ergibt, und verhaltet euch entsprechend, und preiset den Herren und achtet auf eure Worte. Nun, und so wurde denn auf den Straßen getanzt. Ich sehe nicht, wie der beste der Erzbischöfe noch mehr Etceteras beibringen könnte als jener.

So leben also die Vaganten, Bürger der Welt, in der Praxis nach dem, was die Kirche wie eine verlegene Schullehrerin ei-

---

* Korrektur: das Universale Gesetz des Zehnten, das einen jährlichen Dollar von jedem Individuum über sechzehn erhob, wurde im Jahre 324 zurückgenommen. Zwar stimmte es, daß es durch das noch Universellere Gesetz des Zehnten ersetzt wurde, das jeden ein und einen halben Dollar kostete; aber das erste Gesetz wurde wahrlich zurückgenommen, ich spinne nicht. *Dion M. M.*

nen ›Ehrenkodex‹ nennt. Das bedeutet, daß ein Anführer der Vaganten in seiner Person viele der Funktionen von Poliezer, Priester und Richter vereint. Von ihm erwartet man, daß er für die Meldung von Schwangerschaften sorgt, selbst wenn es wahrscheinlich ist, daß die Truppe ein paar Monate später hundert Meilen weiter ist. Er muß dafür sorgen, daß die Frauen in der kritischen Phase in guten Händen sind. Und wenn zufällig ein Möh geboren wird, während die Truppe nicht in Reichweite eines Priesters ist, muß der Boß selbst zum Messer greifen und es dem Möh ins Herzen stoßen und mit eigenen Augen überwachen, daß der Leichnam unter einem Schößling begraben wird, der so gebeugt wurde, das er das Symbol des Rades formt ...

Rumleys andere drei Wagen hatten alle genug Quartiere für ein Maximum von zwölf Leuten; niemand mußte im ›Empfangszimmer‹ schlafen, was auch nach ihrer Meinung Unglück bringen würde – die Vaganten haben viele kleine, abergläubische Überzeugungen dieser Art, während sie von den großen in einzigartiger Weise frei sind. Einschließlich des Hauptquartierwagens war Platz für zweiundvierzig Leute, das war die oberste Grenze. Einige Truppen haben sechs oder mehr Wagen; das ist zuviel. Sechsunddreißig Leute, soviel waren wir mit Sam und mir, war eine gute Größe, nicht zu groß, daß Pa nicht Überblick hätte behalten können, aber groß genug, die hartgesottenste Banditenbande abzuschrecken – Shag Donovans Burschen waren nicht Banditen, sondern Stadtrowdies, eine viel dümmere Gattung.

An jenem ersten Tag in Humber Town verschwand Pa Rumley, nachdem er uns als Mitglieder aufgenommen hatte, um sich um dies und jenes zu kümmern; Bonnie Sharpe entspannte sich mit dem Rücken ihres Kopfes an Mam Lauras Knie und schlug leise die Saiten ihrer Mandoline an; blieb nur Minna übrig, sich um Sam und mich zu kümmern.

Das Leben der Vaganten folgte einem solchen Rhythmus, ging oft rasch und deutlich spürbar von Spannung in Ruhe über. Bonnie hatte es eindeutig genossen, meine Geschichte und

Mam Lauras Fragen und die gelegentlichen Bemerkungen meines Vaters zu hören, ihre lustigen Mädchenaugen, groß und grau, waren vom einen zum anderen gesprungen und ließen sich nichts entgehen. Dann war die Sache erledigt, und Bonnie wußte, daß Minna sich schon unserer annehmen würde, wenn niemand sonst es täte; und so reduzierte sich, nehme ich an, für Bonnie das Universum in behaglicher Weise auf einen kleinen Ausschnitt des roten Bärenfells, auf die glänzenden Mandolinensaiten, die leichten Klänge der Musik, die sie spielte, das Vergnügen, das sie an ihrem eigenen, gesunden Körper und an der Wärme von Mam Lauras Knie empfand. Eine Zeit der Spannung, eine Zeit unkomplizierter Ruhe mit Musik dabei – auch ich lernte diesen Rhythmus, nach einer Weile. Wenn Nickie ihn nicht auch erlernt hätte, könnte ich nicht mit ihr auskommen, wie ich es tue – ohne ihn wäre sie jemand anders, unerkennbar. Möge es mir erspart bleiben, mit ehrenwerten Menschen leben zu müssen, deren Bogen der Begeisterung niemals entspannt ruhen darf.

Als Minna Selig uns zu einem der anderen Wagen hinüberführte, trug sie ihre Stirn unter den schwarzen Locken in allerliebsten Falten der Nachdenklichkeit –

Gerade in diesem Moment fällt mir ein, daß einige von euch, die ihr vielleicht existiert und vielleicht auch nicht, dazu ja noch Frauen sein könnten. Wenn dem so wäre, würdet ihr darauf bestehen zu erfahren, was Minna sonst noch trug; diese Besessenheit mit der Kleidung der anderen ist ein unauslöschbarer Charakterzug, den ich bis jetzt noch in jeder einzelnen von euch wiederentdeckt habe. Kay – dunkle, kirschrote Bluse und weite Leinenhosen und Mokassins, wie wir alle sie hatten – das heißt, alle außer Pa, der jeden versohlt hätte, den er mit einer Nachahmung seiner vergoldeten Nackten erwischt hätte.

Minna fand für uns Schlafstellen zufällig (sagte sie) in demselben Wagen, in dem sie und Bonnie schliefen. Ein glücklicher Zufall: Ich behielt das Abteil während der ganzen vier Jahre. Bonnie wechselte in einen anderen Wagen hinüber, als sie im Jahre 319 Joe Dulin heiratete, und Sam zog später mit Mam Laura zusammen; über ihre Freundschaft werde ich berichten – aber nur ein wenig, nur die Ereignisse an der Oberfläche, denn mehr weiß ich nicht: Es war da eine Tiefe, eine Natürlichkeit und Unvermeidbarkeit, die sie nicht hätten erklären wollen, selbst wenn ihnen das möglich gewesen wäre; und was immer ich darüber schreiben könnte, wäre nicht mehr als Raterei.

Ja, ich blieb in jener Koje, die Minna für mich aussuchte, schuf mir ein Heim aus einem Loch, das vier Fuß breit, acht Fuß lang und sieben Fuß hoch war, und lernte, im kleinen eng eingepfercht zu leben, aber nicht im großen – es sei denn, ihr wollt sagen, wir wären alle eingepfercht in eine Spanne Zeit, die selten ein Jahrhundert beträgt, und auf einem Körnchen Sternenstaub, das sich seit kümmerlichen drei oder vier Milliarden Jahren unsicher im Nichts dreht. Ich lernte auch, wie wenig wichtigen materiellen Besitz es gibt, den man nicht leicht in einem Loch solcher Größe so verstauen kann, daß noch Platz für einen selber – und ab und zu für Minna – ist.

22

Ich kam nach Levannon und zu den Schiffen und segelte nicht.

Was ist es, dieses sehr eherne Schicksal, das alle unsere Visionen überfährt, unsere vernünftigsten Pläne ebenso wie unsere phantastischen Träume? Wenn wir an die Zukunft denken, wie wir es müssen, wenn wir überhaupt Menschen sein wollen, dann beinhaltet dieser Gedanke vielleicht jedesmal ein Zuviel, so als ob wir in unweigerlicher menschlicher Absurdität erwarteten, der Zufall würde seine Richtung ändern, weil *wir* auf dem Schauplatz erschienen sind. Ein Junge dachte an die großen Ausleger, die prächtigen Dreißig-Tonner, die über die nördliche Route gen Osten fuhren; sein Geist sah ihre Segel groß und mächtig, voll goldenen Leuchtens. Ein junger Mann, das unwichtigste Mitglied einer Vagantentruppe, die ihm einen Monat zuvor noch gänzlich unbekannt war, trat im Spätsommer des Jahres 317 aus dem flachbödigen Fährschiff in den stinkenden Hafen von Renslar in Levannon; er half dem alten Will Moon, die Maultiere in Gang zu bringen. Möglicherweise war er einen Fingerbreit größer als damals, da er Emmia Robson auf dem Wege der Liebe nahm.

Als die beiden den ersten Wagen die Rampe hinauf und vom Dock weg geflucht und geschmeichelt hatten – Pa Rumley wetzte durch die Gegend wie ein Haufen junger Hunde und brüllte Ratschläge, auf die der sehnige Will nicht achtete –, lenkte Will die Aufmerksamkeit des jungen Mannes mit einem Ruck seines verhutzelten Kinns und einem gezielten Strahl Tabaksaft auf das Schiff am nächsten Anlegeplatz; in der Art der Halbtauben schrie er ihn an: »Kannst du lesen, Junge?«

»Aja, ich kann lesen.«

»Mam Laura lernt dir das Lernen, hör' ich.«

»Ich kann lesen, Will.«

»Also, dann entziffer mir mal den Namen von dem alten Schietpott da drüben.«

»Das ist die *Daisy Mae*.«

Ein armes, häßliches, plumpes Ding, das nach verfaulten Zwiebeln und totem Fisch roch. Ihr Mittschiff war fett, der Bug stumpf und faßartig, das Heck viereckig; ihr einer Ausleger wirkte linkisch wie ein Holzbein. Die Ruderbänke waren von den schmerzenden Hinterbacken der Sklaven blankgerieben worden, die im Moment wahrscheinlich irgendwo in Baracken eingezwängt waren und auf die nächste Tortur warteten. Nichts sonst an ihr glänzte; daß die Segel gerefft waren, verbarg nur die Flicken auf ihnen. Will schrie: »Kannst du die Tonnage schätzen?«

»Hab' so ein Boot noch nie gesehen.«

Er lachte brüllend. »›Boot‹ is' gut – hoi, dafür würden sie dir die Haut abziehen! ›Schiffe‹ mußt du sie nennen, wenn sie groß sind. Los, schätz doch mal, wie groß sie ist.«

Sie sah uralt und schwächlich aus, ihre Farbe war ein von Salz überzogenes Grau, eine Farbe der Einsamkeit und Vernachlässigung. Sie lag hoch auf dem Wasser, leer, von der Sonne heimgesucht; wenn eine Wache an Bord war, mußte sie unter Dreck lauern, wo der heiße Gestank eigentlich unerträglich sein mußte. Ich hielt sie für einen kleinen Frachter, der für kurze Transporte zwischen den Häfen des Hudson-Sees gebaut war und wahrscheinlich bald aufgegeben und zu Brennholz zerschlagen werden würde. »Sie ist nicht so alt, wie sie ausschaut«, sagte Will, »man wird sie anstreichen, bevor sie wieder hinausfährt, und dann wirst du sie nicht wiedererkennen.« Ein jämmerlicher Hafenköter war von den Ausdünstungen ihres Unrats angelockt worden, aber traute sich nicht ganz, auf ihr Deck hinunterzuspringen. Er hob ein Vogelscheuchenbein gegen einen Kaipfosten, zielte schlecht, und sein Wasser spritzte auf die Reling des Schiffes. Mit leerer Hand machte Will die Geste des Steinwurfs; der Hund sprang entsetzt davon, den Schwanz zwischen den Hinterbeinen. Ich stellte mir vor, daß das trostlose, alte Gefährt schwächlich ob der Kränkung seufzte, zu kraftlos, darüber böse zu werden.

»Na los, Davy – schätz doch mal.«

»Ein paar Tonnen vielleicht?«

»Du hast einiges zu lernen«, sagte Will und gackerte vor Entzücken – mit sechzig bin ich vielleicht auch ganz höllisch scharf drauf, die Jugend aufzuklären. »Hast was zu lernen, Bub – also, die alte *Daisy Mae* da, die macht's nicht unter dreiunddreißig Tonnen ...«

Nein, ich bin nie mit einem Levanneser Schiff gesegelt und auch nie auf einem hellen Rotschimmel mit drei Dienern über die Straßen gezogen und dann in Herbergen abgestiegen, wo die Mägde den großen Herrn badeten und sein Bett mit ihren willigen Lenden wärmten. Aber mit Rumleys Vaganten bin ich sehr wohl durch alle Länder der bekannten Welt gezogen, außer durch Nuin, wo Pa Rumley einmal mit dem Gesetz in Konflikt gekommen war, und die Stadtstaaten von Main, die man auf dem Landweg nicht erreichen kann, ohne Hampsher, eine Provinz Nuins, zu passieren. Ich half beim Antreiben der Maultiere auf dem Dock von Renslar, und am selben Abend trat ich mit meinem Horn in der Vorstellung auf; vier Jahre lang versäumte ich keine einzige Vorstellung – ich kam beim Publikum gut an. In jenem Jahr fuhren wir auf der Tieflandstraße von Levannon nach Norden.

Es ist die großartigste Straße der modernen Geschichte. Mohas Nordoststraße, die mich aus Skoar herausführte, ist eine schöne Sache, aber im Vergleich mit der Tieflandstraße ein Kuhweg. Es gibt Reisende, die dir weismachen werden, die größte von allen sei die Alte Poststraße von Old City in Nuin nach Renslar: Solcherart ist die Verderbtheit der menschlichen Rasse, wenn sie unbedingt leidenschaftlich über etwas streiten will, das sich in keiner Weise beweisen läßt – die ganze vermaledeite Schererei ist, daß sie stets sehr wohl wissen, daß ich recht habe, es aber nicht zugeben wollen. Die Tieflandstraße in Levannon ist nicht einfach nur eine Straße; sie ist eine Naturgewalt und eine Art zu leben. Sie reicht von Norrock am großen Meer, dem Atlantik, bis hinauf in den hohen Norden zu der stinkreichen Eiterbeule von Seal Harbor, eine Entfernung von etwa dreihundertundsiebzig Meilen. Sie hält nicht nur die Nation der Levanneser zusammen wie das Rückgrat einer Schlange, sondern im wörtlichen Sinne *ist* sie Levannon. Man kann kaum sagen, ob die Städte, die an ihr entlang wie Wirbel aufgereiht sind, von ihr bedient werden oder nur dazu existieren, ihr zu dienen.

Wenn man nordwärts reist, dann ist man morgens im Schatten der wunderbaren, grünen Berge zur Rechten. Man erkennt sofort, warum die vielen kleinen, aber vitalen Städte und Dörfer dort gebraucht werden. Wachsam und gewöhnlich mit Wehranlagen ausgerüstet, sind sie mit der großen Tieflandstraße durch gute Zubringerstraßen und -wege verbunden, um die Schlagader des Handels und Reisens vor Banditen und anderen wilden Tieren zu beschützen. Levannon ist im Umgang mit seinen Straßen, der einen großen und den vielen kleinen, niemals faul und schlampig wie Moha – sie sind zu wichtig. Was die große Tieflandstraße angeht, so sind ihr die Berge Schutzschild oder Drohung, je nachdem, wer die Höhen besetzt hält; ein Bergpfad ist eine empfindliche Grenze. Levannon träumt davon, beide Seiten der großen Gebirgskette zu besitzen; für Vairmant, Bershar und Conicut ist derselbe Traum ein Schreckgespenst, dem sie wehren werden, solange sie können – jene drei haben mindestens fünfzig Jahre lang untereinander keinen Krieg geführt; zu sehr ist ihnen bewußt, daß sie jeden Augenblick aufeinander als Verbündete angewiesen sein könnten …

Es ist mir immer schwergefallen, zu begreifen, daß der ganze Bereich unserer bekannten Welt in der Alten Zeit nur ein kleiner Teil einer sehr großen Nation war. Einen Krieg um den Besitz der damals so genannten Berkshires und der grünen Berge zu führen: Über diese Idee hätten die Menschen jener Zeit nachsichtig gelächelt wie über Kindertorheiten: Die Kriege, mit denen sie sich befaßten, waren, materiell gesehen, um so vieles größer! Auch ethisch größer? – ich glaube nicht, nur daß sie es in ihrer Macht hatten, die Erde vollständig zu zerstören, und das auch beinahe geschafft haben.

Weit oben im Norden werden die Berge zu niedrigen Hügeln und verlaufen schließlich im flachen Land an der Südküste des Lorenta-Sees. Da oben liegt Seal Harbor, eine einzige, rauchende Korruption nahe der Mündung eines Flusses, der wie in Alter Zeit der St. Francis heißt.

Seal Harbor ist, offen gesagt, nichts als ein riesiger Schmelztiegel. Die Seehunde, von denen das Lampenöl stammt, paaren sich zu Tausenden auf nackten Inseln bis hoch hinauf in den Norden, jenseits der Linie, wo der Lorenta-See in den Atlantik übergeht. Jene Inseln verteilen sich entlang der Küste einer Wildnis, die auf alten Karten Labrador heißt; moderne Levanneser nennen sie die Seehundsküste. Die Tiere müssen den Niedergang des Menschen in den Jahren der Verwirrung ausgenützt haben, um sich enorm zu vermehren: Die Menschen von Seal Harbor berichten von modernen Erkundungsreisen, die über die regulären Seehundsfanggebiete hinaus nach Norden gingen – da sind nur Seehundsinseln und nochmals Seehundsinseln, sagen sie, bis zu dem Punkt, wo die Reise nicht weiter geht, weil die Männer es nicht mehr aushalten können. Sie nennen es den Nordschrecken, und es ist eine Sache, die sich vernünftiger Argumentation entzieht – zum Teil die Kälte, der wütende Wind, aber vor allem das, was sie den ›Wahnsinn der Sonne‹ nennen.

Aber im südlichen Teil der Paarungsgebiete kann der Mensch seinen Geschäften nachgehen, und der Seehund scheint, zum Glück des Menschen, nichts zu lernen. Mit großem Wagemut verlassen die langsamen Ausleger, die speziell für diese Aufgaben gebaut wurden, Seal Harbor gegen Ende März, kriechen entlang seines gefährlichen Nordufers durch den Lorenta-See, an der Insel vorbei, die immer noch Anticosti heißt, und durch eine Enge, die die Seeleute heutzutage Belly Wheel nennen.

Das war einmal Belle Isle und hieß Schöne Insel, aber wenn du das einem modernen Seehundfänger sagst, wird er dich mit der tiefäugigen Verständnislosigkeit der armen Tiere, die ihm seinen Lebensunterhalt verschaffen, niederstarren; wenn er sich genug belästigt fühlt, duckt er sich womöglich zum Angriff.

Nach der Durchfahrt durch Belly Wheel folgen sie der Küste in nordwestlicher Richtung. Ich nehme an, das ist eine schwierige Sache: Sie wagen weder, das grausame Land aus der Sicht zu lassen noch ihm zu nahe zu kommen, um nicht von Strömungen oder dem Sog der Flut gepackt und gegen die Küste geschleudert zu werden. Sie erreichen das Paarungsgebiet mit den Winden des großen Meeres im Nacken und gehen mit kleinen Booten an Land, wo sie ihre Metzgerarbeit in Eile erledigen, mit Knüppeln. Sie nehmen nur den Speck und die besten Felle der ganz jungen Seehunde, lassen die Kadaver den Geiern oder der Flut, die sie für die Haie holt. Wäre die Reise für jene ungeschickten Schiffe nicht so beschwerlich und die Menschen zahlreicher, weniger abergläubisch und ein bißchen mutiger, dann wären die Seehunde trotz ihrer großen Zahl inzwischen ausgerottet. Die Fänger verwenden nicht den geringsten Gedanken an die Erhaltung der Tiere oder an Mitleid, sie denken nur an den schnell gemachten Dollar. Alles, was sie können, ist töten und töten und weitertöten, bis die Fettfässer der Schiffe überlaufen. Dies tun sie, auf daß wir am Abend Licht haben.

Das unbehandelte Fett wird nach Seal Harbor zurückgebracht. Ich habe mir sagen lassen, daß die Stadtbevölkerung genau weiß, wann die rückkehrende Flotte auf zehn Meilen herangekommen ist; das sagt ihr der ranzige Gestank, der sie ankündigt, selbst wenn kein Ostwind geht. Es ist ein Anlaß zum Jubeln – schließlich passiert es nur einmal im Jahr. Dann folgen ein paar Arbeitswochen, nach denen die guten Bürger von Seal Harbor zu ihrem längeren Urlaub zurückkehren, der aus Müßiggang, Jagen, Huren, Fischen, Taschendiebereien und Prügeleien besteht – vor allem aus Prügeleien – bis zu den ›fetten Wochen‹ des nächsten Jahres. Während der Ausschmelzung und für Tage danach hängt, wenn kein gnädiger Wind kommt, der Rauch von den Schmelzwerken als schwarzpurpurne Wolke über der schäbigen Stadt, und selbst hartgesottene Alteingesessene werden krank. Das ist einer der Hauptgründe, warum Seal Harbor eine Stadt des Abschaums, der Außenseiter,

Verbrecher und Versager ist. Niemand will dort leben, der woanders willkommen wäre und seinen Lebensunterhalt verdienen könnte.

In den letzten Wochen des Jahres 317 zogen wir ziemlich langsam gen Norden; oft blieben wir länger als eine Woche in einem Dorf, wenn uns seine Atmosphäre zusagte. Pa Rumleys Art war eine geruhsame, er sagte einmal, eine Sache, die nicht mehr da wäre, wenn man ankommt, wäre höchstwahrscheinlich der Eile nicht wert gewesen. Nur wenige Vagantentruppen ziehen nordwärts, wenn es Winter wird: Als wir über die Tieflandstraße dahinzogen, die majestätische Pracht der Berge immer zu unserer Rechten, waren die Dörfer über unsern Besuch glücklich und kauften gut; sie hungerten nach Unterhaltung und Nachrichten. Bei einer Stadt namens Sanasint bogen wir nach Osten ab und überquerten die Grenze zum nördlichen Teil von Vairmant. Die Wintermonate von Dezember bis März verbrachten wir in einer Weise, die die meisten Vagantentruppen nicht sehr begeistert hätte, nämlich in einem einsamen Lager in einem Tal der Vairmanter Berge. Mai, so erklärte Pa, sei die beste Zeit, nach Seal Harbor zu kommen; die Ölkäufer wären gekommen und schon wieder weg, die Gesellschaften hätten die Arbeiter ausgezahlt, aber das Geld habe noch nicht Zeit gehabt, in den Taschen einiger weniger Spieler und anderer Gauner zu verschwinden; aber das war nicht der Hauptgrund, warum wir uns im Winter einlochten. Er ließ uns das jedes Jahr etwa drei Monate lang tun – auch in Penn, wo es kaum so etwas wie Winter gibt –, so daß die Erwachsenen faulenzen und Zaumzeug flicken konnten, während das junge Gekröse, bei Jesus und Abraham, sich bitte hinsetzen und etwas lernen wolle. Zwei Dinge, sagte Pa, waren in der Lage, jungen Menschen den Teufel auszutreiben – die Rute und das Lernen. Von den beiden war Lernen, in seiner Meinung, der bessere Weg, wenn auch bedeutend schmerzhafter.

Mam Laura stimmte ihm zu. Meistens war sie sanft und in sanfter Weise philosophisch, konnte stundenlang in derselben Haltung sitzen, ohne etwas anderes zu tun, als ihre Pfeife zu rauchen und die Landschaft zu betrachten; aber sie verwandelte sich in einen Dämon von Energie, wenn ein Schüler nahe war, der geneigt schien, ein wenig zu lernen. Dann konnte alles von ihr kommen – Schimpfwörter, eine Sprache, bei der mein Dad rot geworden wäre (und manchmal auch ist), Sarkasmus, nachhaltiges, aber wohlüberlegtes Lob, Ohrfeigen – alles, bis hinauf zu einem Kuß oder einer Süßigkeit, jenen Walnüssen in Honig, die sie in ihrer eigenen Koje aufbewahrte und die niemand anders machen konnte. Alles war möglich, solange sie hoffen konnte, damit ein Stück Wahrheit in deinem Geist zu verankern, wo du mit etwas Glück es nicht mehr verlieren würdest.

Sie war in Vairmant zur Welt gekommen, südlich des ruhigen Flecks in den Bergen, wo wir in jenem Jahr überwinterten. Der Name ihres Geburtsortes war Lamoy, eine Stadt auf einem Hügel in der Nähe der Grenze zu Levannon. Später, als wir durch jene Gegend des Landes kamen, zogen wir an der Abbiegung nach Lamoy vorüber, obwohl das eine wohlhabende Stadt war, die unseren Besuch gelohnt hätte. Mam Laura hatte nichts gegen sie, aber sie hatte vor langer Zeit einen vollkommenen Bruch mit ihrer Kindheit vollzogen und hatte keinen Wunsch, die Vergangenheit aufzusuchen. Sie war die Tochter eines Schulmeisters; ich konnte mich kaum fassen vor Erstaunen, als ich hörte, daß die Lehrer in Vairmant nicht notwendigerweise alle Priester sind, obwohl die Heilige Murkanische Kirche natürlich die Schulen kontrolliert. Mam Lauras Vater war ein weltlicher Lehrer, ein Gelehrter und Visionär, der ihr privat eine Erziehung mitgab, die weit über das hinausging, was er den andern Kindern seiner Schule vermitteln durfte: Er hatte die versponnene Theorie, daß es noch zu Lauras Lebzeiten auch Frauen, die keine Nonnen waren, möglich sein würde, zu unterrichten – ein absonderlicher und gefährlicher Gedanke, für den man ihn aus der Schule jagen und an den Pranger hätte stellen können. In ihren dunkleren Stimmungen sagte Mam Laura manchmal, daß er Glück gehabt habe, weil er ziemlich jung gestorben sei. In solchen Stimmungen hatte sie auch manchmal das Gefühl, daß seine Lehren und seine Ermutigung sie lediglich unfähig gemacht hatte, in irgendeiner anderen Welt als der, die nur in seinem Geiste existierte, zu leben.

In jenen Tagen, in denen ich mir meinen Zutritt in das Reich des Wissens erkämpfte, das sie vor mir öffnete, verstand ich nicht immer, wie vollständig sich Mam Laura hingab – nun, welches Kind versteht schon je die Motive hinter den undankbaren Mühen eines Lehrers oder den Wert des Unterrichts selbst? Ich möchte meinen, ein Kind mit solchem Einblick wäre eine Art Monster. Aber nun, da Nickies und mein neunundzwanzigster Geburtstag hinter uns liegen, beginne ich, so scheint mir, Mam Laura und ihre Lehren zu begreifen – nun, da wir so sehr um das Kind in Nickies Leib besorgt sind, so voller Gedanken an die Zukunft des Kindes und so ungewiß, in was für eine Welt es dieses Kind hinausdrängen wird.

Es ist jetzt Ende April auf der Insel Neonarcheos. In letzter Zeit habe ich nur sporadisch geschrieben, oft unlustig und wütend über einen Zwang, der einen sonst einigermaßen intelligenten Mann sowohl zur Feder treibt als auch von ihr weg – ah, nur ein phantastischer Spinner kann je ein Buch schreiben wollen! Wahrscheinlich habt ihr gemerkt, wie sich schon vor einer Weile meine Methode des Erzählens geändert hat. Das geht zum Teil darauf zurück, daß ich ängstlich und abgelenkt bin – Nickie geht es nicht gut.

Sie besteht darauf, daß ihre täglichen und nächtlichen Beschwerden und Schmerzen im siebten Monat der Schwangerschaft völlig natürlich seien. Die Gefahren dieses stattlichen Zustandes würden maßlos übertrieben, sagt sie – sie hat darüber noch keinen Ehemann verloren. Wir wissen, das Kind lebt und bewegt sich; oft will sie, daß ich fühle, wie ›er‹ stößt.

Aber noch aus einem anderen wesentlichen Grund schreibe ich über meine Zeit bei den Vaganten in einem Stil, der euch ein wenig eiliger vorkommen mag – keine ausführlichen Geschichten mehr, ich streife nur noch, woran ich mich am besten erinnere. Ich will mich nicht entschuldigen. Euer eigener schlimmster Fehler ist, ihr wißt es ja, gerade das Gegenteil von Eile: Ich meine diese furchtbare, quäkende Ungewißheit, dieses Herumpfuschen, ewige Zögern und Nie-ganz-entscheiden-Können, ob ihr nun existiert; das solltet ihr überwinden, wenn es in eurer Macht steht. Keine Entschuldigung, nur der maßvolle Versuch einer Erklärung.

Da war diese Geschichte, die ich zu schreiben genötigt war, innerlich genötigt, und zwar zweifellos durch die dunkle Hoffnung, daß ich sie im Niederschreiben selbst besser verstehen würde. Das war die Geschichte eines bestimmten Teils meines Erwachsenwerdens (sofern eine so kontinuierliche Erfahrung ›Teile‹ haben kann), die Geschichte eines Jungen, der aus bestimmten Verhältnissen heraus- und in andere, weitere hineintrat, obwohl sein rühriger Körper in dieser Zeit vielleicht weniger als einen Fingerbreit wuchs. Nun habe ich diese Geschichte, wie ich zu meiner Überraschung vor einer Weile merkte, abgeschlossen. Was ich bei den Vaganten erlebte, widerfuhr einem weitaus älteren Jungen; meine Begegnung mit Nickie (von der ich bald berichten werde) widerfuhr einem Mann. Das sind andere Geschichten, die meine Kraft des Schreibens vielleicht übersteigen, vielleicht auch nicht. Aber da ich auf einer Reise war – da das Leben so im Fluß ist wie das Licht zwischen Dämmerung und Dunkelheit, da ich mit den verschiedenen Zeitebenen befaßt war, da von eurer Tante Kassandra keine Beschwerden kamen und auch noch keine von ihrem gelben Kater mit dem Knickeohr –, wuchs jene ursprüngliche Geschichte von der Reise eines Jungen untrennbar in, aus, über, unter, durch, um herum, von, mit und für jene anderen Geschichten; was mich verpflichtet, auch sie zu vervollständigen – ein wenig. (Fragt eure Tante Kassandra, wie es gehen soll, etwas ›ein wenig‹ zu vervollständigen – ihr müßtet schon existieren, um einen literarischen Leckerbissen wie diesen zu analysieren und zu genießen, und wahrscheinlich schafft ihr es nicht.) Ich muß wohl nicht erklären, wo die besondere Geschichte jenes Jungen endete oder teilweise endete, da dies einem erfahrenen, mitfühlenden und scharfsichtigen Gelehrten und Gentleman – oder Täubchen? – wie euch sofort ins Auge springen wird.

Möget ihr nur bemerken und festhalten, wenn es euch recht ist, daß wir – ich meine, ich selbst und ihr mehr oder weniger mit mir, womit ich doch so gut wie eingestehe, daß ihr existieren könntet – schon über eine stattliche Anzahl von Seiten hinweg und weiter bis zum Ende des Buches, wo immer und wann immer uns das ereilt, nun, daß wir Menschen gleichen, die eine gemeinsame Tagesreise beendet haben und entdecken, daß hier in der Herberge noch Zeit ist für einige Gläser und Gespräche, bevor sie schlafen gehen.

»Schau ihn dir an!« sagte Mam Laura. »Schau ihn dir nur an, wie er da sitzt und sein rotschöpfiges Gesicht lotrecht vom Hirn runterbaumelt. Will mir sagen, man darf einen Infinitiv nicht teilen. Darf nicht, darf nicht, *darf* nicht, ich pfeif' auf *darf*-nicht! Warum Davy, warum?«

»Na ja, im Grammatikbuch steht ...«

»Verflix das verflixte Buch!« heulte sie auf. »Ich möchte einen einsamen, erstunkenen Grund hören, *warum* man nicht darf!«

»Ehrlich gesagt, mir fällt keiner ein. Es wird nicht erklärt ...«

»Ah! Und ich will nur, daß du ehrlich bist«, sagte sie, wieder ganz besänftigt und süß und lächelnd. »Der Junge hat nämlich Verstand, Sam; man muß nur den ganzen Schulschund aus ihm herausklopfen wie Staub aus einem Teppich. Nun, also, das Grammatikbuch erklärt es nicht, Davy, weil es sich auf Autorität verläßt, was in so einem Buch bis zu einem gewissen Grad notwendig und richtig ist; wenn es alles erklären wollte, was unterwegs auftaucht, wäre es bald keine Grammatik mehr, sondern ein Lehrbuch der Etymologie – was ist Etymologie?«

»Die – Wissenschaft von den Wörtern?«

»Frag nicht mich, Bruder David! Ich frage dich?«

»Äh – ja – die Wissenschaft von den Wörtern.«

»Sagt mir nicht genug. Von welchem Aspekt der Wörter? Was erfährt man da von Wörtern?«

»Oh! Wortursprünge.«

»Naja, mußte dir ganz schön draufhelfen. Das nächste Mal ratterst du gleich los damit. Also – diese Grammatik ist wahrscheinlich so gut wie jede andere, und das ist auch die einzige, die ich besitze – natürlich ist fast alles, was heutzutage geschrieben wird, keinen Pfifferling wert. Davy – Englisch stammt teilweise von einer viel älteren Sprache ab, dem Lateinischen, wie ich dir schon mal erklärt habe. Kay – im Lateinischen ist der Infinitiv ein einziges Wort: Man teilt ihn nicht, weil es nicht geht. Und so hat irgendwann irgendein Grammatiker mit einem sturen Hirn entschieden, daß die Regeln des Lateinischen auch für Englisch gelten sollten, weil's ihm so gefiel – und, wie ich befürchte, auch deshalb, weil das die Grammatik für den Laien mysteriöser und schwieriger machte; das erhöhte das Prestige der geistlichen Klasse. Aber der Sprache – der englischen jedenfalls – sind solche willkürlichen Regelungen immer sehr bald schnuppe. Teil ihn, wenn immer es dir richtig erscheint, Schatz – *mir* macht es nichts aus –, nur darf die Füllung nicht so gewaltig sein, daß der Leser das kleine ›zu‹ vergißt, bevor er zum Verb kommt. Und was bedeutet das Wort ›willkürlich‹?«

»Von Wille oder Laune mehr bestimmt als von Vernunft.«

»Siehst du, Sam? Ein guter Junge.«

»Spielt das Horn auch gut«, sagte mein Dad …

Während jenes Lageraufenthaltes übte ich mit meinem Horn auf einem offenen Berghang in einiger Entfernung von den Wagen. Es war wohl ein wenig gefährlich, und Sam kam gewöhnlich mit, trieb sich in der Nähe herum und behielt den Teil der Landschaft im Auge, den ich während meines Spiels nicht sehen konnte. Ich erinnere mich an einen Nachmittag spät im April; die Truppe rüstete sich für ein weiteres Reisejahr, und wir wußten, daß wir zuerst einen ernsthaften Versuch machen würden, Seal Harbor um sein Kleingeld zu erleichtern, bevor wir wieder in den Süden ziehen würden. An jenem Tag führte Sam etwas im Schilde. In meinem eigenen Kopf war nicht viel mehr als Musik, Frühlingsgefühle und der Wunsch, Bonnie möge aufhören, nur zu kokettieren, und sich rumkriegen lassen wie Minna. Sie ließ sich lieber belagern als erobern, zu jener Zeit jedenfalls; später heiratete sie, wie ich schon gesagt habe, Joe Dulin, womit sie allerhand Vernunft bewies. Als ich an jenem

Nachmittag müde wurde und mit dem Üben aufhörte, streckte sich Sam und sagte:

»Also, Jackson, ich hab's getan.«

»Was getan, Mister?«

»Unverschemmt. Naja, gestern, nachdem du und Laura mit eurem Unterricht fertig wart, bin ich noch etwas dageblieben, wie ich es manchmal tue; und dann habe ich sie unverblümt gefragt, ob es für mich zu spät sei, in meiner Freizeit selbst noch ein bißchen was zu lernen. ›Was willst du denn lernen?‹ fragt sie gleich – na, ich sag' dir, Jackson, so jung wie du bist und scharf auf die grünen Mädchen, du würdest nicht glauben, was für 'ne *weiche* Frau diese Laura ist, und eigentlich ist sie ja deine Lehrerin, und das hat dich auch nichts anzugehen, aber es ist so. ›Was willst du lernen, Sam?‹ sagt sie, und um die Dinge klarzumachen, hab' ich ihr noch mal von der Frau erzählt, die ich in Katskil zurückgelassen habe; ich dachte, das könnte ihr Sorge machen. Und das ist auch eine traurige, dumme Sache, Jackson, mit meiner Frau. Schien es immer gegen mich zu halten, daß wir keine Kinder bekommen konnten – hoi, und dann zog ich los und hab', ohne daß sie es weiß, dich von 'ner anderen und besseren Frau bekommen, jedenfalls glauben wir, daß es so war. Aber das war nicht alles. Jahr für Jahr schien sie's mehr für ihre Pflicht zu halten, mich zu verschleißen, nörgel-nörgel, erzählte jedem, der es hören wollte, ich hätt' nur deshalb meinen Schreinermeister nicht bekommen, weil ich zu gottverdammt faul wäre, meinen Arsch in Bewegung zu setzen, und das in 'ner Stadt wie Kingstone, die randvoll mit Geld und Gelegenheiten wär; nur hat sie natürlich nicht gottverdammt gesagt – war 'ne echte Heilige –, ich meine, naja, Scheiße, Jackson, das hält kein Mann aus ... Ei-ja – ›Was willst du lernen?‹ sagte Laura, und ich sag' ihr – ›Sieh mal‹, sag' ich, ›mit der gottverdammten Etymologie oder was, da kann ich nicht folgen‹, sag' ich, ›vonwegen ich als Kind zuviel Ignoranz gefressen hab', aber ich hab's im Sinn, über dich zu lernen‹, hab' ich gesagt – ah, Jackson, da ist ein seltsames Leuchten an einer Frau, wenn sie plötzlich glücklich ist, ich meine, wirklich glücklich. Ich glaube nicht, daß ein

Mann das öfter als ein-, zweimal im Leben zu sehen kriegt – so wie wir nun mal sind, Männer und Frauen. ›Über dich‹, sag' ich, ›und wie ich dein Bett und deine Nächte und Tage teile und bei dir bin, zusagen, solang ich dauere.‹ Und jetzt kommt's, Jackson. Wie ich das gesagt habe und von einem Fuß auf den andern trete und mir überlege, wohin ich laufen soll, wenn der falsche Blick auf ihrem Gesicht erscheint – also – also, Jackson, da sagt sie: ›Das werd' ich dir beibringen, Sam.‹ Einfach so sagt sie's – – ›Das werd' ich dir beibringen, Sam, wenn der Junge einverstanden ist!‹«

»Bei den gütigen Winden, und ob der Junge einverstanden ist!«

Ich weiß noch, daß ich das schnell sagen konnte, so daß Sam keinen Argwohn haben mußte. Und wenn es bei mir irgendwelche anderen Gefühle gab, die wichtig waren, so waren sie zu tief in mir vergraben, als daß ich selbst sie hätte erkennen können. Ich glaube, ich war ehrlich glücklich für ihn und Mam Laura; sie war schließlich die Frau, die ich mir als Mutter ausgesucht hätte, wenn ich da irgend etwas mitzureden gehabt hätte, und ich hatte nicht die Befürchtung, daß sie ihn mir wegnehmen würde.

In jener Nacht, so erinnere ich mich, mußte ich Bonnie haben – die willfährige Minna reichte nicht, es mußte Bonnie sein, egal, wie oft sie schon schnell und schnippisch nein und vielleicht-später gesagt hatte. Und ich bekam sie – weil ich mich an Emmia erinnerte, glaube ich. Mit Küssen wärmte ich sie an, als ich sie hinter unserm Wagen erwischte, und folgte ihr in ihre Koje, immerhin hatte sie sich, nachdem sie sich von mir losgemacht hatte, mit freundlicherem Blick als sonst zu mir umgesehen; als sie mich dort beim Vorhang wegschicken wollte, ging ich einfach mit hinein und setzte die gute Arbeit fort. Als sie so tat, als wäre sie gefroren, kitzelte ich sie unter den Rippen, und sie mußte lachen. Als sie mir mitteilte, daß sie gleich schreien und Pa Rumley holen werde, der mich tüchtig verledern würde, teilte ich ihr mit, wahrscheinlich würde sie das nicht tun, jedenfalls nicht, wenn sie der süße, schöne und leidenschaftliche Schatz wäre, für den ich sie hielte – und wahrlich schöner als alle

Mädchen, die ich gesehen habe –, und so setzte ich das Unternehmen fort, wärmte sie hier und dort und drüben, bis sie wirklich nichts mehr tun konnte, als mich zu bitten, doch wenigstens zu warten, bis sie ihre Kleider abgelegt habe, damit die nicht verknitterten. Und hol mich der Teufel, wenn sie keine Jungfrau war.

Und auch erleichtert, keine mehr zu sein, und ein bißchen dankbar – und Joe Dulin ein gutes Weib, als es soweit war –, aber vor allem eine *verflucht* gute Musikantin, gesegnet sei sie: Eine bessere hab' ich nie gesehen, und da nehme ich mich selbst gewiß nicht aus. Ich war damals fünfzehn. Man wird mir nachsehen, daß ich im Jahr danach, vielleicht waren's auch zwei, ziemlich übermütig und hitzig und angeberisch durch die Gegend lief. Jedoch war mein halb komisches Glück bei Bonnie nur zum Teil der Anlaß dafür. Ich glaube, alles, einschließlich der ungeheuren Entdeckungen in den Büchern, die Mam Laura mir zugänglich machte, stieß mich gerade zu jener Zeit in die Richtung eines vorübergehenden und ziemlich harmlosen Rowdytums. Wie die meisten grasgrünen Ignoramusse, die gerade die äußeren Ränder des Wissens angetippt hatten, glaubte ich, es bereits ganz geschluckt zu haben. Weil ein paar Frauen es nicht unangenehm gefunden hatten, mit mir zu spielen, glaubte ich gleich, ich wäre der größte Zuchthengst seit Adam – (der, wie man zugeben muß, gewisse gottverdammte Vorteile hatte, die sich keiner von uns mehr verschaffen kann). Weil ich die Absurdität meiner Träume eingesehen hatte, der Träume, mir einen Dreißig-Tonnen-Ausleger zu kaufen, eine nette, kleine Magd mit dem Rest der Ausrüstung an Bord zu nehmen und zum Rand der dußligen Welt hinauszustechen – nun, hielt ich mich schon für reif, *reif*!

Das war meine Meinung von mir selbst; aber macht nichts. Demut kommt. In der Tat, unsre menschliche Lage ist gesegnet; denn für viele Leute kommt die Demut so früh im Leben, daß sie es noch eine gute Weile genießen können, bevor sie tot sind.

23

Wie ein Maiwind kamen wir auf Seal Harbor herab; Shag Donavan und ein Dutzend seiner Schläger aber fielen uns an wie ein Wind aus Kloake. Wie ich, glaube ich, schon erzählt habe, blieben drei von ihnen ziemlich tot zurück; aber ein großer Kampf war es nicht. Vier von ihnen stürmten unser kleines Theater, während wir eine auffrisierte Version von *Romeo und Julia* zum besten gaben. Wie gewöhnlich spielte Minna die Julia; die Absicht der Ganoven war es, sie ab ins Gebüsch zu schleppen, während es im Lager drunter und drüber ging. Aber Pa hatte Ärger gerochen, eine Gabe, die ihn selten im Stich ließ, und wir waren bereit. Ein persönliches Element spielte mit: Pa war Shag schon einige Jahre zuvor über den Weg gelaufen und nicht gut dabei weggekommen; mit der genußvollen Meisterschaft eines Künstlers stellte er diesmal Shag kalt, bevor die Dinge zu ernst werden konnten. Zwei von den dreien, die ein plötzlicher Tod ereilte, hatten Minna schon gepackt und ihre Kleider zerrissen – Vergewaltigung war da oben groß in Mode, und sie erwarteten wohl, daß man sich gefälligst daran gewöhne –, und so droschen Tom Blaine und Sam vielleicht etwas härter mit ihren Knüppeln auf sie ein, als sie es gewollt hatten; glücklicherweise wurde Minna nicht verletzt. Der dritte, der umkam, wurde in ziemlich ungewöhnlicher Weise von Mutter Spinktons Hausmittel abgefertigt. Er war in vollem Lauf begriffen, ich selbst war zu der Zeit hinter ihm, mit gezogenem Messer und Blut in den Augen; er lief just in dem Moment durch den Schatten eines unserer Vorratswagen, als vier seiner Freunde diesen umkippten; eine volle Kiste landete auf seinem Rücken.

In verschwommener Weise war die Menge auf unserer Seite. Aber sie hatte mit Donavans Bande zu leben, wir nicht; also überließen sie das Kämpfen uns und halfen uns, indem sie, während wir beschäftigt waren, weniger stahlen, als man hätte erwarten müssen. Einige Flaschen in jener Kiste voll Mutter Spinkton zerbrachen, und danach zeigte sich bei unseren Gästen eine deutliche Neigung, sich aus dem Staub zu machen – man könnte fast sagen, daß Muttern die Schlacht gewonnen hat. Übrigens nahmen wir auch den vollen Wert dieser zerbrochenen Flaschen in die Rechnung auf, die Pa Rumley am Tag darauf ungeniert dem Stadtrat von Seal Harbor präsentierte. Und denkt nicht, sie hätten nicht gezahlt. Sie winselten und sagten, sie würden uns nur bezahlen, um uns loszuwerden, bevor wir den öffentlichen Frieden störten. Pa Rumley zählte das Silber und band sich das Säckchen an seinen Gürtel, ohne die naheliegende Frage zu stellen. Das Leben in Seal Harbor hatte seine Höhen und Tiefen, das war alles. Eine kleine, hochgestimmte Menschenmenge begleitete uns zu den Stadttoren und jubelte uns nach, als wir in Richtung Süden davonzogen.

Was *Romeo und Julia* angeht, für die beiden taten wir stets unser Bestes; allerdings mußten wir das Stück etwas vereinfachen, da unsere Bühne nur eine mit einem Vorhang versehene Öffnung in der Seite eines Wagens war. Die Balkonszene zum Beispiel: Die ganze Bühnenöffnung mußte den Balkon darstellen und Bruder Romeo vom Boden aus operieren, was in Ordnung war – guter Realismus –, solange er sich nicht in einem beseelten Augenblick im Wagenrad verhedderte und den ganzen verdammten Balkon zum Schaukeln und Quietschen brachte. Billy Truro, Typ eines romantischen Tenors, war gewöhnlich Romeo, und manchmal ließ er sich ein wenig von der Begeisterung hinreißen, besonders, wenn es die Zeile zu röhren galt: »Oh, willst so unbefriedigt du mich lassen?« Wie er dabei an dem gottverlassenen Wagenrad hing, während Minna ihn im Stich ließ, gewann er noch stets die Sympathie des Publikums.

Was den Text angeht, so pflegte Pa Rumley zu behaupten, es handle sich um eine waschechte, verbotene Version; Mam Laura ließ durchblicken, daß er recht habe. Sie hatte das Stück nicht unter ihren Büchern, und so habe ich den vollständigen Text nie gelesen, bis ich Zugang zur geheimen Bibliothek der Häretiker in Old City hatte. Zwar stimmt es, daß unsere Art, in zwei fünfzehnminütigen Akten durch das Stück zu galoppieren – einen Extra-Schwertkampf bauten wir ein – ein wenig drastisch war, aber so gefiel es den Klotzköpfen: Unser Ziel war es, zu gefallen, was zum Teufel bleibt einem Künstler sonst übrig? Als Julia war Minna Selig ein absolutes Glanzstück. Ich höre sie noch: »Oh, schwöre nicht beim Mond, dem unbeständigen Mond, der in seiner Kreisbahn zu und abnimmt, auf daß nicht deine Liebe sich auch so unstet zeige.«

Hoi, die kleine Minna in ihrem Nachthemd, mit ihrem schwarzen Haar wie Nebel um ihre großen Augen! – sie *war* Julia, wie sie da so unschuldig wie ein Kätzchen daherkam und nicht viel klüger, und so hübsch, daß noch dem stumpfsten Klotzkopf die Tränen kommen konnten. Bonnie betete sie geradezu an, wenn sie auf der Bühne erschien. Ich erinnere mich, daß wir das Stück gleich bei der ersten Station, die wir nach unserem Abgang aus Seal Harbor machten, wieder aufführten. Das war in Vairmant, denn wir hatten die Straße auf der östlichen Seite der Berge genommen, wo Rumleys Truppe seit mehreren Jahren nicht aufgetreten war. Bonnie und ich sahen uns die Vorstellung von den Zuschauerplätzen aus an – Bonnie war nach unserem kleinen Abenteuer im April noch recht warm und freundlich mit mir –, und sie geriet jedesmal in Verzückung, wenn Minna-Julia ihre Stimme erhob, knutschte meinen Arm und rief immer wieder mit verhaltener Stimme: »Hör dir diese Brusttöne an! Ah, Davy, sie wird mich zum Heulen bringen – ou-jei – ooh, wenn das kein Luder ist!«

Jene Straße im Osten der Berge führte uns alsbald am westlichen Ufer des schönen, blauen Conicut entlang; in diesem wunderbaren Land voller kleiner Dörfer, in denen sich ein Besuch für Vaganten immer lohnt, ließen wir uns Zeit. Pa gab nie eine Erklärung, wegen welcher alten Schwierigkeit er Nuin mied; man fragte einfach nicht danach. Aber er war in Nuin zur Welt gekommen, war voll bis oben hin mit Nuins Geschichte und mißbilligte den größten Teil davon. Ein Tag auf der Flußstraße fällt mir ein, an dem wir uns dem kleinen Stadtstaat Holy Oak nördlich von Lomeda näherten. Der alte Will Moon war zu betrunken, um die Maultiere zu lenken – den Fehler hatte er –, und Pa hatte die Zügel übernommen, während Will seinen Rausch ausschlief.

Das machte Pa sowieso gerne, und er unterhielt eine leidenschaftliche Schimpffehde mit Alter Blitz, dem Maulesel, der linksaußen vor dem Hauptquartierswagen ging, im hinteren Glied. Alter Blitz schien niemals sehr aufzupassen, konnte aber im allgemeinen an Pas Stimme erkennen, ob er es sich leisten konnte, im Gehen einzuschlafen oder so allmählich im Tempo zu erlahmen, daß sein Nachbar von dem Schwindel nichts merkte. An jenem Tag war Sam mit mir auf dem Vordersitz, Pa thronte mit den Zügeln zwischen uns, und das strahlende Blau des Conicut machte unter einer freundlichen Sonne Musik aus Farben.

Der bloße Name von Holy Oak hatte Pa auf das Thema der Geschichte Nuins angesetzt, ein Thema, bei dem er sich stets erregte. »In den Tagen Morgans des Ersten«, sagte er, »oder Morgans des Großen, wie sie den Hurensohn nennen, war dieses kleine Land ein Teil von Nuin. Ich glaube, es hat um seine Unabhängigkeit gekämpft, nachdem er abkratzte und Lomeda und die anderen pißmiezigen Länder auf dieser Seite des Flusses auch – ekklesi-gottverdammt-astische Staaten nennen sie sich. Morgan der Große! – Herrschaften, hergehört, es wird langsam so, daß man nichts mehr glauben kann, was man hört, oder vielmehr war das schon immer so, jedenfalls seit Morgan dem Großen. Man behauptet, seinesgleichen sähe man heute nicht mehr, und ich sage, das ist gut so. Weil der nämlich 'ne Vogelscheuche war. Dieses kleine Land, Holy Oak, ist angeblich nach einem Baum benannt, den Morgan der Große gepflanzt hat. Kay, ich habe ihn gesehen – ist nicht gerade ein Prachtexemplar von einem Gemüse, nur 'ne popelige Eiche, und ihr findet vielleicht, das ist 'ne hübsche kleine Geschichte, aber wartet einen Augenblick. Wollen wir die Sache mal ausknobeln. Was sagen die Historiker? Habt ihr irgendeine Vorstellung, wie viele Eichen der alte Kerl selbst gepflanzt haben soll? Ah, Herrschaften, es ist zum Heulen – wenn ich so viele Haare auf meiner Haut hätte, wie der Alte Eichen gepflanzt haben soll, wär ich niedergedrückt von der Last, Herrschaften, auf allen vieren würd' ich tapsen wie ein Bär, bis sie mich häuten würden, um mein Fell zu kriegen. Ihr mögt wohl fragen, warum er nicht mal zur Abwechslung einen Kirsch- oder Walnußbaum pflanzen konnte – *auf* mit dir, Alter Blitz, du elendiglich lahmer Dreizehntelarsch, auf, *auf* mit dir! –, mögt ihr wohl fragen, und ich werd's euch sagen. Die gottverdammte Öffentlichkeit ließ ihn nicht – mußte Eiche sein oder gar nichts, und dafür war er nun König.«

»Aber trotz dem und allem«, sagte Sam, »er nannte sich Präsident, nicht König, das darf man nicht vergessen.«

»Aja«, brüllte Pa, »und das ist der größte Haufen Pferdescheiße, der je auf einer Straße liegenblieb!« Na was, Sam hatte es lediglich gesagt, um ihn munter zu halten. »Präsident, Himmel, Arsch und Zwirn! Ein König war er, und das ist die einzige Entschuldigung, die er hat. Ich meine, einem König muß man einiges nachsehen, so wie er alle ständig auf seinen Fersen hat und von morgens bis abends königeln muß – Eichen pflanzen und Grundsteine legen und durch finstere Ahnengalerien gehn, na, bei den Eiern Abrahams und Jeses H.K. Hornblower Christus', sie haben dem Mann einfach keine *Ruhe* gelassen – *vorwärts*, Blitz, soll doch die vertrocknete Mäusekacke, die du deine Seele nennst, zur Hölle fahren, muß ich erst grob mit dir werden? –, überhaupt keine Ruhe. Wie hat der Zeit zum Königeln gefunden, das möcht' ich mal wissen? Hört zu, ich sag' euch, wie es zuging, an einem ganz gewöhnlichen Tag wohlgemerkt, wo dieser arme alte Hurensohn, dieser Morgan der Große, in einer Sache auf Leben und Tod, oder jedenfalls geht es um viel Geld, vor dem verreckten Senat sprechen will. Meint ihr, er kommt dazu, zwei Sätze zu Ende zu sprechen? – Herrschaften, spitzt die Ohren! Nein, Gottes Butter und Teufels Futter, *nein* – und warum? Weil da der Minister für Soziale Kontakte oder sonst was dahergebückelt kommt – ›Gestatten, Eure Majestät, eine dringliche Angelegenheit: Da gibt's ein Bett drüben in Wuster, wo noch kein König drin geschlafen hat, und Majestät müssen da schnell mal hineinschlafen, damit Ihr dann noch rechtzeitig nach Lowell kommt, um einen Dollar über den Merrimac zu werfen, von wegen hier in dem Buche steht, daß Ihr das am 19. April – nicht zu vergessen, Majestät, vor ein paar Minuten ist eine neue Schiffsladung Eichen eingetroffen ...‹ meine Güte, Herrschaften, das ist doch kein Leben, nicht für einen großen Mann. Nimmt doch die Seele aus den Dingen, nicht wahr? Wie kann man von einem Jungen erwarten, daß er Präsident werden will, wenn er weiß, daß da nur den ganzen Tag an ihm herumgezwackt wird? – du Blitz, ich scheiß auf deinen ewig unvergänglichen Geist, *wirst* du jetzt voranmachen ...?«

Es war nicht nur Nuins Geschichte, auf die Pa Rumley schlecht zu sprechen war. Er mochte in der Tat überhaupt kein Stück Geschichte und niemanden, der in ihr auftrat, außer Cleopatra. Er pflegte zu sagen, daß er mit ihr wunderbar zurechtgekommen wäre, wenn er ihr in ihrem heimatlichen Kalifornien hätte begegnen können, als er noch etwas jünger und sein Stift noch etwas spritziger war. Nichts, was Mam Laura sagte, konnte ihn je davon überzeugen, daß Cleopatra nicht in Kalifornien gelebt hatte. Manchmal brachte er mich selber soweit, daß mir Zweifel kamen.

Von Holy Oak aus fuhren wir weiter durch die anderen kleinen Länder nach Conicut hinein, wo die Reaktionen auf jenen ›Streik‹ der Vaganten, von dem ich berichtet habe, noch zu spüren waren, das Geschäft war sehr lebhaft gewesen, aber wir kamen sehr spät, nachdem zuviele Truppen schon dieselbe Idee gehabt hatten. Wir fuhren weiter, nach Rhode hinein, ein verträumtes, kleines Land, kaum größer als Lomeda, wo Küstenfischerei die Hauptbeschäftigung und die Dreier-Ehe das Hauptvergnügen der Bevölkerung ist – das einzige Land, in dem die Heilige Markamische Kirche die Scheidung erlaubt. Die Kirche nennt Rhode ein ›soziales Versuchsgebiet‹; die Dreier-Ehe wird dort seit mehr als fünfzig Jahren getestet, ohne daß dabei mehr herauskommt, als daß sie fast allen gefällt. Natürlich ist das für die Kirche unerheblich, und so wird der Versuch in der Hoffnung auf mehr Licht fortgesetzt. Als wir dort waren – fast den ganzen Sommer –, testete ich natürlich soviel wie möglich mit: Bonnie glitt zu der Zeit gerade in die dauerhafte Verbindung mit Joe Dulin hinein, und Minna (gerne sag' ich's nicht) langweilte mich ab und zu. Das Testen war erfreulich, und ich bin zu keinen Ergebnissen gekommen, die ich nicht hätte verkraften können.

Da Nuin uns versperrt war, fuhren wir durch Conicut zurück und über die Grenze zur Südspitze von Levannon; wir überwinterten bei Norrock, wo die Stimme des großen Meeres zumeist ruhiger ist als in Old City, wo ich sie in späteren Jahren ständig hörte – dort in Old City verlebten Nickie und ich unsere privaten Jahre in Hörweite des Hafens und der großen Winde. Bei Norrock konnten wir an klaren Tagen von unserem Hügellager aus im Süden, weit weg und verschwommen, eine sandige Küste erkennen, jenes Long Island, von dem Jed Sever uns erzählt hatte; und das schien weit zurück in der Vergangenheit zu liegen; und ebenso sein Tod – und meine hitzig-kühlen Spiele mit Vilet – und erinnerte Schächte grüngoldenen Lichts, die in die warme Stille der Wildnis von Moha fielen. Oh, die Stimme des Ozeans ist, wo man sie auch hört, immer dieselbe, wenn man jung ist und wenn man alt ist – Old City oder Norrock oder an den schmerzhaft blendenden, weißen Sandstränden im einsamen Süden von Katskil oder, wenn wir schon von Ruhe sprechen, an diesem Strand von Neonarcheos.

Der Frühling des Jahres 319 fand uns wieder auf der großen Tieflandstraße von Levannon, unterwegs nach Norden, aber dieses Mal folgten wir ihr nur bis Beckon, der Hafenstadt am Hudson-See; ihr gegenüber auf der anderen Seite des Sees liegt Nuber die Heilige Stadt. Beckon ist der erste Ort, in dem man ein verläßliches Fährschiff findet, das groß genug für die Wagen der Vaganten ist. In Ryebeck, gegenüber Katskils Hauptstadt Kingstone, gibt es noch eine, aber die kam für uns nicht in Frage: In Kingstone hätte jemand Sam erkennen und seine Frau verständigen können, die die Poliezer holen und ihm jedes Gesetz des Landes um die Ohren hauen würde. Vielleicht hätte ihn auch die Armee auf den Kieker genommen, obwohl der Kleckerkrieg zwischen Moha und Katskil längst ein Ding der Vergangenheit war. Nuber könne nicht sehr gefährlich sein, meinte Sam. Dort gaben wir eine moralische Vorstellung, um süßer Rechtschaffenheit willen auf Vordermann gebracht, und leckten uns die Finger beim heimlichen Verkauf geiler Bilder, mit denen wir etwas Licht ins Privatleben der Brüder brachten; sonst, wenn wir sie fast offen verkauften, nahmen wir kaum je halbsoviel ein.

Von Nuber aus zogen wir in langsamen Etappen nach Süden. Die Menschen aus dem Gebiet von Kingstone reisen selten in den Süden von Katskil. Dennoch bestand überall im Land für Sam ein gewisses Risiko. Er ließ daher die Arbeit als Wegbereiter für Mutter Spinkton vorübergehend ruhen, entzog sich mehr oder weniger den Augen der Öffentlichkeit und half im Hintergrund aus, wo es nötig war – bei der Versorgung der Maultiere, beim Kulissenwechsel, beim Zaumzeugmachen.

Besonderen Spaß hatte er daran, für Mam Laura die Hintergrundgeräusche während ihrer Wahrsagesitzungen zu produzieren. Sie ließ dafür immer ein kleines Zelt aufschlagen, das durch einen Leinwandvorhang in der Mitte geteilt war. Im vorderen Teil standen nur ein kleiner Tisch und zwei Stühle – keine Glaskugel, keine Räucherkerzen und ähnliche Requisiten. Aber gute Geräuscheinlagen schätzte sie über alles. In der hinteren Hälfte des Zelts waren ein paar Apparate – eine Kuhglocke, eine Trommel mit einem Riß, die Stud Dubney nicht mehr benutzen konnte, die aber noch für einen todtraurigen Ton gut war, der an die in feuchter Nacht dröhnenden Gedärme eines Stiers gemahnte. Bei bestimmten Stichworten bearbeitete Sam diese Gegenstände für sie oder stieß etwas um oder ließ einen langen, schrecklichen Seufzer vom Stapel; den durfte er allerdings nicht zu oft einsetzen, da Mam Laura ihn selbst kaum ertragen konnte. Er steigerte das Getöse Schritt für Schritt, bis Mam Laura rief »Humm-rumm-salaam-aleikum!« oder »Friede, unruhiger Geist!« oder etwas anderes Besänftigendes; dann gab er für eine Weile Ruhe. Der Kunde konnte nie *absolut* sicher sein, ob sich der Leinwandvorhang nicht plötzlich heben und eine furchtbare Erscheinung preisgeben würde, wie etwa Asmodeus oder einen vierhörnigen Giasticutus oder seine Schwiegermutter. Sam behauptete, daß die Arbeit gut für ihn sei, weil er dabei sozusagen in Fühlung mit den Künsten bliebe, aber ohne eine wirkliche, gottverdammte Verantwortung. Auch sagte er ab und zu, daß er alt werde.

Das hätte nicht wahr sein dürfen, da er erst in seinen Fünfzigern war. Aber in gewisser Weise war es wohl wahr.

Der Süden von Katskil ist völlig anders als der betriebsame Norden. Ein geisterhaftes, schwer faßbares Land – die großen, reichen Farmen sind in der Mitte des Landes, nicht im eigentlichen Süden. Enge sandige Straßen winden sich durch die Fichtenödnis, als verfolgten sie blind ein Ziel, das man nie erkennen wird. Wenn eine solche Straße an ein offensichtliches Ende kommt, hat man das sichere Gefühl, irgendeine Abzweigung versäumt zu haben, die die eigentliche Fortsetzung der Straße war. An vielen Stellen, im Inland wie auch in der Nähe der schönen weißen Strände, breitet sich anstatt der Fichten tiefe Wildnis aus, eine Wildnis, die so unzugänglich ist wie die halbtropischen Dschungel in Penn, die ich auch gesehen habe. Man sagt, daß Horden der schlappohrigen Affen in den Dschungelgebieten des südlichen Katskil gesehen worden seien – dieselbe Art, die in Penn verbreitet ist, scheu, wild, auch ein bißchen gefährlich.

Im Süden von Katskil gibt es keine Städte, es sei denn, man will den stumpfsinnigen Hafen von Vyland im äußersten Süden, in der ungeheuren Delaware-Bucht, mit diesem Namen ehren; er verdient das kaum und lohnt kaum die Mühe, ihn über die lange Straße durch das Ödland und den Dschungel und die riesigen Sümpfe aufzusuchen. Vyland war einmal eine Piratenstadt, Hauptquartier einer Flotte, die sich an Penns Küstenhandel mit den Ländern im Norden schadlos hielt. Katskil und Penn waren sich endlich einmal einig und vereinten ihre Kräfte, um mit den Räubern aufzuräumen, wie wir es in Nuin mit den Piraten der Cod-Inseln tun mußten. Die Vyland-Piraten besaßen jedoch nicht die Schläue und Ruchlosigkeit derer von den Cod-Inseln und auch keine Inseln, auf die sie sich zurückziehen konnten; es war ein Massaker. Heute hat Vyland nichts zu bieten als Fischmärkte und Klöster, und beides riecht gleich.

Keine richtigen Städte also im Süden von Katskil, aber reichlich kleine Dörfer, die weit auseinanderliegen, schwer umpfählt sind und deren Bewohner Fremden oft ein heilloses Mißtrauen entgegenbringen. Wir machten selten ein wirklich gutes Geschäft. Ich habe den Eindruck, es gab da viel Malaria und eine Menge Hakenwürmer und vielleicht andere traurige Umstände, die die Bevölkerung ohne ihr Verschulden bedrückten.

Ein Dorf in jener Gegend fällt mir zwangsläufig ein. Wir erreichten es im Herbst des Jahres 319, als wir bereits in nordwestlicher Richtung unterwegs waren; wir beabsichtigten, in der Nähe der schönen Stadt Filadelfia nach Penn einzureisen. Es war spät am Nachmittag; Vorder- und Hintertor des Dorfes waren zu, aber nicht verschlossen. Mit unserem üblichen fröhlichen Wirbel rollten wir über die Straße, spielten und sangen ›Des Wanderns bin ich müde‹, ein Lied, das uns gewöhnlich eine bessere Begrüßung verschaffte als jedes andere. Als wir von den immer noch geschlossenen Toren zum Strand kamen, blies ich mein goldenes Horn, um es klarer denn je zu machen, daß wir in Freundschaft kamen. Aber niemand öffnete uns. Das machte Pa wütend – naja, der ganze Sommer im Süden von Katskil hatte ihn schon verärgert. »Soll mich doch der Kuckuck«, sagte er, »wir fahren trotzdem rein und werden sie höflich fragen, warum sie nicht aufmachen.«

Die Armen, sie konnten nicht – die wenigen, die im Dorfe waren, waren tot, schon seit Monaten. Die Häuser fingen schon an, ein wenig auseinanderzufallen – Löcher in den Strohdächern, wo die Eichhörnchen sich einen Weg gebahnt hatten, da und dort eine Tür, die aus den Angeln gefallen war, weil der Wind sie einmal zu oft gegen die Mauern geschlagen hatte. Wir gingen in alle zwanzig Häuser hinein und fanden nur von Aasameisen und -käfern säuberlich kahlgefressene Skelette – nicht viele, zusammen wohl nur ein Dutzend; alle waren vollkommen trocken und konnten keinen Ekel erregen. Die meisten lagen auf den Schnür- oder Geflechtpritschen, die in jenem Land als Betten benutzt werden; an zweien hingen Reste von weißem Haar. Es war friedlich. Da die Toten alle in den Häusern und die Dorftore gegen Wölfe und Hunde geschlossen waren, hatten die Ameisen und Käfer allein das Aufräumen besorgt; es war uns ein Rätsel, daß die Knochen von Mäusen und Ratten kaum durcheinandergebracht worden waren. Pa Rumley sagte, Ratten stürben an der Beulenpest genauso wie Menschen, was ich nicht gewußt hatte. Aber ich hatte ein ungutes Gefühl – wie wir alle, glaube ich –, daß es sich hier um eine andere Art von Pest gehandelt haben mochte.

Ein Mann (oder eine Frau) war am Galgen zurückgelassen worden. Die Krähen und Geier hatten sich seiner angenommen; die Knochen lagen in einem unscheinbaren Häufchen unter dem immer noch herabhängenden Strick. Jedenfalls war der Verbrecher nun auf einer Ebene mit den ehrbaren Bürgern, die hoffnungslos krank gewesen waren oder vielleicht zu alt, um noch zu reisen. Ein Knochengerüst saß noch in einem Schaukelstuhl an einem geschlossenen Fenster, der Form des Beckens nach eine Frau, wahrscheinlich eine alte; trockener Knorpel hielt noch ihr Rückgrat, die Beine und einen Arm zusammen. Das Entsetzen wich etwas von mir, als ich mich zwang, ihre Stille zu betrachten. In der Welt, die die Menschen der Alten Zeit uns vermacht haben, sind solche rätselhaften Dinge oft genug geschehen, und sie werden immer wieder geschehen.

Penn ist ein Land guter Handwerker, Bauern, Künstler, Philosophen, Dichter, ein Land des Reichtums und der Faulheit – und warum auch sollten sie nicht faul sein, wo die Natur so mild und großzügig und der Duft von Wein und Magnolien überall in der Luft ist? In einigen Teilen des Landes ist das Klima übersüß; die Hitze scheint dort nach einer Weile aus deinem Innern zu kommen, und zwar ganz sanft, obwohl sie nach wie vor ein Geschenk der Sonne ist. Diese Illusion ist im östlichen Teil des Landes am stärksten, wo die Seebrise frisch von der großen Delaware-Bucht herweht. Filadelfia ist eine schöne kleine Stadt in der Nähe von Ruinen aus alter Zeit, die als harmlos gelten – in der Tat sagt man, ein Teil der modernen Stadt sei direkt über dem Standort der alten erbaut worden. In Filadelfia werden alle notwendigen Arbeiten erledigt – die Straßen sind sauber, die Häuser ordentlich –, aber nie sieht man jemanden, Sklave oder Freien, der sich ernstlich plagen würde. Die Bürger ähneln einander, alles in allem, viel mehr als die Bewohner der nördlichen Länder; vielleicht waren einige ihrer Vorfahren in den Jahren der Verwirrung außerordentlich erbstark – ein dunkler, großer Menschenschlag mit einem merkwürdigen Anklang an die Polynesier, so wie diese Rasse auf Bildern aus der Alten Zeit, die ich gesehen habe, erscheint.

Dafür habe ich keine Erklärung. Die Mädchen haben große Körper; köstlich und liebreizend in der Jugend, bleiben sie hübsch, bis sie in den Dreißigern anfangen, alt auszusehen; und sie sind sehr freundlich.

In Penn scheint fast jedermann freundlich zu sein, innerhalb der von Religion und Politik geduldeten Grenzen. Ihre Politik besteht darin, die Grenze, die vom Delaware-Fluß gebildet wird, zu verteidigen und im gewerblichen Pferdehandel nicht die Dümmeren zu sein. Dazu haben sie eine ansehnliche Flotte kleiner Flußschiffe und eine gute Armee, die noch nie geschlagen wurde und nie in fremdes Land eingefallen ist. Den Handel unterstützt ein Korps von Botschaftern an ausländischen Höfen, die insgesamt zu den vertrauenswürdigsten und sympathischsten Lügnern weit und breit gehören müssen – so sagt Dion, und meine eigenen Bobachtungen aus der Zeit, in der Nickie und ich mit ihm bis zum Hals in Nuins Politik steckten, stehen dafür.

Es ist eine Besonderheit Penns, daß es, abgesehen vom Delaware-Fluß zwischen Penn und Katskil und einem kleinen Landstück im Norden des Delaware-Quellgebiets, das Penns Grenze zu Moha war, ausschließlich an die Wildnis grenzt. Ich glaube, außerhalb der Regierungskreise hat niemand eine Ahnung, wie weit Expeditionen aus Penn schon in diese Wildnis hineingedrungen sein mögen. Es gibt nichts Eleganteres als die Art, wie ein kultivierter Bürger Penns das Thema wechselt, wenn der Westen erwähnt wird. Im Sommer des Jahres 321 waren wir in Jontown; noch weiter nach Westen darf keine Vagantentruppe oder andere ausländische Gruppe reisen; und doch führt eine kleine Straße aus jener Stadt hinaus nach Westen, hinauf in die Berge, stracks vorbei an einem großen Schild, auf dem zu lesen ist: KEINE REISEN ÜBER DIESEN PUNKT HINAUS.

Was die Religion angeht, so scheinen die Menschen in Penn leicht und gelassen mit ihr umzugehen; sie machen das Theater mit, hören sich das Gewäsch an und denken sich dabei ihren Teil; so haben es offenbar auch große Teile der Bevölkerung in der Alten Zeit gehalten, um Frieden mit den Nachbarn zu wahren und dem Grimm echt gläubiger Priester zu entgehen. Das ist kein ganz ehrlicher Weg und meiner Meinung nach auch kein guter; meiner könnte es nie sein. Aber er bildet gute Sitten und eine gewisse Friedfertigkeit aus, und ich könnte niemanden sehr tadeln, der ihm folgt, wenn er keine Überzeugungen hat, die ihm das Opfer seiner Gutmütigkeit wert sind; oder wenn er meint, daß höfliche Konformität mit dem Gebaren von Narren ein notwendiger Schutz für sein reiferes Tun sei.

Nicht, daß ich die Menschen von Penn für eine Superrasse halte, die im geheimen wirkt und nach außen ein solches Märchengespinst aufrechthält. In Penn begegnet man dem ganzen Vorrat von alten Mythen, Ignoranz, Frömmigkeit, Analphabetismus und Barbarei. Aber manchmal hatte ich doch das Gefühl, daß unter der trägen, lächelnden Oberfläche eine gute Portion naseweiser Gedanken und allerhand Gärsatz verborgen war. Und in der Gegenwart von Pennesern kam ich mir selbst oft wie ein kraftgeladener Barbar vor, und das sicherlich nicht, weil sie mir dieses Gefühl einflößen hätten wollen. Ich glaube, daß Penn von allen Ländern, die wir hinter uns gelassen haben, Nuin nicht ausgenommen, am ehesten zivilisiert genannt werden kann. Wenn man irgendwo fern von Nemarcheos leben müßte, könnte man es schlechter erwischen als in Penn, mit einer oder zwei seiner großlippigen, tiefbrüstigen Frauen; dort hätte man gerade genug Arbeit und Sorgen, um die Stunden des Müßiggangs oder langsame Liebesspiele in der Sonne recht zu genießen. Penn ist nicht wie andere Länder.

Dort starb mein Vater.

Es geschah im Herbst des Jahres 321 in der Stadt Betlam, die vierzig Meilen nördlich von Filadelfia liegt – die Entfernungen in Penn sind groß – und nicht weit vom Delaware. Sam war in dem Jahr sechsundfünfzig, wie er mir sagte. Sechsundfünfzig, voller Pisse und Essig und übler Lüste, sagte er – aber zuweilen sagte er auch, wie ich schon erwähnt habe, daß er alt würde.

Entlang der südlichen Grenzen von Penn, die bis zu einer Stadt namens Cumberland von einem breiten, gewundenen Fluß, dem Potomac, markiert werden, waren wir nach Jontown gezogen. Von dort gelangten wir über eine nördliche Route in den Osten zurück; Pa Rumley dachte daran, den Winter vielleicht in West-Katskil zu verbringen oder wo auch immer der November uns anträfe. (Pa gefiel es in Penn nicht so gut wie uns übrigen – Mutter Spinkton verkaufte sich hier schlecht, die Leute bevorzugten ihre eigenen Kräuterweiber und waren sowieso ungewöhnlich gesund. Auch die Nackt-Shows zogen nicht viele Kunden an, denn die Bürger von Penn machen sich auffällig wenig aus Nacktheit, so wie sie auch trotz aller Erziehungsversuche der Kirche, kaum Anstoß an ihr nehmen: Ich habe gesehen, wie ein Mädchen, das einen Floh am Leibe spürte, mitten auf der Straße ihren Rock abwarf und ohne irgendein Zeichen von Verlegenheit mit der Suche begann; und die Passanten begafften sie nicht mit atemlosem Entsetzen – sie lachten nur und gaben schlechten Rat.) Dort in Betlam wurde eine Reihe von uns krank; anfangs schien es sich nur um schwere Erkältungen mit Husten und Fieber zu handeln. Aber bald standen die Dinge schlimmer.

Wir erfuhren, daß das Übel bereits wochenlang in der Stadt umgegangen war. Der Gedanke, wir hätten uns bei ihnen angesteckt, betrübte die Bewohner sehr – großzügige, anständige Menschen waren es, die auch ein Verständnis für Musik hatten, tatsächlich zuhörten, wie unser Publikum es selten tat –, und sie taten für uns alles, was in ihrer Macht stand.

Pa hatte in Betlam nicht einmal versucht, die Trommel für seine Medizin zu rühren. Er schimpfte – im Lager, wo kein Pennsches Ohr ihn hören konnte –, daß die Bewohner überhebliche Tröpfe wären, die keine Ahnung von Wissenschaft hätten: Sie wären Muttern nicht wert. Aber wußte, daß das törichte Worte waren, und sein Herz war nicht darinnen. Als die Krankheit uns zu beunruhigen begann, schluckte er selbst Mutter Spinkton und brummte, es sei kein guter Jahrgang – vielleicht hätte er irgend etwas gottverdammt Wesentliches ausgelassen, alt und unfähig würde er, jemand sollte ihn einsargen, wenn er schon so senil wäre – und er schlich elend unter uns herum, mit einer Flasche Muttern und einem verlorenen Blick. Kein Donnerdröhnen, und er bestand auch nicht darauf, daß wir sie schluckten. Einigen von uns fehlte seine gewohnte Art so sehr, daß wir Muttern in der Hoffnung, *ihn* zu kurieren, tranken. Es war eine schlimme Zeit.

Nell Graftons Sohn Jack, der in jenem Jahr vierzehn geworden war, starb als erster.

Sam hatte bei ihm Wache gehalten, da Rex und Nell beide ziemlich krank waren. Das war in meinem Wagen. Ich hatte mich von einer leichten Attacke schon fast wieder erholt. Ich hörte, wie Sam mich in plötzlicher Besorgnis rief, und ich kam rechtzeitig in Jacks Abteil, um noch zu sehen, wie der Junge mit glühend rotem Gesicht – erst zwei Wochen zuvor hatte er von mir seine letzte Tracht Prügel bezogen, als er eine streunende Katze piesackte – sich an seinem eigenen Auswurf zu Tode würgte. Es ging zu schnell; Sam und ich konnten nichts tun. Mein Dad schickte mich, Pa Rumley zu holen, und als ich davonstürzte, hörte ich Sam qualvoll husten; er hatte schon einige Tage elend ausgesehen, weigerte sich aber, sich um sich selbst Sorgen zu machen. Pa war, als ich ihn fand, hilflos betrunken, ihn zu wecken, wäre aussichtslos gewesen; also holte ich Mam Laura. Ein Blick genügte ihr, und sie wußte, was mit Jack geschehen war, und dann starrte sie auf Sam, der schwankend auf einem Stuhl an Jacks Lager saß; seine Augen blickten nicht scharf. »Du mußt ins Bett, Sam.«

»Nicht doch, Laura, mir geht's nicht schlecht. Hier gibt's was zu tun.«

»Wir kümmern uns schon darum. Du mußt ruhen.«

»Ruhen. Naja, Laura, in letzter Zeit ging es ziemlich durcheinander, zusagen, und viel Arbeit. Siehst du, da ich nun mal Einzelgänger von Beruf ...«

»Sam ...«

»Nein, warte. Scheint so, daß ich die Krankheit habe, will da was sagen, solange mein Kopf noch klar ist – hast ja gesehen, wie es geht, man wird wirr im Kopf. Also ...«

Sie wollten ihn nicht reden lassen, bis wir ihn in ihren Wagen und in sein Bett geschafft hatten. Nie zuvor hatte ich sie je entsetzt und verängstigt gesehen, hilflos vor einer Krise. Als er einmal im Bett war und sich darein gefügt hatte, sagte Sam doch nicht viel. Alles, was ich seinen sich schon verwirrenden Worten entnehmen konnte, war, daß er uns – Mam Laura und mir – danken wollte, denn wir wären ihm nahe gewesen, ohne ihn daran zu hindern, ein Einzelgänger von Beruf zu sein. Jedenfalls glaube ich, das war es, was er sagen wollte.

Sein Geist schien sehr fern zu sein, als er soviel mitgeteilt hatte, aber sein Körper war ungeheuer hartnäckig, war nicht gewillt, nachzugeben. Sein Kampf um Luft dauerte drei Tage und einen Teil der vierten Nacht. Die Medizinpriester – zwei gab es in Betlam – kamen und gingen und halfen uns bei Sam und drei anderen Kranken; gütige Männer waren es, etwas weniger ignorant als die, die ich außerhalb von Penn getroffen habe. Wir bedeuteten ihnen, daß Sam nicht in der Lage sei, zu sprechen; er war in dem Moment durchaus bei Sinnen und warf mir hinter ihrem Rücken einen dankbaren Blick und die Andeutung eines Grinsens zu, als ich sagte, mein Vater habe noch ein Glaubensbekenntnis abgelegt, bevor ihm die Rede versagte.

Am dritten Tage dachten wir, er würde durchkommen – Nell Grafton und Rex und Joe Dulin hatten es geschafft. Aber der Niedergang folgte. Für eine Stunde kam ihm die Sprache zurück, und er redete von seiner Kindheit im Hügelland und von erinnerten Geliebten. Danach war jeder Atemzug nur noch ein

Schritt hinab in die endgültige Niederlage. Heute bin ich mir, aus der Kenntnis der Bücher, ziemlich sicher, daß die Medizin der Alten Zeit ihn hätte heilen können. Wir haben keine solche Kunst.

In der Welt, die uns die Alte Zeit vermacht hat, ist derartiges geschehen und wird wieder geschehen.

Selbst während der letzten keuchenden Kämpfe, Luft in seine Lungen zu ziehen, hatten meines Vaters Augen oft die Klarheit des Wissens. Manchmal ruhten sie nachdenklich oder in freundlichem Erkennen auf mir, manchmal folgten sie einem fernen Gedanken. Nie waren sie wütend, grämlich, flehend oder ängstlich; ein- oder zweimal war mir, als sähe ich den Schalk in ihnen, milde und sarkastisch, den Schalk eines Einzelgängers von Beruf. Die Religion, die ihm in seiner Kindheit eingetrichtert worden war, kehrte in der Zeit seiner Schwäche nicht zurück, ihn zu quälen, wie ich es befürchtet hatte: Er war wahrhaft frei, und so starb er, ein freier Mann, der mutig ins stille Gesicht des Abends blickt.

24

Ein paar Wochen später, als wir nordwärts durch Katskil zogen, sagte ich Pa Rumley und Mam Laura, daß ich gehen müsse, alleine. Erklärung war kaum nötig. »Ei-ja«, sagte Pa, »ich weiß, für dich ist es nicht so, als ob du bei Vaganten geboren und großgeworden wärst.« Er schien nicht verstimmt, obwohl mein Horn zu einem geschätzten Bestandteil der Vorstellungen geworden war und ich mich auch auf andere Weise nützlich gemacht hatte.

Mam Laura sagte: »Du bist wie mein Sam – wie dein Vater –, einer von denen, die gehen, wohin das Herz führt, und ihr seid Männer vieler Schmerzen, da hilft nichts.«

Ich dachte wieder, wie ich es während der Jahre bei den Vaganten fast überhaupt nicht getan hatte, an die Schiffe. Nicht zum Rand der Welt mehr wollte ich segeln: Mam Laura wußte so gut wie Kapitän Barr, daß ein Klumpen Sternenstaub keinen Rand haben konnte – aber vielleicht um die Welt herum? Andere (so lehrte sie mich) hatten das in alten Zeiten getan. Dreißig-Tonnen-Ausleger kamen in meiner Phantasie nicht mehr vor; sie waren weggespült worden, als ein armer Köter im Hafen von Renslar sein Bein hob. Ich wußte nicht, wie es zugehen sollte, aber Nuin, so hörte man, war ein Land kühner Unternehmungen. Ja, der Gedanke, um die Welt zu segeln, war zu jener Zeit, kurz nach Sams Tod, in mir und ist es noch jetzt, nachdem ich soweit gekommen bin, diesen kurzen Weg zu der stillen Insel Neonarcheos.

»Ihr geht, wohin das Herz führt«, sagte Mam Laura. »Und das Herz geht Wege, die man nicht erwartet, und die Vision ändert sich, wird vielleicht grau. Aber ihr geht.«

Pa Rumley war an jenem Tag nüchtern wie ein kalter Stein. »Laura, es ist eine sonderbare Zeit für einen Mann, wenn sein

Vater gestorben ist.« Er wußte das, in einer Weise, die sie bei all ihrer Weisheit nicht nachvollziehen konnte. »Er ist für einige Zeit mit sich selbst nicht im Frieden, Laura, egal, ob sein Vater ein guter Mann war oder nicht, egal, ob er ihm ein guter Sohn war oder ein schlechter.« Pa Rumley kannte die Menschen; und er kannte auch die gottverdammte Menschheit – was nicht dasselbe ist. Er verkaufte übrigens schon wieder Mutter Spinkton, in den Städten von Katskil, und sein eigener Glaube an sie war wieder hergestellt – oder jedenfalls erwartete er wundersame Heilungen von ihr, die sie manchmal auch brachte. Er mochte ahnen – aus den entlegenen Nebelregionen seines eigenen Lebens schöpfend –, wie ich manchmal träumte, Sam Loomis wäre noch am Leben. Er mochte ahnen, daß ich in dem Traum oft unglücklich und verwirrt war, anstatt erfreut, und unfähig, meinen Vater in natürlicher Weise zu begrüßen. Ein- oder zweimal war ich bei Minna impotent, und sie fing an, sich mit mir zu langweilen. Ich bezweifle, daß Pa das ahnte: Was er auch für Scherereien in seinem kunterbunten Halbjahrhundert gehabt haben mag, daß er seinen Schwengel jemals nicht hochkriegte, kann ich mir nicht vorstellen. »Ich überlege«, sagte Pa, »ob wir nicht am besten den Hudson-See von Kingstone aus überqueren und dann irgendwo in Bershar überwintern. Warum bleibst du nicht den Winter über bei uns? Wenn du dann im nächsten Frühjahr noch nach Nuin willst, bring' ich dich bis nach Lomeda, und du mußt nur noch über den Conicut.«

»Kay.«

»Die gottverdammt leidige Sache ist die, wir werden dich vermissen.«

Vielleicht sagte ich dann ein paar von den richtigen Sachen. Ich war achtzehn, begriff allmählich, was sie waren und warum man sie sagte.

Pa konnte auch nicht wissen, wie oft ich mir wünschte, meine Mutter wenigstens gesehen zu haben; Kindheit im Waisenhaus war außerhalb seiner Erfahrungswelt. Seine eigene Mutter war in seiner Erinnerung lebendig. Sie hatte einen Schneiderladen in Wuster, einer großen Stadt in Nuin, geführt. Es war ihr

Tod – Pa war damals fünfzehn –, der ihn in die Welt hinaustrieb. Jenen Wunsch von mir hätte er mißbilligt, denn er war ein vernünftiger Mann. Sich Unmögliches in der Zukunft zu wünschen, ist, glaube ich, eine gute Übung, besonders für Kinder; sich jedoch die Vergangenheit anders zu wünschen, als sie war, ist sicherlich eine der leersten und traurigsten Beschäftigungen.

Das einzige, was mir von jenem Winter in Bershar, meinem letzten bei den Vaganten, noch deutlich in Erinnerung ist, ist der Drill in guten Manieren, dem mich Mam Laura unterzog. Auf die würde ich in Nuin stoßen, sagte sie, ja, ich sollte das absichtlich herbeiführen und die Gesellschaft von Leuten suchen, die sich mit Anmut und Verständigkeit zu verhalten wüßten. Manieren waren wichtig, sagte Mam Laura, und wenn ich nicht so dächte, wär' ich ein verdammter Narr. Worauf ich keck genug war, zu fragen, warum. Sie sagte: »Würdest du einen Wagen fahren wollen, dessen Achsen nicht geschmiert sind? Aber das ist nicht alles. Wenn du ein ehrliches Herz hast, wird aus der äußeren Schau mehr als das. Sei freundlich zu irgend jemandem, sogar ohne besonderen Grund, und du wirst leicht dabei enden, die arme Sau zu mögen, und das schadet nicht.«

In Lomeda schmissen sie ein Fest für mich, im Vagantenstil; die ganze Arbeit auf dem Kai kam zum Stillstand, und der Kapitän der Fähre ließ sich so vollaufen, daß ihm alles recht war. Minna sagte ihm, sie würde ihn nie vergessen, denn Seeleute kämen und Seeleute gingen, aber immer schon habe sie davon geträumt, einen echten, kommandierenden Kapitän mit *Eiern* zu sehen. Auch ich hatte ganz schön einen in der Krone, als sie mich, allesamt brüllend und weinend und gute Ratschläge gebend, an Bord hievten. Ich hörte auf zu singen, als die Seile gelöst wurden, und da wußte ich, daß ich tatsächlich meine Leute verließ, aber ich war noch lange nicht nüchtern, als die Fähre auf der Seite von Nuin anlegte; dies geschah mit einem gewaltigen Aufprall, der einen Balken des Piers in die Höhe bog; der Kapitän verfluchte alle, die herumstanden, und fragte, warum sie das kahlärschige, nichtsnutzige Pier so gebaut hätten, daß es der

Einwirkung eines Mannes mit *Eiern* nicht standhielt. Das war lustig, auch wenn der Hafenmeister anderer Meinung war.

Für mich – mag es Einbildung sein – schmeckt sogar die Luft von Nuin anders als die Luft anderer Länder. Mit Ausnahme von Penn ist es die älteste Zivilisation der modernen Zeit, wenigstens auf jenem Kontinent – nein, nicht einmal das kann ich sagen, denn was weiß ich schon von jenem Misipanischen Reich im tiefen Süden, und wer könnte die Möglichkeit leugnen, daß in dem fernen Westen, den der Kontinent, wie ich wohl weiß, besitzt, eine große Nation, oder mehrere solche, existieren. Bedauert mich, meine Freunde, nur dann, wenn ich das Bewußtsein meiner eigenen Unwissenheit verliere.

Penn scheint nicht viel daran gelegen zu haben, die Ereignisse seiner letzten zwei oder drei Jahrhunderte aufzuzeichnen – zu gutmütig, vielleicht. Nuin ist voll von Geschichte, ist von ihr besessen, sprüht von Geschichte; aber sie liegt auch als Schatten auf Nuin. Dion, der immer noch zäh damit befaßt ist, niederzuschreiben, was ihm von jener Geschichte noch gegenwärtig ist, ist nie ganz aus jenem Schatten herausgetreten – wie könnte er auch, und, was das angeht, warum sollte er? Es war seine Welt, bis wir davonsegelten.

Oh, und manchmal bin ich – nicht der Worte überdrüssig, aber erschöpft und ein bißchen blöde von der Mühe, dem Vergnügen und der Qual meines Versuchs, einen Bruchteil meines Lebens im ständig fließenden Medium der Worte zu bewahren. Und mir kommt der Gedanke, diesen armen Prinzen – der mir gleich ist und mich überragt, der mein Prügelknabe und mein geliebter Freund ist – zu bitten, dieses Buch fortzusetzen, wenn ich aufgeben sollte, wenn ich den Versuch vor Verwirklichung dessen, was ich mir vornahm, abbreche. So wie ich meine Zeit bei Rumleys Vaganten abbrach, als doch keinerlei wirkliche Notwendigkeit dafür vorlag. Aber das könnte er gar nicht tun, und mit einem Körnchen Vernunft halte ich mich davon ab, diese Bitte zu äußern.

Als ich in Hamden, Nuins Fährhafen gegenüber von Lomeda, an Land ging, fielen mir zuerst die Statuen auf. Es gab einige moderne, ein wenig plump, aber tatsächlich nicht allzu schlecht, die Morgan den Großen und ein paar andere wohlgenährte Majestäten darstellten; und diese wurden von den schönen Skulpturen der Alten Zeit schauerlich deklassiert – viele Bronzefiguren waren darunter, die gewiß in jedem anderen Land des Metalls wegen längst eingeschmolzen worden wären. Hamden ist stolz auf diese Sammlung – eine schöne, gesunde, mittelgroße Stadt, sauber und freundlich, zum Fluß hin offen und auf drei Seiten von einer wackeren Palisade umgeben; und stolz auch auf seine weißgestrichenen Häuser, die hübsche Grünanlage und den wohlorganisierten Markt.

Wie dem auch sei, Old City hat eine Fülle von Statuen, die Hamden oder irgendeine andere Stadt im Vergleich ganz kümmerlich dastehen läßt. Die meisten stammen aus der Alten Zeit, die einem in Nuin manchmal fast wie gestern vorkommt, eine Illusion, die ich nie irgendwo anders verspürt habe. Im Moment denke ich an die schöne Bronzefigur eines sitzenden Herrn auf dem Platz des Palastes; deutliche Spuren alter Farbe sind in den Sprüngen und Vertiefungen seiner patinierten Kleidung zu sehen. Die Farbe ist aus Alter Zeit, sagt man. Irgendein Präsident – Morgan II., glaube ich – ließ modernen dicken Lack darüberlegen, um sie zu erhalten. Die alte Farbe erscheint in Flekken von Karmesin, Grün und Purpur; kein Blau. Es ist eine merkwürdige Vorstellung, daß dieses unbekannte religiöse Ritual noch in den allerletzten Tagen der niedergehenden Alten Zeit praktiziert worden sein muß. Die Inschrift nennt einen John Harvard als Gegenstand der Anbetung. Niemand weiß so recht, wer er war; bescheiden sitzt er dort, ziemlich förmlich, mit zeitloser und erhabener Gleichgültigkeit. Ich trug an jenem Tag in Hamden neue Kleider, einen neuen Schultersack für mein Horn, den Minna mir genäht hatte, und in meinem Gürtel war Geld, denn die Vaganten hatten eine Sammlung durchgeführt und mich mit liebevollen Gaben überschüttet. Ich hatte immer noch kein klares Ziel, keinen Plan; achtzehn war ich und hatte noch keinen wirklichen Entschluß gefaßt, was meine Arbeit sein würde. Ich verstand ein wenig von der Schreinerei; ein wenig von Musik; ich kannte die Wildnis, das fahrende Leben, den Geist der Straßen. Ich wußte, ich war Einzelgänger von Beruf.

In der Herberge von Hamden fand ich mich inmitten einer Pilgerschar, die den letzten Teil einer Reise absolvierte, die man in Nuin die ›Schleife‹ nennt. Diese führt von Old City hinauf in die glorreiche Bergwildnis der Provinz Hampsher – mehr Menschen leben dort oben in den kühlen Hügeln, als man meinen möchte –, dann in den Süden, mehr oder weniger Nuins großem Fluß, dem Conicut, folgend, bis nach Hamden oder zu den Shoppee-Fällen, und über südliche Straßen wieder zurück nach Old City. Es ist eine weltliche Pilgerfahrt. Die Kirche billigt sie, und bei allen heiligen Schreinen und anderen Brennpunkten der Frömmigkeit wird füglich angehalten, aber an der Reise selbst ist nichts besonders Heiliges. Alle dürfen mitspielen, und viele tun es, darunter ehrenwerte Sünder und Falschspieler und Musikanten und Prosties und all das andere Volk, das das Leben vor Langeweile bewahrt.

Kaum hatte ich die Schankstube betreten, nachdem ich ein Zimmer für die Nacht belegt hatte, als mich auch schon ein dunkelhäutiger Junge ansprach; ich erkannte in ihm gleich den Sünder, seine offene Freundlichkeit und gute Laune verrieten ihn. Er war nach einem Nuiner Stil gekleidet, der sich damals gerade über die Grenzen dieses Landes hinaus verbreitete; ich hatte mich allerdings noch nicht daran gewöhnt – weite, knielange Hosen und ein loses Hemd, das umgürtet war, aber überall über den Gürtel hinausquellen durfte, außer über dem Messergriff, wo das Hemd einem schnellen Zug im Wege sein konnte. Ungefähr die Hälfte der anderen Pilger in der Schankstube waren in diesem Stil gekleidet, aber der Junge, der es auf sich nahm, mich zu begrüßen und mir die Befangenheit zu nehmen, war der einzige, der an seiner Hüfte statt des üblichen kurzen Messers ein Rapier trug. Ein Messer hatte er auch, wie ich später erfuhr, das er aber unter seinem Hemd trug, wie ich vor meinen Vagantentagen das meine auch zu tragen pflegte.

Jenes Rapier war ein wundersames, böses Ding, weniger als zwei Fuß lang, leicht und zierlich; kaum zwei Finger maß es an der breitesten Stelle, und war aus so feinem Pennschen Stahl, daß es bei einer Berührung sang, fast wie ein kostbares Glas. Die Waffe eines reichen Mannes, dachte ich, aber ich hatte von Mam Laura gelernt, daß man nicht nach dem Preis eines solchen Gegenstandes fragt, wenn man ihn nicht kaufen will, und oft nicht einmal dann. Der Junge handhabte das Rapier wie eine Verlängerung seines Arms. Es gefiel ihm, es fast geräuschlos aus der Scheide fließen und seine Finger leichtfertig über die Seite laufen zu lassen, als ob seine Gedanken ganz woanders wären; das machte alle Anwesenden aus irgendeinem Grund äußerst nervös, und natürlich waren sie eifrig bedacht, das nicht zu zeigen. Nur eine sehr leiche Kräuselung seiner Haut in den Winkeln seiner braunen Augen verriet, wie sehr er seinen Spaß daran hatte, und ein Instinkt schien ihm zu sagen, wann er es wegzustecken habe. Ein Instinkt oder ein besonderer Ton im Räuspern eines der Priester, die die Gruppe leiteten.

Deren waren es zwei, Pater Bland und Pater Mordan, der eine dick und der andere dünn, der eine ölig und der andere ein wenig trocken und grindig. Pater Bland selbst ließ die Bemerkung fallen, daß sie den guten Speck der Religion repräsentierten, und alle lachten entgegenkommend, nur Pater Mordan der Magere nicht, der seinem Charakter treu blieb, das heißt verdrießlich. Ich hätte die Leute wohl kaum für Pilger gehalten, wenn mir der Wirt nicht einen Hinweis gegeben hätte, und ich erfuhr, daß einige wirklich nur Reisende waren, die sich der Gruppe aus Gründen der Sicherheit und Geselligkeit angeschlossen hatten.

»Empfehlungen von Pater Bland und Pater Mordan«, sagte der Junge, als er mich begrüßte, »und wollt ihr gleich oder noch eher ein wenig trinken?« Bis dahin hatte ich noch nicht viel von dem Nuiner Akzent gehört. Die Bewohner Nuins reisen nicht viel außerhalb ihres eigenen Landes – es hat alles, sagen sie, also warum sollten sie hinaus? Ich hielt den Jungen für ungefähr meines Alters, obwohl sein Auftreten das eines älteren war. Eine Leichtigkeit und Feinheit waren an ihm, die an eine Frau erinnerten, aber ohne jede Spur von Schwächlichkeit. Ich erinnere mich noch, daß ich mich in der ersten halben Stunde unserer Bekanntschaft fragte, ob seine kleinen Spiele mit dem Rapier nicht eine praktische Absicht haben mochten, nämlich, ein Mißverständnis über seine Natur gar nicht erst aufkommen zu lassen.

»Geehrt«, sagte ich – eine gesellschaftliche Floskel, die mir zufällig noch aus Mam Lauras Manieren-Training im Gedächtnis war. »Geehrt, und werde mit Freuden jeden unter den Tisch saufen oder ansonsten ihm dort Gesellschaft leisten.«

»Nicht doch, wir sind ein nüchternes Fähnlein«, sagte er. »Alles in Maßen. Einschließlich, und darauf bestehe ich, der Mäßigung – aber das ist ein Punkt, den ich den Herrschaften selten klarmachen kann.« Er beobachtete mich mit unheimlicher Intensität. »Ich bin Michael Summers aus Old City – wer seid Ihr, Sir, und woher?«

»Davy – das heißt, David – aus ... nun, aus Moha – ich meine ...«

»David de Moha?«

»O Gott, nein!« sagte ich und merkte, daß im Schankraum alle still geworden waren, um besser unserer privaten Unterhaltung folgen zu können. »Ich wollte nur sagen, daß ich aus Moha komme, ursprünglich. Mein Familienname ist ... äh ... Loomis.«

Ich bin sicher, daß er, wenigstens für eine Weile, glaubte, ich hätte ihm einen falschen Namen angegeben, und sich das vor den anderen nicht ansehen lassen wollte. Vielmehr schien er mir dabei geradezu helfen zu wollen. Er stellte mich ihnen mit der schönsten Beiläufigkeit als David Loomis vor, drückte mich auf einen bequemen Stuhl und bestellte Getränke – alles so, als ob ich irgendwie wichtig wäre, ich wußte nicht, wieso.

Aus Bruchstücken, die ich gehört hatte, bevor sie verstummten, wußte ich, daß Pater Mordan, der dünne, trockene, die Gesellschaft über die Ursünde belehrt hatte, eine regelmäßige Pflicht, der er sich für den Tag weitgehend entledigt hatte – jedenfalls war er bereit, mich mit einem Lächeln zu begrüßen. Das Lächeln würde sehr schnell das Fett auf einem brennenden Plumpudding zum Erstarren gebracht haben, aber er meinte es freundlich; einige Leute sind einfach mit Essig statt Blut und Zitronen statt Eiern geboren, das ist alles.

»Macht's Euch bequem«, sagte Michael zu mir, »und nehmt uns in Augenschein, Mann; vielleicht hättet Ihr Lust, ein Stück des Weges mit uns zu reisen oder auch ganz bis nach Old City, wenn Euch der Sinn danach steht. Wir brechen morgen nach Old City auf, letzter Teil der Schleife, zurück zu unseren eigenen redlichen Betten, Bohnen und Busen.«

Ich hätte zu Michael nicht nein sagen können, und außerdem war es sowieso das, was ich wollte. Ich saß gemütlich bei ihnen, und wir redeten und sangen den Tag in die Nacht. Zwei oder drei anständige Sänger waren unter den Pilgern und ein Mädchen mit einer munteren Gitarre; zusammen mit meinem Horn wurde es ein Abend der Musik, und ich trank genug, um nicht allzu sehr darunter zu leiden, wie weit die Qualität hinter Vagantenniveau zurückblieb. Ja, es waren nur der Wein und Michael, die mich davor bewahrten, verrückt vor Heimweh zu werden – das ist das einzige Wort dafür; Heimweh nach einem Loch auf Rädern ohne ein anderes Ziel als das nächste Dorf an der Straße.

Mit Ausnahme Michaels, der beiden Priester und eines anderen Mannes sind jene Pilger in meiner Erinnerung verblaßt, und den Namen dieses einen Mannes habe ich vergessen. Er war ein prächtiger alter Ritter Grauhaar, dem handlange Schnurrhaare von der Oberlippe hingen; man bekam Lust, daran wie an einem Glockenstrang zu ziehen, aber er machte zudem den Eindruck eines Gelehrten, und so ließ man den Impuls fahren. Als Michael uns einander vorstellte, sagte er mit einem weichen Seufzer: »Mmmm.« Michael erklärte mir später, so werde »Angenehm!« auf Oxfoot-Englisch ausgesprochen, und das war es, was der alte Herr sprach. Ich weiß nicht, warum es so genannt wird – da ist sehr wenig Ochsenkraft drin, habe ich den Eindruck, und noch weniger Englisch.

Natürlich werde ich nie vergessen, wie Michael mir zublinzelte, als wir, spät am Abend, eine Murkanische Hymne anreißen mußten, um Pater Bland zu erfreuen; denn dieses Blinzeln erweckte in mir den fiebernden Drang, privat mit ihm zu reden und herauszufinden, ob ich einen Einzelgänger meiner Art gefunden hatte, vielleicht sogar einen Häretiker. Sobald mir der Gedanke gekommen war, schien es mir, als hätte mich Michael von Anfang an im selben Sinne abgetastet, so subtil wie ein wildes Tier, das in die Brise schnuppert. Noch in derselben Nacht gab er mir Gelegenheit dazu, als er, sehr spät war es, mit einer Kerze in mein Zimmer schlüpfte, die er erst anzündete, als er die Tür geschlossen hatte. »Können wir reden, David Loomis? Habe da etwas auf dem Herzen, aber schick mich ruhig fort, wenn du zu müde bist.« Er war noch voll bekleidet, und das Rapier war noch an seiner Seite.

Mir war nicht nach Schlaf. Er zog einen Stuhl an mein Bett und saß rittlings darauf, entspannt wie eine kleine Katze. In mancher Hinsicht hatte ich Angst vor ihm, spürte aber ebenso eine machtvolle Zuneigung und mußte daran denken, wie zart er aussah, so, als könne ihn ein Windstoß davontragen. Seine Stimme schien eher ein Alt zu sein als ein Tenor; er hatte nicht mit uns gesungen und erklärt, er sei taub für Töne; das war nicht wahr, aber er hatte seine Gründe. »David Loomis, wenn ich dich ansehe, rieche ich Häresie. Nein, erschrick bitte nicht. Ich jage sie, aber von der Seite der Häretiker, verstehst du? – nicht der anderen.« Niemand hat mich je so durchdringend beobachtet wie Michael in jenem Augenblick; dann kam eine kurze scharfe Frage: »Du hast nicht den Drang, zu Pater Mordan zu laufen?«

»Nein«, sagte ich –, »wofür hältst du mich?«

»Ich mußte fragen«, sagte Michael. »Ich habe dir gesagt, daß ich Häretiker bin, von der gefährlichen Sorte, und ich mußte auf deine Reaktion achten. Wenn ich die falsche gesehen hätte, hätte ich eine Entscheidung treffen müssen.«

Ich blickte auf das Rapier. »Damit?«

Die Frage schien ihn zu bedrücken. Er schüttelte den Kopf und wandte die forschenden Augen ab. »Nein, ich glaube nicht, daß ich dir etwas antun könnte. Wenn mir eine Gefahr von dir gedroht hätte, wäre ich wahrscheinlich verschwunden. Aber ich sehe keine solche Gefahr. Ich glaube, du bist selbst ein Häretiker. Glaubst du, Gott hat die Welt für den Menschen gemacht?«

»Seit langem«, sagte ich, »glaube ich überhaupt nicht mehr an Gott.«

»Das macht dir keine Angst?«

»Nein.«

»Du gefällst mir, Davy...« Wir haben wohl zwei Stunden lang in jener Nacht miteinander geredet. Mein Leben sprudelte in Worten hervor, da er mich überzeugte, daß er darüber hören wolle; mich überzeugte, daß es ihm wichtig war – daß es ihn persönlich anging, nicht nur, weil wir gleichgesinnt waren und auf derselben Straße reisten. In der Vergangenheit hatten nur Sam und Mam Laura (und in sehr tiefer Vergangenheit und auf einer anderen Ebene auch die kleine Caron, die wahrscheinlich tot ist) mir das Gefühl gegeben, daß das, was ich sagte, wichtig war, und daß mein Tun in seiner eigenen Weise ein Stück Geschichte war. Diesmal kamen die Wärme, die ausgestreckte Hand und das Erkennen von jemandem meines eigenen Alters, der eindeutig Bildung und Manieren hatte, die Mam Lauras ebenbürtig oder sogar überlegen waren; von jemandem, der noch dazu ein Abenteurer und mit gefährlichen Missionen vertraut war, die meinen eigenen Ehrgeiz entzündeten.

Ich erzählte Michael von meinen Reiseträumen und wie ich mir vor langer Zeit ausgemalt hatte, daß ich sehen würde, wie die Sonne am Morgen angezündet wird. »Es gibt andere Feuer zu entzünden«, sagte Michael, »die in mancher Hinsicht kleiner als die Sonne sind, aber in anderer nicht. Feuer in den Köpfen und Herzen der Menschen.« Ja, er dachte in jenen Tagen an Revolution. Hier auf der Insel Neonarcheos bin ich mir natürlich keiner Sache mehr so sicher, wie wir es mit achtzehn wahrscheinlich sein müssen.

Die ausgestreckte Hand und das Erkennen – Erwachsenwerden ist zum Teil eine Reihenfolge solcher Begegnungen. Ich habe gehört, daß Altwerden eine Reihenfolge von Abschnitten ist. Kapitän Barr war es, glaube ich, der diese Bemerkung vor kurzem zu mir machte.

Michael erzählte mir in jener ersten Nacht, während der Rest der Herberge schnarchte, nicht soviel von seiner eigenen Geschichte. Es gab Dinge, von denen er nicht sprechen wollte, bis er mich besser kannte, andere, die er nicht hätte berichten können, ohne seinen Eid vor der Gesellschaft der Häretiker zu brechen. Aber er durfte mir sagen, daß eine solche Gesellschaft in Nuin existierte und sich allmählich auch außerhalb Nuins eine kleine Gefolgschaft erwarb. Er offenbarte mir seine Überzeugung, daß die Kirche nicht ewig herrschen würde, vielleicht nicht einmal mehr so sehr lange – Optimismus seiner eigenen Jugend, meine ich. Und so kurz bevor er ging, sagte er, er könnte mich, wenn ich es wünschte, sehr bald mit jemandem zusammenführen, der mir vorläufige Mitgliedschaft gewähren könnte. Probezeit nannten sie es – wäre ich interessiert?

Will ein Fisch schwimmen? Ich wollte aus dem Bett springen und ihn umarmen, aber bevor ich es tun konnte, hatte er schon ein Fläschchen unter seinem Hemd hervorgeholt und es mir gereicht. »Jungfrauenmilch«, sagte er, »manchmal auch Tröster der Nacht genannt – he, nicht soviel, du Hurensohn, das soll bis Wuster reichen. Überschlaf unser Gespräch, Davy, und gesell dich am Morgen zu unserem Schnatterhaufen von Pilgern; dann können wir weiterreden. Aber wenn dir das nächste Mal ein Häretiker zublinzelt, dann blinzle nicht zurück, solang ein Priester dabei ist, den der Wind von deinen Augenlidern streifen könnte.«

»Oh! –«

»Nicht doch, keine Bange, sie haben nichts gemerkt. Aber sei vorsichtig, Freund. Das hält Brüder wie dich und mich am Leben.«

Am nächsten Morgen, wir waren schon früh auf der Straße, war Pater Mordan immer noch mit der Ursünde beschäftigt, und das mag es seinen Innereien erschwert haben, sich mit einem sehr guten Frühstück angemessen auseinanderzusetzen; jedenfalls wurde seine Lehrrede während der ersten Meilen auf der staubigen Straße von Aufstoßern des plötzlichen, unangenehmen Typs punktuiert. Pater Bland ertrug es, solange er konnte, und stach dann auf eine theologische Feinheit los – ich bin sicher, Gott allein konnte erkennen, worum es ging – und zog Pater Mordan in einen fabelhaften Streit. Im Schutz dieses inspirierenden Lärms und der dazugehörigen Erregung blieben Michael und ich zurück, bis man uns nicht mehr hören konnte, und setzten unser in der Nacht begonnenes Gespräch fort.

Er schien in nachdenklicher Stimmung zu sein und meine Anwesenheit auch schon etwas selbstverständlicher zu finden. Dennoch waren auch mehr unausgesprochene Dinge zwischen uns, trotz der Übereinstimmungen und Entdeckungen einer gemeinsamen Freundschaft. An das Gespräch jenes Morgens erinnere ich mich nur in Bruchstücken, obwohl mir all die Gefühle noch ganz gegenwärtig sind. »Davy – dich hat vielleicht der Gedanke beschlichen, daß Pater Mordan nicht im Besitz der absoluten Wahrheit ist?«

»Nun, schließlich ...«

»Aha. Pater Bland, weißt du, der würde am liebsten jedermann sicher und wohlbehalten in einem gemütlichen Himmel sehen – keine Schmerzen, keine Sünde, den ganzen Tag nur Hallelujah. Uns würde das zu Tode langweilen, aber er glaubt ernsthaft, daß er da selig wäre, und alle anderen wären es auch. Und dieser Kerl, Davy, hat das Leben eines reichen Mannes aufgegeben, um für den Rest seiner Tage als kleiner Priester zu dienen. Und falls du denkst, daß der Mann was Läppisches an sich hat – nun, vor einem Monat ging er mit mir in ein pockenverseuchtes Dorf droben in Hampsher; wir brachten einen Wagen mit Lebensmitteln hinein, für irgendwelche armen Teufel, die noch am Leben sein mochten. Der Wagenlenker wollte nicht ohne Priester los. Keiner der anderen Pilger wollte mitkommen, und Pater Mordan hielt es für seine Pflicht, bei ihnen zu bleiben. Nur Pater Bland, ein Sklave als Fahrer und ich – und für mich bestand keine Gefahr, da ich die Krankheit schon als Kind gehabt habe und zufällig weiß, daß ich seitdem immun bin, was die meisten Leute nicht glauben wollen – aber Pater Bland hat sie nie gehabt. Ist Pater Bland im Besitz absoluter Wahrheit?«

»Nein«.

»Warum nicht?«

In der Nacht hatte ich, als er mich mit seiner Kerze verlassen hatte, meine eigenen Gedanken geprüft, bevor ich einschlafen konnte – geprüft und mit ihnen bis zu einem Punkt gerungen, wo es weh tat; aber dann schlief ich, tief und voll Ruhe. Nicht, daß ich in irgendeinem Sinne von Verwirrung und Ungewißheit frei war – das bin ich auch heute nicht –, aber was Michael da an jenem Morgen mit mir machte, war auch ein Ringkampf, ein sehr sanfter, in dem er nur forderte, daß ich für mich selbst dachte und sprach, wie es auch Mam Laura in ihrer anderen Art von mir gefordert hatte. Ich sagte: »Michael, absolute Wahrheit gibt es entweder nicht, oder sie kann nicht erreicht werden. Daß ein Mann mutig und gütig ist, macht ihn noch nicht weise.«

Eine Zeitlang gingen wir schweigend weiter, aber es dauerte nicht lang, bis Michael meinen Arm ergriff und ohne zu lächeln sagte: »Du siehst jemanden vor dir, der dir vorläufige Mitgliedschaft in der Gesellschaft der Häretiker gewähren kann. Willst du sie noch?«

»Du selbst? Du hast diese Vollmacht?«

Dann grinste er, eher wie ein kleiner Junge. »Seit sechs Monaten, aber in der ganzen Zeit habe ich niemanden gefunden, der den Anforderungen entsprach. Ich wollte dich nicht hinters Licht führen, mußte es aber erst selbst überschlafen. Nur Probezeit – mehr kann ich nicht tun, aber ich garantiere dir eine freundliche Begrüßung in Old City, und dort wirst du andere treffen, die dich weiterführen können. Sie werden dir Aufgaben geben, die du nicht alle sofort verstehen wirst.« Ich konnte ihm nur meinen unbeholfenen Dank sagen, den er abwehrte.

Wir waren auf der sonnenbeschienenen Straße stehengeblieben, und ich merkte, daß ich die Pilger, die vorangegangen waren, nicht einmal mehr hören konnte. Wir standen an einer ruhigen, offenen Stelle, wo ein Bach die Straße in einer unterirdischen Leitung kreuzte und sich dann in einem Feld verlief. Die Mordan-Bland-Kontroverse war weniger als Staub in der Brise, aber ich sagte: »Sollen wir sie einholen?«

»Was mich angeht«, sagte Michael, »ich habe nichts mehr bei

ihnen verloren. Die Reise mit ihnen hat mir Spaß gemacht, und sei es nur, daß ich endlich einmal ›Heilig, Heilig, Heilig‹ auf Oxfoot-Englisch und mit Gitarrenbegleitung gehört habe; aber von nun an würde ich lieber nur in deiner Begleitung nach Old City gehen – wenn dir der Gedanke zusagt. Ich habe Geld und ein Geschick mit diesem Stecheisen, das meinen Mangel an Muskeln wettmacht. Ich kenne die Wildnis nicht so gut wie du, aber von hier bis nach Old City haben wir nur Straßen und sichere Herbergen. Wie wär's?«

»Nicht schlecht, nicht schlecht.«

Seine Augen folgten dem Bach, der in einiger Entfernung von der Straße unter höherem Wuchs verschwand. »Diese Weiden«, sagte er, »auf der anderen Seite von dem Dickicht dort – sollten die nicht auf einen Teich deuten, Davy? Ich würde gern ins Wasser springen und Mordans Ursünde abwaschen.«

Ich glaube, es war das erste Mal, daß ich hörte, wie von einem Priester ohne Titel gesprochen wurde. Es war eine kleine Sensation, die zuerst Angst auslöste, dann Freude, dann nüchterne Belustigung. »Es muß ein Teich sein«, sagte ich, »sonst wären nicht so viele auf einem Haufen ...«

Auf den Wiesen mochten wohl Gefahren lauern, aber wir fühlten uns wie in sicherem Land, als wir durch das Gras huschten; die Pilger waren Schemen von ehedem geworden und dann vergessen; wir fanden den Teich. Ich hatte Michael allmählich verstanden, aber ganz verstand ich ihn erst, als er sein Hemd ungeduldig wegschleuderte und ich die lächerliche Bandage sah, die seine obere Brust umgab. Dann verschwand auch die, und die kleinen Brüste einer Frau traten hervor.

Behutsam nahm sie das Rapier ab – die Hosen dagegen ließ sie einfach fallen und schickte sie mit einem Fußtritt durch die Luft. So stand sie dann vor mir, voll Ernst und Süßigkeit, stolz auf ihre braune Nacktheit, und verbarg nichts. Da sie sah, daß ich zu benommen und zu verliebt war, um mich zu rühren, berührte sie die bläuliche Tätowierung auf ihrem Oberarm und sagte: »Das stört dich doch nicht etwa, Davy, oder? Aristokratie, Stand – unter Häretikern ist das bedeutungslos.«

»Es stört mich nicht. Nichts wird mich mehr stören, wenn ich den Rest meines Lebens bei dir sein kann.«

Ich weiß noch, sie streckte ihre goldene Hand gegen meine Brust aus und stieß mich leicht, warf einen Blick auf den Teich und lächelte zum ersten Mal, seit sie sich entblößt hatte. »Ob der tief genug ist?« fragte mich Nickie. »Tief genug für einen Sprung?«

25

Vor sechs Jahren schrieb ich jene letzte Episode, legte meine Feder nieder und gähnte und streckte mich vor Vergnügen; meine Gedanken bei dem Teich, dem stillen Morgen und unseren Liebesspielen auf sonnigem Gras. Ich beabsichtigte, am nächsten Tag oder etwa später mit der Arbeit fortzufahren, noch einige Kapitel zu schreiben, obwohl ich das Gefühl hatte, den Hauptteil der Geschichte, die ich hatte erzählen wollen, schon abgeschlossen zu haben. Ich dachte, ich würde weitermachen, hier an meinem Tisch in Neonarcheos und zur selben Zeit in jener imaginären Herberge im blinden Auge der Ewigkeit oder wo immer ihr sie lieber habt – wer ihr auch seid.

Viele Ereignisse gehören einer späteren Zeit an. Vor allem wollte ich euch von den zwei Jahren erzählen, die Nickie und ich in Old City verbrachten, bevor jenes Fest der Narren unser Leben veränderte. Das ist ein anderes Buch. Ich will versuchen, es zu schreiben, wenn die *Morgenstern* wieder in See sticht und ich mit ihr: aber vielleicht werde ich es nicht können. Ich bin jetzt fünfunddreißig und daher offensichtlich nicht mehr dieselbe Person, die euch jene vierundzwanzig Kapitel schrieb, als Nickie schon bei der nächsten Fußnote und beim nächsten Kuß auf mich wartete. Wenn ich an Bord gehe, werde ich das Geschriebene bei Dion zurücklassen.

Die Jahre in Old City nach dem Narrenfest, die Arbeit mit Dion in der berauschenden, aufregenden, zum Teil auch abstoßenden Atmosphäre der hohen Politik, die Gesetze und Räte und versuchten Reformen, der Krieg, den wir gegen ein Pack von Dieben gewannen, und der Krieg, den wir gegen die Scharen der Selbstgerechten verloren – all das ist sicherlich ein anderes Buch, und ich habe so einen Verdacht, daß Dion selbst es schreibt und sich durch eine würdevolle Verschwiegenheit vor möglichen Fußnoten meinerseits schützt.* Ich selbst könnte eine solche Verschwiegenheit nicht lange durchstehen.

Ich legte an jenem Abend vor sechs Jahren die Feder nieder, und Augenblicke später hörte ich Nickie nach mir rufen. Ihre Stimme riß mich aus nebliger Versunkenheit: Ich glaube, meine Gedanken waren zum Tod meines Vaters zurückgewandert, und ich kontemplierte unorginell, wie Schmerz sich in Philosophie übersetzt, wenn man warten kann, denn das muß er.

Wie ich es heute sehe, ist der Tod meines Vaters ein echter Teil der Geschichte, die ich ursprünglich schreiben wollte. Jene Geschichte endete nicht, wie ich zuerst gedacht hatte, als der Tiger ins Dorf kam und ich erfuhr, wer Sam war, sondern mit dem Tode von Sam Loomis, Einzelgänger von Beruf. Denn das war sicherlich der Augenblick, in dem der Held dieses Buches auf die Welt losgelassen wurde (die sich, denk' ich, noch dreht) – oh, aber warum soll ich mir nun den Kopf darüber zerbrechen, was zu jener Geschichte gehört und was nicht? Es gab so viele Geschichten, daß ich nie genau wußte, welche ich gerade erzählte, und das ist auch nicht so wichtig, wie ich glaubte, als ich euch und eure Tante Kassandra mit den verschiedenen Zeitebenen plagte. Es ist gut und schön, mit der Feder in der Hand das Rätsel, die verrückte Herrlichkeit und Trübsal unseres Lebens und Sterbens zu betrachten; aber versucht es selbst – ihr werdet mehr Geschichten finden, als ihr ahntet, und ihr werdet Freude, Tragik, Schmutz, Glanz, Ekstase, Überdruß, Lachen

* Nein, das war nicht der Grund, warum ich es für mich behielt. Der Grund ist, daß ich nicht Davys offene Natur habe. Irgendwie war er in der Lage, sich in einer Autobiographie um Wahrheit zu bemühen, während er gleichzeitig ›von Fußnoten verfolgt‹ wurde und Miranda und ich ihm ständig über die Schulter schauten. Mir gelänge das nicht. Ich muß im Dunkeln kämpfen, gänzlich privat, und zweifle immer am Ergebnis. Diese Fußnote schreibe ich im Mai des Jahres 339, ein volles Jahr nach Davys Abreise auf der *Morgenstern* (Barr wollte nach vier Monaten wieder zurück sein). Wenn Davy je wiederkommt (wir hoffen noch, reden aber nicht mehr darüber) –, könnte ich ihm vielleicht zeigen, was ich über die Jahre der Regentschaft geschrieben habe, und vielleicht könnten wir dann offener reden, als wir es in den alten Tagen je getan haben. Natürlich würde ich jetzt alles, was ich habe, für irgendeine schmalzige Fußnote von ihm geben.
Dion M. M.

und Zorn und Tränen finden, die alle unentwirrbar voneinander abhängen, umeinander gewunden wie kopulierende Schlangen oder Efeugeränk – nein, plagt euch nicht mit Gegensätzen und Gleichgewichten und Konstellationen, greift nur einen Zweig, und ihr berührt sie alle.

Nickie rief mich. Ihre Wehen hatten begonnen. Es war die gleiche Zeit des Abends wie jetzt – aber dies ist der 20. Mai 338 – in demselben leichtgebauten Haus, das sechs Jahre gut überstanden hat, mit demselben Stuhl und Tisch und demselben Blick auf den ruhigen Strand. Aber da alles sechs Jahre in der Zeit vorwärtsgekrochen ist, ist doch nichts dasselbe, nicht einmal das Fleisch meiner Finger, die sich um eine andere Feder krümmen. Das Licht scheint dasselbe zu sein, ein leuchtendes Rot, das von der Blässe des Sandes zurückweicht, und ein paar hohe, weiße Wolken auf dem östlichen Kurs, dem die alte *Morgenstern* in ein paar Tagen folgen wird.

Die Wehen kamen einen Monat zu früh. Das allein beunruhigte uns in den ersten Stunden nicht allzusehr. Ted Marsh und Adna-Lee Jason, die von der Medizin der Alten Zeit mehr verstehen als wir übrigen, taten ihr möglichstes. Wissen aus Alter Zeit haben wir, wenn auch jämmerlich unvollständig. Die Medikamente und Instrumente der Alten Zeit haben wir nicht – sie sind so unerreichbar wie der Mitternachtsstern. Daher sind Diagnosen hauptsächlich ein Ratespiel, wichtige Operationen undenkbar und die Bruchstücke alten Wissens, die wir besitzen, oft eitler Wahn.

Achtzehn Stunden lang kämpfte Nickie gegen den Schmerz und wurde endlich von einem Ding mit geschwollenem Kopf entbunden, das für eine einzige Stunde einer kreischenden, leeren Existenz am Leben war; das Bluten hörte nicht auf. Der Möh wog zwölf Pfund, und sie – in unserem Haus in Old City habe ich sie oft aus bloßem Spaß daran zwei Treppen hinaufgetragen und war danach kaum außer Atem. Das Bluten hörte nicht auf. Obwohl wir es verhindern wollten, hatte sie den Möh gesehen und hatte verstanden, und so konnte sie nicht einmal mit dem Trost einer Illusion sterben. In der Welt, die

die Alte Zeit uns vermacht hat, ist derartiges geschehen und wird immer wieder geschehen.

Nicht mehr lange, und ich werde mit Kapitän Barr und einer kleinen Besatzung auf der *Morgenstern* hinaussegeln – fünf Frauen sind es und neun weitere Männer, wir alle von Dion ausgesucht, da wir eindeutig das besitzen, was er ›kontrollierte Unzufriedenheit‹ nennt. Alle gehen natürlich freiwillig, und mich hat er nicht eigentlich ausgesucht, sondern nur gefragt: »Willst du gehen, Davy?« Ich sagte, ich wolle, und er küßte meine Stirn nach Art des alten Nuiner Adels, etwas, was ich ihn seit Jahren nicht habe tun sehen; aber über die Reise haben wir nicht mehr gesprochen und werden es auch wohl bis zu dem Tag, den Barr bestimmt, nicht tun.

Ich bin fünfunddreißig, und Dion ist fünfzig. In zwei Kriegen haben wir zusammen gekämpft. Wir haben versucht, ein großes Land um ein oder zwei Schritte über die aufgedunsene Unwissenheit dieser Ära hinauszuführen. Zusammen sind wir auf das große Meer hinausgesegelt und haben diese Insel Neonarcheos gefunden. Wir haben dieselbe Frau geliebt. »Kontrollierte Unzufriedenheit« – nun, ich glaube, dieses Wort war für mich ebenso gedacht wie für die anderen. Es ist ein Kompliment, aber mit der unvermeidlichen Schattenseite: Wir vierzehn, Kapitän Barr und ich und die anderen, die wir von Temperament und Umständen her für die Rolle von Entdeckern geeignet sind, sind in einem hohen Maße für alles andere ungeeignet.

Die Rolle des Entdeckers hat sehr wenig von dem Glanz, den die Phantasie eines Jungen ihr gibt. Ich träumte eine Vielzahl herrlicher Phantasien, als ich vor meiner Höhle auf dem Nordberg in der Sonne lag; aber Kapitän Barr und ich sind jetzt sehr nüchtern mit Überlebenszwieback und Dürrfleisch und Sauerkraut beschäftigt sowie mit dem Versuch, den Bug der *Morgenstern* umzubauen und ein wenig afterwärts zu verlegen, wenn ihr den Ausdruck entschuldigt. Aber das alles heißt nicht, daß das Großartige aus der Unternehmung des Entdeckers geschwunden ist. Es ist da, und der innere Lohn ist real genug. Das Meer der Unwissenheit ist grenzenlos weit, und so setze ich, ein Animalkül mit seinem Fleckchen Phosphoreszenz, dies Licht dagegen und sehe keinen Grund, mich meines Stolzes zu schämen.

In diesen sechs Jahren haben wir ein anderes Boot gebaut, ein hübsches, kleines Ding mit Segeln, das die Bootsbauer der Alten Zeit eine Jolle nennen würden. Die Zurückbleibenden können so während unserer Abwesenheit auch die anderen Inseln aufsuchen.

Unsere Flachssaat ist auf Neonarcheos gut aufgegangen, und so hat die *Morgenstern* gutes, neues Segeltuch. Wir haben Vorräte für vier Monate dabei. Unsere Mission ist die, das Festland des früheren Europas zu erreichen, wozu wir weit weniger als vier Monate brauchen sollten, darüber soviel wie möglich in Erfahrung zu bringen und zurückzukehren. Unsere erste Landberührung sollten wir, wie wir annehmen, an der Küste des ehemaligen Portugal, oder Spanien, haben. Aber Strömungen und Winde sind nicht, was sie in Alter Zeit waren.

Wir, die wir segeln, sind alle kinderlos. Die Frauen sind vielleicht nicht steril, aber keine hat je empfangen, und die jüngste ist fünfundzwanzig. In den sechs Jahren auf Neonarcheos haben sieben Frauen einundzwanzig normale Kinder geboren. Ich habe keines davon gezeugt. Nora Severn habe ich schwanger gemacht. Es war ihr Wunsch und auch Dions; sie hofften, und das sagten sie mir auch, daß mich das aus meiner dunklen und selbstzerstörerischen Stimmung heben würde, die mich lange Zeit gefangen gehalten hatte. Was mich da herauszog, werde ich nie wissen – vielleicht war es nur die Zeit. Es war gut, Nora zu lieben, und diese Episode half mir gewiß, ins tägliche Leben zurückzufinden und seine Herausforderungen anzunehmen. Aber obwohl Nora Dion zwei gesunde Mädchen schenkte, war das Kind, das sie mir gebar, ein Möh und dem ähnlich, für den Nickies Leben weggeworfen wurde.

So muß ich denn einsehen, daß der Fehler in meinem Samen liegt. Ich bin nicht so unlogisch zu sagen, daß ich sie getötet habe; wer könnte damit leben? Aber wahr ist es, daß ein

Übel sie umgebracht hat, das die Alte Zeit ausgesetzt hat, das durch die Generationen weitergereicht wurde, durch Sams Körper oder den meiner Mutter – wer kann es sagen? –, um sich in jenem Teil von mir zu verstecken, der doch der sicherste, der unverdorbenste sein sollte. Es ist geschehen, mir und zahllosen anderen, und es wird immer wieder geschehen. Und wir wissen nicht, was wir dagegen tun können.

Meine einzigen Kinder sind gewisse Gedanken, die ich euch vielleicht geben konnte. Manchmal herrscht darob in meinem Herzen Frieden, wenn ich daran denke, wieviel es noch zu entdecken gibt. Es scheint genügend unentdeckte Regionen zu geben, im Geist und im Rest der Welt – ich hätte, glaube ich, auch schreiben können, in der Welt und im Rest des Geistes –, so daß wir sie nicht alle bis zum Sonnenuntergang auf Karten verzeichnet haben werden, jedenfalls nicht diesen Mittwoch.

Gestern abend ging ich zum Strand hinunter, weil ich den Wind hörte, und des Ozeans gedehntes Murmeln war auf dem Sand, und die Sterne waren da. Nicht mehr lange, und ich werde diese Musik am Bug hören oder als uns folgendes Geflüster, wenn ich das Steuer in meinen Händen halte. Ich segle, weil ich danach verlange; ich habe keine Kinder, außer jenen in eurer Obhut, aber darf ich euch nicht sagen, daß auch die Entdeckungsfahrt ein Akt der Liebe ist?

Ich gab gestern abend der Brandung Worte, ein Spiel, das ich oft gespielt habe, eine harmlose Hilfe für den Geist, zu sich selbst zu sprechen. Du, der du die Erde bist, kannst fragen, und du, der du das Meer bist, magst antworten, und wenn denn Wahres gesprochen wurde, kennst du die Quelle.

Ich fragte, ob es den Generationen eines Tages gelingen würde, das Gute der Alten Zeit ohne ihr Schlechtes wiederherzustellen; und der Ozean, der eine Stimme in meinem Geist war, ließ verlauten: vielleicht bald, vielleicht in tausend Jahren.

Dieser Roman findet in
Ein glorreicher Haufen
(HEYNE-BUCH Nr. 06/4166) seine Fortsetzung